斉東野人

雄《ゆう》鷹《よう》たちの日々

畠山重忠と東国もののふ群伝

KAIZOSHA

雄鷹《ゆうよう》たちの日々

畠山重忠と東国もののふ群伝

目次

序　荒ぶる東国、権謀の京

1

都から見れば草深き遥《はる》かな地、それが東国であり武蔵の国だった。やがて武士《もののふ》たちがこの地から続々と躍り出て列島を駆け、日本を動かす。泰平の世を謳歌《おうか》する都の貴族はもちろん、当の東国の武士たちでさえ、そのような行く末を知る者はなかった。

桓武《かんむ》天皇の曾孫で、桓武平氏《へいし》の祖とされる高望王《たかもちおう》は、平姓を賜《たま》わると上総国へ次官の介《すけ》として下る。子孫も東国へ土着してそれぞれに勢力をたくわえた。高望王の子が熊谷を拠点とした平良文《たいらのよしふみ》またの名、村岡五郎。坂東八平氏《ばんどうはちへいし》と呼ばれた豪族群は彼から始まる。さらに時代が下ると、良文直系の平将常《まさつね》が武蔵国北部へ力を伸ばした。将常は秩父平氏の元祖とされ、子孫は秩父から荒川、入間川流域一帯、さらに房総や相模国と、広範な地域に根を下ろす。この物語の主人公畠山重忠《はたけやましげただ》は秩父平氏の嫡流《ちゃくりゅう》である。

時代は平氏の興隆期であり、一門には東国へ国守や介として赴任する者も多く、京へ帰らず土着して力をつける者が少なくなかった。一門であれば国司からの庇護《ひご》を受けやすいが、そんな消極的な意識は時を経るにつれて薄れる。独立精神に富む彼らは地方豪族として力をつけると、一門の枠を超えて覇《は》を競い合い、時に平氏同士で対立抗争した。

一方、桓武平氏のライバル清和源氏《せいわげんじ》も東国が揺籃《ようらん》の地であった。清和天皇の孫経基《つねもと》王は源姓を賜わり、武蔵国の介として中央から赴任するや、平将門《まさかど》の乱の発端となる事件に関わる。足立郡の名郡司として誉《ほま》れ高かった地方豪族、武蔵竹芝《むさしのたけしば》との抗争である。

源経基は上司の武蔵国権守《ごんのかみ》、興世王《おきよおう》とともに兵を従え足立郡へ視察に赴くが、竹芝が「守に先立って権守が視察するなど、前例のないことだ」と応じない。軽く見られたと怒った興世王は竹芝や農民の財物、農作物を、ことごとく奪い取った。これを知った平将門が竹芝を擁護しつつ抗争の調停役を買って出る。平将門の乱の発端だが、源経基は副将軍として将門追討に乗り出した。清和源氏の祖にふさわしいデビュー戦だった。

源経基が城を構えたと伝えられるのが現在の埼玉県鴻巣市で、平良文の熊谷市とは目と鼻の先の距離。つまり源平どちらの武門も、発祥の地は東国・北武蔵ということになる。

平良文と源充《みなもとのみつる》の対立は、当時の武士《もののふ》ぶりを伝えるものだ。その様子が『今昔物語』に収められている。平将門の乱と同じく十世紀の前半のこと。

ともに〈兵《つわもの》の道〉を歩む者として仲は悪くなかった二人。だが関係は次第に悪化する。それぞれの家来たちが主君を贔屓《ひいき》するあまり、ライバルを悪《あ》しざまに言うようになったからだ。

「当方の殿には敵《かな》うまい！」

「何を申すか！　汝《うぬ》の殿は何時《いつ》からそんな大口を叩くようになったか！」

たわいない言い合いが次第にエスカレートして、当の殿の耳に入る。

「充は、殿のことを『あの男が我に敵うはずもない。なんと哀れなことだ』と郎党たちに言いふらしているそうです！」

告げ口が出るようになった。思慮深い二人だが、内々の席で酒が入れば口は軽くなる。

「我に対して、そんなことは言えぬはず。あいつの武芸の腕も、考えていることも、みな知っておる！本気でそう思うなら、然《しか》るべき野に出て来い！」

良文が腹を立てると、言葉をそっくり充の耳へ入れる者が現れた。こうなると両者は面子《めんつ》と意地のぶつけ合い、張り合いになる。軽い気持ちで言ったとしても〈兵の道〉を行く者に二言《にごん》はないから、武力による決着以外に選択の余地はなくなる。

「かく言い合いてばかりでも仕方がない。然るべき日時と野を決めて出合い、互いの実力のほどを試さん！」

「承《うけたまわ》った！　広野にて出合うこと、しかと約束した！」

果たし状を交わし、決戦の日となった。互いに五、六百の軍勢を引き連れ、約束の巳《み》の刻つまり午前十時ごろ、約束の野で対峙《たいじ》した。両軍とも楯を突き並べ、射合う段になって、良文が充へ使者を立てた。

「今日の合戦では、おのおの軍を以って射合うのでは面白味もなかろう。ただ貴殿とそれがしとが、互いの手並みを比べ合おうではないか。されば軍勢同士の射合いは中止し、ただ二人、馬を走らせ秘術を尽くして射合おうと思うが、いかがか？」

一対一の勝負の申し入れ。戦の原因が二人の面子と意地の張り合いなら、郎党を巻き添えにするには及ばない。二人だけで決着をつけよう、というわけだ。

「それがしも、かく思っていたところだ。すみやかに罷《まか》り出ん！」

充が承諾し、ただ一騎、陣の前へ出て矢を番《つが》えた。良文は大いに喜び、勇み逸《はや》る郎党たちを押しとどめて強く戒める。

「我一人、腕前の限りに射合おう！　黙って見ておれ。もし我が射落とされれば、遺骸を引き取って葬れ。決して立ち向かうでないぞ！」

言い残して悠然と前へ出た。馬を駆り、すれ違いざまに射合う。行き過ぎて取って返すが、今度は互いに狙い過ぎて、かえって矢を放つことが出来ない。良文の矢が充の胴を狙うと、充は落馬寸前まで身をひねり、かわした。充も良文の身の真ん中を射るが、良文が必死でかわすと矢は刀の腰《こし》宛《あて》に当たって折れ、良文は危うく死傷を免《まぬか》れた。何度やっても勝負はつかず、日は中天から西の空に移った。ついに良文が馬を止め、充へ呼び掛けた。

「互いの矢はどれも外れる矢でなく、すべて真ん中を射た矢なり。されば、ともに手練のほどは分かった。どちらも大した腕だ。ところで我らは祖父の代からの敵《かたき》同士ではない。ただ腕を競い合ったまでのこと。これで止《や》めとしよう。強《し》いて相手を殺すまでのこともない！」

疲れた様子ながら、さっぱりした顔だ。すると充も笑顔を返した。

「然り！　互いの腕前はよく分かった。止めた方がいい。されば兵を退《ひ》きて帰らん！」

郎党たちは最初不思議がったが、事の次第を聞いて喜んだ。誰もが「主は射落とされるか」と肝をつぶしながら見ていたからだ。源充と平良文は仲直りし、元のように友誼《ゆうぎ》を結んだ。後世〈兵《つわもの》の道〉や武士道を論じた書では、引き合いに出されることの多い場面である。

〈昔の兵、此《か》く有りける〉

『今昔物語』は、こう結んでいる。武士道賛美のどんな言い方よりシンプルで、かつ必要にして十分。心に残る結び方だ。

時代は下り、下総と上総の在庁官人だった平忠常《ただつね》が乱を起こし、追討使の源頼信《よりのぶ》が乱を終息させた。頼信の子が頼義《よりよし》で、陸奥守兼鎮守府将軍として一〇五一年に起きた奥州前九年《ぜんくねん》合戦で安倍氏を倒す。

二十年後の後三年《ごさんねん》合戦では、頼義の子の源義家《よしいえ》が、さきに父頼義に味方した出羽の豪族清原氏を滅ぼした。

二つの合戦では坂東八平氏や東国武士の多くが頼義や義家に従い、一時的にせよ東国では平氏が源氏の配下に入る構図が出来た。後三年合戦では重忠の曽祖父、平武綱《たけつな》（秩父武綱）が源義家軍の先陣を務めて、源氏シンボルの白旗を賜わり、代々の家宝とした。時代は移り、この白旗が畠山重忠と源頼朝を結び付けることになる。

2

「小代《しょうだい》ノ岡ノ屋敷」は悪源太義平《あくげんたよしひら》こと源義平の館だ。現在の埼玉県東松山市正代《しょうだい》の、名の通り小高い丘の上に建てられた。一帯は武蔵国の武士団児玉党《こだまとう》に属する小代氏の所領であり、義平が館を作るにあたって小代氏が便宜をはかった。

眼下の南に越辺川《おっぺ》、東に都幾川《とき》が蛇行しながら流れている。西には奥武蔵から秩父へ続く山並が見えた。その山の端《は》に短い秋の日が落ちようとしていた。見下ろす一面の葦原《あし》が残光に赤く染まり、瞬間《とき》を待っていたように冷たい風が吹いた。

「集まり始めたな！」

沢瀉縅《おもだかおどし》の大鎧《よろい》を着た義平が二つの川を見てつぶやいた。鎌倉の本拠からこの屋敷へ数日前に着いていた。数え十五歳の若さながら大柄で、がっしりとした体つき。顔の真ん中で大きな両目が光る。悪源太の「悪」は善悪の悪ではなく、暴れん坊というほどの意味。のちに鎌倉幕府を開く源頼朝《よりとも》の、腹違いの長兄でもあった。

「兵を乗せた舟が続々とやって来るのは、すっかり暗くなってからでござりましょう」

畠山重能《しげよし》が答えた。こちらも人並み外れた立派な体格で、目も鼻も口も造作が大きい。赤糸縅《あかいとおどし》の派手な大鎧に身を包んでいた。歳は三十前後というところか。重能は味方の手筈《てはず》を整えるのに手間取り、この日の正午過ぎに屋敷へ到着した。

「大蔵館《おおくらやかた》の叔父殿の様子はいかがか？」

庭石に腰をおろして義平が問う。二人が攻めようとしている大蔵館は、岡の屋敷から北西へ約八キロ、槻《つき》川と都幾川が出合う武蔵国入間郡大蔵の河岸段丘上にあった。東西百七十メートル、南北二百十五メートルの、方形状の敷地に建つ。「叔父殿」つまり重能の父重弘《しげひろ》の弟重隆《しげたか》の所有ながら、事実上の持ち主は重隆が養子に迎えた源義賢《よしかた》だった。

「義賢殿を養子にしてからというもの、盤石《ばんじゃく》の心持ちのようです。これから酒盛りを始めるとのことで、今夜などぐっすり寝込んでおりましょうぞ！」

重能が都幾川を上ってくる舟影《ふなかげ》に目を凝《こ》らして説明した。一艘《そう》に二十人は乗れるから、目立たぬように集まるには陸路より舟の方が好都合だ。

「それはよい！　これ以上の好機はござらぬ。天も、いよいよ我《わ》らに味方するか！」

義平も舟影に目を凝らす。十五の少年の物腰や口ぶりではない。義賢とは源義賢のこと。義平の父源義朝の弟が義賢だから、義平にとっても攻める相手は叔父殿である。

「互いに叔父殿を討つ戦《いくさ》になる！」

「然《しか》り！」

苦笑まじりに重能が言うと、義平も笑って答えた。

河越氏を名乗った重隆は、重弘の弟ながら秩父平氏の家督を継ぎ、武蔵武士を統《す》べる武蔵国留守《るす》所惣検校職《どころそうけんぎょうしき》の役にあった。源氏の主流である源為義《ためよし》の次男義賢を養子に迎え、ゆくゆくは惣検校職を義賢へ譲って、権力基盤を固めるつもりでいる。兄重弘にすれば弟重隆のこうした動きが快《こころよ》いはずもなく、それは重弘の子の重能にしても同様だった。

一方、重能が手を組む悪源太義平にとって、叔父の義賢に対する敵意には、重能に劣らぬものがあった。敵意の原因は悪源太の父義朝と、義朝の父為義との父子対立だ。義平から見れば父と祖父の対立である。

事の発端は、京の都で祖父為義と彼の家人たちが、粗暴なふるまいにより白河院の信を失ったこと。それならと為義は藤原摂関家へ近づく。この時点で長子義朝は廃嫡《はいちゃく》され、東国へ追いやられた。代わって摂関家の藤原頼長に気に入られた義賢が、嫡子に立てられた。左大臣ながら「悪左府《あくさふ》」の異名を持ち、のちの保元《ほうげん》の乱に敗れる頼長だが、彼の日記『台記《たいき》』には義賢との男色関係があからさまに記されている。

廃嫡により為義の庇護《ひご》から離れた義朝は、東国で相模国の在地豪族である三浦氏や大庭氏と結び、鎌倉を本拠に相模国一帯に強固な地盤を築いた。義平の母は平家三浦氏の娘とされるから、義平は源氏と平氏の血筋を半々に引いたことになる。やがて義平が成長すると、義朝は東国を義平に任せて京へ戻り、父為義とは逆に院勢力へ接近した。

かくて義朝は白河院や次の鳥羽院に重んじられ、三十一歳にして下野守に任じられた。官位も父の為義を超えた。為義はこれを危惧《きぐ》して義賢を上野国多胡庄《こうずけたごのしょう》へ送り込んだ。義賢は河越重隆と組み、大蔵館を拠点に勢力を伸張させる勢いを見せた。

片や勢力の南下を図る源義賢と河越重隆の連合。此方《こなた》、相模から北へ力を伸ばさんとする源義平と畠山重能。相対する勢力には、それぞれに根深い対立の理由があった。こうなると激突は避けられない。

「して、三浦義明殿も今夜のうちに来られるのですな？」

　重能が義平に問う。

「三浦殿は来ぬが、二百の兵を寄越す手はずだ」

「二百？　それは頼もしき限り！」

　二百となれば舟だけでなく陸路をとる兵もいる。大豪族の三浦氏だから騎馬兵も多く、騎馬兵であれば舟は使いにくい。人目を避けるため東山道武蔵路《とうさんどうむさしみち》のような主要道を通らないとして、どういう道筋で来るつもりなのか。

「畠山殿の元へも、三浦殿から手紙《ふみ》が届いているのだろう？」

　義平が訝《いぶか》しげに尋ねた。

「なれど兵の数までは聞いておりませぬ。三浦殿自身も最初は来るとの話でござった！」

「そうであったか！」

　重能は義明の娘を妻にもらっていたから、今回の襲撃にも義父から重能へ強い勧めがあった。義平もそれを知っており、訝しげな顔の理由だ。ちなみに畠山重忠はまだ生まれていないが、重忠の母は重能の正妻たる義明の娘ではない。

　彼方《かなた》に目をやると、すっかり暗くなった都幾川の川べりで、黒い人影が動き出した。兵を満載した舟が続々と着いていた。東の空から月明かりが黒い人影に落ちた。松明《たいまつ》を使わずに済むほどの月明かりであれば、大蔵館への夜襲には好都合だ。

「おおッ、お二方は、ここに居《お》られたか！」

　背後の大声に振り返ると、長井庄の斎藤実盛《さねもり》が、やはり赤糸縅《あかいとおどし》の鎧《よろい》姿で立っていた。中肉中背、どちらかというと細面で高貴な顔つきだ。越前国の出身だが、現在の熊谷市にある長井庄の主《あるじ》斎藤実直の養子となり、北武蔵の一部に勢力を有していた。

「おお、斎藤殿！」

重能が立ち上がり、笑顔を浮かべて実盛の両手を握った。胸まで垂れた実盛の長い顎鬚《あごひげ》が、重能の手に触れんばかりだ。平氏にも源氏にも属さず、どちらの側に立つかを決めかねていた斎藤実盛だが、親しい重能の強い勧めで旗色を鮮明にした。

剛直な武士《もののふ》は東国にいくらでもいるが、実盛くらい信義に厚い男はいない。義平も両手を広げて実盛を迎えた。

「斎藤殿の兵は？」

「騎兵歩兵合わせて百。して、畠山殿は？」

「騎兵百に歩兵二百でござる」

「合わせて三百でござったか。さすが秩父平氏の本宗家、それは、それは……」

実盛が感嘆した。

「お疲れでござろう。屋敷の中に飯と酒が用意してある。兵を慰労してくだされ！」

義平が重能の後ろから声をかけると、実盛が一礼して去った。結局、この夜のうちに義平勢には畠山重能、三浦義明の大豪族のほか、斎藤氏や武蔵七党の児玉党と丹党、上野国の新田義重や下野国の足利忠綱らの兵が集結した。

昼のうちは秋らしく暖かでも、夜になれば冬へ一変して寒気が身に沁《し》みる。北の空に北極星が煌《こう》煌《こう》と光り、地には大蔵館へと急ぐ兵たちの息が白い。兵は仮眠もとらず、その日のうちに夜討ちに向かった。

先発隊を実盛《さねもり》が率《ひき》い、重能《しげよし》と義平の兵が続いた。義平と三浦の兵以外は地理に明るい者ばかりだ。都幾川に沿った小道を黙々と歩く。蹄《ひづめ》の音以外は何も聞こえない。一時《いっとき》つまり二時間も歩くと目指す大蔵館の黒々とした森が見えた。

実盛の兵百は、都幾川の北側へ向かった。瀬を渡って館の西へ回り込み、西郭《せいかく》を破る手筈《てはず》だ。多勢の重能隊は館の南から東にかけて固めつつ、義平と三浦の連合軍を待ち、共に館の正面から雪崩《なだ》れ込む作戦だった。

「敵の数は？」

「館にとどまり居《お》るは多くて二百、いや、百も居るか……」

「我が勢は八百。これでは勝負にならぬな！」

義平は眦《まなじり》を決して表情硬く、わずかな心の余裕もない。大規模な合戦という意味で十五歳の義平にとっては初陣であり、東国の情勢を一変させる重要な戦《いくさ》だ。加えて叔父義賢を討たねばならぬという心の重圧もあった。

義平が門の前に立つと、待つ間もなく内側から扉が開いた。重能の手の者が二人、血に染まった刀を下げて笑っていた。足下に門衛が二人、息絶えて横たわる。少し離れた南側の土塁を越えて屋敷内へ侵入し、眠り込んでいた門衛たちを斬ったようだ。門衛たちにも酒がふるまわれ、眠ってしまっていたに違いない。

「でかしたぞ！」

義平が二人に声をかけ、先頭に立って寝殿へ急いだ。

「畠山殿は重隆殿を討ってくだされ。それがしは義賢殿を討つ！」

横の重能に義平が言い、二人は二手に分かれた。ここからが、しかし手間取った。奥の寝殿に義賢や重隆の姿はなく、いくら捜しても見つからない。やがて気づいた重隆の郎党たちが騒ぎだし、あちこちで重能らの兵と斬り合いになった。こうなれば義賢も早々に気づく。

「火を放て！」

義平が手勢に命じた。主殿の二か所は義平の手の者が火を放つ。少し遅れて西と北の別棟も激しく燃え始めた。闇に閉ざされていた屋敷の森が赤々と浮かび上がる。熱風に眠りを妨げられた無数の鳥がけたたましく鳴き、枝々から赤黒い空へ飛び立った。

庭のあちこちで双方の兵が槍や太刀を交え始めた。一方は腹当《はらあて》で身を固め、他方は無防備な格好だから、容易に敵味方の区別がついた。多勢に無勢《ぶぜい》、勝負にはならない。義賢側のどの兵も四、五人の敵に囲まれ、難なく斬り伏せられた。斬られるのは義賢の兵ばかりだ。

義平は五、六人の兵を従え、火中に義賢の姿を求めて歩いた。抜き身の長い太刀を下げ、目を血走らせている。

「ギャ！」

厩《うまや》の角を曲がろうとした時、絶叫とともに槍の穂先が伸びて義平の腹を突かんとした。危うく身をかわすと、びっくり顔の男が角の陰から槍を握って現れた。槍を突きながら自身が突かれたごとくに叫んだ男は、次の瞬間には義平の太刀に肩を砕かれ、倒れて動かなくなった。そこへ重能の若侍が報《しら》せにきた。

「畠山殿が、重隆殿を討ち取りました！」

「重隆殿に間違いないか？」

「間違いございませぬ、重隆殿です！」

「分かった、畠山殿に伝えよ！　義賢殿はいまだ見つからぬゆえ、そちらも義賢殿を捜《さが》し出して欲しい、と！」

若侍は駆け去った。

その頃、斎藤実盛《さねもり》は館の西に居て、館から逃げ出して来る義賢側の兵を検閲していた。すべての者を斬るわけでなく、女子供や武器を持たぬ者は逃亡を黙認した。

「待て、あの者たちを連れて来い！」

実盛が指さしたのは子供連れの女たち。六、七人だが、一人の背丈が図抜けて大きかった。

「そなた、被衣《かづき》を取れ！」

背丈の大きな女に実盛が命じた。外出の時に頭から被る単《ひとえ》の衣が被衣。白い被衣姿の大柄な女は、実盛の言葉が聞こえないのか被衣を脱ごうとしない。

「おい、聞こえぬのか！」

兵が手を伸ばして女の頭の被衣をつかもうとした瞬間、別の女が隠し持っていた短刀で兵を突いた。兵は腹を押さえてうずくまると、両の手で傷口を塞《ふさ》ごうとした。血が指の間から流れ、兵は苦痛に顔をゆがめて倒れた。

「何か！」

叫びながら近くにいた兵が一斉に集まる。短刀を振るった女はすでに斬られて兵らの足元に横たわり、他の女たちは被衣の女から遠ざけられた。

「被衣を取れ！」

実盛が命じ、兵が松明《たいまつ》を近づける。女は諦めたのか、おずおずと被衣を取った。兵たちが息をのんで女を見るが、次の瞬間には落胆の色に変わった。被衣の下から現れたのは間違いなく女だ。身分の高い女でないことも即座に分かった。

〈男が女のふりをしていたのではなく、高貴な女でもなさそうだ。では、なにゆえ足元の女は短刀を抜き、被衣の女を庇《かば》おうとしたのか……〉

実盛は、太刀を握って横たわる女を見て首をかしげた。瞬間、ひらめくものがあった。庇う価値のない者を庇い、太刀を抜いて騒ぎ立てたのは、注意を引きつける陽動作戦だ。ぐるり首を巡らせると、やはり離れた場所を足早に過ぎようとする二人連れの女たちがいた。

「おい、待て！　その女！」

実盛は二人連れの女に向かって叫んだ。被衣の女の騒ぎで、他の者への検閲が疎《おろそ》かになっていた。二人連れの女は、その隙《すき》に過ぎようとした。

「行け！　その女たちを捕えよ！」

実盛が叫ぶ。二人連れの女はいったん立ち止まり、だが駆け去ろうとした。たちまち兵が取り囲んだ。捕えてみると女の一人が幼子《おさなご》を抱いていた。つまり三人だった。

「そなた、男だな！」

幼子を抱いていない方に向かって実盛が言った。

「然《しか》り」

野太い声で男が答える。松明が男の髭面《ひげづら》を照らした。

「義賢殿か？」

「然り」

もはや隠す素振《そぶ》りも見せない。

「捕えよ！　待て、その女と子もだ！」

実盛が命じると、義賢はおとなしく縛《ばく》についた。二人は見知った間柄だが、義賢には許しを乞《こ》う様子もない。運命を悟っているのだ。

「お子は駒王丸《こまおうまる》殿でござるな？」

尋ねたが、義賢も女も返事をしない。義賢の子の駒王丸であれば数え三歳になるはずだ。

「女と子は向うへ連れて行け！　逃がすな！」

命じてから義平と重能へ報せるべく使者を立てた。待つ間もなく二人がやって来た。

「おお、叔父殿なり。間違いなし！」

馬を飛ばして来た義平は、跳び降りるなり叫んだ。

「叔父殿、油断召《め》されたな！」

兵から松明を奪った義平は、義賢の顔を照らして言う。

「然り、先に夜討ちをかけるべきであった！」

口をへの字に結び、義賢は奥歯も欠けんばかりに歯軋《はぎし》りした。義賢の言う通りだろう。義平の兵が十分集まらぬうちに、機先を制して小代の屋敷を囲んでいれば、義平と義賢の立場は逆転していたに違いない。

「お命を、いただく！」

言うなり義平が太刀を抜き、座り込んだ義賢の頭上にかざした。観念した義賢は二度三度大きく息を吸い、心もち首を前へ出した。ところが義平は太刀を振り下ろさない。

「……叔父殿の顔が親父殿にそっくりだ。まるで親父殿を斬るようだ！」

義平が、ほとほと困ったという顔で太刀を下げた。直前まで敵兵を容赦なく斬りまくっていた義平だが、さすがに逡巡《しゅんじゅん》していた。

「拙者《せっしゃ》の兵に斬らせましょう！」

重能が申し出た。一瞬、義平が、ほっとした表情になったかに見えた。

「いや、それがしが斬ろう！」

思い直した義平が、再び太刀を手に義賢に近づいた。そして今度は、ためらわず太刀を振り下ろした。一太刀で義賢の首が跳んだ。

「駒王丸も捕えた、と？　それがしが斬らん！」

義平が実盛を振り返った。なお義平の荒い息遣いは収まらない。父親似の叔父を斬ったことと初陣を勝利で終えた安堵とが、疲れとなって一挙に出たのだろう。義平が「悪源太義平」の名を頂戴するのは大蔵合戦以後のことだ。

「駒王丸の首は、それがしらにお任せくだされ。なに、幼子《おさなご》一人のこと、義平殿の太刀を借りるまでもござらぬ！」

実盛が答えた。

「……そうか、では、お任せ致す。だが必ずお斬りなされ！　幼子だからと安心召されるな！　今は幼子でも、生かさば立派な武将になる。必ずお斬りなされ！」

義平が繰り返し言い、愛馬にまたがった。

「後の始末はそれがしと斎藤殿で致すゆえ、義平殿は小代《しょうだい》の館へ戻られよ！」

重能が言う。年少者への気遣いが感じられた。

「そうしよう！」

意地を張らず率直に従う。義平が去ると大蔵館に静けさが戻った。建物は焼けてなお火がくすぶり、焦げ臭さと血の臭いに満ちていた。すべては終わり、騒ぎ立てる者もない。

「いかがする？」

実盛が重能の顔を覗《のぞ》き込んで尋ねる。

「駒王丸殿のことか？」

「斬るか？」

重能は答えず、北の夜空を見上げた。夜明け間近の空に北斗七星と北極星が輝いていた。重能は星に両手を合わせて目を閉じた。

「妙見様《みょうけん》か……」

実盛がつぶやく。北極星を神格化した妙見菩薩《ぼさつ》を、東国武士の多くが信仰していた。

「それがしの太刀は童《わらわ》を斬らぬ……」

ゆっくり振り返り、重能が独り言のようにつぶやく。

〈それがしも、それがしの手の者も駒王丸を斬るつもりはない。斎藤殿の手で斬るなら、どうぞやってくだされ！〉

重能の言葉の意味は、こうだった。

「いや、それがしの太刀も童は斬らぬ！」

重盛も同意し、駒王丸の身柄は実盛が預かった。

実盛は駒王丸を長井庄へ連れ帰ると、日をおかず信濃木曽にいる中原兼遠《なかはらかねとお》の元へ送り届けた。兼遠は駒王丸の乳母《めのと》の夫。木曽の地で育った駒王丸は成長すると木曽義仲《きそよしなか》を名乗り、平氏の世を源氏のそれへ覆《くつがえ》した。幾歳月を経て青年義仲と老齢の実盛、重能とが、戦場《いくさば》で敵味方に分かれて戦うことになるとは、実盛も重能も夢にも思わなかったに違いない。

それも時を下ってからのこと。合戦の後、義平や重能に対抗出来る勢力はなくなり、重能は秩父平氏の本流に返り咲いた。義平や重能らが罰せられなかったのは、義平の父義朝と親しかった藤原信頼《のぶより》が当時の武蔵国守だったため。東国武蔵の争乱、とりわけ秩父畠山氏の勃興を語るとき、出発点と位置付けられるべきは、この大蔵合戦であった。

3

大蔵合戦の翌年、都でも大乱が起きた。保元《ほうげん》元年(一一五六年)七月に勃発した保元の乱。鳥羽法皇・後白河天皇の連合と、崇徳《すとく》上皇の勢力とが、権力闘争から武力で衝突した。

後白河天皇方には関白藤原忠通《ただみち》、武士では源義朝や平清盛らがついた。対する崇徳上皇側には左大臣藤原頼長《よりなが》、武士は清盛の叔父平忠正や義朝の父源為義《ためよし》、為義の八男で鎮西《ちんぜい》八郎の異名を持つ弓の名手為朝《ためとも》らが味方した。源平入り乱れての合戦となった。

東国武士たちにとれば遠い戦《いくさ》のはずだが、彼らもこぞって参戦した。平氏の末裔が多いにもかかわらず、大半が平清盛軍でなく源義朝軍に加わった。源為義や鎮西八郎為朝らの崇徳上皇方は初めから劣勢だった。

「作戦の次第を述べてみよ!」

崇徳上皇方を取り仕切る左大臣の藤原頼長が問う。辣腕《らつわん》ぶりから「悪左府《あくさふ》」の異名で知られていた。

武蔵国大蔵合戦で敗死した為義の子義賢《よしかた》の男色相手である。

「為朝久しく鎮西に居住し、九州の者ども従えるにつき、大小合戦の数も知れませぬ……」

畏《かしこ》まって鎮西八郎為朝が意見を述べた。七尺つまり二・一メートル超の背丈があったと伝えられ、かなりの大男だったことは間違いない。両の目が切れ上がり、魁偉《かいい》な容貌だ。五人がかりで弦を張るような強弓《ごうきゅう》の使い手でもあった。

「それで？」

頼長が先を促す。為朝は幼少の頃から乱暴者で、父為義は十三歳の時に勘当のうえ九州へ追放した。しかし九州で諸豪族を平らげ、九州総追捕使《ついぶし》を自称する。この日の軍議が盛会なのは、評判の為朝をひと目見んと貴族や武士たちが詰めかけたからだ。

「城を攻めて敵を滅ぼすにも、夜討ちに勝《まさ》るは、ござりませぬ！　然《しか》れば、ただ今敵の本陣へ押し寄せ、三方に火をかけ、残る一方で待ち受ければ、逃げ来る敵はそれがしらの矢を避けることが出来ませぬ！　また矢を恐れて残る者は、火を逃れることが出来ませぬ！」

為朝が大きな声で考えを披露した。居並ぶ面々は誰もが讃嘆の眼差《まなざ》しだ。最初は彼の容貌に驚き、次に作戦を考え出す才に驚いた。

〈為朝の作戦通りに戦えば、無勢でも勝機がつかめそうだ〉

皆がそう考えた。

「待て、待たれよ！」

しかし上皇に近い席から声が上がった。こんなときに異議を唱える人物は、左大臣の藤原頼長以外にいない。

「……待たれよ。為朝が申す様《よう》、以外《もってのほか》の乱暴なり。年若きゆえに致したのだろう。夜討ちなどということ、武士同士の戦ですることであり、十騎二十騎の私事《わたくしごと》なり。主上と上皇の御国を巡る争い、源平が総力を尽くす争いに、夜討ちなどということがあってはならない。こちらで奈良の僧兵を呼んでいる。興福寺や吉野から千騎以上が今夜宇治に到着し、予が父忠実《ただざね》殿にお会いしてから、こちらへは明日の暁に加わる。彼らを待って合戦すべきである！」

他に意見を求めておきながら、結局は自分の意見を通す。そんなところが頼長らしい。仕方なく為朝は作戦の撤回を申し出た。頼長は、自分と「予が父」の手柄にしたいのだ。

「合戦の道なら、武士にこそ一任されるべきだ。敵の義朝殿は武略の道に奥義《おうぎ》を極めたる者なれば、きっと今夜、夜討ちを仕掛けて来るだろう。悔しいことかな！」

上皇の前を退いてから為朝は、つぶやいた。

一方の義朝もその夜、後白河天皇の御前に召された。やはり作戦を尋ねられた。

「夜討ちに勝るものは、ござりますまい。とりわけ南都から千騎の僧兵が明朝、京へ入ります。今夜のうちに勝負を決してしまうことです！」

こちらの作戦はすぐ採用された。頼長たちは義朝勢の夜討ち作戦を知らない。油断し切っていると、突然周囲が騒がしくなった。

「内裏《だいり》の様子を見て参れ！」

左大臣頼長はあわてた。武者所の近久《ちかひさ》に崇徳上皇の様子を見に行かせた。

「敵軍、すでに攻め寄せています！」

走り戻って報告する近久の肩越しに、敵の一群が見えた。

「為朝が千度《ちたび》申したのは、こういうことでござる！」

強弓を手に鎮西八郎為朝が怒るが、時すでに遅し、であった。そんな為朝を勇み立たせようというのか、このさなかに為朝を蔵人《くろうど》とする除目《ぢもく》、すなわち昇格人事が発表された。

「これは何ということぞ！　敵すでに寄せ来るに、方々《ほうぼう》に手分けすべき時に、ただ今の除目とは危険なり。他の人は何にでもなり給え。為朝は元の鎮西八郎にて結構でござる！」

言い捨てると、為朝は敵兵に向かって矢を放ち始めた。除目が悪左府の浅知恵であることは明白だった。結局、鎮西為朝の奮戦も及ばず合戦の決着は数日でつき、後白河天皇方の勝利に終わる。多勢に無勢、しかも多勢の側が無勢の側に先制の夜討ちをかけたのだから当然の結果だ。東国武士の大半は義朝軍に加わっており、彼らにとっても勝利だった。

崇徳上皇は讃岐《さぬき》に流されることになった。左大臣頼長は南都奈良へ逃《のが》れる途中、顔に流れ矢を受けて死亡した。父子対立の父為義は、頼る所もなく息子義朝の元へ逃げて来た。

「それがしの一存では決められませぬ！　まして父上は院方の大将であらせられたわけですから軽い罪では済みますまい……」

汚れ疲れた老人を見て義朝が突き放した。何十年かぶりで対面した七十近い老人に、義朝は子としての感情がわかなかった。憎しみさえ、とうの昔に消えていた。

父為義は朝議にかけられた。天皇が下した決済は「早く斬るべき」だった。義朝は二度三度と父の赦免を奏聞《そうもん》したが、かえって天皇の逆鱗《げきりん》に触れた。

「清盛はすでに叔父の忠正を誅《ちゅう》した。叔父と父に違いはあるか？　早く為義を誅戮《ちゅうりく》せよ。やらぬなら清盛の武士にやらせよう！」

後白河天皇が珍しく顔を真っ赤にした。義朝はただちに為義を輿車《こしぐるま》に乗せ、洛北の船岡山で斬首した。悲劇は、だが、これで終わらない。

「弟たちを皆捜して連れて来い。捕えて誅殺せよ！」

義朝へ重ねて宣旨が下る。父為義に従った頼賢《よりかた》ら五人を斬ると、なおも六条堀川に住む本妻の四人の幼子に誅殺の指示が下った。十三の乙若《おとわか》を頭に十一の亀若《かめわか》、九つの鶴若《つるわか》、末弟が七つの天王《てんおう》だった。

「あの四人のことか……」

義朝は暗い顔でため息を吐《つ》き、秦野次郎延景《のぶかげ》を呼んだ。

「あまりに不憫《ふびん》なれど、勅命なれば仕方がない。宥《なだ》めすかして連れ出し、船岡にて命をとれ」

延景はつらい仕事に涙で袖を濡らしながら、輿を仕立てて六条堀川へ向かった。着いてみると本妻は参詣に出掛けて留守だが、子供四人は皆がいた。四人は延景の姿を見つけると嬉しそうに駆け寄って来た。

「為義殿のお使いで参りました。為義殿は比叡山にてお待ちです。そこまでお連れ申そうと、お迎えにあがりました」

四人に嘘をついた。

「戦《いくさ》の後はまだお目にかかっていないので、皆が父を恋しく思っておりました！」

長兄の乙若が言い、四人は我先にと争って輿に乗り込んだ。やがて船岡山へ着いた。どうしようかと延景が考えていると、末っ子の天王が輿の中から走り出て来た。

「父は、どこにおわします？」

天王が延景に問う。延景は涙を流すばかりだ。

「今となっては何を隠しましょう。大殿もお兄様方も昨日の朝に皆斬られました。お子様方も命をいただくようにとのご命令です。だましましたのは、がっかりさせないためでした。さあ、心残りがございましたら延景におっしゃり、ご念仏なされ！」

涙をこらえて延景がやっとこれだけ言うと、ほかの子供たちも輿から降りて来た。

「義朝殿に使いを出して、どうして我《わ》らを殺すのか、四人を助けておけば郎党百騎にも勝るであろうにと、申し上げたい！」

叫んだのは九歳になる鶴若だ。

「もう一度人を遣《つか》わして、確かに殺すつもりかと聞きたい！」

十一歳の亀若が眉根を寄せた。最後に十三の乙若が落ち着いて言う。

「ああ、聞き苦しきことを言うものだ！　我ら武門の家に生まれた者は、幼くとも心は猛々《たけだけ》しいものなのに、不覚なことを言うものよ！　七十になられる父が病気のうえ出家なさり、頼って来られたのに斬るような道理無き者が、我らを助けるはずもない。それにつけても哀れで、はかなきことをする義朝殿だ。清盛の謀略とも知らず、源氏を義朝殿一人にしておいて、ことのついでに義朝殿まで滅ぼそうとしていることを悟られない！　義朝殿はこの先、二、三年も平穏には過ごされまい！」

断じると三人の弟たちを振り返る。

「嘆いてはならない。命が助かったとて乞食や流浪《るろう》の身になるばかりだ。あれが為義入道の子だと人々に指さされるのは、家のためにも恥辱《ちじょく》なり。父が恋しいなら西に向かって南無阿彌陀仏《なむあみだぶつ》を唱え、西方極楽に往生して父に会おうぞ！」

男子《おのこ》らしく、また長子《ちょうし》らしい口ぶりだ。覚悟は東国武士にひけをとらない。四人は西に向かって手を合わせた。子供たちに一人ずつ付く守役《もりやく》も声を上げて嗚咽《おえつ》するが、幼い子を泣かせまいと袖で隠す。だが押さえる袖の下から涙が落ちた。

「我が先にと思うが、弟たちを怖がらせては可哀想《かわいそう》だ。弟たちを先にしてくれ！」

乙若が延景に促し、弟三人が前に並んで座った。三本の白刃が暗い空に光った。

「美しく斬られたものだなあ！　我もこのように斬られたいものだ！」

乙若は弟たちを愛《いと》しむように抱き、血を拭って髪を掻き撫《かな》でた。

「今は弟たちが待ち遠しくしているだろう。早く斬れ、さあ、さあ！」

乙若も斬られた。四人の守役が走り寄り、それぞれの御子を抱いた。空を仰ぎ、地に突っ伏して嗚咽《おえつ》した。子の血と守役の涙が一緒に流れ落ちるさまに、見ている兵は皆泣いた。

「この君をお育てするようになってから、片時も離れたことがない。拙者の膝の上で拙者の髭をなでながら『いつか成人して国も荘園も手に入れ、お前に治めさせよう』とおっしゃった。今も拙者を呼ぶ声が耳から離れず、お姿が幻にちらつく。死出《しで》の山を、三途《さんず》の川を、誰がお供するのか。恐ろしく思えば、まず拙者をお捜しになるだろう。主にお供仕《つかまつ》らん……」

末子天王の守役である内記平太《ないきのへいた》は、言い終わらぬうちに腰の刀を抜き、腹を掻《か》き斬って死んだ。思いは他の守役も同じだったのか、平太の死を見た他の三人の守役たちは、遅れをとるまじと次々に腹を斬った。

都の幼子たちでさえ、鮮烈な武士《もののふ》ぶりは東国の大人たちに劣らなかった。


四年後の平治《へいじ》元年（一一五九年）冬、平治の乱が起きた。鍵を握った権中納言藤原信頼は、武蔵守在任時、大蔵合戦で義朝長子の悪源太義平を支援した。ところが信頼は「文にも武にも能なく」（『平治物語』）と評された凡庸な人物。義朝は信頼に請《こ》われて陣営に参じるが、多勢の清盛軍に敗れた。信頼、義朝、義平が斬首され、十三歳の頼朝は命を助けられ伊豆へ流された。この敗北により京における源氏勢力は、ほぼ壊滅した。

〈清盛の謀略とも知らず、源氏を義朝殿一人にしておいて、ことのついでに義朝殿まで滅ぼそうとしていることを悟られない。義朝殿はこの先、二、三年も平穏には過ごされまい！〉
二、三年が少し延びたにせよ、義朝の運命は十三歳の少年乙若が予言した通りになった。

一　少年重忠

1

青みを増した柳の枝が北武蔵の野に揺れていた。畑も林も遠い山の端《は》も、目に入るすべての景色は輪郭がおぼろだ。少年が一人、馬を引き野中の小道を歩いて行く。腰に刀を差し、弓を手にしていた。狩りの帰りにしては腰や肩、馬の背に獲物らしきものが見当たらない。

少年ながら体は人一倍大きく、身の丈は一・八メートルを超えていた。立派な鞍《くら》や大きな馬体から察すると、土地の豪族か縁者だろうか。明るい目に少年らしさが残るが、真一文字に結んだ口元には、ものに動じない強い意志が見て取れた。

山里に日暮れは近いが、少年の足取りはゆっくりだ。さまよっていて急ぎようがないのか。小道を踏み迷い、行けども人里へ出ないのか。やがて辺《あた》りが暗くなり始めた。

もれ落ちる燈火なら遠くからでも見つけやすい。家を探すには暗い方が好都合だろう。見知らぬ者を泊めるかどうかは別として、銭を与えれば食べ物ぐらいは分けてくれるかもしれない。しかし、そんな燈火も見つからなかった。

「もし、お侍《さむらい》様！」

呼び掛けられて振り向いた。少年の背には馬がいるばかりで、人はいない。

〈女人《にょにん》の声だったが……〉

独りごちた。

「もし、お侍様！　何か、お困りですか？」

もう一度女人の声がして、声の主が正面にいることに気づいた。空腹と疲れのせいか、少年は歩きながらも前を見てなかった。

「おお、よかった！　そなた、宿をご存知か？　いや、宿でなくとも構わぬ。それがし、、、のような者を泊めてくれる家を知らぬか？」

勢い込んで少年が尋ねた。

「さあ、この辺りは粗末な家ばかりですから、人をお泊めするとなると……。街道からだいぶ離れておりますゆえ、宿もありませぬ」

勢いに押され、女人が口ごもる。よく見れば少年より年上かも知れないが、まだ少女だ。

「そうであったか……」

暗い道で他人を気遣い、声を掛けるには勇気が要る。少女であれば、なおさらだろう。それだけでも感謝しなければなるまい。

「古祠《ふるほこら》や辻堂《つじどう》でもよい、あれば教えてくだされ！」

少年が尋ねた。夜露をしのげるなら、それだけで助かる。少女は「気の毒に」と言いたげに少年を見て、しばし考え込んだ。

「では、この小道を……」

思い当たったらしく先に立って案内した。小道を右にたどり、丘に向かって歩く。頂上の近くに小さな観音堂が見えた。庇《ひさし》が傾いていたが、とりあえず夜露はしのげそうだ。

「木の根元で寝るより、ずっとよいでしょう」

少女は優しく言い残すと、来た道を帰って行った。少年は観音堂前の椚《くぬぎ》の木に馬を繋ぎ、中へ入った。床板を踏み抜かないように、そっと歩く。正面の観音様に手を合わせてから、ごろりと横になり、手足を伸ばした。見上げた天井に穴が開いていた。これでは雨も防げまいと考えながら立ち上がると、穴の向こうに、きらきら光る北極星と七つの星が見えた。

「おお、妙見様《みょうけん》か！　ひと夜の宿は妙見様の賜物《たまもの》だったか！」

少年は妙見菩薩像を心に描き、両の手を合わせた。北極星と北斗七星は妙見信仰の象徴であった。床に座り込んだ途端に、ひどい空腹であることに気づいた。一つの安堵が次なる難問を思い起こさせた。こうなると、どうにもならない。手枕で横になるが、昼の疲れと空腹とが綯《な》い交ぜになり、眠りたいのに頭が冴《さ》えた。丘の上の風は強く、下から吹き上げる春風が夜嵐《よあらし》さながらに木々の梢《こずえ》という梢を揺らした。

それから、どれほどの時間が過ぎたのか。風の止んだ一瞬、人の足音らしきものが聞こえた。空耳かと思い、少年はおのれの気弱さを恥じた。もれ落ちる星影を頼りに外を見ると、顔色白く髪の黒い女がこちらに向かって歩いて来た。

「夜陰に乗じて観音堂を訪れるは魑魅魍魎《ちみもうりょう》か。然《しか》らずんば丑《うし》の刻《とき》参りならん……」

少年は、女の顔を見極めようと息をひそめた。女は堂の前で歩みを緩めた。道を教えてくれた少女だった。胸を撫で下ろして扉を開けると、少女は笹で包んだものを差し出した。

「ひもじかったで、ございましょう。これを……」

少女が堂の縁で包みを開く。赤子の頭ほどもありそうな大きな握り飯が三つ並んでいた。

「本当か……かた、じけ、ない！」

言い終わらぬうちに少年は握り飯を頬張《ほおば》った。玄米ご飯に味噌を添えただけ。口から喉《のど》へ、喉から胃の腑《ふ》へと、美味なるものが滑り落ちた。少年は大きな握り飯を噛みもせず呑《の》み込んだ。

「美味《うま》い！」

三つ目で言葉が出た。最後の一個は、しっかりと噛んだ。

ここで初めて少年は少女の顔を見た。行き合って以来、間近に顔を見るのは初めてだった。小柄ながら鄙《ひな》には珍しく黒目勝《まさ》りの目元に愛嬌《あいきょう》があり、口の辺りが楽しそうに微笑《ほほえ》んでいた。わずかな星明りでも白桃のような白い肌と艶が見てとれた。

「美味しいなら、ようございました。あれから家へ帰って、急いでお米を炊《た》いたのです。まだ熱い握り飯を噛まずに呑むご様子に、心配しましたが……」

言うと少女は安心した様子で夜道を帰って行った。少年は堂の中へ入って再び横になる。不思議な気分だった。

「この地は、どこか？　女人《にょにん》の名は何だったか……」

考えているうちに、うとうとしてきた。


すっかり眠ってしまったようだ。目が覚めると空が白んでいた。よほど疲れていたらしく、梢を揺らす夜嵐に起こされることはなかった。

すぐに外が明るくなった。衣をととのえて刀を腰に差し、弓を背に回す。観音堂の外で手を合わせ、一宿の恩義を謝した。愛馬の手綱《たづな》を取ると丘の草地へ引いて行き、若草を食べさせた。良馬だけあって疲れも何のその、元気に草を食べた。

少年は考えた。太陽の位置と逆に西を目指せば、畠山の自宅へ帰り着ける。しかし、このまま帰るのでは心が残る。女人の家を探し、会って礼を言うのが一人前の男子《だんし》というものだ。だが女人の家はどこだろう。女は何も告げなかったし、少年も尋ねなかった。人家一つ見つけられなかった前日を思えば、手掛かりなしに女人の家へ行き着くのは至難のことだ。

馬はまだ食べたそうにしていたが、かまわず鞍に跨《また》がった。女が消えた丘のふもとへ向かう。前夜出会った時、少年は女と正面に相対したのだから、女は少年と逆方向へ向かっていたに違いない。そう考えて昨夕たどった小道を戻ることにした。

人家が何軒か目に入るようになった。小道からだいぶ離れているが、注意すれば気づかぬ距離ではなかった。なぜ昨夕は見過ごしたのか。

「そうだったか！」

しばらく行き、一人納得して思わず声を上げた。昨夕の少年は正面にいる少女でさえ声を掛けられるまで気づかなかった。疲れと空腹とで、見ているつもりで何も見ていなかったのだ。であれば、この程度の距離でも人家に気づかずに通り過ぎてしまうかもしれない。

合わせて三軒。小さな家々はどれも高い木立に囲まれ、草むした藁《わら》ぶき屋根をわずかにのぞかせていた。これでは囲炉裏の火が夜の闇へこぼれても、木立に遮《さえぎ》られてしまうだろう。手前の家の庭で、夫婦者らしき男女が鎌《かま》を研《と》いでいた。

「この辺《あた》りを……」

「何かご用事で？」

少年と家の主《あるじ》が同時に声を発した。少年が馬を降りると、警戒した主は鎌の柄を握り直した。

「なに、怪しい者ではない。それがしは畠山庄《はたけやましょう》の次郎にござる！」

「畠山庄の若殿……」

主は手にしていた鎌を後ろに隠し、大きな体の少年を見上げた。

「実は昨日から道に迷ってしまったのだ。この辺りを治めているお方は、どなたか？」

少年は主を宥《なだ》めるように問うた。

「榛沢様《はんざわ》にございます」

なぜか主は、すまなそうな顔になった。

「そうか、榛沢殿でござったか！　では、畠山庄にも近い！」

若者は榛沢成清《しげきよ》の丸い顔を思い浮かべた。少年の乳母《めのと》が成清の母なので、成清とは乳兄弟《ちきょうだい》の間柄だ。畠山氏を支える武士団である武蔵七党の一つ、丹党《たんとう》に所属していた。ひと回り以上も年上ながら、幼い頃から気の合う友人でもあった。

「ところで、その……」

口ごもった。

「はあ？」

主が不審そうに眉根《まゆね》を寄せ、顔を心もち前へ出す。

「この里近くに気立て優しく美しき女子《おなご》はいますまいか？　なに、その、優しく美しき……」

何を言おうとしているのか少年は自分でも分からなくなった。

「はあ？」

意味も目的も曖昧な問いに、主《あるじ》はますます不審顔だ。畠山庄の若殿が女衒《ぜげん》まがいのことをしているのかと誤解したのかもしれない。

「昨夜、その女子に親切にしてもらった。女子は名も住む家も告げぬまま去ったので、もう一度会って礼を申そうと捜しているのです」

すっかり説明すると、農夫は少し納得した顔になった。それにしても「気立て優しい」や「美しい」

では、あまりに主観的で漠然《ばくぜん》としている。

「いや、なに、よいのだ。自分で捜そう！」

思い直して行きかけた。

「もし、若殿様！」

農夫が背で呼びかけた。

「若殿様、その女子の顔かたちは、どんなでしたか？　近在は見た通りの鄙《ひな》ゆえ、見目《みめ》よろしき女子など珍しいのです。話してもらえれば、分かるかもしれませぬ」

鎌を置き、両の手を前掛けのようなもので拭《ふ》きながら、農夫が親切そうな顔をした。榛沢成清の主君筋の男と聞いた以上、邪険《じゃけん》にも出来なかったのだろう。

「そうか……」

行きかけた少年は再び馬から降りた。

「その、つまり……小柄で色白く、顔は丸い。黒目勝《まさ》りの目は大きくて愛嬌《あいきょう》があり、そう、何と申すか、いつも口元に笑みを浮かべている優しげな女子であった。歳はそれがしより少し上なぐらいか……」

説明を聞く農夫の顔が途中から変わった。

「加津《かづ》のことか……」

つぶやいて農婦を振り返る。農婦は目を丸くして夫を見返し、視線を少年へ移して、なぜか大きく肩で息を吐《つ》いた。

「加津さん？　そうか、そなたの娘さんであったか？」

少年が勢い込んで二人を見た。

「手前どもの娘ではありませぬが、姪《めい》かもしれませぬ。農兵として戦《いくさ》で死んだ兄から預かった娘です。

案内しましょうか？」

「ぜひ頼む！」

思わぬ幸運に驚き、少年は北の空に向かって手を合わせた。妙見菩薩が昨夜から盛んに微笑み掛けているような気がした。

農夫は足早に先を歩く。その後を少年も馬を降りて歩いた。裏山でカラスが鳴いていた。山の中に赤く見えるのは咲き残った椿《つばき》だろう。竹やぶの辺りから鶯《うぐいす》の声も聞こえた。

「こちらです」

いくらも歩かぬうちに農夫が足をとめ、農家を指し示した。農夫の家より粗末だ。土壁が所どころで落ち、直した形跡もない。小さな窓から機《はた》を織る音が聞こえた。姪というのだから農夫の兄が健在な頃に住んだ家だろう。少年は近くの木に馬を繋《つな》いだ。

「加津《かづ》や、お客様がお越しだぞ！」

機の音に負けじと大声を出した。木戸を開けて土間へ入る。機の音がぴたりと止んだ。

「はい……」

ほの暗い奥から細い声がした。半ば開いた障子戸の向こうに、機に寄りかかる少女が見えた。昨夜の少女に間違いなかった。少年の胸が高鳴った。

「用事がございましたら、お呼びくだされ。ゆっくりしていって、くだされ！」

農夫はそう言い、来た道を戻って行った。

「加津さんという名でしたか？　昨夜は大いに助かりました。礼をひと言と思い、訪ねてまいりました！」

木戸の前に立ち、中へ向かって呼びかけた。

「それは、それは。まあ、どうぞ中へ」

細いながら華やいだ声がした。少年は土間へ足を踏み入れた。目が慣れると少女の顔かたちも部屋の様子も、はっきりと見えた。粗末ながら小屋の中は、若い娘のそれらしく清潔に片付いていた。というより貧しさゆえに不必要な物の一切が、いや必要な物でさえも、ないようだ。少年は上り框《かまち》に腰を下ろした。

「これをお使いください。今、水をお持ちします」

稲藁《いなわら》を固く編み込んだ座布団を差し出し、加津は小屋の外へ出た。少年は機を眺めた。板間に座り込んで操る、いざり機《ばた》だ。貧しくともこうした織機が一台与えられているのは、少女の腕が確かな証拠だろう。

「あら、それはもうすぐ、お返ししなければなりませぬ」

加津が戻って来て、少年の前に小さな壺と柄杓《ひしゃく》を置いた。

「返す?」

少年は柄杓ですくった水で喉を潤《うる》おした。朝の冷たい井戸水が美味かった。

「はい、お借りしている機ですから」

少年の前に座り、穏やかに微笑んで言う。加津は顔も手も白く、しぐさの一つ一つがたとえ難く艶《なま》めかしかった。

「すると機織りの仕事は、どうするおつもりですか?」

前夜の礼を告げるつもりで来たのに、今は加津の将来まで案じていた。

「さて、どうなりますか、私など……」

加津が口ごもる。それまでの明るさが消え、どこか投げやりな物言いだ。少年は不思議に思って加津の顔を見た。

「私など、とは？」

　言葉の先を促す。

「そう、私など……あら、案じてくださるのですか？　嬉しいこと！」

　急に一段高い、華やいだ声になった。

「……………」

　今度は少年が口ごもった。率直に同意することが恥ずかしく、なぜか胸が高鳴った。

「おなか、空《す》いていませんか？」

　少年の無言に気を利かせたのか、加津が話題を変えた。

「また空いてきました！」

　少年が元気に答えた。当時の食事は一日二食で、朝昼兼用の食事を午前十一時頃にとった。

「どうぞ、そんな所でなく中へ上がって、お待ちくださいな。遠慮は要《い》りませんよ！」

　加津の勧めに従い、少年は囲炉裏《いろり》の切られた板間へ移った。裏の竹やぶで鶯《うぐいす》が盛んにさえずっている。家の中を吹き抜ける春の風が心地よかった。途端に眠気に襲われた。

「昨夜《ゆうべ》は風が強かったから、あまり眠れなかったのではありませんか？」

　座ったまま上下のまぶたを閉じかけたが、気配を察して少女が声を掛けた。その声で少しだけ眠気が去った。空腹も、かろうじて眠気を妨げていた。

「風がうるさくて初めは眠るどころではありませんでしたが、おにぎりをいただいた後は、ぐっすり眠りました。ところが、なぜか今頃になって、また眠くなりました。安心したせいかもしれません。この家は大丈夫でしたか、裏の竹林は騒がしくなかったですか？」

「もう慣れていますから」

加津は囲炉裏に火をおこして鍋をかけた。昨夜の玄米ご飯が残っていたのだろう。かまどの方は使わず、煮炊《にたき》の一切を囲炉裏でやっているようだ。

「それは気丈なことです。女人《にょにん》が一人では風が吹かぬ夜でも心細いのではないかと……」

「盗むものもない家ゆえ、泥棒の心配はありませぬ。誰も来ませぬ……」

言葉が途切れた。何かを言おうとして躊躇《ためら》っていた。

「ん？」

少年が不審げに加津の白い顔を見た。躊躇った理由は何かと考えた。

「夜に忍んで来てくれる男子《おのこ》も居《お》りませぬゆえに……」

言いながら加津が目を伏せた。言おうとして躊躇ったのは、このことのようだ。

「では、それがしが、お通《かよ》い致します！　夜もそのまま戸を開けておいてくだされ！」

少年が快活に言う。大胆なことを口にしたものだと自身で驚いた。

「まッ、嬉しいこと！」

少年の言葉につられて加津が明るく笑った。今度は表の方で鶯が鳴いた。陽の当たる庭の生け垣一面に黄色い山吹の花が咲いていた。

そうこうするうちに飯が温まった。欠けた器に盛った玄米の飯と少々の味噌、菜の花とタケノコのおひたし。それですべてだが、少年は、これほど美味《うま》い飯は食べたことがないと思った。残っていた飯では足りず、もう一度玄米を炊いてもらった。

満腹になって白湯《さゆ》をもらい、ふうと肩で息を吐《つ》く。途端に眠くなった。しばらく必死で堪《こら》えていたが、今度こそ我慢し切れなくなった。

「失礼、致す！」

　ごろりと横になった。たちまち眠りに落ちた。鶯が鳴いていたが、どこで鳴いているのか分からない。自分のいる所がどこかも分からなくなった。ともかくも心地よい場所だった。

　それから、どれほどの時間が経ったのか。寝ている少年のほかにも人がいて、それが加津《かづ》という名の女人《にょにん》であることに気づいた。加津は微笑《ほほえ》みながら少年を見下ろしていた。

　体を起こそうとしたが、力が入らない。加津が手を差し伸べた。起こしてくれるのだと思い、加津の手を引いた。ところが加津も手に力を入れていなかったから、引っ張られて少年の上に折り重なった。その先のことになると、さらに記憶はおぼろだ。

　加津の白い胸元が見えた気がする。桃のようなふくらみが二つあり、片方を口に含むと頭の中が痺《しび》れるほど甘かった。ずっと口に含んでいたかったが、加津が少年の手をそっと自分の下腹へ導いた。胸が激しく動悸し、体の芯《しん》が溶け出すような感覚に襲われた。永遠に続いた感覚のようでもあり、一瞬のようでもあった。その後はたぶん再び眠りに落ちたのだが、強い刺激と穏やかな眠りとの境目は、どう記憶をたどっても分からなかった。

「あら、起きたのかしら！」

　明るい声がして今度も加津が見下ろして微笑んでいた。だが、しっかり着込んでいて胸元は見えない。

「ずいぶん、お疲れの様子でした。ぐっすり、お眠りでしたよ！」

　今度は自分がどこにいるのかが分かる。体を起こそうと両の手を床について力を入れると、楽に起き上がることが出来た。

「ずっと、でしたか？　ずっと寝ていましたか？」

途中で目覚めなかったか、何かしなかったか、という意味のつもりだ。まぶしくて加津の顔をまともに見ることが出来なかった。加津は前よりずっと楽しそうだが、頬《ほお》をいくらか紅潮させているようにも見えた。

「はい、あれなら抓《つね》っても気づかないでしょうに！」

加津がおかしそうに笑った。

〈夢の中のことだったか……〉

外で葉を叩く雨音が聞こえた。いつの間にか雨が降り出していた。

「この雨では……。もう一夜、お泊りになったら、いかがですか？」

激しくなる一方の雨脚《あまあし》に加津が立ち上がり、土間の入り口から空を見上げて言った。

「また来ます。蓑《みの》と笠を借りられますか？　少ないですが、これはお礼です！」

少年は囲炉裏の炉縁《ろぶち》に、銭を多めに置いた。

「粗末な蓑と笠ゆえ、返却は無用です」

勧めながら加津は銭を見て驚いたようだ。

「加津殿にお会いしたいので、必ず蓑を返しに来ます！」

土間で蓑を肩に回しながら言った。本心だった。加津は嬉しそうな顔になって土間まで見送りに来たが、馬上で振り返ると、もう姿は見えず、やがて機を織る音が聞こえた。

〈近いうちに、また来よう！　今度は夜に忍んで来よう！〉

雨の道は少しも気にならなかった。いまだ夢から覚めていないかのように、心地よい気分が長く続いた。春の雨が温かだった。

帰りに榛沢成清《はんざわしげきよ》の館に立ち寄った。成清は当時、京を警備する東国武士団の一員として在京することが多かったが、何日か前に武蔵国へ戻って来ていた。

「おお、雨の中を狩りのお帰りか！　それにしても、しばらく見ぬ間に次郎殿はまた大きくなられた。畠山の総大将として、跡継ぎとして、まことに立派だ！」

「次郎」とは畠山次郎重忠のこと。畠山を支える有力郎党の成清だけに、重忠の大きな体つきや堂々たる振る舞いが、好ましく思えるのだろう。重忠にとって幼い頃からの遊び相手であり、狩りを教えてくれる師でもあった。

「獲物はさっぱり。この通りでござる！」

両手を広げてから馬を指さした。馬の背にも獲物らしきものはない。

「狩り上手の次郎殿が来たことを知って、鳥も獣も早々に逃げ出したのだな！」

世辞も上手だ。奥の間で武具の手入れ中だったようだ。

「ところで成清殿、獲物はなかったが見目麗《みめうるわ》しき女人ならいた……」

気になっていることを切り出した。

「ほう……」

成清が身を乗り出す。重忠が、かいつまんで説明した。話し終わらぬうちに成清は「ふう」と息を吐き、笑みを浮かべた。見当がついたらしい。

「その女人なら知っておりまするぞ！　父親は戦《いくさ》に駆り出されて死んでいるはずじゃ。いや、お目が高い！　次郎殿は、その方面でも見事に大人になられたのですな！」

なかば茶化《ちゃか》し、なかば祝うがごとき言い方だ。成清はひと呼吸おいた後で自慢の濁り酒を持って来させ、重忠の杯になみなみと注いだ。

「めでたきことの祝いでござる……して、首尾はいかに？」

互いに飲み干すと成清が訊《き》いた。陽気な男だ。

「首尾？　いや、それが……」

訊かれて重忠の顔が赤らんだ。今でも夢か現《うつつ》か判然としない。説明するのは面倒だし、気恥しくもあった。

「まだ、でござったか！」

重忠の意外な初々しさに微笑み、しばし沈黙の後で成清が提案した。

「畠山のお屋敷にお連れなされ！　奉公させたら、よろしかろう。今の世、百姓《ひゃくせい》はいよいよとなれば実の娘でも売って女郎にする。お前様の屋敷であずかるなら、娘も叔父とやらも、喜び安心するに違いござらん。そうなされ！　それがしが、その叔父殿へ口添えしても、よい！」

一人で決めてしまった。重忠とて異存はない。考えてみれば最善の策であり自然なやり方だ。重忠は成清に一切を任せることにして榛沢屋敷を辞した。雨はだいぶ小降りになっていたが、降りやむ気配はなかった。


榛沢屋敷から畠山屋敷へは通い慣れた道だから迷わなかった。だが荒川を前にして重忠は愕然《がくぜん》とした。雨のために増水して濁流が渦巻き、向こう岸へ渡ることが出来ない。といって榛沢の屋敷へ引き返すのも面倒だった。

増水は予想していたが、これほどまでとは思わなかった。上流の秩父辺《あた》りで局所的な集中豪雨が降ったのだろうか。激流に引き抜かれた草々や小木が渦巻きながら流れて行く。待てば、ますます増水するだろう。雨空のため夕闇が迫るのが早く、すでに暗くなりかけていた。

その時、重忠少年は決して耳にするはずのない音を聴《き》いた気がした。数日来聴き慣れた鶯《うぐいす》の鳴き声だった。雨空と激流の中で聴くには不釣り合いな音だ。空耳かとも思いながら音の主を追ううち、川面の一点に、それらしい鳥の姿を見つけた。川辺でよく見かけるセキレイの類《たぐい》ではなく、目立ちにくい緑灰色《りょくかいしょく》の鶯であった。石の上を跳ねているらしく、岸から川の中央へと移動して行く。不思議な思いで眺める重忠少年に、ひらめくものがあった。

「そうか！」

馬を引いて鶯の後を追った。鶯が跳ねたのは石の上だから、そこは浅瀬になっているはずだ。鶯の後を渡れば無事対岸へ行き着けるかもしれない。

途中一か所だけ膝《ひざ》まで浸《つ》かる所があったが、結局は鶯に導かれて渡り切ることが出来た。岸に上がると鶯の姿はなかった。雨と泥に滑りながら馬を引き、河岸段丘を這《は》うようにして登る。登り終えると見慣れた森と、森に囲まれた大きな畠山屋敷が見えた。

2

せっかくの榛沢成清の好意にかかわらず、加津が畠山屋敷へ奉公に上がることはなかった。重忠が、というより東国全体が巨大な歴史の渦に呑み込まれ、誰もが戦《いくさ》以外のことに関わる余裕を失《な》くしたからだ。

一一八〇年八月一七日、源頼朝が伊豆韮山《にらやま》で挙兵した。流人《るにん》頼朝の監視役で、平家の看板を背に一帯に勢力を張っていた山木判官兼隆《やまきのほうがんかねたか》を攻め、首級《しゅきゅう》をあげる。山木館《やかた》に潜入させた手の者に屋敷の図面を写し取らせたうえで、地元三島神社の祭礼で山木館の警備が手薄になった隙《すき》を衝《つ》くという、用意周到な夜襲だった。

「まず兼隆の首を取ることです！」

挙兵に先だち、妻政子の父で一番の保護者だった北条時政《ときまさ》が頼朝に進言した。これより前、娘政子と頼朝が結ばれたことを京都警備の帰途に知って驚いた時政は、同道の兼隆に政子を嫁に差し上げると約束した。平家一色の世にあっては、たとえ源氏嫡流の御曹司でも、娘の結婚相手とするには危険過ぎた。

兼隆にすれば、その時政に攻められたのだから油断である。頼朝は数え三十四歳。京から韮山に流されて二十年の歳月が過ぎていた。時政は四十三歳、政子二十四歳。時政に対する後世の評価がどうあれ、彼の決断と支援がなければ頼朝の挙兵はなかった。

頼朝は工藤茂光、土《と》肥《い》実平《さねひら》、岡崎義実《よしざね》、宇佐美助茂、天野遠景《とおかげ》、佐々木盛綱、加藤景廉《かげかど》らの武士《もののふ》を味方に付けた。頼朝は一人ずつ人気《ひとけ》のない部屋へ呼び、こう囁《ささや》いた。

「いまだ口に出さなかったが、実は、ひとえにお前一人が頼りなのだ！」

誠意のこもった頼朝の目だ。武士たちは自分が特別に期待されていることを知って喜び、また誇りに思い、勇敢に戦おうと決意した。頼朝の人心掌握術だった。

頼朝挙兵のきっかけは治承《じしょう》四年四月に届けられた、以仁王《もちひとおう》による清盛打倒の令旨《りょうじ》だった。だが実際の挙兵は、令旨を受け取って四か月近く経ってからのこと。だから正確に言うなら、挙兵のきっかけは以仁王の敗死の方だ。

「以仁王が討たれて後、令旨を受けた源氏は皆追討されるべき旨の御沙汰《さた》なり。源氏の嫡子たる頼朝殿は特に危ない。早く奥州《おうしゅう》へ逃《のが》れるのが、よろしかろう」

配流以後十日に一度の割で使者を送り、都の様子を頼朝へ知らせていた三善康信《みよしやすのぶ》が、六月になって「特に大事なことだから」と弟の康清を寄こした。康清は泥と埃で汚れた旅装束を解かぬまま面会すると、いきなり頼朝に逃亡を勧めた。逃亡か、しからずんば挙兵か。挙兵せざるを得ない窮地に追い込まれたすえの、頼朝の挙兵だったのである。

「上総介広常《かずさのすけひろつね》と千葉常胤《つねたね》、三浦義明《よしあき》の三人さえ味方に付ければ、日本国は手の内にしたのも同じ。畠山重忠と稲毛重成《しげなり》は父親が平家に仕えて在京中なので、一番手強《てごわ》い敵になるはずです。大庭景親《おおばかげちか》は三代相伝の御家人ながら、平家の大恩を受けているので背《そむ》くでしょう」

時政が解説すると、頼朝の顔が少し明るくなった。広常と常胤は房総の豪族で、重忠と重成は武蔵国、大庭景親は相模国の豪族。小豪族の苦境を生きた時政の的確な分析がなければ、頼朝は引き絞った矢をどこへ向けて放つべきかさえ分からなかったに違いない。時政の分析通り、大庭景親が頼朝挙兵を福原の清盛へ早馬で伝えた。

「何かの間違いでございましょう。北条はともかくとして、他の連中は、よもや朝敵に味方しますまい。間違いを聞き直せば、真相がお分かりになりましょう」

このとき重忠の父の重能《しげよし》は平清盛らに証言した。清盛も重能の説明を重く見た。

兼隆を血祭りにあげた頼朝勢は、北条、安達、工藤、土肥、佐々木、岡崎以下三百の兵で石橋山に陣を張る。迎え討つ平家方は大庭、俣野、河村、渋谷、長尾、熊谷など三千。散々に蹴散らされた頼朝は、敵方である梶原景時《かじわらかげとき》の深謀もあって箱根山中へ逃れた。

三百対三千では勝ち目がない。そればかりか兵三百を率いて頼朝の元へ駆け付けるはずの三浦義明が、酒匂川《さかわ》の増水で遅参した。一方、平家方に付いた畠山重忠も、兵五百を引き連れたものの遅れた。そして、遅れた者同士の三浦勢と重忠勢が、由比ヶ浜の東端、小坪《こつぼ》で合戦に及んだ。数え年で重忠十七歳、これが初陣《ういじん》であった。

〈相手は祖父殿か……〉

気の進まない初陣だった。重忠にとって三浦義明は外祖父《がいそふ》である。二人に血縁はないが、近い関係なのだ。

〈敵は畠山の次男坊か……〉

三浦義明の方も気が進まない。かくして小坪で対峙したものの和睦が成立しかけた。だがそこへ、事情を知らない三浦側の和田義茂がやって来た。和田義盛の弟である。義茂は、三浦勢が攻められていると勘違いして、重忠勢を攻撃した。このため和睦がフイになり、両軍入り乱れての戦《いくさ》になった。虚を衝《つ》かれた重忠勢は兵五十人を失い、いったん退《ひ》いた。

「おのれ、騙《だま》しおって！」

ひと息入れて落ちつくと、かえって若い重忠の胸は怒りに燃えた。〈三浦側の勘違い〉が、騙し討ちと映った。重忠は五十の屍《しかばね》を越え、衣笠《きぬがさ》城へ引き上げる三浦軍を追撃する。石橋山の合戦で相模へ来ていた河越重頼《しげより》や江戸重長《しげなが》ら秩父平氏一族に加勢を頼み、兵はたちまち三千にふくれあがった。重忠勢は小坪の峠から逗子に出、木古庭《きこば》の城に布陣。小坪合戦から二日後、ついに重忠は衣笠城に籠《こ》もる三浦の軍勢を包囲した。

「海側は開《あ》けておけ！　包囲は三方でよい！」

城の内外で矢を射合った後、いよいよ城内へ攻め入る段になって重忠が指示した。すぐ伝令がとび、海側の包囲が解かれた。三手に分かれて重忠の兵が乱入すると、三浦の兵はあらかじめ解かれていた側から大小の船で続々と海へ逃《のが》れた。

重忠の意図は明白だった。「騙しおって！」と叫んだ若者らしい怒りは、およそ若者らしくない深謀に変わっていた。堅固な山城《やまじろ》は一日で落城した。

「御屋形様《おやかた》！　三浦殿が……」

　重忠が入城すると、榛沢成清の手の者が馬を飛ばして報《しら》せに来た。

「いかがした！」

「三浦義明殿が討ち取られてござります！」

　侍の顔が蒼白だ。重忠が外祖父の死をどう受けとめるかと気遣ったのだろう。包囲を解いて敵兵を海へ逃した重忠は、外祖父も一緒に逃れたと思っているはずだった。

　重忠は侍の案内で本丸へ来た。義明は甲冑《かっちゅう》を身に付けたまま無数の矢を受け、老松の下で果てていた。口元が笑んでいる。旧暦八月の秋風が黒松の梢《こずえ》を鳴らしていた。

「見事なものだ！」

　八十九歳の外祖父を見下ろして重忠がつぶやいた。高齢のために足手まといになることを恥じたのだろう。討死《うちじに》というより自害に近い。

〈われ源家累代の家人として幸いに貴種《きしゅ》再興のときに遇うなり……いま老命を武衛《ぶえい》に投げうち子孫の勲功を募らんと欲す。汝《なんじ》ら急ぎ退去せよ。それがし独り城郭に残りとどまり、軍勢が多いように敵に見せよう！〉

　言い残して一人城にとどまったと『吾妻鏡』は記している。「貴種」は源氏を、「武衛」は頼朝を指す。祖父為次が義家に従って「後三年合戦」に参戦以来、三浦家は陰に日向《ひなた》に源氏を援助してきた。生きて頼朝の挙兵を見届けたことは、この上もない喜びである、と。

　三浦の兵が退去し終えた頃、大庭景親率いる数千の軍が重忠応援のため衣笠城へ到着した。景親の到着が早く、重忠と景親が一緒に城を攻めていれば、指揮権は景親が握って重忠が采配することはなかった。その場合、三浦軍が籠城《ろうじょう》のまま全滅した可能性は高くなる。三浦氏不在により、のちの鎌倉政権はずいぶん異なるものになっていたはずだ。

「見事でござった！　都のお父上も、貴殿の晴れ姿に満足でござろう！」

煙のくすぶる本丸で、河越重頼や江戸重長が重忠を褒《ほ》めた。ともに鎧姿のまま、それぞれが赤く大きな盃に酒をなみなみと満たし、どの顔からも同じ秩父平氏としての誇りが感じ取れる。よく晴れた夜空に大きな月が浮かび、城内に明るい光を落としていた。

「皆様方の応援があればこそ、でござる！　それにしても三浦殿は見事な最期でござった。最初の戦《いくさ》で、一番大切なことを三浦殿から教えられた気が致す！」

数か月前まで狩りに明け暮れていた明るい目の少年は、数日の戦を経ただけで殺気立つ眼光の主に変わっていた。一・八メートルを超える身の丈は、平均身長の低かった当時としては図抜けた大きさだった。わずかな日々の間に肩幅や腰回りも一段とたくましくなり、相対する者は眼前に巨岩を見る思いになったかもしれない。

「三浦義明殿とて祖は同族。立派な武将に育った孫の重忠殿に討たれたのであるから、本望《ほんもう》でござったろうに！」

河越重頼だ。大蔵合戦では祖父重隆が重忠の父である重能に討たれた。すでに、わだかまりはない。頼朝が伊豆へ流されてから挙兵までの二十年間、義母である比企尼《ひきのあま》とともに頼朝へ援助の仕送りを続けたが、頼朝挙兵直後は平家方に身を置いていた。

「三浦の兵を海へ逃したことは賢明な判断であった。若い畠山殿にそこまでの配慮が出来ようとは、いやはや感心なことでござった！」

三人の中では年長の江戸重長が言う。今回、重忠が三浦勢を攻めた理由は、父重能が平家方として在京中ということもあるが、重長からの直接の呼び掛けが大きかった。東国に残っていた秩父平氏の一族では、庶流ながら重長が棟梁的な存在だった。

「それよ、それ！　それがしも特に感心したぞ。三浦の兵を逃したことが一番の要《かなめ》であった。全面決戦とならば、こちらも死ぬる者、傷を受くる者が多くなる。それを避けたことが要の中の要であった！」

重頼が言うと、重長もうなずいた。三浦勢の強みであり、同時に弱みでもあるのは、海上への退路を確保しやすいことだ。全滅覚悟で籠城戦に出る必要がないから、激しい抵抗戦にはなりにくい。攻める側としても、海への退路を開けておく方が城を落としやすく、また自軍の犠牲を最小限に抑えやすい。年若い重忠がそこを読んで攻めたことが、皆を感心させた。

「問題はこれからのことでござる。海を渡った源氏の御曹司や三浦一族は、このまま黙ってはおるまい！」

皆が勝利に酔う陣で、戒めるべく話題を変えたのは、当の重忠であった。一同は真顔に戻り、沈着な重忠をびっくりしたように見た。

3

真鶴《まなづる》から舟で安房《あわ》へ渡る頼朝一行と、衣笠から安房へ逃れる三浦義澄《よしずみ》や和田義盛の軍勢とが、海上で合流した。敗走の面々を盛り上げていたのは陽気な義盛だ。

「父が死に子が死んでも、頼朝公のお姿を見れば、これに過ぎる喜びはござりませぬ。本壊を遂げ、天下をお取りくだされ！　その暁《あかつき》には、それがしを侍所《さむらいどころ》別当《べっとう》に任じてくだされ！」

義盛はちゃっかり頼朝に願い出た。別当は長官の重職だ。

「よいぞ！　天下を取った暁には、そなたを侍所の別当にしよう！」

行く末分からぬ不安な船上での申し出に、かえって頼朝の心は明るくなった。義盛も、この約束手形に大喜びだ。頼朝はのちに義盛を初代の侍所別当に任じた。

さて、安房に到着した頼朝勢は慎重だった。頼るべきは事前に誼《よしみ》を通じてある上総介広常と千葉常胤だが、参上した在庁官人の安西三郎景益《かげます》がこう進言した。

「すぐ上総介広常の元へお入りになるのは、よろしくありませぬ。まずは使者を遣《つか》わし、迎えに参上すべしとお命じなされるが上策でしょう！」

おのれの安全を広常に委《ゆだ》ねず、広常の安全を頼朝へ委ねさせよ、というのだ。頼朝は景益の館にとどまり、そのうえで和田義盛を上総介広常の元へ、安達盛長を千葉常胤へ遣わし、頼朝の元へ参上するように命じた。

「この事、上総介殿と相談のうえ、ご返事致す」

安達盛長の要請に対して当主常胤は躊躇《ためらい》の色を見せた。同じ秩父平氏系一族の動向が、常胤の耳にも届いていたからだ。しかし慎重な父常胤を、子の胤正が諫《いさ》めた。

「上総介殿に随《したが》いたる御身にもあらずば、上総介殿の指図に依《よ》るべからず！」

常胤の六男胤頼は、頼朝挙兵に重要な役割を果たした僧文覚《もんがく》を介して、挙兵以前から頼朝と接触があった。その影響もあり兄弟の胤正も頼朝寄りだった。諫言《かんげん》する子に、父はかえって目を細め、頼朝加担を約束した。

これには、だが別の事情もあった。当時、平清盛とその父忠盛《ただもり》を庇護者とする藤原親政が下総で力を伸ばし、常胤と戦争状態に入っていた。頼朝軍に合流する直前、常胤は親政側の下総目代《もくだい》つまり国守代理の館を急襲して目代の首級を上げた。常胤にとっても頼朝への加担は、親政勢力を打倒する好機だった。

さらに好機という意味では上総介広常も同じであった。彼も上総国司で平氏家人の藤原忠清と対立し、忠清を攻めるべく挙兵していた。広常の目からすると、広常が頼朝軍を頼って参じたのではなく、逃亡してきた頼朝勢が広常の反乱軍に合流したのである。広常には、当然ながら頼朝とは別の景色が見えていた。


九月十三日、頼朝は三百余騎を率いて安房を出発した。千葉常胤は十七日、やはり三百余騎を従え下総国府で頼朝を迎えた。上総介広常は兵集めに手間取り、十九日になって隅田川の辺りで追いついた。軍勢二万の大軍だった。

畠山重忠など東国の豪族たちは、その後続々と頼朝軍に参じるが、動向を決した最大の要因は頼朝軍の圧倒的な兵力であった。なかでも広常が従えていた二万の意味は大きかった。

「なにゆえに遅れたのだ！」

大軍を見た頼朝は、しかし喜ぶどころか広常を激しく咎《とが》めた。色白でほっそり貴族然とした頼朝が、声も体躯も大きい広常を頭ごなしに叱りつけた。

「はッ、申し訳ござりませぬ！」

一瞬身をすくめた広常だったが、すぐ満足そうに笑みを浮かべた。房総一の大豪族らしく、すくめた体と浮かべた笑みには貫禄があつた。

「なにゆえに笑う？」

それを見て頼朝が不思議そうな顔になった。

「ご立派な様子に感服致しました！　まったく人の主《あるじ》となられるのに相応《ふさわ》しいお方と、お見受け致しました！」

明るい声で広常が答えた。この時まで広常は頼朝という男の器量を軽く見ていた。流人の身で十分な準備もなく挙兵して、万全の平氏にどうやって勝つつもりか。それとも勝算なく起《た》ったのか。だとすれば軽々しい輩《やから》に違いなかった。

〈高みに上る顔つきの男かどうか……。それだけの相貌がなければ、ただちに首級を上げ、平家に献ずべし！〉

そう考え、帰服したように見せて頼朝に対面した。ところが意外にも激しく叱責された。広常がその気になれば頼朝の首級を上げることも出来たが、頼朝は、そんなことなど意に介していなかった。広常が本気で頼朝への加担を決めたのは、この時とされる。


相模の豪族大庭景親は頼朝挙兵をいち早く清盛に伝えたが、兄の景義《かげよし》は最初から頼朝勢に加わり、のちに陣営の長老となった。保元の乱で歩行困難になる傷を負い、家督を弟の景親に譲った景義。兄弟でさえ敵味方に分かれた。そんな絡み合った事情も珍しくなかったから、挙兵時に頼朝鎮圧にまわった秩父平氏の豪族たちに対しても、頼朝は参軍を呼び掛けた。

「大庭景親の催促により石橋山で合戦したのは、やむを得ないことながら、以後は以仁王《もちひとおう》の令旨《りょうじ》に従うべきものなり。畠山重能と小山田有重が在京中ゆえ、武蔵国ではいま貴殿が棟梁である。あてにしているゆえ、近辺の勇士を率いて参上せよ」

最初は江戸重長に、こう伝えた。すでに頼朝の軍勢は二万七千騎を超えていた。

「されば参るにも恐れあり。参らぬとして、では、どうすればよいのか……」

畠山館では重忠と榛沢成清が思案顔だった。木々はすっかり葉を落とし、遠くの林で百舌鳥《もず》が鋭い声で鳴いていた。頼朝の挙兵から二か月足らずだが、一日一日が飛ぶように過ぎ、二か月前が昨日のことのようにも思えた。

「三浦氏の怒りが気がかりなのですな？」

若い重忠の顔をのぞき込むようにして成清が尋ね、肩で大きく息を吐《つ》く。それから赤い杯の濁り酒を一気に干した。父の重能が平家方として在京中だから、重忠にとって成清こそが頼るべき相談相手であり参謀であった。

「三浦氏にすれば、父の無念を晴らしたいだろう。容易には収まらぬ怒りだ！」

江戸重長を通して参軍の要請が重忠の元へも届いていた。父重能の最初の妻は三浦義明の娘だが、子がないため二人目の妻として江戸重継《しげつぐ》の娘をもらい、重忠が生まれた。この娘と重長は兄妹ないし姉弟になるので、重忠にとって重長は伯父または叔父にあたる。

父である重能たちの代は東国武士の大半が保元、平治の両乱を通じて源義朝の手に属した。にもかかわらず平清盛は彼らを許し、罪に問うことなく東国へ帰した。そこに重恩を感じて平家に従う者が多かった。だが時代が過ぎて重忠の代まで下《くだ》ると、平家の恩といっても実感がない。大庭景親の呼び掛けに応じて頼朝へ弓を引いたが、もとより根深い敵意などなかった。

「なれど畠山殿……」

つい最近まで成清は重忠を〈氏王丸《うじおうまる》〉と幼名で呼び捨てにしていた。ところが、頼朝挙兵以後は〈畠山殿〉と、また〈殿様〉や〈御屋形様《おやかたさま》〉などと臣従の礼にかなった呼び方をする。重忠も最初のうちこそ尻の辺《あた》りがむず痒《かゆ》かったが、今では当然というように眉も動かさない。

「ん？」

成清を見る。成清も直垂《ひたたれ》の左右の袖を正して重忠を見た。それにしても重忠の急な変わりようには驚嘆する思いだ。先日まで女子《おなご》の話に顔を赤らめていた少年だとは思えない。

「……畠山殿の立場は強きもの、心配は無用でござる！」

断固として成清が答えた。

「いくら頼朝殿の兵が多くとも、今はまだ我《わ》ら秩父一族すべてを敵に回すほどの覚悟はござりますまい。畠山に河越、江戸、葛西、稲毛は、みな秩父一族でござる。源氏再興と言っても、同じ源氏一族の新田義重殿や佐竹秀義殿は呼応しておりませぬ。いずれ頼朝殿も足元を固め終えた暁には、我ら秩父一族を切り崩しにかかるやもしれませぬが、今はまだ頼朝殿の足元は弱い。弱いうちは、たとえ平氏の秩父一族であっても味方に付けておいた方が得策でござろう。頼朝殿はともかく参謀役の北条時政殿なら、そう考えるはずなり！」

さすがに成清はモノがよく見えていた。重忠は黙って話の先を促す。

「江戸殿が誘うなら、一緒に頼朝軍の元へ参じるがよろしかろう。頼朝殿にとって、三浦一族の不満を抑える方が、秩父一族を敵に回すより容易で確実なはず。そうだ、御屋形様、畠山の館には白旗がござったであろう、家宝の白旗が！」

「なに、白旗、と？」

「聞いておらぬのでござるか？　お父上から源氏の白旗のことを？」

「知らぬ！」

しばしの黙考の後、成清が身を乗り出して説明を始めた。およそ百年前、頼朝から数えて四代前の八幡太郎義家《よしいえ》が「後三年合戦」で清原武衡《たけひら》を滅ぼした。この際に畠山氏の先祖である平武綱《たけつな》が、義家から頂戴した白旗を掲げて先陣を務めた。白旗は源氏のシンボル。その折の白旗が大切に保存されていることを、成清は重忠の父重能から聞いていた。

「そうだったか！　父は京に長く居《お》るゆえ、そのうちそれがしに教えるつもりでいたのだろう。して、その白旗をいかがする？」

「白旗を掲げて頼朝殿の元へ参じるが、よろしかろう。頼朝殿を喜ばせるに違いない！」

「そういうことか！」

感心して成清の顔をしげしげと見た。成清は微笑《ほほえ》みながら「そういうことさ」と言いたげにうなずく。重忠の気持が固まった。話が一段落すると、二人は再び盃を濁り酒で満たした。

「それにしても御屋形様は……」

成清が目を細めた。重忠は厳しい目のままで、にこりともしない。

「……お変わりなされたのう！　女子の話に顔を赤らめたのは昨日のことのように存ずるが、今の殿は立派な武人、まったくの別人にござる。甘さのひとかけらもござらぬ！」

返事はない。重忠が口を開いたのは盃を干してからだ。

「戦《いくさ》ゆえのことだ。人を斬ったうえは、少年の心のままではいられない。だからと今さら武士《もののふ》であることを悔いても始まらぬが……」

呻《うめ》くような低声《こごえ》だった。成清は、一瞬だけ少年重忠の顔を見た気がした。館の森では百舌鳥《もず》が相変わらず、けたたましく鳴いていた。

その頃の頼朝は、実は成清の思惑と異なり、秩父一族を敵に回さんばかりの勢いだった。正確に言うなら、敵に回す覚悟を固めるほどに苛立っていた。原因は、呼びかけた江戸重長が頼朝の元へ現れないためであった。

「殺してしまえ、とのご命令でござります！」

使者の中四郎惟重《これしげ》が葛西清重《かさいきよしげ》に告げた。清重の眉がぴくりと動いた。隅田川西岸に勢力を張る江戸重長が参陣しないと、頼朝軍は渡河出来ない。そこで頼朝は、すでに馳せ参じる意向を示す葛西清重に対し、同族の江戸重長を討つように命じた。

「大井の要害に誘い出して討ち取るように、とのご命令です！」

大井川とは現在の江戸川。要害では葛西清重が、往来する船から通行税を徴収していた。葛西清重は翌日、頼朝に会った。

「恩賞として江戸重長の所領を与えよう！」

頼朝が満面に笑みを浮かべて言った。清重が必ず応じるとの自信ゆえの笑みだ。

「江戸殿とは同族ゆえ、所領を恩賞として受けることは出来ませぬ！」

清重は、きっぱり断った。一瞬にして頼朝の顔つきが険《けわ》しくなった。

「命《めい》に従わぬなら、そなたの所領も召し取るぞ！」

清重を睨《にら》みつけて脅した。

「運の極《きわ》まりにて、それも致《いた》し方なし！」

なおも決然と固辞した。頼朝の白い顔は赤くなって目を怒らせた。無言のまま清重を見詰めるうち、しかし顔の赤みが失《う》せた。

「葛西殿は潔《いさぎよ》いお人だ！」

再び頼朝に笑顔が戻った。大いに感じ入ったふうで、今度は作ったような笑顔ではない。葛西清重が咎《とが》めを受けることはなく、二日後の十月四日、畠山重忠、河越重頼、江戸重長が頼朝の元へ参上した。これにより頼朝の東国支配に道筋がついた。

二　天下人《てんかびと》頼朝

1

頼朝は重忠の参陣を喜んだ。榛沢成清の勧めに従い白旗と白の弓袋を掲げて参じたことも、頼朝の心を動かした。

「あれは何ゆえか？　怪《け》しからぬ！」

五百騎で参じた平家筋の重忠が、平家のシンボルである赤旗ではなく、源氏の象徴である白旗を掲げていたことを、頼朝が咎《とが》めた。そこで重忠が進み出て説明した。

「白旗も弓袋も義家公から先祖が賜って先陣を務め、清原武衡を攻め滅ぼした時のもの。由緒ある、縁起のよい旗にござります！」

初めて見る頼朝は、戦場《いくさば》にもかかわらず束帯《そくたい》に冠《かんむり》姿で威儀を正し、細おもてで顔色白く、いかにも都人ふうだった。

「そうか！　そうであったか！」

愁眉《しゅうび》を開いた。源氏の故事に強い関心を抱く頼朝だったから、重忠の説明を聞くと感激した。

「されば、これから先の戦《いくさ》では、そなたが先陣を務めよ！」

頼朝が命じると、重忠の目に涙があふれた。並み居る武将は皆うらやましそうに重忠を見た。重忠は、素の十七歳の少年に戻った如くに感激した。

武士《もののふ》にとって先陣を命じられるほど名誉なことはない。それに、平家側有力氏族の嫡流が頼朝軍の先陣に立てば、他の平家方は彼に倣《なら》う。以後は武蔵と相模の有力武士が競って頼朝軍に帰服した。これも頼朝の読みであった。

重忠の若く溌剌《はつらつ》とした大きな体躯《たいく》と、いでたちのよさ。赤糸縅《あかいとおどし》の派手な大鎧《おおよろい》は、北条時政からの借り物である頼朝の大鎧よりも立派だった。従う五百騎は選《え》りすぐりの馬ばかりで、騎馬軍団も頼朝軍の精強さのアピールに大いに貢献した。

畠山と河越、江戸の秩父一族が参じたので、武蔵国に頼朝の敵はいなくなった。重忠を先陣とした頼朝軍は相模国の鎌倉へ向かう。行く先々で新たな勢力が隊列に加わったから一行は幾万、幾十万の大軍にふくれあがった。

「御屋形《おやかた》様、晴れ姿にござる！」

いざ出発という段になって、榛沢成清が来て声を掛け、重忠は笑顔を返した。若い重忠の気持は高揚した。これだけの大軍の先頭に立つ姿など、昨日までの自分には想像もつかない。若いだけに、頼朝に臣従せんとする一途な気持が強くなった。

出発して街を過ぎると、目に飛び込む野や人里の風景が故郷である北武蔵に似てきた。遠く眺める草ぶき屋根の様などは、いつか見た加津という女人の住まいにそっくりだ。

〈そうだ、加津は、どうしているだろうか……〉

場違いにも女人のことを思った。父の重能も頭に浮かんだ。

〈先陣に立つ子の姿を見て、父は何と思うだろうか？　京で平家方の武士として仕《つか》える父は、源氏軍の先頭に立つ子を如何《いか》に考えるか？　敵味方に分かれたことを……〉

誇らしさと同じほどの懸念ながら、誇らしさが勝《まさ》った。胸中に父の言葉があったからだ。

「力こそが正義なのだぞ、それを忘れるな！　力強き者だけが平和をもたらす」

四年か五年も前の冬の日、父の重能が重忠に言った。郎党を何人か従えて鷹狩りに出掛ける朝のことだ。

「……傑出《けっしゅつ》した力強き者がすべてを裁き、強きゆえに人は裁きに従う。かくして争いは起こらぬ。よいか、弱き者同士ゆえに争いが起きて人は死ぬ……」

鷹狩りに重忠を同行させるのは、この日が初めてだった。

「……みずからが強くなれ！　強くなれば、そなたの周《まわ》りで人が死ぬことはない。それが叶わぬなら強き者に臣従《しんじゅう》せよ、それでこそ世に戦はなくなる！」

やなぐいを腰にうまく固定出来ず、何度もやり直しながら、父のそんな教えを聞いた覚えがある。話のきっかけは何だったのか。

「強い鷹が、弱い小鳥を捕えるのですね？」

重忠が尋ねた後だったように記憶する。鷹狩り装束で身を固めた我が子に目を細めた後、優しくも正義感あふれる少年らしい疑問に、父は叱りつけるように大声を出した。その時の表情の変わりようが印象深かったこともあり、重忠は教えの一言半句《いちごんはんく》までを覚えていた。そして現在《いま》、父の言葉の意味を真に理解した気分だった。

〈父はいかに御座《おは》すか？　父にとって平氏こそが強き者、そして現在の東国では源氏が平和をもたらす強き者だ。父の選択も子の選択も、間違ってはいない……〉

沿道の民の視線を浴びながら重忠は考えた。彼らの眼中に見えるものも、強き者への讃嘆と、強き者がもたらす平和への期待のはずだった。

鎌倉へ到着した頼朝は鶴岡八幡宮を遙拝《ようはい》すると、父義朝が住んだ亀谷《かめがやつ》へ向かった。だが新たな御所用地としては狭く、他の地を探すことになった。当面は民家を宿所とし、御所造営には大庭景義が采配を振るった。重忠ら家臣も次々に屋敷を構えようとしたから、杉や檜《ひのき》の良材が他所《よそ》から大量に運び込まれ、辺鄙《へんぴ》な漁村だった鎌倉は一気に活気づいた。

2

鎌倉が新しい主人を迎えた頃、木曽義仲《きそよしなか》こと源義仲も市原合戦《いちはらかっせん》を経て父義賢《よしかた》が住んだ上野国《こうずけ》多胡《たご》庄《しょう》へ軍勢を進めていた。

大蔵合戦《おおくらかっせん》で父義賢が悪源太義平《あくげんたよしひら》と畠山重能に討たれた時、まだ数え三歳だった義仲は、重能と斎藤実盛《さねもり》のはからいで命を助けられ、信濃の木曽へ逃れた。義仲の乳母《めのと》の夫だった中原兼遠《なかはらかねとお》が木曽で勢力を保っていたため、義仲を引き取って育てた。

義仲もまた以仁王《もちひとおう》による「平氏打倒」の令旨《りょうじ》を受けた。平家方の笠原平五頼直軍と義仲方の村山義直軍が信濃国市原で合戦するが、遅れて到着した義仲の大軍に笠原軍は驚き、一挙に国境を越えて越後国まで敗走した。市原合戦のあらましである。頼朝と義仲。平家打倒の二つの動きは元へ戻ることのない奔流となった。

しかし関東や信濃国での源氏挙兵と勢力拡大を、京の清盛が座視するはずもない。九月早々、清盛の二十三歳の嫡孫《ちゃくそん》、平惟盛《これもり》を総大将、藤原忠清を侍大将に命じて東国へ送り込もうとした。ところが「すぐ出発すべき」とする惟盛と「日柄が悪い」とする忠清との間で内輪もめとなり、実際の出発は月末になった。

九月の一か月間は、石橋山合戦を経て房総へ渡った頼朝が、上総介広常や千葉常胤の協力を得て軍勢を二万超に増やした時期。木曽義仲が信濃で兵を挙げたのも、この月だ。もし惟盛軍が迅速に東国へ移動していたら、歴史の行方はどうなっていたか。平家方の国府官人と対立していた広常や常胤はともかく、平家との絆《きずな》が強かった重忠など秩父一族は惟盛軍へ馳《は》せ参じなかったか。とりわけこの時期の、一か月間の遅れの意味は大きい。

源氏攻めを前にした頃、総大将惟盛が東国事情に詳しい斎藤実盛へ尋ねている。

「斎藤殿、そなたほどの強弓《ごうきゅう》の精強な兵は、東国八か国にいかほど居《お》るか？」

保元、平治の二つの乱で源義朝に従った実盛。平治の乱で敗れた後も引き続き長井庄の庄官として召し抱えてくれた平家に恩義を感じ、乱後は平家に与《くみ》していた。

「すると、あなたは実盛の矢を大矢《おおや》とお思いか？」

弓を置いて手を休め、実盛が苦笑して逆に尋ねる。

「違うのか？」

美男の誉れ高い惟盛が、猿のように額に皺《しわ》を寄せた。

「わずかに十三束《ぞく》の矢を使っております……」

束は矢の長さの単位。親指以外の指四本の幅を一束という。

「そうか……」

「実盛ほどの矢を射る者は八か国にいくらでも居ります。大矢と申すほどの者で、十五束以下の矢を引く者はござりませぬ。弓の強さも強者が四、五人がかりで張るゆえ、鎧《よろい》の二、三領《りょう》も重ねて射通します……」

惟盛ほか居並ぶ将たちの脳裏に、強弓の使い手だった鎮西八郎為朝の姿が浮かんだ。平家方を恐怖させた為朝の強弓は、確かに鎧の二、三領も射通した。平治の乱に際して彼の活躍を自分の目で見た将も少なくない。

「豪族は数が少ないといっても五百騎以下のことはございませぬ。馬に乗れば落ちず、悪所を走れど馬を倒さず。戦《いくさ》では親も討たれよ子も討たれよで、討たれても乗り越え乗り越え戦うのです。西国の戦と申すは、親討たれれば供養をし、忌中が明けてから攻め寄せ、子が討たれれば悲嘆にくれて攻めませぬ。兵糧《ひょうろう》尽きれば春に田を作り、秋に収穫した後で攻める。夏は暑しと言い、冬は寒しと嫌って攻めない。東国では、まったくそのようなことは、ございませぬ！」

居合わせた者は実盛の話に震《ふる》え上がった。この時に平家の武士たちが抱いた、東国武士に対する畏怖が、のちの富士川合戦で平家軍が敗走する伏線となった。


十月二十日、源氏勢と平家勢が富士川を挟んで対峙《たいじ》した。東岸に甲斐源氏武田信義の二万、西岸に平家軍七万が陣を張る。頼朝は武田軍に遅れて富士川と潤井《うるい》川の間の賀島《かじま》へ着いた。

「あれは何か？　周りは源氏の兵ばかりなるぞ！」

夜になって平家方が騒ぎ出した。富士川の東岸ばかりか北の山裾から南の海上まで、赤々と炎が輝いていたからだ。戦を前に海山へ避難した農民たちが夕食の煮炊きをする火だったが、怯《おび》えた平家方の目には源氏の兵が煮炊きする火と映った。

「周囲《まわり》は源氏ばかりではないか！」

「これでは、とても敵《かな》わぬぞ！」

冬の川風が平家の兵たちに冷たく吹きつけた。飢饉のこの年は米の調達がうまくゆかず、平家方は京を出発してからというもの、満足な食事にありつける日が数えるほどだった。空腹と寒さで戦意を失いかけているところへ恐怖感が追い打ちをかけた。斎藤実盛が披露した東国武士の話は、末端の兵たちへも伝わっていた。

その夜、武田軍を率いていた武田信義は、夜もふけてから富士沼と呼ばれた富士川河口の湿地を経て、平家軍の背後に回り込もうと企てた。ところが兵が河原へ馬を進めた途端に、驚いた無数の水鳥が一斉に沼から飛び立った。信義は「これでは敵に気づかれる……」と作戦の失敗を覚悟したが、逆に平家軍は水鳥の音を敵の大喊声《かんせい》と勘違いしてパニックに陥った。

幾千、幾万の水鳥。敗走自壊した平家側は逃亡兵が多く、京へ帰り着いた惟盛には十騎が従うのみだった。

この日、勝利にわく頼朝陣営に、もう一つの出来事があった。

「鎌倉殿にお会いしたい！」

若者が黄瀬川《きせがわ》にある頼朝の宿舎へ来て告げた。歳の頃二十四、五。色白で髭《ひげ》が濃く、紫末濃《むらさきすそご》の鎧を堂々と着こなしていた。腰の太刀は黄金作り。黒い馬も、よく肥えてたくましい。

「構わぬ、放っておけ！」

警備の任にあった土肥実平《さねひら》や岡崎義実《よしざね》らは、怪しんで取り次がない。若者は一人、宿の前で佇《たたず》み続けた。頼朝が話を聞いたのは、かなりの時間が経ってからのこと。

「なに、若者か？ 年齢《とし》のほどを思うと、奥州の九郎義経ではないか。早く対面しよう！」

大幕をめぐらせた御前に東国八か国の将が居並んでいた。義経が大幕の際《きわ》の末座に座ると、頼朝が自分の敷皮を勧めて前へ呼び寄せ、無言で義経を見る。途端に両の目に涙があふれ、口を開くたびに咽《むせ》んだ。言葉にならない。義経も頼朝の言わんとする意味が分からぬままに泣く。存分に泣き、二人は互いの昔を語り合った。頼朝が述懐した。

「これをご覧あれ！　関東八か国の人々が従ってくれてはいるが、皆他人なので身の一大事を相談する人もいない。皆がかつては平家に従っていた人ばかりゆえ、頼朝の弱点を見つけようとしてばかりいると思われる。平家を討たんにも我が身は一つで、自身が討たんと戦場へ向かえば留守の東国が不安で、代理を差し向けんとしても、平家と気脈を通じてかえって東国を攻めることもあろうかと思うから、それも出来ぬ。今そなたをちょうどよい折に迎えることが出来たので、亡き父上が生き返って来られた気が致す！」

　頼朝を支えた人たち、すなわち房総の上総介広常や千葉常胤、挙兵以前からの支持者だった三浦氏、また重忠ら武蔵国の豪族、義父の北条氏までもが元々は平氏系。いまだ寄り集め段階の頼朝軍団でもあり、心の奥を知り合う主従の関係までには至っていない。猜疑心の強い頼朝の性格からすれば、本音に近い言葉だった。

　富士川合戦を境に東国の平氏勢は一掃された。石橋山合戦では平家方の大将だった大庭景親も富士川合戦の三日後に捕えられ、ただちに上総介広常に身柄を預けられた。

「どうだ、助命を嘆願するか？」

　兄の大庭景義に頼朝が尋ねると、景義は首を振った。

「武衛《ぶえい》殿が起《た》たれた時、弟は武衛殿のお首を取るつもりでした。助命には及びませぬ！」

「武衛殿」とは頼朝のこと。二日後、江ノ島対岸の片瀬川で景親は斬首された。

　富士川合戦の前日には、伊豆で強い勢力を持っていた伊東祐親《すけちか》が生け捕りになった。伊豆半島東岸から中央にかけて本拠とした伊豆最大の豪族である。祐親は石橋山合戦で大庭景親とともに頼朝追討軍の先頭に立っていた。

「なに、あの伊東殿が、か……」

祐親が捕えられたとの報《しら》せを聞き、頼朝は絶句した。祐親は平惟盛の平家軍を助けるため、伊豆国鯉名泊《こいなとまり》から舟に乗り込もうしていた。そこを挙兵以来の頼朝方の将である天野遠景《とおかげ》が取り押さえ、黄瀬川の宿所へ祐親を連れて来た。

「是非ぜひ、伊東祐親殿の身柄を預かりたい！」

陣営に祐親捕縛の報が伝わると、さっそく名乗りを上げる者がいた。三浦義澄だ。祐親には四人の娘がいて、最初の娘が義澄の妻となり、二番目の娘が土肥実平の妻となった。とりわけ美女との評判が高かった三女八重姫《やえひめ》は、頼朝が政子と婚姻する前に頼朝の子を出産する。怒った祐親は頼朝を殺そうとした。経緯は、こうだ――。

3

当主の伊東祐親が京へ出仕して留守の間、頼朝は足しげく八重姫の元へ通った。やがて八重姫は男子を産み、千鶴御前《せんづるごぜん》と名付けた。頼朝の可愛がりようは大変なものだった。

「この子が十五歳になったら、伊東と北条の両氏を誘い、坂東八か国を次々とまわり、秩父氏、足利氏、三浦氏とも相談し、それが駄目なら奥州平泉の秀衡《ひでひら》を頼って、この頼朝の運が開けるかどうかを試さん！」

こう言っては千鶴御前を抱き上げた。若者が世間知らずなことは昔も今も変わらない。頼朝と八重姫は状況を厳しく考えず、当人同士が想い合えば周囲は許すものと信じた。ところが祐親が京都から帰って事情は一変する。

「誰の子か?」

祐親が庭の松を眺めていると、遠くで子供たちの歓声がした。見ると千鶴御前が子守の少女に抱かれ、何人もの子供たちと萩《はぎ》の花陰で遊んでいた。そこで子守の少女に、そう尋ねた。ところが少女は驚いて返事もせず、子供を抱いて逃げた。

「庭で三つぐらいの男子が大事そうに世話されていたので『誰の子か』と尋ねたが、子守は返事もしないで逃げた。いったい誰の子か?」

家に戻って妻に尋ねるが、妻も答えない。祐親は怒り、怒鳴り散らす。やっと口を開いた。

「姫君が、立派な男の方との間に授かったお子です」

「なんと! では八重姫か?」

「はい。殿様が京へ上っている間のことなので、どうすることも出来なかったのです」

聞いて祐親は、ますます怒った。

「親の知らない婿《むこ》というものが、あるものか! 誰だ?」

妻に詰め寄ると、隠し通すことは出来ないと観念したのか、涙ながらに白状した。

「兵衛佐殿《ひょうえのすけ》です……」

頼朝は、伊豆に流された時の官職名である「兵衛佐」と呼ばれていた。名を聞くと祐親の両の手がぶるぶると震え出し、怒りは頂点に達した。

「商人や修験者を婿に取ることがあっても、落ちぶれた源氏の流人《るにん》など婿に取ることは断じてならぬ! 子まで産んだとは! もし平家からの咎《とが》めでもあれば何と申し開きする? 『仇《かたき》の子は首を斬って魂まで奪え』という。早く始末してしまえ!」

次の日、祐親は八重姫のところへ使いをやって千鶴御前を連れ出した。

「石をつけて松川の奥の蜘蛛淵《くもがふち》に沈めよ！」

命じられた武士は幼子を簀《す》巻《ま》きにして滝の底へ沈めた。それでも祐親の怒りは治まらない。八重姫を急ぎ江間郷《えまごう》の武士へ嫁がせ、頼朝の命を奪うため居所へ夜襲をかけることにした。

伊豆随一の豪族に夜襲をかけられては、頼朝の命も風前《ふうぜん》の灯火《ともしび》だ。その時、頼朝へ報《しら》せる者がいた。祐親の次男、祐清《すけきよ》だった。

「親が老いぼれて、ものごとの判断が覚束《おぼつか》なくなり、佐殿《すけどの》を討ち取ろうと相談しております。急ぎ、お逃げくだされ！」

祐清は熱心に勧めた。頼朝の乳母、比企尼《ひきのあま》の三女を妻としていたこともあり、以前から頼朝と親しかった。

「よくぞ知らせてくださった。嬉しく思う。だが……」

目を輝かせた後で頼朝の顔が暗くなった。

「……だが、祐親殿にそれほどまで狙われたなら、どこへ逃げようとも逃げ切れまい。といって自害してしまえば、源氏再興もかなわぬ。どうしたものか？」

問われた祐清は一瞬考え込んだが、すぐ明るい顔になった。

「そう、北条時政殿を頼るのが、よろしかろう！　この祐清の元服親《げんぷくおや》ゆえ、それがしが手紙《ふみ》で報せておきましょう！」

祐清が請《う》けあった。頼朝は街道を避けて田の畔道《あぜみち》や山越えの杣道《そまみち》へ愛馬を踏み入れた。暗い空に月が澄み、ススキが夜風に揺れていた。夜も白々と明ける頃、北条の館へ駆け込んだ。

「命の惜しさに頼って参りました！」

玄関で泣きながら叫ぶと、主《あるじ》の北条時政が出てきた。頼朝が流された「蛭《ひる》ヶ小島」と北条館とは目と鼻の距離だから、以前から顔は見知っていた。時政も一緒にもらい泣きし、館の中に頼朝専用の宿所を用意した。

「安達殿や小野殿は、いかがしました？」

心配顔の時政が問う。頼朝は伊東から安達盛長や小野盛綱を呼び寄せた。北条の武士とともに警備を固めさせ、祐親に備える。祐親は大いに悔しがったが、縁の濃い北条を攻撃することは出来なかった。もっとも見方によれば頼朝は北条館に幽閉された形になるわけで、信頼する時政に祐親が監視を任せた、という側面があったかもしれない。

かくして祐親の手を逃れた頼朝は、狩野川に近い北条館で平和な日を送る。すると今度は時政が祐親の苦悩を味わう羽目になった。時政にも宮中警備の大番役が回って来たのだが、その留守に頼朝は時政の先妻が産んだ娘、政子の元へ足しげく通うようになったからだ。

二男の義時は二人の仲を知るが、表沙汰にせず胸中に収めていた。やがて政子に女の子が生まれて大姫と呼ばれるようになる。都の時政は後妻からの手紙《ふみ》でこれを知ると、祐親と同様、大いに驚き慌てた。

「何と！」

絶句したまま何度も手紙を読み返した。祐親と違ったのは、怒り狂うことがなかったのと、大姫や頼朝を殺そうとは考えなかったことだ。

「何か良い策はないものか……」

祐親と違い、思案するだけの冷静さがあった。策士たる時政らしいところだ。何度か手紙の字面《じづら》を追ううち、同じ韮山《にらやま》に住む伊豆国の代官、山木《やまき》兼隆《かねたか》の顔が浮かんだ。

「万寿姫《まんじゅひめ》は美しくなられたのう！」

いつか兼隆が時政に、つくづくという調子で言ったことがあった。「万寿姫」とは政子のこと。時政は「おや？」と思いながら、兼隆の言葉の裏にあるものを探ろうと彼の目を見た。兼隆は視線をそらせ、黙って杯を干した。

「どなたか嫁にもらってくれぬかと思案するのです。親の言うことを聞かぬ困った娘ゆえ、我がままばかりを聞かされるうち、もう二十一になりました！」

当時で言えば二十一歳は婚期として遅い。兼隆の答えはなかったが、彼が顔を上げて何か言いたそうにしたのを時政は覚えていた。

「そうか、山木殿に嫁がせようか……」

結局、政子は山木兼隆へ嫁がされるが、すぐに頼朝の元へ逃げ帰った。こうなると時政も成り行きに任せるより方法がない。

この頃、もう一人、婚家から逃げ帰った娘がいた。息子千鶴御前《せんづるごぜん》を父伊東祐親に殺され、江間郷の武士の元へ嫁がされた八重姫《やえひめ》だ。頼朝が政子と夫婦《めおと》の契《ちぎ》りを交わしたとも知らず、八重姫は侍女《じじょ》六人を伴って雨の山道を越えた。夜もふけて北条館へとたどり着き、門を叩く。

「どなたか？」

門衛が扉の覗《のぞ》き窓を開け、八重姫一行を品定めするように見る。低い声で誰何《すいか》した。

「八重姫と申します！」

死ぬほど疲れていたが、声を振り絞った。

「何用だ？」

「兵衛佐《ひょうえのすけ》殿へ、お取り次ぎください！　八重姫が来ています、と！」

八重姫は「兵衛佐殿」の言葉を口にすると幸せな気分になった。嫡子の千鶴御前を膝の上に乗せ、あれこれ将来の夢を語って聞かせる佐殿が、目の前にいる気がした。千鶴御前が殺されて自身も父に見放されたが、兵衛佐殿だけは笑顔で迎えてくれるはずだった。

「佐殿に、どんな用事かな？　佐殿は奥方様とお出掛けで、留守なのだが……」

「奥方様？」

意味が分からなかった。

「万寿姫様だ」

「万、寿姫、様……」

言葉を失った。沈黙を了解と勘違いしたのか、門衛が覗き窓を閉じた。万寿姫とは政子のことである。蓑《みの》から滲みた雨が体に冷たかった。

「あの、宿を！　一夜だけ、軒下でよいので、お貸しくだされ！」

年長の侍女が八重姫の前へ出て、覗き窓に向かって叫ぶ。

「駄目だ、帰れ！」

覗き窓を閉じたまま門衛が突き放した。彼の頭に一瞬、勝ち気な政子の顔が浮かんだ。

八重姫の耳には、だが聞こえなかった。何も見えず、どこにいるのか、何をしているのかさえ分からなかった。促されて寺の物置のような所へ入った気がする。直後、八重姫は増水した近くの狩野川へ身を投げた。

一一八一年十二月、政子は昼も伏せるばかりで食事をとらず、日ごと痩《や》せ細った。周囲の心配の甲斐あってか翌年二月、政子の体力は回復する。懐妊が不調の原因だった。周囲の喜びようはひと通りでなく、三浦義澄が祝儀の音頭を取り、千葉常胤の妻が着帯の帯を作った。この帯を嫡子の胤正が届けると、頼朝自身が帯を結んだ。ちなみに鶴岡八幡宮から由比《ゆい》ヶ浜へ続く直線の参道は、この際に造られた。

捕えられて娘婿三浦義澄に身柄を預けられた伊東祐親だったが、政子懐妊のめでたい機会に義澄から助命嘆願が出された。

「よし、赦《ゆる》そう！　ここへ呼び招いて、直接に言い渡そう！」

頼朝は義澄に、御前へ召《め》したうえで恩赦を与えると約束した。頼朝の鼻の下の髭《ひげ》がぴんと立った。

こんな時の頼朝は上機嫌だ。

祐親が頼朝を殺害しようとしたことは事実だが、私怨《しえん》であり、きっかけを作ったのは頼朝の方だ。婿の許可を得る前に娘を誘惑し、子までつくって挨拶《あいさつ》もなしなら、怒らぬ父親はいない。子の千鶴御前を殺したことも、平家の世であれば、判断として間違っていたとは言い切れない。頼朝にも、それは分かっていた。石橋山合戦で平家方として参戦したことを咎《とが》めるなら、畠山重忠や梶原景時らも同罪であり、富士川合戦の方は未遂犯である。

「はッ、さっそく本人に報《しら》せまするッ！」

喜んだ義澄が自邸にいる祐親を呼び寄せようとした。ところが本人が早合点したのか、使者の伝え方がまずかったのか、祐親はみずから腹を切ってしまった。

「参上すれば必ず首を召されるでしょう」

そう告げて一瞬のうちに腹を切ったという。驚いた義澄は飛んで帰るが、亡骸《なきがら》が片付けられた後だった。翌日、義澄が祐親の自害を報告すると、頼朝も驚きのあまり言葉を失った。頼朝の口から次の言葉が出たのは、よほど時間が経《た》ってからのこと。

「子の祐清《すけきよ》殿を呼んで参れ。褒美《ほうび》を取らせよう！」

祐親の死に心動かされ、頼朝は言いつつ心ここにあらず、というふうだ。祐清は、父祐親の夜襲を頼朝へ報せたうえ北条時政に手紙を書き、頼朝の命を救った恩人である。褒美を取らせて当然だが、これまで失念していた。あるいは順序を逆に、つまり先に祐清へ褒美を取らせて伊東家との関係をいくらかでも修復しておき、しかるのちに祐親を赦せば、祐親が早合点する悲劇は起きなかったかもしれない。

すぐに祐清がやって来た。御前で威儀を正した祐清は以前と変わらず明るい目をしていた。頼朝の乳母《めのと》である比企尼《ひきのあま》の三女を妻にしていることもあり、蛭《ひる》ヶ小島の時代から何かと頼朝の力になっていた。

「祐親殿は罪科が重いとはいえ赦そうと考えていたのに、みずから腹を切ってしまった。後悔しても致し方なく、まして祐清殿には功労がある。特に賞されるであろう。予《よ》に奉公して父を供養するがよかろう！」

頼朝は微笑《ほほえ》みながら丁寧《ていねい》に告げた。正面に伊東祐清が畏《かしこ》まって面《おもて》を伏せ、左右には畠山重忠や千葉常胤、三浦義澄らの有力御家人が並ぶ。旧暦二月十五日は春もたけなわで、庭には黄色い山吹の花が今を盛りと咲いていた。

「有り難き、お言葉ですが……」

緊張のせいか声は高めだが、明瞭で落ち着いた話しぶり。むしろ御家人たちの祐清を見る目に緊張が走った。祐清が異《い》なること言い出しそうな気配だったからだ。頼朝も眉根《まゆね》を寄せ、無言で言葉の先を促した。

「父はすでに怨敵《おんてき》として囚人です。その子がどうして恩賞にあずかることが出来ましょう。我《わ》にとりましても父亡き後の栄誉は無に等しいのです。ご恩をもちまして、早くそれがしの首を召しなされ！　それとも暇がいただけるなら、平家に味方するため上洛致します！」

祐清は頼朝の顔をしっかり見て言った。

「ああ、立派な武士であることよ！」

上総介広常と畠山重忠が、そろって同じ言葉を発した。

伊東祐清はこの後、どうなったか。鎌倉幕府の正史『吾妻鏡』には「そこで頼朝は心ならずも誅《ちゅう》殺《さつ》なされた」（寿永《じゅえい》元年二月十五日）とある。ところが同じ『吾妻鏡』の建久《けんきゅう》四年六月一日には「祐清が平氏に加わり、北陸道合戦の時に討ち取られた」との件《くだり》も。同じタイトルの本に、まるで反対のことが書かれている例は珍しい。

4

富士川合戦の勝利により頼朝は東国の支配をほぼ手中にした。合戦後、頼朝は平惟盛への追撃を命じるが、これには千葉常胤や三浦義澄、上総介広常らが反対した。

「常陸《ひたち》国の佐竹義政と佐竹秀義が、数百の軍兵を率いながら、いまだ帰服しておりませぬ！　まず東国を平定し、然るのちに京へ至るべきです！」

「惟盛は最初から早々に逃げ戻る作戦だったのかも知れませぬ！　後を追わせて東国が手薄になった隙に、佐竹ら平家に心を寄せる勢力に鎌倉を攻めさせるつもりでした！」

千葉常胤らの言い分にも理があった。常陸佐竹氏は源氏の庶流だが、頼朝の台頭を快く思っていなかった。頼朝が常陸国に入ったのは十一月四日で、富士川合戦から半月後のこと。冬晴れの日が続き、利根川を渡る風は蕭蕭《しょうしょう》として冷たい。軍馬は枯野を分けて進んだ。

「計略をよく練ったうえで誅罰《ちゅうばつ》を加えよ！」

頼朝の命により千葉常胤や上総介広常、畠山重忠、土肥実平、三浦義澄らの主だった将が軍議を重ねた。現在の茨城県石岡市にあった常陸国府は、山王川と恋瀬川に挟まれた台地に建ち、軍議の部屋も古いなりに立派な造作だ。

「まずは佐竹氏の意向を確かめることが肝要かと存ずる！」

一人ずつ意見を述べ合い、最後に重忠が提案した。皆がうなずいた。それまでの意見は各自ばらばらでまとまりがなく、結局は佐竹氏側の意向を知らなければ議論のしようもなかった。

「使者に立つには上総介殿が適任かと存ずるが……」

千葉常胤が言って上目づかいに上総介広常を見た。広常は佐竹氏と縁戚関係を結んでいて、接触役には適任だった。

「承知した。まずは義政殿と秀義殿へ問うてみよう！」

佐竹義政が兄で、秀義が弟。広常は大きな腹をさすりながら、丸い目をさらに丸く開いて皆の顔を順に見た。判断に躊躇《ためらい》のない豪胆な男だ。使者はその日のうちに帰って来た。

「すぐ参る！」

兄義政からの返事は早く、明快だった。

「思慮するところありて、すぐには参上出来かねる！」

弟の秀義はそう返事すると、現在の常陸太田市にある金砂城《かなさじょう》へ引きこもった。金砂城は堅固な山《やま》城《じろ》だから、兵を移したことは抗戦を意味する。一方、義政とは頼朝対面の手筈がととのえられ、園部川にかかる大矢《おおや》橋で落ち合うことになった。

「どうぞ家人《けにん》を遠ざけて、橋の真ん中まで、お一人で来られよ！　最初に内密の話があるゆえ、こちらも広常を一人で遣《つか》わす！」

頼朝は対岸の義政へ呼び掛けた。言葉が終らぬうちに広常が歩き出した。それを見た義政も歩き始めた。広常は鎧冑《よろいかぶと》を脱いで腰の刀を外し、丸い体を左右に揺すりながら満面の笑顔だ。義政は冑を脱いで腰の刀も外したが、急いで歩き始めたので鎧は着たまま。橋の中央で出会い、義政は両の手を差し出した。こちらも満面の笑顔だった。

広常が差し出した手には、だが小刀が握られていた。冬の弱い日差しに刃が光り、次の瞬間、義政の首の付け根から血が噴き出した。義政は広常を不思議そうに見て、崩れ落ちた。家人たちは驚き慌て、ある者は座り込み、ある者は逃亡した。矢を射掛ける兵はいない。

作戦というより、騙し討ちだった。それも帰服の意向を示す義政の方を倒したのだから、頼朝にとって真に利益だったかは疑問だろう。

一方、金砂山の山城にこもった秀義とは文字通り戦《いくさ》になった。頼朝軍は数千。熊谷直実《なおざね》と平山季《すえ》重《しげ》の二人が城への先登を試みるが、秀義勢は落石で応じた。鉄壁の守りだ。

「どうしたものか……」

侍所別当《さむらいどころべっとう》、つまり侍所長官を仰せつかる和田義盛が、居並ぶ将たちに問うた。

「城内に敵が何人居《お》るか知らぬが、今日の戦で死んだ敵は一人も居るまい。しかし我が軍の死者は百人を下らない。今日のような戦なら、何度仕掛けても城を奪うことは叶《かな》うまい！」

数え六十三歳の長老、千葉常胤だ。軍議は野に張った幕営で行われたが、金砂山麓の冬は日中も氷が解けないほどに寒い。それでも皆が背筋を伸ばし、どの顔も熱気で赤かった。冑《かぶと》を脱いだ頭から白い湯気が立ち上《のぼ》った。

「城を落とす手立ては必ずある。だが、それがどこにあるか、我らには分からぬ。無理もない、我らには城の見取り図一つ持たぬからだ！」

三浦義澄が指摘した。常胤より十歳ほど若い働き盛りだ。

「待たれよ、それがしに心当たりがある……」

ここでも上総介広常が乗り出した。年齢は常胤よりいくらか下だ。

「申してみよ！」

それまで黙って聞いていた頼朝が、目の奥を光らせた。

「はッ、秀義の叔父に佐竹義季《よしすえ》なる者がおりますが、今度は城にこもってはおりませぬ。智謀《ちぼう》にすぐれ、人一倍の欲心《よくしん》の者です。恩賞を約束すれば味方となり、必ずや秀義を滅ぼす計略を練るはずでございます！」

さすがに広常は敵の内情に詳しい。

「義季殿、と……。ほう、欲心の者か、それはよい！」

頼朝が、おのれの膝《ひざ》を手でぽんと打った。欲の者なら所領を与えればよいし、地位を望む者なら地位を与えればよい。何が欲しいのかが明確なら扱いやすい。逆に扱いにくいのは伊東祐清のように誠実な者、利を無視しても筋を通す者だ。

翌日、今度も上総介広常が使者に立った。迎える義季は喜び、頼朝の名代《みょうだい》である広常を上座へ座らせた。応諾したのも同然だった。

「東国の親しき者も疎《うと》き者も、頼朝殿に従わぬ者はいない。しかるに秀義主《ぬし》は一人仇敵《きゅうてき》となっている。まことに理由なきことだ。貴殿はどうして秀義の不義に味方なさるのか？　早く頼朝殿の元へ参じて秀義を討ち取り、代々継ぐべき所領を手に入れられるべきであろう！」

義季は最後の「所領を」に心動かされたようで帰服を約束した。そして尋ねる。

「どちらからお攻めでしたか？　あの城は、正面からでは決して落ちませせぬぞ！」

言い終わらぬうちに立ち上がった。さっそく案内するという。広常は兵を招集した。

「こちらから攻めれば、よろしいのです！」

義季は先に立って城の横手の尾根へ続く道へ回り込んだ。山城とは高低差を防御に活《い》かすために築かれた城であり、尾根筋から攻めれば石を落とされる危険はない。

「歩きやすい道だ！」

重忠が感嘆した。山頂へ続く道は、城を造る時に整備されたのだろう。いざという時の逃げ道の一つかもしれない。頻繁に歩かれているらしく道幅にもゆとりがあった。斥候《せっこう》が敵兵の様子を探った後、射程距離で有利な強弓部隊が散々矢を射込むと、裏門が内側から開いた。義季が、ひそかに手配して城内の兵に内応させ、裏門を開かせたのだった。

広常らはやすやすと入城した。案内した義季は、頼朝の配下に加わることを許された。佐竹方への探索は厳しく、すぐに「佐竹義政の家人十人ほどが出頭した」との報せが届いた。橋の中央で広常が騙《だま》し討ちにした義政の家人たちだった。

頼朝と重臣たちが、庭に座す佐竹の家人たちの顔に見入った。反抗の気配を顔色から読み取ろうというのだ。家人のうちに一人、顔を伏せて嗚咽《おえつ》する男がいた。重臣たちの視線は、紺の直垂《ひたたれ》の上下を着たその男に集中した。

「何としたか？」

頼朝が理由を尋ねる。

「死んだ主君のことを思うと、首がつながっていても、どうしようもありませぬ！」

低いが大きな声だ。顔中が髭《ひげ》ばかりの男である。

「ならば義政殿が誅殺された時に、なぜ自分の命を捨てなかったのか？」

頼朝の目が光った。

「主君は一人橋の上で殺されたのです。我ら家人が橋の上までお供していれば、主君をお守りして戦い、生きて戻ろうとは思わなかったでしょう。今ここに参上しているのは武士の本意ではないが、ぜひとも拝謁《はいえつ》のうえで申し上げたきことがあったからです！」

言葉に無駄がなく、いささかも臆《おく》していない。覚悟を決めての参上に嘘偽りはないはずだ。

「申してみよ！」

「平家追討の目的を差し置いて、源氏の一族である佐竹を討つというのは、まったくあってはならぬことです！」

言って周りを見る。頼朝の重臣は平氏一族の出身者ばかりだが、視線が合っても外さない。異様な熱気だ。

「……国の敵である平家に対しては、天下の勇士が力を合わせて討つべきでしょう。にもかかわらず過ちのない一門を誅《ちゅう》されては、今後、御身の敵を誰に命じて退治されるのか。また、ご子孫を誰がお守りするのか。このことを、よくよく思案すべきでしょう。このような状態では、人々はただ恐れをなすだけで、真実心より服従する志《こころざし》の者はなくなり、必ずや誹《そし》りを後世にお残しになるでしょう！」

雄弁だ。居合わせた誰もが一語一語をしっかりと聞いた。頼朝は何も言わずに退席した。広常が急ぎ頼朝の後を追う。広常が別室に入ると、頼朝は目を閉じて何かを考えているふうだ。

「件《くだん》の男が謀反《むほん》を企んでいるのは疑いありませぬ。早く誅すべきでしょう！」

広常の口調が強い。

「そのようなことをしてはならぬ！」

頼朝が制した。男は許されただけでなく、御家人の一員に加えられた。名を岩瀬与一太郎という。この時の進言が頼朝の心に残ったためかどうか、金砂城から逃亡した佐竹秀義も許され、のちに奥州征伐軍へ加わるなどして活躍した。結局、不運としか言いようがないのは、橋上の騙し討ちで命を落とした佐竹義政ばかりであった。


一一八一年閏《うるう》二月四日、平清盛が亡くなった。数え六十四歳。東国では頼朝の威信が日ごと高まった。一方で、これまで結束してきた頼朝近臣たちの間に、ざわざわと波立つものが垣間《かいま》見え始めた。我こそ頼朝勢力を支えてきたという自負の強い者たちが、おのれの存在を主張しがちになっていた。この年六月、頼朝は三浦にある三浦義澄邸を訪れた。盛夏の納涼散歩を兼ねた、のんびりとした気晴らしだった。三浦邸では義澄が先頭に立ち、頼朝を迎える準備に余念がなかった。

「特別な接待をしたいものだ！」

義澄は一族全員に発破《はっぱ》を掛けた。一行には頼朝の命令により、途中から上総介広常が合流する手《て》筈《はず》になっていた。広常は佐賀岡《さがおか》浜で頼朝を待った。頼朝が来ると五十余人の広常の郎党は下馬し平伏するが、広常は会釈しただけで馬を降りようとしない。

「御前《ごぜん》でござるぞ、上総介殿！　下馬すべきでは、ござらぬか！」

頼朝の馬の前に控えていた三浦義連《よしつら》が、前へ出て広常を諫《いさ》めた。下馬の礼だ。義連は衣笠城で討ち死にした三浦義明の末っ子で、義澄の弟である。

「公私ともに三代の間、いまだそのような礼をとったことは、ござらぬ！」

広常が胸を張った。頼朝は黙したまま広常を従えて三浦邸へ向かった。

場面は酒宴の席に移る。皆に酒の杯《さかずき》が回り、座が盛り上がった頃、頼朝挙兵以来の御家人である岡崎義実《よしざね》が赤らんだ顔で立ち上がった。

「武衛殿、その水干《すいかん》を下さらぬか？　大切にして子々孫々まで家宝にしたい！」

頼朝は当時〈武衛〉とも呼ばれていた。水干は狩衣《かりぎぬ》の一種で、公家や上級武士の普段着。高位の者が着用中の水干を配下へ褒美《ほうび》として与えることは、当時しばしば行われた。

「よい、叶《かな》えるゆえ、ここで着用せよ！」

頼朝も上機嫌で応じた。こんなふうに所望されることは互いの信頼を意味する。上機嫌の理由だ。ところが広常が異を唱えた。

「この美服は、広常のような者が拝領すべきものなり。岡崎殿のような老人に賞されるというのは、思いの外《ほか》のことである」

遠慮のない、つまり東国武士らしい言い方。広常には、佐竹討伐の功績に対し褒賞らしきものがなかった、との不満もあった。案の定、岡崎義実が強く反発した。

「上総介殿は功ありとお思いのようだが、それがしの初めの頃の忠には比べ難し。それがしと対等であると思うな！」

こちらも遠慮がない。両者は互いに掴《つか》みかからんばかりの事態となるが、頼朝は二人を代わる代わる見るばかりで何も言わない。沈黙には理由があった。挙兵以来の頼朝の人心掌握《しょうあく》術が、配下への囁《ささや》き作戦だったことに由《よ》る。

「予が真に頼りと思うは、そなた一人なのだ！　このことは他言無用にしてくれ！」

頼朝はたびたび家人《けにん》を一人ずつ呼んで囁いた。頼りにされていると知って家人は誇りをくすぐられ、忠義心をかき立てる。

「岡崎殿、思い出すなア。初めの頃の岡崎殿の忠がなければ予の挙兵もなかった。予が勢いを得ると、敵対していた者が続々と味方についた。だが予は、そんな者を心からは信用しておらぬ。初めの頃に忠義を尽くしてくれた岡崎殿のことを、予は真の父のように思っている！」

義実へは、そう囁いた。

「上総介広常を父のように考えておる。石橋山で敗れ房総へ逃れた予の息を吹き返らせたのは、まさしく上総介殿だ。佐竹の脅威を取り除いた功にも大いなるものがあった。上総介殿の支えがなければ、鎌倉は立ち行かぬであろう！」

広常へも、かくのごとく囁いた。義実も広常も、それぞれに頼朝の自分への囁きを胸に口論しているのだから、頼朝としては沈黙を通すしかない。この構図は、言い争う二人の女性の間で窮しつつ、なお二人を巧みに御《ぎょ》すモテ男に似ている。

そして、ここでも末弟の三浦義連が二人の間に入った。まず老臣の義実を叱りつける。

「武衛殿がお越しになったこの時に、どうして言い争いを好むのか。老狂のゆえであるか！」

返す刀を広常に向けた。

「思うところがあるなら、後日の機会を待ってはどうか。今、御前の遊宴を妨げること、まったく理由なきことでござろう！」

かくして義実と広常は黙った。分別盛りの老臣も頼朝軍第一の功臣も、年若い青年に見事にしてやられた。頼朝は以後、義連を大いに気に入り、近くに侍《はべ》らせた。のちの源平合戦で、鵯越《ひよどりごえ》の逆落《さかお》としを真っ先に駆け下りた勇将が義連である。

三　人もよう恋もよう

1

翌年八月に政子が嫡子頼家《よりいえ》を出産すると、鎌倉の祝賀ムードは最高潮に達した。ところが、これに水を差す者がいた。政子その人である。原因は頼朝の浮気だった。

「まさか！　殿はあの女子《おなご》とは手を切ったと、おっしゃっていたのに……」

子が産まれて三月《みつき》も過ぎたある日、政子は父時政の後妻である牧《まき》の方《かた》の言葉に愕然とした。小春日和の穏やかな日だった。

「伏見冠者《かじゃ》広綱の飯島の屋敷に、亀前《かめのまえ》をお招きになっているそうです」

伏見冠者広綱とは藤原広綱のこと。亀前の名と具体的な滞在先まで聞けば、嫌がらせや嘘ではない。政子は胸の動悸を抑えつつ、一度だけ会って話した亀前の顔を思い出した。伊豆で頼朝が伊東祐親の娘の元へ通っていた頃、同時進行で会っていた娘だ。それも知らず亀前に会ったが、美しいだけでなく心も柔和な女性という印象だった。あるいは勝ち気な政子では得られない心の安らぎを、夫は亀前から得ていたのかもしれない。

〈許せない……〉

政子は顔を真っ赤にして唇をかんだ。

「都の、お人だから……」

政子の怒り顔を見た牧の方は、そんな言い方で政子を慰めた。政子は牧の方から視線を外して庭を眺めた。柿の木のてっぺんでカラスが二羽、鳴きながら赤い実をつついていた。政子は子供の頃、北条家に出入りしていた老婦から、カラスは必ず二羽一組で行動し、その二羽は夫婦だと聞いたことがあった。畜生《ちくしょう》でさえ一夫一婦の倫《みち》を守るものだと老婦は説明した。

〈都の人でも、ここは東国。東国では東国の習慣《ならい》に従ってもらう！〉

柿の木のカラスを見ながら、出かかった言葉を抑えた。

人一倍の負けん気ながら色が白くて細身の夫頼朝は、いかにも都人《みやこびと》ふうだ。風貌だけでなく男女関係も都ふうの考え方である。そうした面に政子は従《つ》いて行けない。東国と違い都のカラスは〈夫〉が〈婦〉を何羽も引き連れて行動しているわけでもあるまいに、と思う。

「牧殿に、お頼みしては？」

牧の方が政子に囁《ささや》いた。牧殿とは牧三郎宗親《むねちか》、牧の方の兄を指す。

「壊すのですか？　伏見冠者殿の屋敷を？　すっかり？」

急ぎやって来た宗親は、政子の依頼を聞いて腰を引いた。

「あの方の屋敷に亀前が起居しているのです。屋敷に居《お》られなくしたいのですよ。半分壊しただけでは残る半分にとどまるでしょうから、すっかり壊すのです」

政子の目と口元に、決然とした意志が見えた。

「ですが、拙者《せっしゃ》の郎党のみでは、伏見冠者の屋敷を打ち壊すことは出来ませぬ。郎党の数が少ないうえ、相手に物言わせぬだけの権威も拙者にはござりませぬ……」

依然として及び腰だ。互いに沈黙した後で、政子が断を下すように言った。

「分かりました。では父に加勢を頼みましょう！」

やっと宗親は愁眉《しゅうび》を開いた。頼朝の妻と義父が加勢してくれるなら、たとえ首尾がどうあれ、のちの申し開きが出来る。使いを出すと北条時政はすぐに来た。

時政が座る間もなく政子が尋ねた。

「父上は知っておられたのですね？　伏見冠者の屋敷に亀前がいたことを！」

「伏見冠者？　亀前？」

いきなり問われて時政は返す言葉がない。用事を放り出して来たものの「孫の顔を見せるから来られてはどうか？」くらいの誘いだと思っていた。

「そう、やっぱり知っておられたのですね！」

政子は父を睨《にら》みつける。亀前のことを知らなかったのは政子ばかりだった。

「いや、その、男子《だんし》というものは、だな……」

娘の詰問《きつもん》に、しどろもどろになった。権力者の妻という理由だけでない。嫁ぐ前から時政は政子が苦手だった。気が強くて言葉は達者、言い合えば時政も敵《かな》わない。頼朝との結婚にしても娘に押し切られたというのが本当のところだ。

「男子の勝手な言い分など、聞くつもりはありませぬ！」

政子がぴしゃりと押し返すと、時政はうつむいてしまった。

「父上、お願いがあります。これから牧宗親殿が伏見冠者のお屋敷を壊しに行きます。牧殿のご家来衆だけでは心もとないので、加勢してあげてください！」

「なんと！　屋敷を壊しに行く、と……」

絶句した。よくある夫婦間の嫉妬だとは思わないが、これでは市街戦さながらの暴力沙汰になるだろう。一方で義兄宗親だけの力で伏見冠者邸へ押しかけた場合を想像してみた。頼朝は怒るに違いない。宗親一人なら処罰しやすく、最悪なら誅殺するかもしれない。

「分かった。それがしは行かぬが、兵を加勢させる。伏見冠者も、北条の将兵が敵となれば無用な争いを避けるだろう。死ぬ者も少なくて済む……」

さすがに時政は、こんな時にも冷静に判断出来た。

〈自分が一枚噛《か》んでおけば頼朝も宗親をむやみに誅罰出来まい。それで妻である牧の方への自分の顔も立つ……〉

その夜のうちに伏見冠者広綱の屋敷は破壊され、政子は亀前に対して大いに恥辱を与えた。広綱は抵抗するどころか逃げ出すのがやっとで、亀前は鐙摺《あぶずり》、現在の逗子から葉山にかけての浜沿いにある大多和義久の屋敷へ逃れた。翌日、一報を聞いた頼朝が鐙摺へ出向く。お供として当の牧宗親を召した。宗親にしても頼朝の意図は承知だから、緊張し切っていた。

「どういうことだったのだ？　申してみよ！」

大多和義久の屋敷へ着くと、伏見冠者広綱を御前に召して尋ねた。広綱はありのままに経緯を申し述べた。そこで今度は宗親に尋ねた。

「その通りか？　広綱の言葉に嘘偽りはないか？」

宗親は顔を地面にこすり付けるばかりで言葉を発しない。広綱の説明に「時政」の語も「御台所」の語もなかったが、頼朝は察していた。といって宗親の方から「時政」なる言葉を口に出すわけにもいかない。黙って平伏するより方法《て》はなかった。

頼朝は怒った。顔を真っ赤にして眦《まなじり》を吊り上げ、どんどんと足音高く宗親に近づくと、いきなり宗親の髻《もとどり》をつかんだ。両手に持ちかえて引き上げるが、なおも宗親は顔を上げない。思わぬ強い抵抗に頼朝はバランスを崩してよろけ、さらなる怒りの火に油を注いだ。

「おい、腰刀を持ってまいれ！」

広綱は慌てて自分の腰刀を頼朝の前へ差し出す。広綱の顔が怯《おび》えた。頼朝が宗親を刺すものと思ったからだ。

「おのれ、こ奴《やつ》め！」

腰刀を抜くと、刃先を宗親の首筋に当てた。

「えいッ！」

頼朝が力を込めて叫ぶ。赤い血しぶきは飛ばず、黒い髻が落ちた。

「御台所を重んじ奉《たてまつ》るは神妙である。ただし命令に従うといえども、どうして予に内々に告げないのだ！　屋敷を壊して恥辱を与えるというのは、考えが甚《はなは》だ奇怪である！」

頼朝にとって宗親は親類筋だが、容赦なく叱責した。亀前が隣室で聞いていたからだ。髻を切られるのは屈辱であり重罰である。宗親は泣いて逃げ出した。

頼朝はその夜、大多和義久の家に泊まった。次の日、鎌倉へ帰った頼朝は再び立腹する。

「北条殿が、急ぎ伊豆へ向かわれました。牧殿の髻を切って恥辱を与えられたことが、大いにご不満の様子でした！」

時政が韮山《にらやま》へ帰ってしまったという。

「予への意趣返しなど！」

亀前に癒されて鎮まりかけた頼朝の気持に再び火がついた。家人が意趣返しするなど、もってのほかだと思う。義父に対する意趣返しはどうか、とは頭を掠《かす》めもしなかった。

「江間《えま》殿も帰ったのか？」

梶原景季《かげすえ》を召して尋ねた。時政の子の北条義時は、江間郷を本拠にしたことから「江間殿」と呼ばれていた。

「父がたとえ不義の恨みを抱き、暇乞《いとま》いを申さず下国しても、江間殿は穏便の者ゆえ父には従うまい。鎌倉に居《お》るかどうか、確かめて参れ！」

さっそく景季が鎌倉の義時邸へ向かう。義時は鎌倉にいた。頼朝は義時を召した。

「予の意を汲《く》んで北条殿の下向《げこう》に従わなかったことは特に感心した。追って賞を与えよう！」

頼朝の顔が柔和だ。こんな顔をするのは何かを企んでいる時である。義時は父の下向について是非を口にすることなく、といって頼朝へ積極的に賛意を示すこともなかった。

「恐れ奉ります」

それだけ言って御前を下がった。一件は、だが、これで終わらなかった。亀前が、小坪《こつぼ》にある小《こ》忠《ちゅう》太《た》光家こと中原光家の屋敷に移り住んだからだ。逗子のうちでは鎌倉寄りにあり、距離的にも近い。頼朝が遊興に託《かこつ》けて訪れやすくなった。

亀前が居を移した翌日、頼朝は伏見冠者広綱を遠江《とおとうみ》国へ配流した。実《じつ》を取った頼朝も形の上では政子に押し切られた。時政は長く韮山にとどまることなく、何事もなかったように鎌倉へ舞い戻り、仕事に再び精を出し始めた。

2

頼朝が東国を固めたといっても、厳密には南関東及び駿河、甲斐に過ぎない。甲斐では甲斐源氏が勢力を保持していたし、武蔵国の北では足利氏や新田氏が気掛かりな存在だった。臣従させたとはいえ常陸にも佐竹氏が力を残していた。

なかでも頼朝は木曽義仲の動向を注視した。北陸諸国には平家に反感を抱く藤原氏が多く、義仲が信濃から北陸へ進撃すると、北陸の諸勢力は次々に義仲の元へ参じた。義仲快進撃の最大の理由が、これだった。

鎌倉が政子の無事出産に沸いた一一八二年九月、義仲追討のため北陸道へ向かった平家の軍勢が、ことごとく京へ逃げ帰る事態が起きた。

「とても戦《いくさ》どころではない！　寒いうえ食料とて足りぬ！」

平家の兵は京へ帰ると、口々にこぼした。旧暦九月半ばの北陸路は晩秋から初冬の気配。この年は初雪も早く、ひどい寒気に襲われた。とはいえ条件の厳しさは義仲軍とて同じだ。

「恐れをなして逃げたぞ！　木曽殿の武略に縮み上がったのだ！」

義仲軍は沸いた。富士川合戦から二年。またしても平家の大軍は戦わずして逃亡した。

「そうか……」

報せを聞いた頼朝は黙って目をつむり、腕を組んだ。笑顔はなかった。平家の勢いが削《そ》がれるのなら、義仲軍の快進撃は頼朝にとっても朗報に違いない。敗退しては元も子もない。では両手《もろて》を挙げて歓迎かといえば、そういうことでもなかった。頼朝の論理では、平家を打ち破る主体は頼朝軍でなければならない。頼朝以外の源氏が平家を破り、破った者が勢力を伸長させたのでは、結果として頼朝の頭は押さえられる。

これを子供っぽい、お山の大将的な思考と受けとめるのは間違っている。後白河院ら朝廷側にすれば、複数の源氏のリーダーが競い合う状況の方が、彼らを意のままに操りやすい。反対にリーダーが頼朝一人なら、権力は頼朝一人に向き合わざるを得なくなる。

この力関係の論理は、のちの義経追放の論理でもあった。頼朝は、都で華々しく活躍する義経を単に嫉妬したのではない。後白河院は義経を頼朝に比肩《ひけん》し得る勢力へ育てることで、源氏勢力の分散化を目論《もくろ》んだ。頼朝はその危険を見抜いたが、義経は警戒しつつも形の上では院の企みに乗った。

快進撃中の義仲もまた、頼朝がその点に神経質になっていることを承知していた。義仲は嫡子で十一歳の志水冠者義高《しみずかじゃよしたか》を人質として鎌倉へ送った。冠者とは元服後間もない若者のことで、正確には源義高、通称は木曽義高。頼朝は喜び、まだ五、六歳だった長女大姫《おおひめ》の許嫁《いいなずけ》として迎え入れた。険悪になりかけた義仲と頼朝の仲が、婚約により一時的にせよ和解した。

「大姫はどこ？　おやまた義高殿のところですか……」

大姫と義高については、政子が身近に置いて世話を焼いていた。韮山の北条館で自分がされたように、地方豪族の娘が受ける程度の最小限の世話だった。時の権力者の子だからと特別扱いすることはなかった。

「おや、お母様……」

庭の東にある離れに行ってみると、やはり大姫がいた。義高に向かい合って座り、庭で摘んだらしい紫蘭《しらん》の花を竹の花瓶に挿《さ》していた。梅雨入り前のさわやかな風が、木々の梢から開け放たれた部屋へと吹き抜けた。

「……居てもよいけど、静かにしていてくださいね。わたし、義高様とお話をしています」

政子が縁《えん》に腰を下ろすと、大姫が顔を上げずに言った。言われた通り静かにして、二人の横顔に見入る。勝ち気で早熟な大姫は何事にも積極的で、幼い日の政子に似ていた。おっとりした義高は色が白くて背が高く、少年時代の頼朝にそっくりだ。政子は、頼朝が蛭《ひる》ケ小島へ流されて来た当時のことを、よく憶《おぼ》えていた。頼朝が十四歳、政子が四歳だった。義高と大姫の二人を見ていると、政子は自分と頼朝の昔の姿に、つい重ね合わせてしまう。

「そろそろ、お食事の時間ですよ！」

ずいぶん待ったから、もうよいだろうと思って二人に声を掛けた。大姫は、はッとしたように顔を上げたが、政子を見ずに義高を見る。義高も笑顔で大姫を見ていた。

「本当ね、おなかが空《す》いた！　義高様は向こうのお部屋で食べたいの？　それとも、ここで食べたいの？」

大姫が義高に尋ねた。まだ夫婦というわけではないが、大姫は妻役に徹し切っていた。義高はちらりと政子を見て、赦《ゆる》しを乞うような顔をした。

「我《わ》はここで食べたいけど……」

遠慮がちに言う。

「そうよね、妾《わらは》もここで食べたいわ！　義高様と二人で！」

大姫は元気がよい。

「まあ、妾だなんて、すっかり奥方様ですね！」

政子の目も優しげだ。成り切っている姿が見ていて微笑《ほほえ》ましかった。

「では食事は、ここへ運ばせますよ。二人で食べたいのなら、母さんは退散しましょうね！」

政子の顔が、にこやかだ。二人を見ている時だけは、頼朝への嫉妬や「御台所様」としての自分を忘れることが出来た。

ある日の朝、大姫が政子の傍らを離れようとしないことがあった。

「どうしたのですか？　義高様と喧嘩《けんか》でもしたのですか？」

珍しいことがあるものだと思って大姫に尋ねた。大姫はつまらなそうに首をかしげたが、政子の問いには答えない。何かあったと直感し、庭の東の義高の離れへ行ってみた。

「おやおや、そういうことか……」

離れに着く前に理由が分かった。離れの前庭で義高と海野幸氏《うんのゆきうじ》、望月重隆《もちづきしげたか》の三人が弓の稽古の最中だった。少年たちばかりなので大姫は仲間外れというわけだ。義高は信濃の名族である幸氏と重隆を伴い、鎌倉へ来ていた。ほぼ同年齢の三人だった。

十五間《けん》二十七メートルほど離れた切り株めがけ、代わる代わる弓矢を射ている。十五間は、まだ体が十分に出来ていない少年たちにとれば短くない距離である。

「お見事！」

幸氏の放った矢が見事切り株に命中し、政子が小さくつぶやいた。すると三人が一斉に政子の方を見た。気を張り詰めた彼らには、つぶやき声でも明瞭に聞きとれるらしい。

「そんな物陰でなく、どうぞこちらへ、いらっしゃってください！」

義高が歩いて来て、笑顔で政子を促した。

「そうですか……では、大姫を連れて来てもよいかしら？」

「もちろんですとも！　あッ、我が迎えに上がりましょう！」

義高はそのまま母屋《おもや》へ向かい、大姫の手を引いて戻って来た。大姫は最前《さいぜん》の愁い顔もどこへやら、満面の笑みだ。義高は母娘を離れの縁に招くと、再び弓の稽古に戻った。

「あら、お上手ですこと！」

幸氏は結局、三本矢を放ち、三本とも的に命中させた。邪魔をしないようにと政子は低声《こごえ》だ。

「本当！」

大姫は無邪気に大声で叫んだ。遠くでカッコーが鳴くほかに物音はしない。大きな犬が木陰に寝そべり、眠たげな目で三人の少年を見ていた。

「今度は義高様ね！」

大姫は遠慮というものを知らない。義高が振り返り、大姫に笑い掛けてから、ゆったりした動きで弓を絞る。いざ放たんとして矢先を下ろし、また政子と大姫を振り返った。

これで集中力が途切れたようだ。構え直して放った矢は、切り株からだいぶ高い所へ逸《そ》れた。それでも二矢目と三矢目は的を捉えたから、むしろ気持の切り替えが見事だった。見方にもよるが、こんなときの気持の切り替えは、三度続けて的を射抜くより難しいかもしれない。

この後に弓を引いた重隆も、三度すべて的を捉えた。いとも簡単そうに射たところなどは、さすがだった。海野幸氏と望月重隆は、のちに「弓馬四天王」と称され、特に幸氏は北条時頼に流鏑馬《やぶさめ》を指南するなどして「弓馬の宗家」と称賛されるようになる。

「お見事でしたね！」

幸氏と重隆が引き上げると、政子がそう言って義高を眩《まぶ》しそうに見た。庭の一角に四阿屋《あずまや》があり、母娘と稽古を終えた義高は、ここで休んだ。眠たそうに稽古を見物していた大きな犬も、力なく義高の足元に座り込んだ。

「有り難うございます！　もっと稽古を重ねて上達し、父上を助けに行きたいのです！」

目を輝かせた義高だが、政子が微笑んでいるのを見て目を伏せた。そんなふうに自分が思うままにならない身であることは義高も承知していた。

「そうね、義高殿には、お父様が二人いらっしゃるのですものね。頼朝殿の方も、どうぞ助けてあげてくださいね！」

政子が優しく励ました。

「もちろんですとも！」

元気に答えたが、実感がこもらない。

「あら、嫌《いや》よ！　義高様が戦《いくさ》へ行くなんて……行かないでくださいね！」

大姫にも、戦がどういうものかは分かっているようだ。

「妾を一人にしないでね……」

おままごとの延長ながら、こちらは実感がこもっていた。

「はいはい、大丈夫ですよ！　お父上が義高様を戦場《いくさば》へやることは、ありませんよ！」

政子の言葉に大姫は笑顔になった。戦場へ行かせないのには別の理由があることなど、説明しても無意味だ。話に耳傾けながら大姫を見た義高の目が、どこか寂しそうだった。


そんなことがあった頃から義高は突然、武術に励むようになった。馬を駆っての遠出こそ許されないが、弓を中心に槍や刀、薙刀《なぎなた》を朝夕の日課とし、時に昼や夜も槍や刀を振るった。たいていは幸氏や重隆が一緒だが、月明かりの下で一人黙々と汗を流す姿も珍しくなかった。

「義高様はお変りになってしまった。お稽古ばかりよ。妾は、つまらないわ！」

大姫が政子に、そんなことをたびたび言って来るようになった。

「仕方がないことね。男の人は皆そういうものですよ！」

政子が返す言葉も決まっていた。だが、言いつつ政子も義高の心の変化を気にかけていた。義高の目の色が、すっかり変わってしまったからだ。

北陸路での父義仲の活躍は義高の耳へも入る。十一歳の義高が応援に駈けつけたところで足手まといになるばかりだと分かっても、気持だけは父の元へ向かうのかもしれない。政子が「もう一人の父、頼朝殿の方も助けてください」と頼んだところで、十一歳の少年にとって父という存在は義仲以外に考えられるはずもなかった。

ある夜、義高が、屋敷へ入った賊を捕えるという事件が起きた。

「義高殿が賊を退治しました！」

目覚めた政子に、幸氏が息せき切って報《しら》せに来た。

「賊ですか？」

「はい、それも二人です。一人を槍で突き、一人を縛っています」

「突かれた方の賊は死んだのね？」

「はい、見事、突き殺しました！」

幸氏は小鼻をうごめかせた。

政子の小御所は頼朝の御所ほど警備が厳重でなかった。築地塀《ついじべい》もあるが、よじ登れない高さではなく、警備の目が届かない場所であれば容易に乗り越えられる。それでも不届き者が出なかったのは「御台所様」の居所であるからだ。捕まれば討ち首は間違いない。同じ狙うなら民家にする方が利口だ。

政子は義高の起居する離れに急いだ。大姫はまだ眠っていた。

「さすがは木曽殿のお子ですね！　お怪我は、ありませんか？」

駆けつけるなり義高を見て政子が感嘆した。賊の死骸《むくろ》が庭で筵《むしろ》に覆われていた。もう一人の賊は木に縛られ、すっかり弱っていた。頭を打たれているから、こちらの命も長くはない。

「怪我はありません。ご心配をかけて済みません！」

礼儀正しく頭を下げた。とても十一の少年には見えない。

「で、どうしたのですか？」

経緯《いきさつ》を尋ねた。

「はい、暗いうちに起きて槍の稽古をしていると、塀の横の木が、がさごそと動いたのです……」

何かと思って木に近づくと、上から男が降りてきた。手にした槍で突こうかと迷ったが、とりあえず我慢した。悲鳴を上げられ、他の賊に逃げられてはいけないと考えたという。待つと、もう一人も木を伝って降りてきた。賊は二人のようだ。

そうと分かれば思案は無用だった。義高は二人の前に出ると一人を槍で突いた。槍は賊の脇腹に深々と埋まり、抜くと血が噴き出した。腰を抜かしている賊にも槍を振り下ろす。柄《え》の部分が賊の頭に命中した。賊は頭を両手で抱え、打撃から頭を守ろうとした。構わず二度三度と槍を振り下ろすと、賊は動かなくなった。一人で賊を縛り上げたが、気がつけば両腕の感覚がない。槍で何度も打ち据《す》えたために腕が痺《しび》れたらしい。

「それで、大丈夫なの？　腕は？」

「はい、今はすっかり大丈夫です！」

両手を二度三度振って見せた。意気軒高《いきけんこう》だ。こんな経験は初めてなのだろう。

「義高殿の夜稽古のおかげですね！　稽古なさっていなければ、今頃は賊のその腰刀で、家の者が斬られていたかもしれませんよ！」

政子は賊の腰のあたりを指さした。二人の賊は腰刀を抜く隙《ひま》もなかったようで、どちらの刀も腰に収まっていた。その日のうちに頼朝も一件を知る。

「それは、お手柄だ！」

ぽんと手で膝を打ったが、少し経《た》つと渋面《じゅうめん》になった。

「おとなしいだけの童《わらべ》ではなかったか……」

頼朝が、ぽつりと言った。周囲の者にも聞き取れぬほどの低声《こごえ》だった。渋面と低声の理由が、やがて重大な結果に結びつくことになる。

3

鎌倉から相模国内の柄沢、飯田、瀬谷を経て武蔵国へ入り、小野路《おのじ》、府中、久米川《くめがわ》から峠を越えると、ほどなく畠山郷へ到着する。鎌倉武士が本貫《ほんがん》の地と鎌倉とを往復するために使った道を鎌倉街道、あるいは鎌倉往還《おうかん》、鎌倉道などと呼んだ。関東各地の鎌倉武士たちが、それぞれ決まった道を使うため、何本もの鎌倉街道が存在する。畠山郷へのそれは、南北連絡道のうちでも西寄りに延びていた。

「山河も野も林も武蔵国は美しい！」

小野路と府中の間の多摩川を渡りながら重忠は感嘆した。川面に初夏の光をきらめかせ、多摩川がゆったり流れる。河原の葦《あし》はすっかり青くなり、柳の長い枝々が風に揺れる。多摩川には故郷の荒川とは違う大河の風格があった。

十人ほどを従え、重忠は久しぶりに畠山郷へ帰ろうとしていた。最近の畠山重忠は鎌倉で過ごす日が多く、畠山郷へはあまり帰らない。それでも帰る機会があると、この上なく楽しい気分になる。鎌倉での毎日に張りを感じる一方で、北武蔵こそが自分の本当の居場所だとも思う。

重臣であり盟友でもある榛沢成清《はんざわしげきよ》に言わせると、しかし、そんなところが頼朝の信用を今一つ得られない理由だという。

「欲を持つことですぞ、御屋形様《おやかたさま》！　褒美《ほうび》を喜び、所領が増えることを喜びなされ！　武衛《ぶえい》殿の信頼を得るには、いつも近くに侍《はべ》り、武衛殿から褒美をもらいたがることですぞ！」

その通りだろうと思う。褒美を賜わることは頼朝に認められた証《あかし》だし、重忠とてそれが生きがいだ。武士《もののふ》は皆そのために奮闘する。ただし所領について言えば重忠の考えは少し違う。現に持つ所領を安堵してくれれば十分だ。それで一所懸命、つまり一つの土地に命を懸《か》ける気概が生まれる。

「それに……」

馬に揺られながら独りつぶやく。逆に勢力拡大への危惧《きぐ》もある。頼朝は勢力を持つ者に対して警戒心を緩めない。源氏諸流に対しても然《しか》りで、特に木曽義仲へは神経を尖《とが》らせていた。最近、重忠が気に掛けているのは上総介広常に対する頼朝の不信である。時おり耳にする伝聞ながら、頼朝軍の最大勢力、広常に対する警戒心には尋常ならざるものがあるようだ。

「武衛殿が盤石《ばんじゃく》であれば、東国の我らも盤石だ！　畠山殿、我らも力をたくわえ、ともに武衛殿を盛り立てようぞ！」

広常とは何度も顔を合わせており、そのたびに彼は同じ言葉を繰り返した。腹に一物《いちもつ》のない豪放磊落《らいらく》な性格。口も無作法で遠慮がないが、頼朝に対しては人一倍の忠誠心を抱いている。広常に対する親近感の理由は、父重能《しげよし》や父の友である斎藤実盛が発するのと同じ臭い、つまり東国武士に共通する臭いを彼から嗅《か》ぎ取るためだ。

その臭いを都の感覚の持ち主である頼朝がどう受けとめるかは、しかし重忠には見当もつかない。「力をたくわえ、頼朝殿を盛り立てる」のなら、味方にとどまる限り頼もしいはずだが、頼朝の目には「寝返って敵となれば危険極まりない」と映るかも知れない。

所領を増やして勢力拡大に励めば、逆に頼朝に警戒される結果になる。広常ほどでないにしろ重忠は秩父平氏の嫡流として武蔵国で最大級の兵力を有するから、上総介広常と同様、頼朝から警戒心を抱《いだ》かれても不思議はない。

「御屋形様、今夜の宿が間近ですが、どう致しましょう？」

先頭を行く家来衆が戻って来た。府中を過ぎて河岸段丘の急な坂を上がると、何軒かの宿がひと固まりになっている。東山道武蔵路《とうさんどうむさしみち》と称される古い官道沿いに開けた宿場だった。

「久米川宿までは遠い。まだ陽は高いが、急ぐ旅でもない。ここで宿をとろう！」

重忠が馬の轡《くつわ》を取って宿の軒先へ引くと、家来衆たちもそれに倣《なら》った。先客があったから十人は一軒に入り切らず、やむを得ず二軒へ分宿することにした。

部屋で大の字になって休むうち夕餉《ゆうげ》の時間になる。女人が膳を運んで来た。宿に入る時に遊女を頼んでおいたが、短時間だけ客の相手をする女ではなく、翌朝まで世話を焼く女だった。膳を運んで来たのは、その遊女のはずだ。

「料理といっても田舎ですから……」

女が愛想よく笑う。これといって特徴のない土地ゆえ、もとより新鮮な魚など期待出来ない。それでも野菜とコンニャクの煮物に、現在《いま》で言うドジョウ鍋、汁と二種類の飯が出て、膳はそれなりの賑わいだ。二種類の飯は、豆を炊きこんだ豆飯と、山椒《さんしょう》の芽で香りを付けた筍《たけのこ》飯。酒も頼んでおいた。

「なんの、これは御馳走《ごちそう》だ！」

重忠に食べ物の好き嫌いはない。腹が空いていれば何でも御馳走に見えてしまう。

「それは、よろしゅう、ございました……」

女が、そこで黙り込んだ。

「どうした？　酒を注《つ》いでくれぬか？」

重忠が催促する。

「はい……」

うつむいたまま酒を注いだ。

「なぜ顔を見せぬ？」

「はい……」

女が顔を上げた。小柄な顔にぱっちりとした目の、上品な顔立ちだ。直後、重忠の目が輝き、手にした杯から酒がこぼれた。

「御許《おもと》は加津殿か！」

「済みませぬ……」

「あれから、三年！」

「済みませぬ……」

「ずいぶん捜しました！」

「済みませぬ……」

責めるつもりはないが、加津は謝っているばかりだ。歴史の大きな渦に巻き込まれた後も、少年の日に見た加津の面影《おもかげ》を忘れたことがない。滅多に帰郷せず、また帰郷しても加津の家まで遠出する時間は取りにくかったが、それでも前年の春、暇を作って尋ね歩いた。探しあてた加津の家は叔父夫婦の隣家と同様、屋根が崩れ落ち、廃屋と化していた。散乱する柱や梁《はり》材の間に幾種類もの草花が顔を出し、崩壊したのが最近でないことを物語っていた。

「それがしも加津殿の家を探したが……」

経緯《いきさつ》を説明した。加津の家を初めて尋ねた日、蓑《みの》と笠を借りて「加津殿に会いたいので、必ず返しに来ます」と約束した。ところが頼朝の挙兵により、約束を果たせぬまま月日ばかりが過ぎた。何事もなければ加津の人生も変わっていたはずだ。

「御許にお会いした帰り道で榛沢成清殿に相談すると『畠山家に引き取ればよい。奉公させればよい』と勧められた。それがしも、すっかりそのつもりでいたが……」

加津は涙をためながら重忠の話を聞いていた。ふっくらした顔形だったが、この三年で頬《ほお》の肉が落ち、目の色にも疲れが見て取れた。だが、それがかえって新たな魅力となり、背筋にぞっとくる女っぽさを感じさせるのだった。

「妾《わらは》も、その後間もなくでした……」

加津が言葉少なに話し始めた。加津の父が借金を残して死んだため、機織《はた》りの仕事がなくなると、この宿場に売られた。叔父夫婦も家から立ち退《の》かされたという。

「そうであったか……」

加津の話を聞き終え、重忠は大きく息を吐《つ》いた。加津の父が借金せず、また戦死することもなければ、加津はあの粗末な藁屋根の家で叔父夫婦のように、貧しいながら穏やかな人生を歩んだに違いない。あるいは近在の若者と結ばれ、子供の一人もいたかもしれない。しかし時代が、すべてを変えてしまった。

したたかに酔った。加津の顔も赤い。

「すっかりたくましく、ご立派になられました。最初は気づきませんでした……」

「悪相になったであろう！　ずいぶん人を殺《あや》めたのだから、人も変わる……」

「戦《いくさ》ですもの、仕方ありません……」

加津は何でも受け入れてくれる母のように優しかった。

「御許なれば言うが、あの日のそれがしに帰りたい。御許なれば言うが、戦《いくさ》は好まぬ……」

二度「御許なれば言うが」を繰り返した。人前では口にしたことのない気弱な言葉も、加津の前では抵抗なく言えた。むしろ誰かに聞いてもらいたいのに、自分一人の胸に封じ込めてきた言葉であり、感情であった。

加津は何も言わず、黒目がちの優しい目で重忠を見た。重忠は杯を重ね、加津にも勧めた。外は次第に暗くなり、どこかで山鳩が鳴き出した。宿の者は重忠の世話を加津に任せきりで、部屋へは顔を出さない。重忠は少年の日に戻り、加津と出会った日の思い出を話した。加津も楽しそうに応えた。二人は饒舌だった。時間はまたたく間に過ぎ、部屋の中へ夕闇が忍び込んだ。加津が真顔になり、重忠の目をのぞき込んだ。

「遊女に墜《お》ちた妾でも……」

小さな声で言い、重忠の顔を見上げる。重忠がうなずくと、嬉しそうに顔をほころばせ、重忠へしなだれかかった。重忠の心は大きな安堵感で充たされた。

加津の背を手で大きく支えてやり、赤い唇を吸う。飽くことなく吸い続けた。白い胸元には桃のようなふくらみが二つあり、口に含むと頭の中が痺《しび》れるほどに甘かった。体の芯《しん》が溶け出す感覚は永遠に続いたようでもあり、一瞬のようでもあった。

少年の日の記憶は夢の中の出来事でなく、現実に起きたことだと確信した。現前《げんぜん》の感覚が、あまりに記憶の通りだったからだ。少年の日と異なるのは、加津がその間もその後も、ずっと涙をためていたことだった。

四　倶利伽羅《くりから》峠

1

重忠の父重能《しげよし》は京の都にあって平家軍の一翼を担《にな》い、北武蔵長井庄の豪族、斎藤別当実盛《さねもり》や重能の実弟、小山田《おやまだ》（稲毛）有重《ありしげ》らが行動を共にしていた。

彼らは皆、平治の乱では源義朝の側に付いて負けた。ところが勝った平家は東国武士たちを罰することなく帰郷させたうえ、その後も所領を没収したり庄官の役職を免じたりせず、引き続き本貫《ほんがん》の地を安堵した。意外な処置だった。というのも乱後の源氏に対する平氏の報復は苛烈《かれつ》を極め、義朝一門をことごとく誅殺していたからだ。一門でないにせよ義朝軍の有力な将だった重能や実盛らも死を覚悟した。

重忠より一世代前の重能たちは何事につけ義理堅く考えがちだ。寛大な処置を平家の重恩《じゅうおん》と受けとめ、以後は平家に義を尽くさんと決意した。

源平の戦いの火ぶたは一一八三年四月、越前国火打城《ひうちじょう》で切られた。これには重能ら在京の東国武士たちも平家方として参戦した。義仲軍は堅固な山城にこもり、平家軍が包囲する。義仲軍が城下二河川の合流点で水流をせき止めたため、城は湖に面した形となり、より堅固になった。大軍の平家軍も攻め切れず、戦いは膠着《こうちゃく》した。

〈それがしは平家に心を寄せる者でござる。こうしなされ！〉

そのうち義仲軍から内通する者が出た。籠城軍を率いていた将の一人、平泉寺長吏斎明威儀師《ちょうりさいめいいぎし》だった。矢に手紙《ふみ》を添えて平家の陣へ射込んだ。

〈彼《か》の湖は昔からの淵《ふち》にあらず。一時的に川をせき止めて水を溜めたものです。夜になったら足軽を出し、組んだ木を崩してしまいなされ。水はすぐに落ちましょう。馬が歩くには足場もよい場所ですから、急ぎ渡らせ給え。後ろから、こちらが矢を射掛けます。これは平泉寺の長吏斎明威儀師がお出しした手紙です〉

敵軍から舞い込んだ裏切りの作戦指南に、平家軍は小躍りした。さっそく足軽を出して柵を切り落とす。水は一挙に流れて地面が現われ、平家軍は難なく城内へ馬を乗り入れた。慌《あわ》てふためく義仲軍の背後から味方であるはずの斎明威儀師の兵が矢を射掛けた。義仲軍は総崩れとなり、加賀国白山河内《しらやまかわち》へ逃げた。

平家軍も追って加賀国へ入り、義仲軍の拠点を次々に焼いた。義仲は当時越後国にいて、壊滅したのは先遣部隊だが、全軍が敗色に染まりかけた。

この戦《いくさ》では、特に経験豊富な東国武士ということで、畠山重能や斎藤実盛らの将にそれぞれ二、三百の兵が預けられた。平家軍は早くも楽観の気配だったが、敵兵の実力を知る重能ら東国出身者は厳しい先行きを予感していた。

「畠山殿は思い出さぬか？　大蔵館で幼子《おさなご》の命を救った日のことを……」

髪がすっかり白くなった斎藤実盛が問う。梅雨期特有の、月も星もない五月闇《さつきやみ》の夜だった。

「そう、あの頃は、それがしらも若かった。十年ひと昔と言うなら、ふた昔も前のことだ。幼子だった駒王丸《こまおうまる》殿が現在《いま》は木曽義仲殿なのだから、それがしらも老いるが道理だ……」

遠い日を懐かしむように畠山重能も目を細めて応じた。二人の膳には、なみなみと注《つ》がれた酒と少々の煮豆が置いてあった。

「なんの、畠山殿は若い！」

実盛がうらやましそうだ。重能の方が十は年下だろうか。

「なれど斎藤殿、陣中で一番の元気は貴殿なるぞ！」

愉快そうに重能が言い返した。

「せめてもと思い、から元気を出しているだけでござる。七十を超えて重い鎧《よろい》を着、弱った腕で強《ごう》弓《きゅう》を引きたくはないのだ！」

対照的に、いつもの元気な実盛ではない。

「これは驚いた！　そのような言葉を猛者《もさ》の口から聞くとは！」

重能が目を丸くした。ハッタリでも強気で押し通すのが武士《もののふ》のありようだから、実盛のような古武士が吐《は》くのにふさわしい言葉ではなかった。

「貴殿の前だから本音《ほんね》を申すのだ……」

うつむき、実盛が白く長い顎鬚《あごひげ》をしごいた。

「済まぬ、それがしとて思いは同じだ……」

言いながら重能は実盛の顔を、まじまじと見た。初めて見る実盛の老け《ふ》込んだ顔だった。なにゆえ彼が自分を訪ねて来たのかに得心が行った。

「のお、畠山殿……」

「うむ」

「それがしらの武士《もののふ》としての本領は、せいぜい大蔵合戦の頃だったと思うのだ！　すでに若くはなかったが、それでも元気だったそれがしは、心も体も武士であった！」

「同感だ！」

「あの頃は、七十を超えてなお戦場にいるおのれの姿など想像も出来なかった。とうに隠居しているか出家しているものと考えていた」

「それがしとて同じだ」

「こうして老いてなお戦場《いくさば》にあることを武士の栄光と受けとめるべきか、あるいは無念と受けとめるべきか……」

「無念？　無念か……。それも分かる気がする！」

二人は沈黙した。それぞれの思いに浸《ひた》っているようだった。

「恋しかろうが、畠山殿、故郷の武蔵国が？」

沈黙の後で実盛が尋ねた。

「恋しいが東国は源氏の世だ。帰ったとて居場所がござらぬ！」

息子の重忠が頼朝の下で重く遇せられていることを、重能も伝え聞いていた。武蔵へ帰れば、息子の手で誅殺されるかもしれない。もっとも重能は、親子どちらかが生きて畠山家を存続させれば、それも可《よし》と考えていた。そのことは重忠にも少年の頃から伝えてある。

「それがしの居場所は、ここ越前のほかには、ござらぬ……」

聞き逃してしまうくらいの実盛の低声《こごえ》だった。平家が安堵した長井庄も頼朝の下では、どうなるか分からない。斎藤五、斎藤六の二人の息子は平家軍にあって、源氏側に加わる重忠のような息子はいない。「越前のほかに」と言う理由は、彼が越前国の出身であるからだ。

「まあ、飲みなされ！　平家が負けたわけではない！」

重能が杯を勧める。促された実盛が思いを振り切るように顔を上げ、ひと息ふうと吐《つ》くと一気に飲み干した。

「うまい！　東国の酒はうまい！　秩父の酒でござろう！」

「然《しか》り。重忠が京まで送ってくれる。それで、こうして戦場《いくさば》へも持参してござる！」

「よい息子殿だ！　それにしても、こういうものを飲めば武蔵国を思い出す！」

言いながら実盛は長井庄の北を流れる利根川を思い浮かべた。越後に近い山々を源《みなもと》に、関東平野を時に激しく、時に悠然と下り、長井庄の辺りで何度か蛇行する。今の季節は河原一面に葦《あし》が茂り、元気なヨシキリが「ギョギョシ、ギョギョギョシ」と騒がしい。長井庄を初めて訪れた若き日、重盛は広大な関東平野の大河と沃野を前にして、大いに感激したものだ。

「のう、畠山殿！　何が義なのだろう、何が、それがしらの生きる道標《みちしるべ》か……」

実盛が真顔になった。実盛がこんなふうに言い出す時は、続く言葉が決まっていた。

〈弓取る武士は見苦しくなく死にたいものだ！　生きている間も見苦しくなく生きたい！〉

何度か同じやりとりをしたから、重能もそれを知っている。「見苦しくなく」が今風に言うキーワードだ。源氏と平家の間で揺れた自分らのことである。

「義賢《よしかた》殿のことだが……」

しかし、この夜は違っていた。大蔵合戦で悪源太義平が斬った源義賢の話へと回り道した。

「あの時は、それがしが斎藤殿を説いたのだったな。義賢殿から離れて義平殿の側に付いたらよいと。貴殿はずっと迷っておられたが……」

重能が実盛の杯に酒を注ぐ。実盛は杯を前に差し出し、目の辺《あた》りを和《なご》ませた。

「確かに、それがしは迷っていた。一度は義賢殿に心を寄せた身であったがゆえに……。貴殿の熱心な勧めで義平殿に従ったが、果たしてそれでよかったのかと思うのだ」

実盛が眉根《まゆね》を寄せた。

「あの時は義賢殿と義平殿の、どちらかに与《くみ》さずには、おられなかった！　中立は許されなかった。義賢殿は無勢、義平殿は多勢ゆえ、勝敗は明らかだ。もし義賢殿の側に身を投ずれば貴殿も斬られていた。さすれば義仲殿のお命を救うことも出来なかったはず！　お子の義仲殿を救って差し上げたのだから、義賢殿への借りは返しているだろう！」

「それは、そうだが……」

「あれで、よかったのだ、斎藤殿！　それがしらは、このような時代に生きている。強き者に付き、強き者を勝たせることで、世の中が平和になる。弱い側に与《くみ》し、いたずらに世を乱せば、困窮するは民人《たみひと》ばかりぞ。かくのごとき世では、平和であることのみが民人の救いだ！」

「武士とて……」

「武士は、みずから承知で斬り斬られ、所領を奪い奪われる。自業自得《じごうじとく》というものだ！」

重能が力説した。

「自業自得か……だが、それがしは貴殿と少しだけ違うのだ、畠山殿！」

杯を置いた実盛が白い顎鬚《あごひげ》を右手でしごきながら続けた。

「……それがしら二人は源氏の義平殿、次に義平殿の父上の義朝殿に与し、現在《いま》は義朝殿の敵だった平家に与している。畠山殿は『強き者を勝たせるため』と言うが、その前にそれがしは義賢殿を捨てて義平殿の元へ走った。畠山殿より一つ、寝返った回数が多い。その一つが自分ながら許せぬ。見苦しき生きざまだと思うのだ！」

真情を吐露《とろ》する実盛は体つきも小さく見えた。どこにでもいそうな老人だった。

「それがしより一回多く寝返らなければならぬ立場にあった、というだけだ。貴殿の長井庄は義賢殿の所領に近いゆえ、義賢殿と誼《よしみ》を結んでおく必要があった。貴殿より所領が広く、兵も多いそれがしには、義賢殿と結ぶ必要がなかった。違いは、それだけでござろう！　貴殿の気苦労がそれがしより一つ多く、そこを生き抜いたことを貴殿は誇りに思うべきである。生きざまの違いなどではないゆえ、おのれを責めなさるな、斎藤殿！」

言って重能も杯を干した。

「旧《ふる》き友は善《よ》きものよ！　貴殿にそう言ってもらえれば、それがしの心も軽くなる。かたじけない、有り難い！　だが……」

ひと息おいた。

「……生きざまは無様《ぶざま》でも死にざまは見苦しくなく、と考えている」

回り道した話は、やはりここへ帰って来た。

「死にざま？　縁起でもない！　斎藤殿、安心なされ、平家は勝つ！　勝って東国へ帰り、頼朝殿や息子重忠を二人の手で誅伐してみせようぞ！」

重能の方は快活だ。実盛は重能の顔をまじまじと見詰め、みずから杯に酒を満たした。

五月、平惟盛《これもり》と通盛《みちもり》の率《ひき》いる平家軍四万が、木曽義仲率いる源氏軍五千と相対した。場所は越中国と加賀国の境界にある砺波山《となみ》の倶利伽羅《くりから》峠。兵の数は九条兼実《くじょうかねざね》の日記『玉葉《ぎょくよう》』によるもので『平家物語』は平家軍を十万あるいは七万、義仲軍を五万あるいは三万とする。同じ『平家物語』で数が異なる理由は、幾種類かの原本に違いがあるためだ。

源平両陣の距離は三町すなわち三百三十メートルほど。それより先へ源氏は進まず、平家も進まない。どれほどの強弓であっても矢が届く距離ではなかった。

先に源氏方が行動を起こした。強弓の名手ばかり十五騎を選んで楯《たて》のはるか前へ繰り出させ、一斉に鏑矢《かぶらや》を放つ。さすがに強弓の名手たちばかりとあって、どの矢も平家方の陣中へ射込まれた。鏑矢だから飛翔音は大きいが、怪我人は出ない。

「こちらも射返せ！」

平家の総大将、平惟盛が叫んだ。平家方も十五騎を出し、十五本の鏑矢を源氏方の陣中へ射込む。すると今度は源氏方から三十騎が出て、三十本を射込んだ。平家もきっちり三十騎が出て、三十の鏑矢で返答する。五十騎出れば、お返しも五十騎。勝負がつかないのでなく、この段階ではまだ両軍ともに勝負をつける気がないのだ。

だが、そのうち双方が本気になりかけたかに見えた。鏑矢でなく戦闘用の通常の矢を、敵兵目がけて射合った。双方が百騎ずつを出して勇《いさ》む。ところが結局それ以上にはならない。源氏側が出す兵の数を抑えたからだ。

「木曽殿は、なんと意気地のないことよ！」

ともに平家軍を率いる平通盛が惟盛の所へやって来て吐き捨てた。

「意気地がないからか……」

惟盛は通盛を振り返ったが、通盛と違って浮かない顔だ。義仲が百騎の勝負を躊躇《ためら》うくらいなら、もとより大軍を駆って挑むはずもない。惟盛は却って思案した。

「策略か……」

独り呟《つぶや》くが、周囲の者には聞こえない。義仲軍の策略だとしても、その内容が分からなければ手の打ちようもなかった。そうこうするうちに夜になった。

「警戒を怠るな！　夜襲は源氏の常套《じょうとう》戦術だ！」

　惟盛は夜番に精強の兵を配し、彼らに命じた。


　砺波《となみ》山は山頂が二百七十七メートルほど。標高は低いが、山だから尾根があれば谷もある。尾根道には道幅の広い個所があり、狭い場所もあった。谷にも深浅があり、急な谷斜面に緩慢な斜面が入り組む。森林限界のはるかに下の山だから、一面に樹木が茂っていた。

　このような地形を戦場にした場合、むしろ大軍には不利だ。平坦で広々とした野や瀬戸内のような海上であれば、兵の多少が勝敗を決めることもある。だが複雑な地形はゲリラ戦に向き、勝ち負けは作戦次第になる。平家軍四万、義仲軍五千という圧倒的な兵力差は、山間の戦場ではあまり意味を持たない。

　惟盛の予感通り、義仲軍は暗くなるのを待っていた。昼間の矢合わせの〈お遊び〉は夜襲のための準備と時間稼ぎに過ぎず、意図の有無はともかく平家軍を「源氏軍は意気地がない」と油断させる効果もあった。

　最初の鬨《とき》の声は、倶利伽羅不動明王を祭るお堂の辺りで上がった。南北二手に分かれて近づいた搦手《からめて》軍がここで合流すると、箙《えびら》の方立《ほうだて》、つまり矢を収める箙の箱の部分を一斉に叩き、喊声《かんせい》を上げた。夜の砺波山の地と空を震わせる大音響だ。源氏の無数の白旗と松明《たいまつ》が、わき起こる雲のように尾根と谷を埋めていた。

「岩ばかりの斜面から攻め上るとは、何としたことだ！」

　平家の兵が驚きと不安の声を上げた。岩の急斜面側へは、平家方も見張りの番兵さえ配置していなかった。時をおかず義仲率いる大手軍も鬨の声を上げ、平家軍の横を衝《つ》いた。平家軍はたちまち四分五裂の混乱に陥って逃げ惑う。こうなると人数が多いほど統制は取りにくい。恐怖が恐怖を呼んでパニックとなり、指揮官の命令は兵の耳に入らなくなった。

追い詰められたネズミさながら、味方を噛《か》む兵が出始めた。赤旗と白旗の見分けがつかないはずもないのに、一人の平家兵が赤旗の兵めがけて矢を射始める。制止する指揮官もいない。見かねた兵が矢を射る兵に近づき、太刀を浴びせた。頭を割られた兵は何事もなかったように矢を一本射終えてから、おのれの頭から噴き出す血に驚き、前のめりに倒れた。

他所《よそ》では立派な鎧《よろい》姿の騎兵が、前へ進めないことに苛立ったのか、馬の前にいた歩兵の肩を槍で軽く突いた。突かれた歩兵は痛みに悲鳴を上げた後、おのれの肩の傷を見、次の瞬間、怒りにまかせて騎兵の馬の尻に薙刀《なぎなた》を刺した。騎兵は馬から落ちるが立ち上がり、手放さなかった槍で歩兵の腹を刺す。この類《たぐい》の混乱はあちこちで目撃された。

一方、混乱の平家軍へ追い打ちをかけるように、谷から上った今井四郎ら源氏の搦手《からめて》軍が喊声を上げて平家軍を攻撃し始めた。こうなると平家の兵も将も逃れる場所がなくなる。唯一、急斜面の西の谷には源氏軍の気配がなかった。

「これだけ急では、敵兵も上って来ることが出来まい！　よし、この谷へ下りて逃れよう！」

将が四、五騎で谷へ下った。皆が見守る。道があるなら、後から続けばよいからだ。四、五騎の一団は闇に消え、戻って来なかった。

「道があるようだな、戻って来ないぞ！　それがしらも行ってみん！」

侍大将らしき馬上の男が先に立ち、二、三十騎の騎兵や歩兵が従った。斜面が急なうえに暗いから、馬も人も慎重に歩を進めた。これらの兵も引き返さず、闇の谷へ音もなく消えた。地と天を揺るがす義仲軍の喊声が、そこまで迫っていた。

「続け！」

「こっちに敵はいないぞ！」

兵が口々に叫び、競い合って西の谷への斜面を下る。目印にならぬよう松明は最小限の数だから足元は暗い。しかし選択の余地はなかった。義仲軍の喊声へ向かって突進することが無謀に過ぎるなら、たとえ危険が待ち受けていようと谷への暗い道を、たどらざるを得ない。

山は全体にさほどの急斜面ではなかったが、後世に「地獄谷」の名を残すこの谷には、崖に近い難所があった。まして月明かりの届かない渓谷である。足元が見えないまま崖から真っ逆さまに落ちる馬や人が相次いだ。

「うッ！」

叫びにならない、くぐもった声を残して谷底へ落下する。先行した騎兵や歩兵が引き返さなかったのも、音も立てずに消えた理由も、これだった。そうと気づいた平家の兵はなく、みずから落ちて初めて気づく者ばかりだ。

すべては義仲軍の作戦だった。北陸路の有力武士の多くが義仲軍にいて、義仲軍は地形を知り抜いていた。倶利伽羅峠の地形も然りで、平家軍を砺波山のどの地点にとどまらせ、どの方角から寄せれば、平家軍がどこへ逃げるかを知っていた。一方の平家軍は土地に不案内な京育ちの侍大将ばかりだから、危険な尾根筋に大軍を駐留させてしまった。

かくして後から後から重なり落ちて来る人馬により深い谷は埋め尽くされ、岩間を縫って流れる清水は鮮血を流した。その数を『平家物語』は七万人と伝えている。七万の数に誇張があるにせよ平家軍の半数近い兵が、この尾根と谷で命を落とした。

平家方の侍大将も多くが命を失う。平惟盛と通盛は危うく加賀国へ落ち延びた。さきの火打城合戦で平家側へ内通した平泉寺長吏斎明威儀師《さいめいいぎし》は捕えられ、義仲の前へ引き出された。義仲は斎明威儀師に罵声を浴びせ、真っ先に斬らせた。

富士川合戦に匹敵する平家軍の大敗だ。富士川合戦では特に交戦もせず平家軍が逃げ帰ったから、負け戦でも平家側の死傷者は少なく、それに比べれば被害は甚大である。倶利伽羅峠の合戦こそが、のちの平家を大敗北へと導く、天下分け目の一戦だった。

ちなみに倶利伽羅峠の合戦で後世の人が連想するのは、義仲軍が数百頭の牛の角《つの》に松明《たいまつ》を付けて平家軍に向かわせたという「火牛《かぎゅう》の計」だろうか。火牛の計は中国の戦国時代に故事があり、中国では松明を尾の方に結び付けたという。しかし、松明を尾や角にうまく結び付けられるものか、どうか。火の粉が牛の目や鼻に降りかかるなか、なお数百頭の牛群を意のままに誘導することが出来たのか。牛にも人にも、よほどの準備と訓練が必要だ。

ちなみにスペイン・カタロニア地方などには、古代から伝統の「火牛祭り」がある。角に松明をつけた複数の牛を追う行事だが、牛は暴れまくり、とても人の意のままにはならない。倶利伽羅峠の火牛の計も、創作と考えた方が妥当かもしれない。

倶利伽羅峠で大敗した平家軍は京へ敗走した。義仲は追撃の手を緩《ゆる》めず、倶利伽羅峠の合戦から十日後、逃げる平家軍を加賀国篠原《しのはら》で捉えた。富士川合戦で頼朝が平家軍を追撃しなかったのとは対照的に、義仲は好機を逃さず平家を一挙に葬り去ろうとした。

篠原は海に近い平坦な地。平家が陣を構えたのは川と湖に囲まれた中州《なかす》で、折からの豪雨で河川も湖も増水していた。義仲軍も手の着けようがない。敗色濃い北陸路の平家軍にとって、これが最後の休息の日々だった。

「つくづく世の中を見るに、源氏の御方は強く、平家の御方は敗色《まけいろ》に見える。いざ、おのおのがた、木曽殿の方へ参ろう！」

平家の陣中で斎藤実盛が顎鬚を手でしごきながら、皆の顔を見て言った。白い髭が、いつの間にか黒く染められていた。実盛の話を東国出身の俣野景久、伊東祐氏（祐清）、浮巣重親、真下重直らが神妙な顔で聞いていた。彼らは陣中にあっても何かと寄り合い、酒を酌み交わしては慰め合っていた。

「そうだなア……」

皆が賛同した。まるで力の入らない賛同だ。長老の実盛の提案だから、とりあえず相槌《あいづち》を打ったという方が真実に近かった。内容の重大さにもかかわらず、それ以上は盛り上がらず、話は途切れた。

ところが皆の思いに反して、翌日も同じ話が出た。

「それにしても昨日それがしの申したことは如何に？　おのおのがた！」

翌日の酒宴で再び実盛が話題にした。

「我らは、さすがに東国では皆人に知られ、名のある者ばかりである……」

俣野景久が、そう言いつつ顔を上げた。

「……であれば形勢がよいからと、あちらへ行き、また悪いからと、こちらへ参るのでは見苦しかろう！　他人《ひと》は知らず景久においては平家の味方をして、いかようにもなりましょう！」

きっぱり言い切った。皆がうん、うんと、うなずいた。

「はッ、はッ、はッ、はッ！」

景久の返答を聞いて実盛が高笑いした。そして続ける。

「本当は、おのおのがたの御心を試さんとて申し上げた。実盛は今度の戦《いくさ》で討ち死にしようと覚悟しております。生きて再び都へ参らぬことを、平家の大臣《おとど》に申し上げております！」

実盛が決意を披露した。みずからの死を戯《たわむ》れで口にする実盛ではなかったから、皆が賛同した。深い賛同だった。

旧暦五月二十一日の朝七時過ぎ、義仲の軍勢は鬨《とき》の声を上げて平家の陣へ寄せた。川は依然増水していたが、地元侍大将が浅瀬の場所を知っていて、彼の案内で川を渡ることが出来た。前日まで降り続いた雨はすっかり上がり、朝だというのに盛夏のような日差しが石ころばかりの河原に照りつけていた。

初めは重忠の父重能と、その弟である小山田有重の率いる三百騎が、陣正面で義仲軍今井兼平《かねひら》率いる三百騎と相対した。例によって五騎出せば五騎で応じ、十騎出せば十騎で応《こた》えていたが、正午前には両軍入り乱れての戦闘となった。

「存分に戦え！」

重能も兼平も互いに声を張り上げた。太陽は容赦なく照りつけ、兵たちは血と汗で顔を光らせつつ刃《やいば》を交える。どの兵も黙々と敵兵めがけて刃を振るうばかりで、聞こえるのは人の声より刃を打ち合う高い金属音や、夏空を飛び交う矢の音ばかり。最初のうちこそ両軍互角の形勢だったが、倶利伽羅峠で圧勝した勢いもあり、次第に義仲軍が優勢になった。

「いよいよ、秋《とき》が来たのだな！」

斎藤別当実盛は独りそう言って床机《しょうぎ》から立ち上がった。周囲に一人の手勢もいない。夏の太陽は天空に高く、河原の石は焼けるほどに熱かった。川岸の木々には蝉《せみ》が騒がしい。

斎藤実盛のいでたちが、いつものそれでなかった。赤地の錦の直垂《ひたたれ》の上に色鮮やかな萌黄《もよぎ》縅《おどし》の鎧《よろい》を着て、鍬形《くわがた》を打った兜の緒をきりりと締めている。腰に黄金《こがね》作りの太刀を佩《は》き、切斑《きりふ》の矢を背負い、滋藤《しげどう》の強弓を手にしていた。丸い斑文《はんもん》のある連銭葦毛《れんぜんあしげ》の馬には金覆輪《きんぷくりん》の鞍《くら》が乗っている。すべてが大将のいでたちだ。七十三歳の老兵は白髪も黒く染めていたから、遠くからだと若武者に見えた。

これより前、実盛は主君である平宗盛に申し出ていた。

「討死の覚悟にて故郷越前に錦《にしき》を飾りたく、錦の直垂《ひたたれ》の着用を、お許しくだされ！」

いつもの元気な実盛だ。老いたりとはいえ一の字に結んだ口元や、相手を射すくめんばかりの鋭い目に、決意のほどが読み取れた。

「健気《けなげ》にも言うものだなア！」

宗盛は感じ入り、実盛に錦の直垂の着用を許した。錦の直垂は、戦場では大将級の者にだけ着用が許されていた。実盛は大きく頭を垂れ、初めて老人らしい柔和な顔になった。

「あくまで一人のみにて防ぐ気か？」

宗盛が尋ねる。気を変えて共に京へ逃げ帰る気なら、許すつもりだった。実盛は目を細めて宗盛を見た。雑念を払って死を受け入れた者らしく、さっぱりとした笑顔だ。

「きっと防いでご覧に入れまする！　それがし一人で十分でござるゆえ、ここは心を留めることなく、お行きなされ！」

実盛が胸を張った。宗盛の目から涙が落ちた。実盛の考えていることは明白で、もはや何を言っても実盛が気を変えるはずはなかった。

「では、くれぐれも頼むぞ！　そなたの奮闘があればこそ、我ら全平家軍が救われる！」

宗盛が言い、背を向けて遠ざかる。過大な期待は実盛への賛辞というより、慰めであった。実盛の目からも涙が落ちた。やがて宗盛一行が涙でゆがむ実盛の視界から消えた。

義仲軍の武将手塚光盛《てづかのみつもり》が、最初に実盛の姿を認めた。実盛と組まんとして呼び掛ける。

「ああ、感心な！　いかなる人でいらっしゃるか？　あなた方の軍勢は皆落ちましたのに、ただ一騎残っていらっしゃるとは立派なことだ！　名乗らせ給え！」

実盛の方でも、自分目がけて遠くから馬を駆る光盛の姿に気づいていた。

「そう言うあなたは、どなたか？」

逆に実盛が問い返した。

「信濃国の住人、手塚太郎金刺《かねざし》光盛！」

実盛の大声に負けじと光盛も声を張り上げた。

「さては互いによい敵ぞ。ただし、あなたを見下げるわけではないが、考えるところあって、名乗るまい！　寄れ、組もう、手塚！」

実盛が言い、二人が馬を近づけた。すると光盛の郎党が主人を討たせまいと間に入り込み、実盛に組みついた。一対一の決闘に一方の味方が加勢に入る。現代の感覚ではアンフェアだが、郎党は主君を何としてでも守ろうとするから、戦場ではこうした光景がしばしば見られた。実盛はこの郎党から先に片付けようとした。

「あっぱれ、日本一の剛《ごう》の者と組もうというのだな！」

叫ぶなり実盛は郎党を捉えて鞍の前輪《まえわ》に押し付けた。そうしておいて腰刀を抜き、首を掻《か》き斬って捨てた。手慣れたものだが、実盛一人で二人の敵を相手にするのは容易でない。実盛が首を落としている間に、光盛が実盛の左手へ回った。実盛に組みつき、馬から引きずり落とす。そうしておいて実盛の鎧の草摺《くさずり》を引き上げ、二度刺した。隙《すき》を衝《つ》いた攻撃により、勝負はあっけなくついた。

弱る実盛の首を、駆け付けた別の郎党が落とした。

名乗らずとも装束《しょうぞく》からして高位の将であることは間違いなく、にもかかわらず一人で平家軍の後駆《しんがり》を務めていたことに兵たちは首をかしげた。事情を知らない義仲軍の武将にすれば、首を取ったとはいえ不審が残った。


「光盛は、奇異な曲者《くせもの》と組んで討ち取りました！」

その足で手塚光盛は実盛の首を持ち、義仲の御前に参じた。戦も一段落した夕刻のことで、平家勢はあらかた逃げてしまっていた。義仲の陣営には余裕のようなものが感じられた。

「なに、曲者と申すか？」

樋口兼光《かねみつ》と作戦を練っていた義仲が振り向き、光盛の話に身を乗り出した。

「然《しか》り、奇異の者です。侍かと見れば錦の直垂を着ております。大将軍かと見れば、手勢の一人もおりませぬ……」

樋口兼光も体を乗り出した。

「それで？」

「はッ、それで『名を名乗れ！』としきりに言いましたけれど『考えるところがあるので、名乗るまい』と言って、ついに名乗りませんでした。話す言葉は坂東訛《なま》りでした！」

「坂東訛り？」

ぴんとくるものが義仲にあった。光盛は次の言葉を待った。

「ああ、これは斎藤別当実盛殿であろう！」

慨嘆するように義仲が叫ぶ。死なせてはならぬ敵だと言っているような、妙な言い方だ。

「それならば義仲が上野《こうずけ》へ越えたりし時、幼目《おさなめ》に見たが、その時すでに白髪混《しらがま》じりであった。今はすっかり白髪になっているであろうに、髪も髭《ひげ》も黒いとは、おかしい！」

首を凝視した義仲が眉根を寄せ、兼光に首を検《あらた》めさせた。兼光は、実盛から二歳の義仲を預かって育てた木曽谷の豪族、中原兼遠《かねとお》の次男。幼い頃から実盛に可愛がられていた。

「どうだ、兼光！　そなたであれば慣れ遊んで、見知っているであろう！」

兼光が前へ出た。

「ああ、無残なことだ！　斎藤別当殿です……」

言った兼光は、はらはらと涙を落とした。

「ならば今は七十も過ぎて、白髪になっているはず。髪も髭も黒いのは、どうしたことだ？」

義仲が、なおも問う。

「それです。その理由を申し上げようと思いましたが、あまりに哀れで、不覚の涙がこぼれました。弓矢を取る者は、ちょっとした席でも思い出となる言葉を言っておくべきであるようです。斎藤別当殿は兼光に向かって、いつも、こう話しておられました……」

言いつつ兼光の涙がとまらない。実盛の首を手に取り、しっかり抱きかかえた。

「どう話していたのだ？」

義仲が先を促した。兼光が実盛の首を置いた。

「はッ！　斎藤殿は『六十を過ぎて戦《いくさ》の陣に向かわん時は、髪と髭を黒く染めて若々しく見せようと思うのだ。そのゆえは、若者どもと競って先駆けをするのも大人気《おとなげ》ないし、また老武者とて人の侮《あなど》られるのも口惜《くちお》しいことだろう』とおっしゃられました！」

「よく分かる、斎藤殿らしい！　それで？」

早く先を聞きたいものだと、義仲は体を乗り出した。

「あの時の言葉の通り染めていらっしゃったのでしょう！　首を洗わせてご覧なされ。白髪であることが分かるでしょう！」

兼光の提案に義仲が同意した。首は近くの池へ運ばれ、髪も髭も丹念に洗われた。黒一色だった髪や髭はたちまち白くなり、七十を過ぎた老人の顔が現れた。

「やはり斎藤殿であったか……」

義仲が声を落とした。義仲の前へ再び運ばれた首は、血が洗い流され、髪もていねいに梳《す》かれていた。だが改めて眺めれば顔に深い皺《しわ》が何本も刻まれている。義仲はしばし無言で見詰め、顔を伏せた。うつむいた顔から涙が一筋二筋と落ち、やがて声を上げて号泣した。涙を堪《こら》えていた樋口兼光も激しく泣いた。不審顔で参上した手塚光盛でさえ、泣かずにはいられなかった。

「どう見ても戦場《いくさば》に出るべき歳《とし》の人だとは思えぬ！　光盛、斎藤殿の戦いぶりは、いかなるものであったか？」

「見事でした！　それがしと組む前に郎党の一人が斎藤殿に首を斬られました。強い力で鞍の前輪に押さえ付け、腰の刀で手早く首を落としました。あっぱれ、手慣れた様子でした！」

一つ一つの場面を回想しながら光盛は、ゆっくり説明した。

「うむ、して、斎藤殿の首を斬った時は？」

「それがしが斎藤殿の左手に回って組みつき、馬から落としました。二度三度と肩を刺して弱るところを、郎党が首を取りました。そう言えば……」

そこで光盛の話が途切れた。

「どうした？」

義仲が先を促す。

「はッ、そう言えば斎藤殿は、まっすぐ立っておられなかった……」

光盛も今初めて気づいた、というふうだ。

「どういうことか？」

「はッ、お腰が少々曲がっておりました！」

答えつつ義仲と兼光の顔を見る。

「腰が？　曲がっていた？」

義仲が大声になる。

「はッ！」

「曲がった腰で戦場に臨んだというのか、髪まで黒く染めて……」

絶句した義仲の目に再び涙があふれた。命の恩人の最期《さいご》というばかりでなく、武士を貫くことの意味を考えさせる死であるように思えた。

「手厚く葬《ほうむ》って差し上げよ！」

義仲の指示により斎藤実盛は故郷のこの地に葬られた。

〈むざんやな　甲《かぶと》の下の　きりぎりす〉

木曽義仲の大ファンだった芭蕉は『奥の細道』の旅で、石川県小松市にある多田八幡宮に参拝した折、この句を残した。多田八幡宮には、実盛の着用していた鎧兜《よろいかぶと》、直垂《ひたたれ》と祈願状が、義仲により奉納されたと伝えられている。「きりぎりす」は今で言うコオロギ。遺品である兜の下で鳴くコオロギに、詩人は実盛の声を聴き取ったのだろうか。

五　義仲暗転

1

七月二十八日、木曽義仲は入京を果たした。源行家《ゆきいえ》とともに蓮華《れんげ》王院へ参上し、後白河院から平家追討を命じられた。義仲の不運と失敗は、この直後から始まった。不運の第一は、不作と飢饉《ききん》で京都の食糧事情が最悪だったこと。数万の大軍を率いていたから、彼らに食べさせるため、都にあっても強制的な食糧調達に迫られた。

北陸路で激突した際は、源平とも行く先々で食糧を強制調達しながら大軍を動かした。しかし京で同じことをするのは禁じ手だ。強制的な食糧調達は、調達される側から見れば強奪にほかならない。強奪の対象になったのは商人や豪農などの〈持てる者〉たちだが、彼らは沈黙していない。京の治安は乱れ、治安維持の責任者に対して非難の声が上がった。京の治安維持は義仲に命じられていたから、責任者が治安悪化の張本人と目されることになった。

「大変な世の中になったものよ！」

「これなら平家の天下であった方が、よかったぞ！」

京の貴族も庶民も、身分の上下を問わずこんな会話を交わし合った。義仲の苦心を思わず、眼前の社会の変化を単純に比べれば、誰もが同じ結論になる。

「都を守護するなら、馬の一匹も乗らないことがあろうはずはない。たくさんある田のいくらかを刈らせて馬の餌にするのを、法皇が咎《とが》め給うべきでない。兵糧米《ひょうろうまい》もないので、郎党どもが都の郊外に出て時々モノを奪うことが、どうして悪事であろうか」

義仲は朝廷へ抗弁した。これを開き直りと見るか、正論と受けとめるか。乱暴狼藉か、必要に迫られての仕方なきことか。その分かれ目だとしても、兵たちが勝手に略奪して回れば、秩序は維持出来るはずもない。

もう一つ、こちらは運不運ではなく義仲の失敗だろう。以仁王《もちひとおう》の皇統という理由で、義仲が北陸《ほくろくの》宮《みや》を天皇候補として強く推挙したことだ。義仲は以仁王の死後、彼の第一王子である北陸宮を庇護し、越中国宮崎に御所まで造らせていた。当然ながら彼の執拗な要求を後白河院は無視し、安徳天皇の弟の後鳥羽天皇を即位させた。時代の勢いを背にしたとはいえ、新参の東国武士が皇位継承で横車を押せば、貴族たちの反発を招く。

「宮中の事情に疎《うと》く、まるで教養もない。木曽の山育ち、粗野な男なるぞ!」

伝統や前例ばかりを重んじる超保守的な貴族社会。強力な軍事力を背景とする義仲に対し、表面上は受け入れた素振りの貴族たちも、内心では強く反発していた。

後白河院が義仲に平家追討を命じたのは、こうした時だ。都を落ちて西国へ向かった平家を追えば、義仲の大軍は都を離れ、都の治安はおのずと回復する。義仲にとっても追討に成功すれば信用回復の好機となる。一方で義仲の見落としていたものがあった。頼朝の存在である。義仲が西国へ出陣すると、頼朝は朝廷へ申し状を届けた。

一、平家が横領した寺社領は元の持ち主へ返還すべきこと

一、平家が横領した院宮諸家領は元の持ち主へ返還すべきこと

一、降伏した者を斬罪にしない

かみ砕いて言えば所領関係を平家台頭以前へ、皇室や貴族、寺社が主体だった昔の状態へ戻すこと。旧勢力には歓迎すべき内容で、「さすがに鎌倉殿だ。木曽殿とは違う」と大喜びさせた。十月九日、後白河院は頼朝を本来の位階へ復したうえで、それまでの罪を赦免し、十月には宣旨《せんじ》を下して東山道および東海道の支配権を与えた。平家を追い詰めた義仲の評価が急落し、背後で様子をうかがっていた頼朝への期待がふくらんだ。

西国で奮戦中の義仲はそうとも知らず、閏《うるう》十月一日の水島の戦いで平家軍に惨敗《ざんぱい》する。平家方千余艘《そう》、源氏方は半分の五百余艘。平家方は船を繋《つな》ぎ合わせて板を渡し、海上に構えた陣から矢を射たり、船に乗せた軍馬を泳がせ上陸させたりと、巧みな戦法で圧倒的な強さを発揮した。敗戦により義仲軍は足利義清、海野幸広《うんのゆきひろ》の両大将を失い、ほうほうの態《てい》で京へ敗走した。一方の平家軍は勢いを盛り返した。

義仲軍敗走のもう一つの理由は、義仲の耳に〈義経軍が数万の兵を率いて上洛する〉との報が届いたため。もはや義経軍も相手にしなければならなくなった。急ぎ京へ戻った義仲は、後白河院が頼朝に上洛を促したことに抗議し、「生涯の遺恨」とまで言い切った。ついには院が住む法住寺殿《ほうじゅうじでん》を攻撃する。法住寺合戦。義仲勢は後白河院を捕えて幽閉し、二日後には松殿師家《まつどのもろいえ》を摂政とする新政権を発足させた。

形の上だけながらクーデターは成功した。しかし西に平家軍、東に頼朝軍が迫り、京でも実力者の後白河院に見放された義仲に、もはや勝ち目はなかった。傀儡《かいらい》政権は続くが、年明けの瓦解へと一挙にひた走ることになった。

話は少しさかのぼる。畠山重能ら平家側で戦った東国武士たちは、その後、義仲の上洛と平家の都落ちとの間で微妙な立場に立たされ、重能のほか小山田有重、宇都宮朝綱《ともつな》らが斬られることになった。あるいは敗色濃厚ゆえの、やり場のない憎しみや怒りの矛先《ほこさき》が、手近な三人に向けられたのかもしれない。だがその時、新中納言平知盛《とももり》が斬首の無意味を諭した。

「御運さえ尽きていらっしゃるならば、これら百人千人の首をお斬りになったとしても、世をお取りになるのは難しいでしょう」

知盛は八年間に渡って武蔵守を務め、東国武士たちに慕われていた。のちに壇ノ浦合戦で敗れると「見るべき程の事は見つ。今はただ自害せん」の名文句を残して入水自殺した。

「……彼らの故郷の妻子や郎党たちも、どんなに嘆き悲しむことでしょう。仮に運が開けて、また都へ立ち帰るようなことがあれば、命を助けたことがこの上ない御情けとなるでしょう。理を曲げてでも故郷へ帰してやることが、よいでしょう！」

知盛の進言に兄の内大臣平宗盛《むねもり》は三人を許した。しかし三人は頭を地につけ同行を願い出る。

「汝らの魂は東国にこそあるのだろう。脱け殻ばかりを西国へ連れて行くわけにはいかぬ！」

大臣は三人の申し出をはねつけた。重忠の父重能は、こうして北武蔵の地へ帰った。以後は隠居したらしく、歴史の表舞台から姿を消した。

2

京の権力関係が急展開したこの時期、鎌倉でも一つの動きが起きていた。鎌倉政権が体制を確立してゆくにつれ、それまで必要とされた勢力が目障りな存在に化したことによる。真っ先に目をつけられたのが上総介広常《かずさのすけひろつね》だった。

「困ったことだ！　木曽殿のように、予みずから京へ攻め上ることが出来ぬ！」

梶原景時を前に頼朝が眉根を寄せた。最近の頼朝は北条時政より景時に相談することが多くなっていた。すでに秋は深く、庭の白萩が小さな花を散らしていた。

「後門《こうもん》の狼《おおかみ》、でしょうか？」

「予には、前門《ぜんもん》の虎より厄介《やっかい》なのだ……」

頼朝は愁眉《しゅうび》を開かない。富士川の合戦で勝利した後、京へ攻め上ろうとした頼朝を、上総介広常と千葉常胤、三浦義澄らが押しとどめた。

「常陸《ひたち》国の佐竹義政と佐竹秀義が、いまだ帰服しておりませぬ！　まずは東国を平定してから京へ至るべきです！」

広常らは東国重視を主張した。しかし佐竹氏征圧後、佐竹氏よりさらに強大な軍を率いる広常が、みずから「後門の狼」となっていることを、当の広常は自覚していなかった。

振り返れば、石橋山の挙兵戦で敗れた頼朝が海を渡って房総半島へたどり着き、この地で軍勢を立て直すことが出来たのは、ひとえに広常の功績だった。広常が二万の大軍を引き連れて頼朝のもとへ参じたからこそ、畠山や河越ら平氏系の東国武士は挙《こぞ》って頼朝軍へ加わった。

ところが以後の広常には、粗暴な振る舞いばかりが目立った。三浦義連になじられた下馬の礼の一件もある。路線の上でも朝廷に気を遣う頼朝に対し、広常は東国の自立に重きを置くべきだと主張した。頼朝としては朝廷に気を遣ったからといって恭順路線に転じたわけではない。ところが広常の目には、どちらも同じに映った。

もっとも、粗暴な振る舞いといっても、腹に一物《いちもつ》のない東国武士らしさゆえのこと。都と東国のどちらを重視するかは、東国武士であれば東国を重く見て当然だ。大半の東国武士たちの意見を広常が代弁した、というのが本当のところかもしれない。実害の有無という点でも、広常の東国重視論が頼朝の施策の足枷《あしかせ》となるとは考えにくい。東国結束重視論であり、そもそも鎌倉武家政権の原点はここにある。

「後門の狼も、力ずくでは追い払えぬだろう……」

頼朝も景時の前では隠し事をしない。景時は頼朝の心のうちを見抜き、先回りして痒《かゆ》いところを掻《か》いてやる。都の貴人ふうに和歌を詠むところなども武骨一辺倒の東国武士には珍しく、都への憧《どう》憬《けい》が強い頼朝が傍に置きたがる理由でもあった。

「追い払えぬこともないでしょうが、相激突すれば、こちらも瀕死《ひんし》となります。さすれば平家や木曽殿に好都合でしょうし、今は武衛様に恭順の意を示す甲斐勢や足利でさえ態度を変え、いつ兵を向けて来るか分かりませぬ！」

景時が上目遣《うわめづか》いに説く。

「進まんにも虎、退《しりぞ》かんにも狼、進退きわまるとは、このことだ！　だが本当のところ、上総介は予へ矢を向ける気があるのか？」

頼朝には、謀反の意思の有無が、いま一つ得心《とくしん》し難い。大きな体に大きな顔と大きな目。すべてが大作りの広常だが、心のうちも同様に大雑把で隠し事がない。忠誠を誓った以上、よほどのことがない限り上総介広常が頼朝に弓を引くことはないと思われた。

「もちろん上総介殿が一人で起《た》つことは、ありますまい。武衛様のような高貴の出ではござらぬゆえ、武衛様に代わり関東を治めようとしても、誰も従いませぬ。ですが……」

景時がひと息吐《つ》く。頼朝が体を乗り出して話の先を促す。晩秋の風が頬《ほお》に冷たかった。

「……ですが、木曽殿とひそかに気脈を通じ、武衛様が都へ行った留守に東国で兵を挙げるやも知れませぬ。また木曽殿でなくとも、甲斐武田氏や足利氏に呼応して起つというのであれば、あの大軍は脅威となりましょう！」

そこまで言って景時は口をつぐんだ。言い過ぎたと反省したのだった

寒さも厳しくなった十二月、鎌倉にある梶原景時の屋敷に珍しい男が顔を見せた。大きな体に大きな顔、口髭《くちひげ》がピンと伸びている。

「結構な庭ではごさらぬか！　都風の庭園というやつですな！　見事な屋敷でござる！」

だみ声の主は上総介広常だった。前日に御所で景時が声を掛けて招くと、さっそく広常がやって来た。

「上総介殿の屋敷ほどでは、ござらぬが……」

広常と並ぶと体が半分ほどの景時は、目付きも動作も俊敏そうだ。

「まあ、それがしの家は、ただ大きいだけでござる。郎党が多いゆえ、そのぶん寝起きの場所が余分に必要なのでござるよ！」

よく陽のあたる板敷の間に、広常がどっしりと腰を下ろした。相撲でもやれば広常は景時を圧倒するだろうが、とっさの組み打ちなら景時の方が素早く立ち回るかもしれない。

「上総介殿の屋敷にも、よい庭園がごさるとか」

景時が双六盤《すごろく》と白黒の石を持って来て、広常の向かいに座った。

「なに、しばらく武衛様がそれがしの屋敷に滞在されたことが、あったでござろう！」

房総を経て頼朝が鎌倉に居を定めた時、御所が完成するまでの間、臨時の宿舎として頼朝は広常邸に住んだ。

「……その頃、武衛様の御心を慰め申そうと、庭園を造ってみたのじゃ。都のことなど知らぬ者ばかりゆえ、ずいぶん奇妙な庭園でござった。禅宗の坊主にでも教えを乞《こ》えばよかったが、そこまで気が回らなかった。それに比べると梶原邸の庭園は立派なものじゃ！」

庭を見渡して褒《ほ》めてから、広常も手伝って厚く重い木製の双六盤を二人の間に置いた。当時の双六は現代の絵双六と異なり、碁のような白黒の石と碁盤に似たものを用いた。さいころを二個振り、目の数に応じて石を動かすところは絵双六と同じだが、二つの双六はまったくの別もの。囲碁にさいころの目という偶然性を加味したといえば、当時の盤双六がどんなものかを、イメージしやすいかもしれない。

「それがしも武衛様の御心を慰めんとて、この庭園をお造り申した。武衛様も足をお運びくださったが、一度限りでござる。それきりでござる……」

残念そうに景時が顔をしかめる。狭いながら池では水鳥も遊んでいた。流水も注ぎ、落ちた紅葉が水面《みなも》をゆっくり動いていく。

「歌の得意な梶原殿ゆえ、庭を眺めながら歌を詠《よ》むのも結構なことでござる。武衛様がお越しにならぬでも、この庭なら独り歌を詠んで心を慰めることも出来ようぞ！」

広常が、らしからぬことを言う。景時はそんな広常をちらりと見て口元を皮肉っぽく結んだ。

「さあさ、そんなことより双六でござる！　運試しには、これが一番でござる！」

景時が勢い込んだ。盤双六は、賭博として都でも流行した。

「そうそう、それがしも運を試さん！」

最初に広常がさいころを振った。三と五の八。広常が石を動かす。幸先《さいさき》はまずまずで、広常が楽しそうだ。景時の番になった。一と三の四だ。これでは、わずかな石しか動かせない。こちらは渋い顔だ。

初めの二度三度は広常優位で進んだが、さいころを振る回数が増えるにつれ、二人の形勢が逆転した。景時が少しずつ愉快そうな顔になる。盤双六ではさいころの目の出方、つまり運の要素が大きいが、目の数に応じた石の動かし方も勝敗の重要なポイントだ。この点、沈思黙考型の景時は直情《ちょく》径行型《じょうけいこう》の広常より巧みだし、景時の方が経験を積んでいた。追い詰められて行く広常は、盤をにらんで考え込む時間が長くなった。

「ウウー、ここを切るつもりでござるなア……」

首を盤の真上まで伸ばして見下ろし、うめき声を上げる。切られた石は盤外に置かれ、切られた側は自分の番になった時に、切られた石を盤に戻すことから始めなければならない。この手間のぶんだけ攻撃に遅れが生じる。

「然《しか》り、その石は切らせてもらいますぞ！」

余裕綽々《よゆうしゃくしゃく》の景時だが、目に落ち着きがない。だが顔を伏せて盤に見入るばかりの広常は、神経質に動く景時の目に気づかない。

「この石を切られるのは痛い！　首を斬られるほどの痛さですぞ！」

うめきつつ広常は顔を上げない。夢中になっていた。

「首を斬られては、命もないではござらぬか！」

「そう、命もない！　容赦してくれぬか、この石を切ることは……」

「容赦は出来ませぬぞ！　お命を、いただこう！」

言い終わらぬうちに景時がひらりと盤を跨《また》いだ。何ごとかと広常が盤から顔を上げた時、景時は広常の横に立ち、腰の刀を彼の首へ押し当てていた。意味が分からず広常は景時を見上げる。刀を握る景時の手元から血が噴き出し、広常の首が、がくりと前へ折れた。

「後門の狼を討ち取りました！　相激突することなく、討ち取りましてござる！」

白布に包んだ広常の首を景時が差し出した。

「まったく、そなたの手柄である。後で褒美《ほうび》を取らすぞ！」

頼朝が上機嫌で答えた。

「はッ、能常《よしつね》の所にも捕縛の手を差し向けました！」

「手回しの、よいことだ！」

能常は広常の嫡男で、広常邸のすぐ隣に居を構えていた。騙し討ちでも政権の側からすれば〈謀反発覚による誅殺〉だから、罪科は能常に及ぶ。能常捕縛に景時は長男の景季《かげすえ》を差し向けた。今頃は能常邸に着いているはずだった。

「お父上がお呼びでござる。上総介殿は拙者《せっしゃ》の父の家で、父と双六に興じておってのう！」

玄関から出て来た能常に景季が明るい声で言った。二人はふだんから、よく話を交わす仲だった。ずんぐりと大きな体の能常は父親そっくりの笑顔で庭へ出て来た。

「ハテ、何の用だろうか？」

「それが拙者には何も言わぬ。ただ『お連れしろ』とだけだ。貴殿を驚かせたいことがあるのでござろう！」

「驚かせたいこと、と？　何かな？」

「嫁でも紹介する気か……」

「まさか、それがしには嫁がいる！　二人目の嫁か？　アッハッハッ！」

能常も上機嫌だ。

「早く来て欲しいとのことだ。我が案内するゆえ、従者は無用でござろう！」

景季が能常を急がせた。能常は着替えもせず馬に跨り、景季の四、五人の郎党とともに景時邸へ向かった。隣り合う広常邸を過ぎ、ゆるやかな下り坂に差しかかった時、景季の郎党の一人が馬を駆って能常の横に並び、腰刀で能常の首を刺した。一瞬のことであった。郎党は弱る能常を布に包んで自分の馬へ移し、景季とともに景時の屋敷へ駆け込んだ。

「能常殿は、すでに自害なされておりました！上総介殿の謀反発覚を報《しら》せる者がいたようでございます！」

父景時の前へ進み出ると景季が報告した。

広常誅殺の報は、たちまち武士《もののふ》たちの間を駆けめぐった。詳細は明かされず、景時が頼朝の命を受けて誅殺した、という中身だけが伝わった。盤双六の最中に景時が刀を抜いて飛びかかったといった具体的な内容が知れ渡るのは、よほど日が経《た》ってからのことだ。

広常の死が伝わると、当然ながら御家人たちは衝撃を受けた。衝撃の理由の第一は、広常のような強大な軍事力の持ち主でさえ、頼朝はいとも簡単に消し去ってしまったという事実だ。頼朝の名で呼び出されれば抗《あらが》うことは出来ない。

第二は、頼朝政権成立以来の路線対立に一応の決着がついたこと。東国武士たちは総じて東国だけで結束せんとする独立志向が強く、その代表格が上総介広常だった。

「武衛様は何の理由で朝廷や皇室のことばかりを、見苦しいほど気にするのだ。我々が関東でやりたいようにやっていこうとするのを、誰が引っ張ったり動かしたり出来るというのか？」

広常は日頃から御家人仲間に、こう公言していた。東国武士たちの望みは強者頼朝による自領の安堵であり、中央での出世ではなかった。広常が標的にされたのは、彼が東国武士たちの中で最も目立つ存在だったからに過ぎない。

一方の朝廷協調派の筆頭は、言うまでもなく頼朝。中央の権力機構に根を張る平家勢力の打倒が目標であれば、朝廷への接近は不可欠である。それを「見苦しい」と否定するなら、平家打倒そのものが「見苦しい」ことになる。朝廷協調派は頼朝側近派と呼ぶべき一団だが、上総氏や千葉氏、畠山氏、三浦氏など有力豪族がそろって独立志向派なので、数の上では少数派だ。にもかかわらず頼朝の威信を背景に独立志向派を押し切った。

以後の頼朝は、後顧の憂いなく朝廷への攻勢に専念する。池禅尼《いけのぜんに》が幼い頼朝の命を救ったことが縁で、平家一門の池大納言頼盛《よりもり》が鎌倉へ下って来たり、大江広元《おおえのひろもと》や三善康信《みよしのやすのぶ》といった有能な官吏たちが鎌倉へ下向《げこう》したりといった具合で、朝廷とのパイプも太くなった。東国武士団だけで固まっていた頼朝周辺は少しずつ変化した。

広常誅殺の衝撃が収まり切っていないある日、上総国一宮神社の神主たちが頼朝へ申し出た。年も明けたばかりの一一八四年正月八日のこと。

「上総介広常殿が生前、宿願があると、鎧《よろい》一領を当宮の宝殿へ奉納しておりました」

頼朝も興味を抱いた。どんな宿願だったのか。

「事情があったに違いない。使者を下向させ、その鎧を取り寄せて、見てみよう！」

頼朝の命を受けた使者が、さっそく上総国一宮神社へ向かった。そして十七日、広常奉納の鎧が頼朝の御前に届いた。小桜皮縅《こざくらがわおどし》の立派なものだ。封書が一通、前胴と後胴を結ぶ紐に結び付けられていた。

「予が開こう！」

頼朝みずから封書を手に取り封を切った。


上総国一宮の宝前に敬白《うやまいもうす》、立て申す所願の事、
一、三か年のうち、神田二十町を寄進すべき事、
一、三か年のうち、先例に従って社殿を造営する事、
一、三か年のうち、一万回矢を射る流鏑馬《やぶさめ》を行う事、
右の志は、前兵衛佐《ひょうえのすけ》頼朝殿の心中祈願成就と、東国泰平の為なり、この願望がすべて満たされた時は、ますます神の威光を崇《あが》め奉るべきものなり、よって右のごとく願を立てます、
治承六年七月日　上総権介平朝臣《あそん》広常

願書の中身はひたすら頼朝の武運を祈るもので、謀反《むほん》の「む」の字も読み取れない。

「邪《よこしま》な企てなど抱《いだ》いていなかった……」

頼朝は広常を誅殺したことを悔いた。捕えていた広常の弟、直胤や常清を許したが、没収した所領は千葉氏や三浦氏へ分け与えた後だったから、一族へ返還されることはなかった。

もっとも、一族赦免や所領取り上げは筋書き通り、とする見方も根強い。頼朝の目的は「後門の狼」を除くことと朝廷協調路線を貫きやすくすることにあった。しかし、この二つを前面に出せば大半の東国武士は頼朝に不信感を抱く。であれば「謀反の心あり」という理由で誅殺しておき、のちになって頼朝みずから「深く悔いた」と反省する形で決着させた方が、東国武士たちの共感を得やすい。広常の横柄な態度は皆の知るところだから、頼朝に「謀反の心あり」と疑われても仕方のない面があっ

た。
謀略であれば、その図柄は見事と言うほかにない。だが謀略の化けの皮は、いずれ剥《は》がれる。『曽我物語』は「なんとしても納得出来ないこと。まったくひどい仕打ちと言わねばならない」と嘆いている。後世の一般的な見方かもしれない。

戦場で華々しく散った斎藤実盛。頼朝政権成立の功労者でありながら、頼朝の騙《だま》し討ちに果てた上総介広常。二人の東国武士の死は、実盛が口にした「生きざま、死にざま」を考えるうえで、示唆するところは大かもしれない。

さて、もう一つ注意しておくべきは寿永二年（一一八三年）一年間分の『吾妻鏡』の記事が抜け落ちている点だ。木曽義仲の北陸侵攻と入京、瀬戸内での平家戦敗北と京での孤立。また十二月の上総介誅殺。華々しい時代変転のなかで鎌倉政権の影はむしろ薄く、また謀略の一年であった。正史なら伏せておきたい期間だったことも確かだ。

3

広常の願書が見つかった頃、頼朝軍は木曽義仲を追討するため数万騎の編成で入京した。頼朝の二人の弟、源範頼《のりより》と源義経が大将として軍を率いていた。

大手軍の範頼が勢多（瀬田）から、搦手《からめて》軍の義経は畠山重忠らを従えて宇治からの入京ルートをとる。誰もが手柄を立てようと張り切った。

「木曽殿の首を、それがしが頂戴したい！」

宇治への旅の途で、重忠軍に属する大串重親《おおぐししげちか》が大風呂敷を広げた。武蔵七党の一つ、横山党出身の十七歳で、通称は「小次郎」。名の通りの小柄な体で、すばしっこい。気の強さと功名心は人一倍ながら、正直で人懐っこく、憎めぬところがあった。そこが気に入られたのか、重忠は重親の烏帽《えぼ》子《し》親《おや》を引き受け、彼に「重」の一字を与えた。老若を問わず手柄を立てて褒美に領地を得るのは、武士《もののふ》の本壊とするところだ。

「それは手柄ぞ！　鎌倉殿は褒美《ほうび》に、小次郎殿へ信濃一国をくださるかもしれぬな！」

さっそく本田近常《ほんだちかつね》が茶化《ちゃか》した。重忠より年長、榛沢成清と並ぶ重臣である。重忠と同じく村岡良文の流れをくみ、武蔵国男衾《おぶすま》郡本田郷を本拠とした。重忠よりひと回り小さな体ながら、重忠とは顔つきも身ぶりも声もよく似ていた。重忠に常に影のごとく寄り添っていたせいで、本人と間違われることも度々であった。

「何と、信濃一国と！　それは困った、それがし一人では治め切れぬ！　本田殿、その節は、木曽だけでも貴殿が治めてはくれぬか！」

　大串重親が真顔で困っている様子に、居合わせた皆が爆笑した。

「それがしにも手伝わせてくれぬものか？　北信濃の一郷なりとも……」

　よせばいいのに今度は成清が茶々を入れる。重親がまんざらでもない顔で背を反《そ》らせると、さらに座は笑いの渦に包まれた。陣営は勝ち戦なればこその明るさだった。

　旧暦一月下旬は、すでに春。琵琶湖西岸、比良《ひら》山系の山々から雪が消え、渓谷《たに》から里へ流れる川は、どこも雪解け水で増水していた。義経軍は宇治川を挟んで義仲軍と相対したが、増水して逆巻く流れに手こずり対岸へ渡れない。夜も明けようとする頃のことで、乳白色の川霧が川の両岸や兵たちを朧《おぼろ》に包んでいた。

「いかがせん？　下流の淀へ回るべきか、ここに居て水勢の落つるを待つべきか……」

義経が川岸から水面を眺めて言う。心は渡河《とか》と決めていたが、皆の気持を知ろうとして言ったのだ。するとニ十一歳の若武者、畠山重忠が義経の前へ進み出た。

「鎌倉で、よくよくこの川のことは、ご指示がありましたぞ！　御曹司《おんぞうし》のご存知ない海川が急に出来たのならともかく、この川は近江の湖から流れ出た川なので、いくら待っても水はひきませぬ！　重忠が渡ってみせましょう！」

言うが早いか重忠は配下の五百騎を整列させた。いざ渡らんとした時、少し離れた平等院の北東辺りから、梶原景季と佐々木高綱の武者二騎が飛び出して、宇治川を渡り始めた。ともに二十代前半、景季は景時の嫡子、高綱も頼朝挙兵以来の旧臣。単独行動で身軽だから、容易に五百騎に先んじた。景季が先行し、六間《けん》十一メートルほど遅れて高綱が追った。

「梶原殿、梶原殿、ここは西国一の大河であるぞ！」

対岸一番乗りの功を競って、地理に詳しい高綱が、東国生まれの景季に後ろから呼び掛ける。景季は振り向きもせず、対岸へ真っしぐらに突進した。

「待ちなされ梶原殿、腹帯《はらおび》が緩《ゆる》んで見えます！　それでは大河を渡れぬ、お締めなされ！」

再度呼び掛けた。ここで初めて景季は馬を降り、鐙《あぶみ》を上げて腹帯を解いた。今度はしっかり締め直す。だが再び馬に跨《また》がった時には、高綱の馬に先を越されていた。だまされたと気づいた景季は、悔しさと怒りで顔をくしゃくしゃにして後を追う。

「待て、待たれよ、佐々木殿！」

今度は景季が高綱の背から呼び掛けた。

「佐々木殿、手柄を立てんとて失敗なされるな！　川の底には大綱が張り巡らしてあるぞ！」

馬の足を引っ掛ける罠が大綱。知らずに進めば足を取られた馬が、もんどり打って水中に倒れる仕掛けだ。高綱は腰の太刀を抜いて、馬の足に絡みついた大綱をぶつぶつと絶ち、対岸まで渡り終えた。一方の景季は流され流されしながら、ずっと下流で岸へ上がった。

同じ頃、重忠も五百騎を率いて川の中にいた。敵の矢が愛馬の額《ひたい》に命中し、弱った馬は一歩も進めない。仕方なく馬から降りて弓を杖代わりにした。大きな体の重忠だから、急流でも流されることなく、確かな足取りで対岸へ着いた。ところが、いざ岸へ上がろうとすると、腰の辺りにしがみ付く者がいる。さすがの重忠も足が上がらない。

「誰ぞ？」

「重親《しげちか》！」

重忠よりさらに若い声が答えた。

「大串重親か？」

「そうです！」

「何とした？　流されたか？」

「あまりに流れが早くて、馬は押し流されてしまいました！　自分の力ではどうしようもなく、あなた様に付き従っております！」

重忠の鎧《よろい》を後ろから掴んで離さない。離せば押し流されてしまう。

「いつもお前たちは、重忠のような者に助けられるのだろう！」

重忠は重親の体を引っ提げ、岸の上へ放り上げた。重忠の怪力に、近くにいた者は目を見張った。岸に投げ上げられた大串重親は、すぐに立ち上がった。

「武蔵国の住人、大串次郎重親、宇治川の先陣ぞ！」

声の限りに名乗りを上げた。満面の得意顔だ。佐々木高綱が騎乗で先陣を切っていたから、正確には徒歩《かち》組の先陣である。重親少年の絶叫に敵味方を問わず周囲の者たちが、どっと笑った。流されんばかりの重親が重忠の怪力により岸に放り上げられる光景を、皆が見ていたからだ。重忠も、ぷッと吹き出した。

岸に上がった重忠は馬を乗り換え、さっそく敵に挑む。連銭葦毛《れんぜんあしげ》の大きな馬に金覆輪《きんぷくりん》の鞍を置いた敵将が真っ先に近づいて来るのを見て、重忠が呼び掛けた。

「ここに駆けて来るは何者ぞ！　名乗れ！」

「木曽殿の家の子、長瀬判官代重綱《はんがんだいしげつな》なり！」

「それがしは畠山次郎重忠、汝を今日の軍神への供え物にせん！」

名乗り終えるや重忠は馬を並べ、重綱を鷲掴《わしづか》みにして馬から引きずり下ろす。地に押さえ付けて重綱の首をねじ切った。

重忠に続いて義経軍が続々と対岸へ渡ったため、川岸を守っていた義仲軍は次第に後退し、やがて総崩れになった。義仲も最後は今井四郎兼平《かねひら》と主従二騎だけになってしまう。近江《おうみ》国粟津付近で奮戦するも、石田為久《ためひさ》により討ち取られた。享年三十一の若さだった。

4

義仲軍を破ると、平家軍が頼朝軍の次なる敵になった。翌二月初め、範頼、義経の両大将は摂津国へ到着する。範頼率いる大手軍は小山朝政、下河辺行平、千葉常胤、梶原景時らを将に五万六千騎にのぼった。義経率いる搦手《からめて》軍は土肥実平、畠山重忠、三浦義連、平山季重、熊谷直実ら二万余騎で陣容をととのえた。これに対し摂津と播磨の境にある一ノ谷に陣を構える平家軍は、西海山陰両道の数万騎を従えて源氏の頼朝軍に備えた。

義経はさらに軍勢を二つに分けた。みずから七十騎で奇襲戦を仕掛ける一方、残る大半を甲斐源氏の安田義定や土肥実平、畠山重忠らに任せて一ノ谷西の手を攻めさせた。

七日寅の刻、闇にとっぷりと包まれた未明、義経ら七十余騎は一ノ谷の背後の鵯越《ひよどりご》えに到着した。暦の上は春だが空から白片が舞い落ち、冷え込みは一段と厳しい。七十余騎の誰もが、義経が前もって説明した大胆な作戦の行方に緊張し切っていた。崖を駆け下って平家軍を急襲しようというのだ。矢で射抜かれる前に転落死する可能性もあった。

「猪や鹿、兎、狐ぐらいしか通らぬ道ですぞ！」

七十騎の武将は剛の者ばかりながら、さすがに怯《ひる》んだ。

「皆がそう考えているがゆえに、ここを降り下るのだ！」

義経は希代《きだい》の作戦巧者だ。一ノ谷を背にする平家の陣は堅固で、戦いは膠着《こうちゃく》の様相を呈していた。停滞を打ち破るには、誰も思い付かない作戦が必要だ。義経の兵が頭上の崖から平家の陣へ雪崩《なだ》れ込むと、時を同じくして範頼軍が正面から、安田義定軍が西の手から攻めた。義経の目論見《もくろみ》通り、平家側はたちまち大混乱に陥った。ちなみに愛馬を背負って下りたとされる畠山重忠だが、実際は西の手攻めに回っていて鵯越えには加わっていない。

平家の侍大将である歴戦の勇士、平盛俊《もりとし》も、この戦で討ち取られた。

「これまでか……。もはや逃げられぬなら、ここで敵を待とう！」

覚悟を決めた平盛俊は手綱《たづな》を引いて馬をとめた。平家方のうち逃げられる者はすでに逃げてしまった。夜が白々と明けかかっていた。

源氏方の攻撃は素早かった。盛俊は背後の鵯坂からの地響きで目覚めたが、夜襲が七十騎という小規模なものだとは知らない。むしろ幾千幾万の大軍が急斜面を駆け下って来たと想像した。天地を揺らすがごとき大音響、というより実際に天地が大音響とともに揺れたからだ。

平家側の混乱には、もう一つの理由があった。盛俊クラスの侍大将へは内々に知らされていたことだが、数日前に後白河院から武装解除の命令書が届いていた。混乱の理由を挙げるなら、この事実の方が大きい。

〈源平両軍はすみやかに武装を解き、一時和平すべし！〉

半信半疑ながら平家軍の幹部たちは、おおむね命令書に従って事態が推移するものと考えた。朝廷は源平いずれか一方だけの世になることを嫌い、両勢力を並び立たせることを願っていた。競い合わせた方が、上に立つ朝廷としては両勢力を意のままに操りやすい。後白河院の真意を知る平家方は、武装こそ解除しなかったが和平の心づもりでいた。

「後白河院に、だまされた……」

一ノ谷の陣が総崩れになるなか、盛俊たち平家軍の幹部はそう考えた。後白河院の命令書からすれば、源氏軍が鵯越えから夜襲をかける強硬手段など、もってのほかだ。しかしまた、そこが油断と言えば油断であった。

「よい敵がいるぞ！」

馬をとめて敵を待つ盛俊を、猪俣党の小平六則綱《のりつな》が、さっそく目にとめた。鹿の角の一の枝と二の枝を簡単に裂くと噂される怪力の持ち主。猪俣党は武蔵七党と称された武士団の一つだ。二人は馬を並べて掴み合うと、ともに馬から落ちた。盛俊も、七十人が総掛かりでやる船の上げ降ろしを、ただ一人でこなすと伝えられる怪力の持ち主だった。地上に落ちた二人だが、盛俊は上になると軽々と則綱を組み敷《し》いた。則綱は下で必死に腰の刀を抜こうとするが、手を押さえ付けられ刀の柄《え》さえ握れない。

「グッ……」

強く押さえ付けられ声も思うように出せない。盛俊が則綱の首を押さえ、斬ろうとした。

「待たれよ……そもそも拙者は……まだ名乗っておらぬ！　名も知らぬ者の首を取ったとて、手柄にはなるまい！　敵を討つというは……我も名乗って聞かせ……敵にも名乗らせて首を取ってこそ……手柄というものでござる！」

かすれ声ながら気丈な則綱は呼吸を整え、とりあえず、これだけ告げた。首を落とそうとした盛俊の、刀を握る手が緩《ゆる》んだ。

「以前は平家の一門だったが、不肖《ふしょう》の身なれば今は侍になった越中前司《ぜんじ》盛俊という者だ。お前は何者だ、名乗れ、聞こう！」

組み敷いた則綱を睨みつけて言う。名乗りやすいように、首の辺りの力を緩めてやった。

「武蔵国の住人、猪俣小平六則綱！」

やはり、かすれ声で言う。だが覚悟を決めたのか、いくぶん落ち着いた顔になり、なに気なさそうに続けた。

「……つらつら世間を見るに、源氏は強く、平家は敗色濃く見える。主君が存命なら敵の首を取って参らせ、勲功勧賞《くんこうかんしょう》にも与《あずか》り給え。だが今は汝の主君は存命でないのだから、ここは理を曲げて則綱を助けなされ！　あなたの一門が何人いようと、この則綱がおのれの勲功の賞に代えて助命を願い出よう！」

言葉巧みに提案した。盛俊の顔が怒りで赤くなった。

「盛俊、身は不肖なれど平家の一門である。源氏を頼ろうとは思わぬ。源氏もまた盛俊が頼って来るものとは思うまい。憎いお前の言い分かな！」

首を斬ろうと再び則綱の肩を強く押さえた。斬られると覚悟した則綱は開き直った。

「降伏した者の首を斬ろうというのでしょうか！」

弱々しく盛俊を見上げる。口ぶりも丁寧《ていねい》になった。

「それなら助けよう！」

すると盛俊はあっさり許した。刀を腰に収め、手を取り則綱の体を起こすと、危機を脱した則綱は安堵の息を吐《つ》く。二人は田の畔《あぜ》に腰を下ろして休むことにした。未明に降った雪は消え、見上げれば青空が広がっていた。しばらくすると黒革縅《くろかわおどし》の鎧を着た武者が一騎、こちらへ駆けて来た。盛俊が不審そうな顔になった。

「心配はいりませぬ。あれは人見の四郎と申す者で、則綱を見てやって来たのでしょう！」

穏やかな口調で盛俊を宥《なだ》めるように言う。人見四郎は則綱と同じ猪俣党の武士で、則綱とは従兄弟同士だった。

〈四郎が近づいたなら、この男に組み付こう。四郎が加勢してくれるはずだ！〉

横の盛俊をちらりと見て則綱はひそかに考えた。盛俊は則綱と近づく男とを交互に見たが、そのうち則綱から視線を外した。則綱が突然立ち上がったのは、そんな隙《すき》を衝いてのことだ。

「えい！」

大きな声を上げて盛俊の胸を両手で突く。盛俊は仰向けになって水田に倒れたので、則綱が上に乗って組み敷いた。そのまま盛俊の腰刀を奪って抜き、鎧の草摺《くさずり》を引き上げて盛俊の左肩の下を三度刺した。そこへ人見の四郎もやって来た。則綱は四郎に手柄を横取りされまいと、盛俊の首を落とすと太刀の先に突き通して高く掲げた。

「長く鬼神と恐れられた平家の侍、越中前司盛俊をば、猪俣の小平六則綱が討ち取ったるぞ！」

大声で叫んだ。卑怯な振る舞いを知らぬ源氏軍は、その日一番の手柄として記録した。


一ノ谷合戦の直後に平宗盛が後白河院へ送った書状の内容が『吾妻鏡』に紹介されている。長文ながら例の〈後白河院の武装解除命令〉に関した件《くだり》が興味深い。

〈……この仰《おお》せを守り、官軍（平家軍）もとより合戦の意思がなかったうえ（源氏軍の攻撃を）まったく予期せず、院のお使いの下向を待っていたところ、同じく七日、関東の武士が海の水際《みぎわ》まで襲って来ました。院宣《いんぜん》を守っていたので進み出て戦うことも出来ず、それぞれ退《ひ》きましたが、関東の武士たちは勝ちに乗じて襲いかかり、たちまち合戦となり、官軍兵士の上下を問わず誅殺してしまいました。これは、どういうことでございましょうか。まったく不審です。もしや院宣を待って行動すべしとのご命令を、彼の関東武士たちに命じられなかったのでしょうか。院宣を下したけれど武士たちが承知しなかったのでしょうか。もしや官軍（平家軍）を油断させるため、策謀をめぐらしたのでしょうか。……詳しい事情を伺いたく存じます〉

策謀は真実だったのか。勝敗を決した要因が策謀の有無のみとは言えないにしろ、後白河院の源平両者に対する本音の部分が、垣間見えるようにも思える。

六　義経の日

1

義仲の死後、鎌倉に預けられていた嫡子義高《よしたか》の立場は、にわかに危うくなった。頼朝の婿であっても父義仲が誅殺された以上、子が罪を免《まぬか》れることは出来ない。

「誅殺せよ！」

側近の一人である堀親家《ちかいえ》へ、頼朝がひそかに言い含めた。この会話を女房の一人が小耳にはさみ、大姫へ告げた。梅雨入り間近の蒸し暑い夜だった。大姫が女房に言付けして義高を呼ぶと、義高は海野幸氏《うんのゆきうじ》を伴い、急ぎやって来た。義高と同い年の幸氏は義高とともに信濃国から鎌倉入りし、常に身近に仕えていた。

「どうされるの？」

大姫が尋ねた。

「武衛様のお許しが決して出ないと分かった以上は、お逃げなされ！　それがしが義高様になりすまして時間を稼ぎますゆえ！」

義高の返答を待たず幸氏が提案した。大姫は義高の顔を見る。義高も異議はないようだ。

「では、そうなされ！」

言った大姫の目から大粒の涙が落ちた。満で六歳の大姫にも、これが永久《とわ》の別れになるかもしれないことは分かった。

その頃、政子も別室で案じていた。頼朝の命令を小耳にはさんだ女房が、大姫に告げたその足で、政子へも報せていた。

〈でも、どこへ逃げるおつもりかしら……〉

政子はしかし、大姫や義高に会わなかった。政子が知らないことにした方が、後のちのために良いことは明白だ。差し迫った事態だが、冷静に判断した。

〈畠山殿、かしら……〉

重忠の顔が浮かんだ。北の武蔵国には重忠の息のかかった豪族が多く、彼さえ承知してくれれば逃げ道を確保しやすい。それに畠山一族には義仲を木曽へ逃した過去があり、婿になった義高へも頻繁に付け届けをするなど、なにかと気を遣ってくれていた。

〈あのお方は義理堅いから頼りになりそう。妹から畠山殿へお願いしてもらおう……〉

重忠の正妻である妹の北局《きたのつぼね》へ、さっそく使者を出した。「義高殿が行くから菅谷館《すがややかた》でしばらく匿《かくま》ってほしい」という内容で、武士《もののふ》二人を女房の護衛役に付けて送り出した。同時に義高とも連絡を取り、菅谷館を目指すように言付けた。

義高は未明のうちに発《た》った。女房の衣を着、女房たちの一団に紛れて御所を後にした。その女房たちともすぐに別れ、隠しておいた馬に乗って北を目指した。馬の蹄《ひづめ》に綿布を巻いたので、暁の静寂を破ることなく、無事鎌倉を脱出することが出来た。

一方、海野幸氏の方はそのまま義高の寝台に入り込み、宿直衣《とのいぎぬ》をかぶって寝たふりをした。日が昇ると普段の義高のごとく、いつもの居所で盤双六《ばんすごろく》に独り興じるふうをよそおった。義高は盤双六が好きで、日頃から幸氏を相手に遊んでいたから、これには殿中の一同がすっかりだまされた。発覚したのは夜になってからのこと。

「ただちに追え！　見つけ出して必ず誅殺せよ！」

怒った頼朝は護衛当番役の堀親家を呼んで叱りつけた。親家は恐れをなして低頭するが、その頭を蹴らんばかりの怒りようだった。親家は郎党を何組かに分け、義高の捜索に向かわせた。幸氏は、ただちに拘禁された。

報《しら》せを聞いた大姫は憔悴《しょうすい》のあまり何も口にしなくなった。

〈妾《わらは》から父上様に願い出て、義高様のお命だけは助けてもらいましょう！〉

政治を知らない六歳の娘は、そんなふうにも考えた。しかし追手が出た後では手遅れだし、出る前なら逆に義高の逃走を知らせる結果になる。義高が遠くまで逃げていないうちは、幸氏の偽装もぶち壊しになるだろう。六歳の大姫とて、それぐらいは分かった。


鎌倉で事態が急転した日、重忠は菅谷館にいた。日暮れ近くに鷹狩りから帰ると、珍しく正妻の北局が出迎え、政子の使者が待つ客間へ案内した。

〈御台所様からの使者、と？〉

鷹狩り装束のまま、首をかしげながら使者が待つ部屋へ急いだ。北局経由で政子が重忠へ連絡を寄こしたことは、これまでない。不吉な胸騒ぎを覚えた。

「………」

使者の話を聞き終えても、重忠の口から言葉が出なかった。追手が義高を捕捉出来なければ、次なる手段として、頼朝は重忠たち東国一円の御家人に、義高の捕捉を命じるに違いない。頼朝の命令に逆らってまで義高を匿い通すことなど、出来ようはずもなかった。

「御台所様は、義高様をお迎えする護衛兵を畠山様のお館から出していただきたい、とのご希望でございました」

なおも使者の女房は言った。重忠の思案など知る由もないだろうが、政子の使者であれば返答も無しに帰すわけにはいかない。

「承りました。武士を出してお迎えに参じ、この館へご案内致しましょう。なれど、然《しか》るのちに鎌倉殿より探索命令が下れば、もはや義高殿を匿い通すことは出来ませぬ。それがしの主君は鎌倉殿お一人にて、二君にお仕えすることは出来かねますゆえ！」

重忠は、きっぱり答えた。こんな場合、あいまいな返答は誤解のもとだ。

「分かりました。御台所様には、そのように申し伝えます」

女房は、半分は残念そうな顔で、残る半分は諦め顔で言い残すと、急ぎ鎌倉へ帰って行った。いかに政子が実力者でも「二君に仕えず」は御家人の金科玉条である。重忠の返答が他にあり得ぬことを、使者の女房とて了承するよりなかったのである。

それに結果を先に言うなら、重忠は出迎えの武士を出すこともなかった。女房と入れ替わるようにして頼朝の使者が訪れ、重忠に義高の捕捉命令を伝えたからだ。

四月二十六日は朝から暗い雲が垂れ、昼前には本降りの激しい雨になった。梅雨入りしたかのような降り方だ。

「入間河原《いるまかわら》にて、義高殿を誅しましてござる！」

昼過ぎに親家の郎党、藤内光澄《みつずみ》が鎌倉へ帰参し、親家と二人、頼朝の御前へ出て報告した。入間河原は現在の埼玉県狭山市を流れる入間川付近のこと。鎌倉から菅谷館への途に位置する。やはり義高は菅谷館へ向かう途中だった。

「よし、手柄であった。後で褒美《ほうび》を取らすゆえ、一切を秘しておくように！」

頼朝の言ったことが、すぐ大姫や政子の耳にも入った。わずかな希望《のぞみ》にすがっていた大姫だったが、それが完全に絶たれたことは理解出来た。以後は政子がいくら勧めても、大姫は何も口にしなくなった。

一件はしかし、これで終わらない。二か月後の六月二十七日には義高を斬った藤内光澄が斬られ、さらし首にされた。政子が激しく憤り、頼朝に迫った結果だった。

「義高の誅殺によりて大姫は哀傷のあまり病床に沈み、日を追って憔悴す。ひとえに彼《か》の男の不始末によりて起こりました。たとえ命令を受くるとも、どうして内々で命令の子細を大姫に報せなかったのか？」

誰が聞いても無茶な言い掛かりだ。「捕えて誅殺せよ」と命令された者が、相手方へ「内々で子細を報せ」るなら、それは頼朝への裏切りになる。事後の説明では意味がない。政子とて暗愚《あんぐ》でないから一切を承知しつつ、なお、やり場のない怒りを頼朝へぶつけた。頼朝は口うるさい政子に抗《あらが》う面倒を避け、理を曲げて光澄を斬った。

「御台所様の怒りは、本当は御屋形様に向けられていたのかもしれませぬな……」

側近の本田近常《ちかつね》が、つぶやくように重忠へ言った。鎌倉の畠山邸である。慎重な近常が大胆な憶測でものを言うのは、滅多にあることではない。

「御台所様は、怖いお女性《ひと》だからのう！」

重忠も相槌を打った。理が重忠にあっても、政子の憎しみは理を超えていた。光澄を斬るという断罪の激しさは、ある種の代償行為であり、真に断罪したかったのは重忠の方だったのかもしれない。

しかし、いかに政子でも重忠は手の出せる存在でなく、重忠の「二君に仕えず」の心構えも認めざるを得ない。頼朝からの義高捕捉命令が直後に届いたのなら、時間的にも警護の兵を義高の元へ送ることは無理であった。それでも、なお政子には「畠山殿が迅速に動いてくれば」という思いが残ったのかもしれない。

「藤内殿を斬らせたのは御屋形様への、御台所様からの警告だったのかもしれませぬ……」

ふだん慎重な物言いの近常だけに、こんなときの憶測には鋭いものがあった。

「まあ、そうかもしれぬが、それがしには他に方法はなかったのだからな。責められても仕方なきところだ！」

重忠は胸を張ったが、近常の指摘は心に残った。

光澄に比べれば、義高になり変わって拘禁された海野幸氏《うんのゆきうじ》は幸運だった。命を捨てる覚悟で義高に尽くした忠義ぶりに頼朝が目を細め、御家人に取り立てた。ともに義高側近を務めた望月重隆と並んで、のちに「弓馬四天王」と称され、順調な道を歩んだ。

頼朝の意に忠実だったため斬罪に処せられた藤内光澄。逆に義高に尽くし、そこを頼朝に認められた海野幸氏。武士《もののふ》の道の先にあるものは、それぞれだ。

一方、大姫の悲しみは終わることなく、ますます体を弱らせた。

「童子《わらべ》ゆえ、すぐ忘れてしまう。案ずるに及ばぬ！」

頼朝は政子を慰めたが、童子の心は鬱々《うつうつ》として晴れない。そんなある日、政子と大姫あてに重忠から書状が届いた。

〈義高殿の御魂を社《やしろ》に招魂致しますゆえ、お知らせします〉

義高の遺骸は地元の民により入間河原の一角に葬られていた。重忠が霊を慰めるため、埋葬場所の上に義高一柱《いっちゅう》のみを祀る八幡宮を建立したのだった。政子に建立を報せると「暑さが一段落したら参拝したい」との返事が来た。

その年の夏は、とりわけ暑い日ばかりが続いた。弱る大姫を同行させるには無理だろうから、重忠は「しのぎやすい秋になったら、大姫殿と一緒に来るつもりなのだろう」と考えた。鎌倉から離れれば、大姫にも、よい気分転換になるのに違いなかった。

しかし秋に入っても政子からの便りはなかった。秋も終わろうとする頃、重忠は政子の意向を確かめるため、本田近常を使者に立てた。

〈大姫を同道致したく気持が変わるのを待ちましたが、いまだ大姫は「行きたい」とは申しませぬ。斬首の地なので、姫には生々し過ぎるのでしょうか。妾はいずれ訪れたいと存じますが、今年のうちは無理のようです〉

近常は、政子からの手紙《ふみ》を預かって帰って来た。

「それは、その通りかもしれぬな。大姫殿の繊細な心のうちまで心配《こころくば》り出来なかったのは、それがしの至らぬところであった」

重忠が手紙の感想を言うと、近常が言い足りなさそうな顔になった。

「どうした、まだ何かあるのか？」

尋ねると、しばし沈黙してから答える。

「手紙には無きことなれど、御台所様のお言葉からは、御屋形様のご建立には拘《こだわ》りがあるようにも感じました。お二方とも、いまだ遺恨に思っておられるのでしょうか……」

言って上目遣《うわめづか》いに重忠を見た。

「建立は出過ぎた行為だと、おっしゃられるか……」

近常が、重忠の目を見ながらうなずく。重忠は言葉を失くした。


十年後の一一九四年七月末、大姫は衰弱し、息も絶えんばかりとなった。弱り切った頼朝は翌八月、畠山重忠を先頭に幕府の幹部ばかりで隊列を組み、相模国は現在の伊勢原市にある日向薬師を訪れて大姫の快癒を祈った。甲斐あってか十日後に大姫は沐浴《もくよく》が出来るまでに回復した。

「ようございました！」

さっそく政子が大姫を見舞った。髪と体を洗い、さっぱりした大姫だが、幼い頃のふくよかな容貌からは想像もつかないほど痩《や》せ細っていた。感情もなく凍りついた表情に、勝ち気で明るかった昔をしのぶことは出来ない。

「今日は大姫に、よいお話がありますよ！」

気遣いながら政子が笑顔で我が娘を見た。

「はい……」

笑顔はなかったが、大姫の言葉もしっかりしていた。

「一条高能《いちじょうたかよし》様が、姫をお嫁にもらいたいのだそうですよ！」

政子が持って来たのは縁談だった。高能は、頼朝とは親戚筋の公家である。

「……」

意味が分からなかったのか、大姫は首をかしげて母親を見ただけで、黙したままだ。旧暦八月下旬はすでに秋で、庭の奥では笹竹が、さらさらと乾いた葉音をたてていた。

「昔のことは、もう忘れておしまいなさい……」

言いながら政子は、この娘《こ》は自分に似ていると思った。政子も父の時政により山木兼隆に嫁がされたが、どうしても頼朝が忘れられず、山木邸を抜け出して頼朝の元へ走った。一度思い込めば一本の道以外には目に入らなくなる。

「妾《わらは》は……」

政子は先を促すことなく、優しげに大姫を見た。

「妾は、そのようなことになれば、身を、深淵に、沈めます……」

言葉は絶え絶えながら、大姫の目と口元には、鬼神をも退けんばかりの決意が感じられた。

「嫌ならそれで、よいのですよ!」

こんな時は何を言っても無意味なことを誰より政子が知っていた。

翌建久六年から七年にかけて頼朝は大姫を後鳥羽天皇の女御《にょうご》にしようと試みたが、大姫の健康は回復せず、本人も鎌倉を去ることを嫌がった。翌八年七月には、ついに衰弱死する。二十歳になるかならぬかの短い生涯だった。

2

義高を斬ったために藤内光澄が斬首された頃、義経と頼朝の間にもぎくしゃくとした関係が目立ち始めた。

一一八四年六月、官人任命の儀式である小除目《こじもく》が行われ、そのリストの除書《じょしょ》が鎌倉へ届けられた。おおむね頼朝が事前に推挙した通りの人事で、権大納言に平盛頼、河内守に平保業、讃岐守に一条能保、三河守に源範頼、駿河守に源広綱、武蔵守に平賀義信が任じられた。皆それぞれに喜んだのは言うまでもないが、首をかしげた点があるとすれば、一ノ谷合戦で活躍した源義経の名がないことだった。

「これは嬉しきことにござる！」

　頼朝が除目の内容を伝えると、とりわけ範頼が喜んだ。一ノ谷合戦で大手軍を率いた範頼は、搦《からめ》手《て》軍の大将義経ほどの戦功はなかったが、官途では義経に先んじた。義経が推挙を望んでいることは風の便りに鎌倉まで聞こえて来たが、頼朝はこれを許さなかった。

　八月になると頼朝は、平家追討使として範頼を西海《さいかい》へ派遣した。一ノ谷合戦で壊滅的敗北を被《こうむ》った平家ながら、西海での勢力は依然強く、三度《みたび》盛り返す兆《きざ》しが見えた。北条義時や千葉常胤らが一千余騎で範頼に従う。畠山重忠と梶原景時は鎌倉に残った。

　十日ほどして義経が頼朝へ「左衛門少尉《しょうじょう》に任じられ、検非違使《けびいし》の宣旨を蒙りました。こちらで所《しょ》望《もう》したのではありません。『度々の勲功は黙視し難い』とのことで、固辞出来なかったのです」と言って来た。事前に頼朝の承諾を受けておらず、事後承諾は彼が最も嫌うところだった。兄弟対立の発火点となる検非違使任官だが、この時の頼朝は、義経を平家追討使に任じない、とするだけにとどめた。さらに翌九月には、平家没官領《もっかんりょう》の一つである平信兼の京都の領地を義経の支配とするなど、義経への配慮を怠っていない。

　冷徹な政治家の頼朝は、義経に肩入れすることで頼朝勢力を二分せんとする朝廷の意図を見抜き、その点に無自覚な義経を危惧した。朝廷にすれば源平にせよ頼朝対義仲にせよ、並び立たせて競い合わせる方が支配しやすい。頼朝の一党支配は清盛のそれと同じく、政治が朝廷の手から離れる原因になる。

　翌一一八五年正月、しかし西海の範頼軍は船不足と食糧不足に悩まされた。

〈周防国から赤間関《あかまがせき》に到り、平家を攻めんがため渡海せんと欲するところ、兵糧《ひょうろう》絶えて船なく、逗留《とうりゅう》数日に及ぶ。東国の輩《やから》、多く故郷を恋しく思い、和田義盛のような者でさえ、なおひそかに鎌倉へ帰参しようと……〉（『吾妻鏡』正月十二日）

義経が強力な指導力で全軍を率《ひき》いたのとは対照的に、範頼は何ごとも参謀役の重鎮たちに相談して軍を動かした。慎重さは時に利点だが、例外なく軍の行動を遅らせる。侍所別当の和田義盛までがこうした挙に出たのだから、範頼軍のスローモーぶりと窮状が察せられる。

「腹が減っては力も出ぬわい！」

誰もが口をそろえた。人一倍の体格の武士《もののふ》たちとあって食欲も人一倍。こんな時に精神論だけでは、どうにもならない。義仲配下が京で狼藉を働いたのと同じく、戦意を挫《くじ》くものは戦場《いくさば》での劣勢より日々の空腹だ。窮した範頼軍は豊後から周防へ戻ってしまう。範頼が「京へ帰りたい」との文書《ふみ》を伊豆に滞在中の頼朝へ届けると、さすがの頼朝も頭を抱えた。

「合戦せずに京へ戻れば、何の面目があろうか！　食糧を送るゆえ我慢して待つように。平家とて故郷の京を出て旅の途にあり、それでも軍勢の維持に励んでいる。まして、こちらは追討使である。どうして勇敢な思いを示せないのか！」

叱咤激励する一方で、とめ置いていた義経に出動命令を出した。西海の戦況を睨《にら》みつつ、自分の出番を今かと待つ義経だったから、兄の要請に大喜びした。

「やはり兄上だ！　兄上に頼りにされることが何より嬉しい！」

源氏軍の総大将となった義経は、平家軍の最強最大の拠点、屋島を目指した。

これより前、頼朝が北条時政と梶原景時の、新旧二人の参謀役と作戦を練ったことを、義経は知らない。春まだ浅しとはいえ海に近い鎌倉は温暖で、庭の梅から、よい香りが漂っていた。

「義経殿にご出陣願うのが最善でござろう！　義経殿に及ぶほど戦術に優れた者はない。勝つには義経殿の知略が必要でござる！」

時政の主張は明快だ。同じ知略家の時政だから、義経への評価は高い。以前の頼朝なら、これをもって結論となった。ところが最近の頼朝は景時の意見を聴くことが多くなっていた。

「義経殿が木曽殿のようになりはせぬかと、それが気がかりでござる！」

「梶原殿の危惧は分かるぞ！　なれど木曽殿とて京から平家を追い出した功績には大なるものがあった。次は義経殿が西海の平家を滅ぼす番であろう。西海の平家が滅びてのちに、義経殿のお力拡大に対して策を講じるが最善なり。順番を違《たご》うては、ならぬ！」

挙兵に際して頼朝へ情勢を的確に分析してみせた熟慮のほどは、いまだ健在だ。

「いや、ご両人とも、ごくろうであった。ここは九郎にやらせてみよう！　まこと、ものには順番があるものだ！　景時は急ぎ京へ上り、九郎の参謀役に就いてもらう。九郎に不都合あらば逐一予《よ》に報《しら》せよ！　よいな？」

言って頼朝は庭へ目をやった。紅白の梅に何羽かのウソが群れ、フィー、フィーと悲しげに鳴いては花をついばんでいた。日が昇ったせいか心の枷《かせ》が外れたためか、庭の景色の一切が頼朝には春めいて見えた。


九州を主戦場とした範頼軍とは別に、義経は瀬戸内の平家軍を真っ向から攻めた。彼が指揮官になってからの源氏軍は強く、四国へ上陸すると、たちまち平家軍の拠点である屋島を襲って撃破した。義経は政治力も発揮して有力水軍を次々と味方へ引き入れ、三月二十四日、平家軍はついに壇ノ浦決戦で壊滅、足かけ六年に及ぶ源平合戦に終止符が打たれた。

数々のエピソードを生んだ瀬戸内での源平合戦。主なところは詳しく紹介されているので触れないが、義経と梶原景時の逆櫓《さかろ》論争は振り返っておくべきだろう。正攻法と奇襲戦法。武人としての姿勢の違いも顕著に出た場面である。

二月十六日、摂津国渡辺港から屋島へ渡るため、義経軍が艫綱《ともづな》を解こうとした。突然、強風が吹き始めた。旧暦二月十六日は春も盛り。まさに春嵐だった。

中途半端な風ではなく、木も幹から折れるかと思えるほどに荒れた。木々に避難していた鳥たちはたまらず空へ飛び出すが、強風に吹き上げられ、地に叩きつけられるように翻弄《ほんろう》された。空と海が上下逆さまになったのかと鳥たちは思ったかもしれない。義経は強風を逆手にとっての奇襲作戦を目論んだ。義経と梶原景時の逆櫓論争は、この出港の際に起きた。

「今度の合戦では、船に逆櫓を立てたいものです！」

梶原景時が提案する。皆が一斉に景時の顔を見た。

「逆櫓とは何か？」

判官が首をかしげながら問うと、景時が身を乗り出して説明した。

「馬なら左へも右へも回しやすい。ところが船は素早く押し戻すのが大変です。そこで船尾と船首に櫓を交差して立て、脇舵《わきかじ》も加えて、左右前後どちらへも行きやすくします！」

聴き入る者たちの間から「おおッ」という賛同の声が上がった。「さすが梶原殿は物知りだ」と言いたげな顔もあった。一方で頭の回る者なら「櫓の改良工事に数日かかるはずだから、これは出港を遅らせるための提案だ」と、もう一つの意図を見抜いたかもしれない。

「初めから退《ひ》く逃げ支度《じたく》をしていては、何のよいことがあるものか！　門出にふさわしくない不吉なことだ。逆櫓でも返様櫓《かえさまろ》でも、そうしたい者は百艇でも千艇でも櫓を立てなされ！　義経は元のままの櫓で漕ぎ出そう！」

義経は猛然と反対した。義経には、手間取れば好機を逸する、という読みがあった。

「よき将軍という者は、駆けるべきところは駆け、退くべきところは退いて、身はまっとうして敵を滅ぼすものだ。一方だけしか考えず融通の利かないのは猪武者《いのししむしゃ》といって、よきものとはしませぬ！　それがしが率いる船は逆櫓を立ててから船出します！」

景時も気色《けしき》ばんだ。義経に「逃げ支度」と言われ、臆病者のように断じられた。皆の前で面目を失い、それで「猪武者」とやり返した。義経の方も「融通の利かない猪武者」と決めつけられて、かちんときた。

「勝手に致せ！　猪だか鹿《かのしし》だかは知らないが、戦はただ攻めに攻めて勝つのが、心地よきものなり！」

義経が言い返す。理屈無用の豪快な言い方が受けたのか、東国武士たちも低く声をどよめかせた。景時は真っ赤になり、それきり口をつぐんだ。逆櫓論争はこれで終わったが、さすがに船頭や水夫たちは船を出すことを嫌がった。

「追い風であっても、普通に過ぎたる風です。沖では、もっと強い風が吹いているでしょう。どうして船が出せますか！」

船頭や水夫たちは、ふだんは瀬戸内の漁師や海賊である。その彼らさえ尻込みするほどの強風だった。武士の多くが彼らに同調したので義経は怒った。

「向かい風なら不都合だろうが、順風が少し過ぎたぐらいのことで、これほどの重大時期にどうして渡るのを嫌だと言うのか！　船を出さぬと言うなら、奴らを一人ひとり射殺《いころ》せ！」

義経が声を張り上げ、奥州の佐藤継信《つぎのぶ》や伊勢義盛らの武将に命じた。二人は大股で船頭たちの前へ進み出ると、一人ずつ睨みつけた。目を閉じても矢を外さないほどの距離まで近づき、素早く矢をつがえる。

「君のご命令であるから、さっさと船を出せ！」

継信の野太い声が強風に負けじと轟《とどろ》いた。

「船を出さぬなら一人ずつ射殺すぞ！」

義盛も狙いをぴたりと定め、船頭たちを威《おど》した。ただちに射殺さんという気迫と形相《ぎょうそう》だ。さすがに水夫たちも顔を青ざめさせ、何人かが船を出す支度を始めた。

「射殺されるも船を出して死ぬも一緒だ！」

「ならば船を出そう！」

船頭たちも納得した。二月十八日も丑《うし》の刻《こく》つまり午前二時、渡辺港から五艘《そう》が船出した。強風のため、早い船で翌日卯《う》の刻午前六時、阿波国椿浦《つばきうら》へ着いた。ざっと一日と四時間、遅い船でも一日と六時間で着いた。普通に漕《こ》げば三日かかるとされるから、驚くべき早さだ。

百五十余騎を率いた義経は屋島を襲い、牟礼と高松の民家を焼き払った。平家軍に守られた安徳帝は海上へ逃《のが》れた。一方の景時は、義経出港から四日後の二月二十二日、すっかり静まった海を渡り、戦闘の終わった屋島へ到着した。

逆櫓論争の結果は歴史の示す通り。鵯《ひよどり》越えと同じく意想外の戦法が功を奏した。景時の提案に従って正攻法で時間を費やしていたら、範頼軍の二の舞になったかもしれない。

「こちらは追討使である。どうして勇敢な思いを示せないのか！」

かつて食糧不足から戦意喪失した範頼軍に対して、頼朝が叱咤した。無理を押して戦え、と。義経の熱っぽさは兄頼朝の意に応えんとするものだった。

〈判官殿は君（頼朝）の御代官として、御家人等を副《そ》え遣《つか》わされ、合戦を遂《と》げられました。しかし頻《しき》りに自分一身の功績と思っていますが、偏《ひとえ》に皆の協力によるものです。人は判官殿のためと考えたからではなく、君を仰いだからこそ心を一つに勲功に励んだのです。平家を滅ぼした後の様子は日頃の状態を越えていて、兵士たちは薄氷を踏む思いをしています。まったく心から判官殿に従う志を持っていません。とりわけ景時はお傍で仕え、厳命を伺い知っていましたので、道理に反した行いを見るにつけ「関東（頼朝）の御意向に違《たが》う」と諫《いさ》め申しましたが、諫めの言葉はかえって身の災いとなり、ややもすれば刑罰を受けてしまいそうです〉

のちに景時が義経批判の報告書を頼朝へ出した。戦場で上官に反抗することは軍律違反。「ややもすれば刑罰を」と予防線を張ったようにも読める。

3

義経は「兄頼朝に認めてもらうために」と奮戦した。しかし頼朝にすれば、範頼の凡庸な指揮では戦況打開に至らず、仕方なくトップを交替させたのに過ぎない。

繰り返しになるが、当初の西海戦で頼朝が義経を遠ざけた理由は、後鳥羽院と義経の接近を危惧したためであった。義経が京で必要以上に力を持てば、源氏の一枚岩は二つに割れる。義経へ接近する後鳥羽院の狙いがその点にあることを、賢明な頼朝は見抜いていた。

壇ノ浦合戦後、京における義経の力はさらに増した。頼朝は平家軍壊滅を喜ぶ一方で、危機感を募《つの》らせた。このような状況下であれば景時からの義経批判の書状も、内容が真実か否かは二の次になる。義経の力を抑えることに利用出来れば、それで十分だった。

「九郎に不都合があれば逐一予《よ》に報せよ、よいな！」

かつて頼朝はそう言って景時を送り出した。合戦の首尾はともかく、景時もまた頼朝の腹のうちを読み、意に叶《かな》うような報告書に仕立て上げた。

〈廷尉《ていい》（義経）は関東の御使として御家人を副《そ》え西国へ派遣されたところ、すべて専断していると聞く。（略）そこで「今後、関東に対して忠義に思う者は、義経に従ってはならない」と、内々に触れるように〉

梶原景時から義経批判の書状が届いた五日後、頼朝は当時西海にいた側近、田代信綱へ御書を送った。「内々で触れるように」つまり秘密裏《り》に報せて回れ、と。兄弟の決裂は決定的となるが、義経はまだ兄の心のうちを知らない。

半月後の五月十五日、義経が平宗盛、清宗父子を連れて酒匂《さかわ》宿まで来ると、頼朝は時政を派遣して父子の身柄を受け取り、義経の鎌倉入りについては承諾しなかった。

〈すぐ鎌倉に来てはならない。しばらく酒匂の辺りに逗留《とうりゅう》し、お召しを待つように〉

頼朝の命令が伝えられ、義経自身は酒匂宿で足止めとなった。なお義経は鎌倉の手前の腰越《こしごえ》まで足を運ぶが、鎌倉へは一歩も入れない。そこで大江広元を通じて頼朝あてに書状を提出した。正確には広元あての書状を、広元が頼朝に見せた。名高い腰越状《こしごえじょう》だ。

〈思わぬ虎口《ここう》の讒言《ざんげん》により多くの功績が無視され、義経は犯す罪なくして罰を受け（中略）むなしく涙に沈んでいます。（中略）讒言する者の真実か嘘かは糾明《きゅうめい》されず、鎌倉に入れてもらえぬので私の本心を述べることも出来ず、いたずらに日々を送っています〉

鎌倉の直前まで来ながら、なお申し開きさえ許されぬ無念さが伝わる。さらに二十日ほど待つが許されず、義経は仕方なく酒匂へ戻った。

この二十日の間、頼朝は、無策のうちに意味のない二十日間を送っていたのか。はたまた義経を焦《じ》らしていただけか。その辺の経緯は創作性の強い資料ながら『義経記《ぎけいき》』の記述に説得力がある。義経を待たせている間に、頼朝は彼を討ち取るべく画策していた。


頼朝はまず、娘が義経の正妻になっている河越重頼を呼んだ。重頼が御前に出ると、頼朝の目がいつになく柔和で、満面の笑顔だ。頼朝がこんな顔の時は、決まって何かを企んでいた。重頼は身を固くした。

「九郎が後鳥羽院のお気受けがよいのにまかせ、世間を乱そうと内々に企んでいる」

ひと息吐《つ》いた。

「……そこで河越殿のお力を借りたい。西国の侍どもが義経に味方しようと思いつかぬ先に、義経を討ちに腰越へ向かわれよ！」

話の半ばから頼朝の笑顔が消えた。顎《あご》を突き出し、値踏みするように重頼を見る。

「何事にせよ主君のご命令に背《そむ》くべきではありませぬが、一つにはご存知あそばされますように娘に当たる者が判官殿に召し置かれておりますので、娘が不憫《ふびん》に思われます。どうか他の者にお命じくだされ！」

穏やかに、だが背筋を伸ばして答えた。近い関係の者同士で討たせ合うのが頼朝のやり方であることを、重頼も承知していた。結びつきやすい者の間を裂《さ》いて力を削《そ》ぐには、一番の方法なのだ。

頼朝は目を大きく開けて重頼を見たが、それ以上は言わず、重頼を下がらせた。

次に畠山重忠が呼ばれた。重忠の父である重能と重頼の祖父の重隆とは、大蔵合戦で秩父平氏の覇権を争った。だがそれは重忠が生まれる前の話だ。頼朝の挙兵に際して重忠と重頼が一体となって当たったように、両家の関係は修復されていた。つまり秩父平氏の軍事力を警戒する頼朝としては、重忠を呼んだことにも分断策の意味合いがあった。

「河越に言い付けたのだが、親しい関係にあるので出来ぬと申すのだ……」

ほとほと困ったという顔で頼朝が話し始めた。話しながら上目遣いに重忠を見る。義侠心の強い重忠がこういう依頼に乗りやすいことを頼朝は知っていた。

「……」

だが重忠は頼朝の顔を見詰めるばかりで答えない。旧暦六月は夏も盛りで、外では夏蝉《なつせみ》が騒がしく鳴いていた。

「予《よ》も困り果てておるのだ。さればとて世を乱さんと振舞う九郎を放っておくべきでない。そこで、そなたに腰越へ向かっていただきたい！　そなたの先陣は吉礼《きちれい》である。そうしてくれるなら伊豆と駿河の両国を差し上げよう！」

やはり上目遣いに重忠を見ながら頼朝が約束する。頼まれると嫌と言えない重忠だが、万事につけ遠慮のない武士《もののふ》であった。大きな体を折ると、頭を深く下げたまま答えた。

「お言葉に背くことは出来ませぬが、八幡菩薩の誓いのお言葉にも『他の国より我が国、他人より我が身内を守らん』というのがあると聞いております。他人と近親者を比べると、例えるべくもありません。梶原というのは一時的な便宜により召し使われた者です。彼の讒言《ざんげん》によりて、お心を動かされてはなりませせぬ……」

誰もが言い憚《はばか》っていたことを、重忠は直言した。重忠の大きな体が弥増《いや》して大きく見えた。肩越しに積乱雲が湧いていた。

「……判官殿は日頃の忠節ということも申し分なく、ご兄弟の御仲でもあります。たとえお恨みになられても、九州なりともお与えになり、ご対面なさった上で、重忠に下さるという伊豆と駿河の二国を功労の賞としてご下賜なさり、京都の守護職にお据えになり、背後を守らせなさるなら、安心なこと、これ以上はないものと存じまする！」

忠言だった。頼朝には、和睦を勧められたことはともかく、伊豆国と駿河国を要らないという無欲さが驚きだった。

「伊豆も駿河も要らぬと申すか？」

あきれ顔で頼朝が尋ねる。

「要りませぬ！」

伏していた顔を上げ、頼朝の目を真っ直ぐに見て答えた。

重忠に道理ありと思ったわけではないが、頼朝もそれ以上は言わない。九州や駿河を与えれば義経の力と脅威は増すばかりだが、そこを重忠に説明したところで意味はなかった。

重忠は頼朝に再び深く頭を下げると座を立った。頼朝も立ち上がり、庇《ひさし》の下へ出て夏空を見上げた。積乱雲が御所の真上まで延び、雲と甍《いらか》の間に高くトンビが数羽、弧を描いて浮かんでいた。

〈あの鳥たちは獲物を狙わんとして空の上から見張っているのか……。いや、ただ大空を吹き渡る風と戯れているだけに見える。鳥さえ心長閑《のどか》に遊ぶというのに、予には、なぜ心を悩ませることばかりなのか……〉

そんなことも考えた。そこへ時政が姿を見せた。

「重忠殿らしいことよ！」

時政は、にこにこと笑っている。

「おや、聴いておられたか？」

「すっかり聴かせてもらいました。婿殿も、はっきりモノを言う男よ！」

重忠は時政の娘を正妻に迎えていた。時政にとって頼朝と同じく重忠も婿になる。

「伊豆と駿河を褒美《ほうび》にやろうと言ったら、要らぬと答えた！」

元の上座へ戻り、時政に敷物を勧めて頼朝が言う。

「淡白な男でござる。褒美を喜ぶ東国武士らしからぬ男、と言うが相応《ふさわ》しいか。さにあれど、彼奴《かやつ》の腹には何もござらぬ。実に忠義一途の東国武士でござる。国を欲しがらぬということは、たとえ義経殿が所領を餌《えさ》に味方に引き入れんと画策しても、畠山殿は靡《なび》かぬ、ということでござろう。畠山殿のような男を信じずして、誰を信ずべきか！」

時政が力説した。婿だからというばかりでなく、同じ東国武士同士、時政はおのれと相通じるものを若い重忠の中に見ていた。

結局、義経は頼朝との面会が叶《かな》わず、京へ帰らざるを得なくなった。すると兵士の中に、このまま義経に臣従し続けるべきか否かで迷い、動揺する者が出始めた。そこで義経は酒匂を去るにあたり、配下の武士に、こう言い渡した。

「関東の処置に従いたい者は、引き止めぬゆえ去るがよかろう。我と同じく不満に思う者は、我に従うがよかろう！」

何人かが去り、義経は京への帰途についた。ところが、それで一件は終わらなかった。鎌倉では、義経が次のように言ったと伝えられた。

「関東に怨《うら》みのある輩《やから》は、義経に従え！」

頼朝は激怒した。呼び掛けが身内の武士だけでなく、東国武士全体に対するものと受けとめられたからだ。相模国の西端に近い酒匂で呼び掛けても、東国武士の耳へ届く道理はないのだが、頼朝は義経が領する平家没官領二十四か所すべてを没収した。〈捨て台詞《ぜりふ》〉は、義経を討つ正当性を鎌倉へ与える結果となった。

腰越状《こしごえじょう》の一件から四か月後の九月初め、頼朝は梶原景季《かげすえ》と義勝坊成尋《じょうじん》を義経の元へ遣わして、源行家《ゆきいえ》の誅殺を命じた。景季は景時の嫡男であり、成尋は挙兵以来の家人である。

行家は河内源氏の出身。以仁王《もちひとおう》の令旨《りょうじ》を諸国の源氏へ伝える役を務め、甥の頼朝へも決起を促した。ただ、その後は頼朝と距離をおき、独立勢力として河内国と和泉国に君臨した。一時は義仲に与《くみ》し、義仲没後は義経と友好関係を保った。頼朝軍の平家追討には参戦せず、これも頼朝に疎《うと》まれる理由になった。

「伊予守（義経）の屋敷へ参向致すも、病気とのことで対面出来ませんでした。一両日を待って参じたところ、脇息《きょうそく》に寄り掛かり、憔悴《しょうすい》し、灸《きゅう》の跡も数か所ありました。行家追討の事を伝えると『私の病は仮病ではない。たとえ強盗や盗人のごとき犯人といえども直接取り調べたい。いわんや行家は他家の者でなく、同じ六孫王《ろくそんおう》たる源経基《つねもと》の後裔《こうえい》であり、弓馬にも秀《ひい》でている。ただの人と同じには出来ない。然らば早く治療し、治った後に計略をめぐらすべきである。その旨を鎌倉殿へ伝えてもらいたい』と答えられました」

二人は義経の病気を信じた口ぶりだが、猜疑心の強い頼朝は信じなかった。同席した景時の意見を聞こうと彼の顔を見た。

「行家に同心しているゆえ、仮病を使っているのは明らかです！　初めて行った時は面会が叶わず、一両日を隔てた後に面会しました。推測するに一日食わず一日眠らねば、身は必ず憔悴しましょう。

灸はまた何か所でも一瞬のうちに据えることが出来ます。然らば一両日中に、このようなことを取り繕《つくろ》ったのでしょう。義経と行家の同心、疑うべからず、です！」

言い終わると頼朝も大きくうなずいた。仮病かどうかは問題でなかった。義経と行家の同心は初めから分かっていたことで、分かっているからこそ同士討ちで力を削ぐ作戦に出た。義経とてその辺は見通しているから、病んでなくとも仮病で遣《や》り過ごすしか方法《て》はない。翌十月九日の評議で「義経を誅すべし」との結論になった。

十月二十九日、頼朝が京へ向けて鎌倉を発つと、義経と行家は総勢二百騎で鎮西へ落ちた。ここから吉野山を経て陸奥へと、よく知られた義経の長い逃避行が始まった。

義経没落は関東武士たちの間へも飛び火した。頼朝の口利きで義経を婿としていた河越重頼の所領が没収され、重頼の婿だった下河辺政義の所領も召し上げられた。

時政は、京都守護として義経の務めていた役を引き継いだ。守護と地頭の設置を朝廷に認めさせるべく交渉したり、治安維持に功績を上げたりと政治手腕を発揮した。

4

時政は京で、義経に対する追捕《ついぶ》の任にも当たった。京を追われた義経一行が吉野山をさまよう様子は歌舞伎や人形浄瑠璃でも知られる。物語の第一、第二の主役が義経と愛妾静御前《しずかごぜん》なら、弁慶と並ぶ三ないし四番目の役どころは奥州出身の武士、佐藤忠信《ただのぶ》かもしれない。

雪の吉野山を逃げる一行十六人に、吉野権現《ごんげん》の武装宗徒や僧兵らが迫った。宗徒たちは鎌倉の威を恐れ、義経追捕に協力していた。

「殿の御ありさま、我らの身を物に例えれば、屠所《としょ》に向かう羊が一歩一歩死に近づく、切羽《せっぱ》詰まった思いさえ及ばぬほどです。殿はどうか心配なく、お落ちなされ！　忠信はとどまりて麓《ふもと》の宗徒を待ち構え、防戦致します！」

忠信が雪に跪《ひざまず》いて義経に申し出た。しんがりで敵をくい止めるには死の覚悟が要る。ちなみに「屠所の羊」は、お経の『摩訶耶経《まかやきょう》』にある言葉。

「それはならぬ！　そなたの兄の継信も屋島の合戦で、この義経のために命を捨てた。今またここで、そなたを死なせるわけにはいかぬ！　お前も生き、我も生存《いきなが》えて、来年の正月か二月には陸奥国で再会しようぞ！」

感激で目を潤ませながら、義経は忠信の申し出を退けた。だが忠信は大きな背を真っすぐ伸ばして正座し、表情を変えない。夕闇迫る雪景色のなか、風が冷たく皆の背を刺した。

「義経公を追って平泉を出た折も『今日よりご主君に命を差し上げて、名を後代にあげよ。お前が矢にもあたり死にけると聞かば、この秀衡《ひでひら》が真心を尽くして供養してやろう』と言い含められました。しかし『生存えて故郷へ帰れ』と言われたことはありません。故郷には母が一人おりますが、母へも『別れた時が最期だ』と言い切って参りました。おのおのがた、どうか義経公に、おとりなしくださらぬか！」

言って並み居る家臣たちを順に見た。弁慶のところで忠信の目が止まる。弁慶も忠信を見、促されるように口を開いた。

「弓矢取る者の言葉は天子の勅命のごとくで、一度申し出たことを翻《ひるがえ》すということは、よもやござりますまい。どうか安心して、お暇《いとま》をお与えくだされ！」

弁慶が目を見開いて申し添える。義経はすぐに答えず、忠信と弁慶の顔を交互に見詰めた。しばらく黙っていたが、義経の両の眼から熱いものが落ちた。

「惜しんだとて叶《かな》うまい。思う通りにせよ！」

義経が折れて忠信の吉野山残留を許した。忠信を近くへ呼び寄せる。

「そなたの長い刀は、疲れた体には具合が悪い。弱った体は大きな太刀を持て余すものだ。これを与えよう。これを使って最期の戦《いくさ》をせよ。太刀を義経と思い、義経と一緒にいるつもりで存分に戦ってくれ！」

平家追討の数々の戦で腰に差してきた二尺七寸の、黄金作りの太刀を忠信に与えた。忠信や居合わせた者たちは義経の心遣いに落涙する。義経一行は吉野山を去った。


一人残った忠信は防戦に奮闘した。三日を食わずに戦い、宗徒の攻撃をなんとか防ぎ止めた。甲斐あって義経は逃げ延びることが出来た。役目を果たした忠信は、凍《い》てつく夜空から冷たい光を落とす月を見るうち、京に残してきた女人を思い出した。京で羽振りもよかった頃、一途に思いを寄せていた女だ。忠信は鎧《よろい》を脱いで京を目指した。

「覚えておいでか……」

「もちろんですとも！　ああ、うれしや！」

会うと女は喜び、忠信を部屋に匿《かくま》った。だが忠信は、女が忠信不在中に新しい男を作っていたことを知らない。男は梶原景時の息子、景家。女の笑顔には別の理由があった。

「判官殿の郎党で吉野山の合戦から逃れた者が、奥の部屋に居《お》ります。討ち取るか捕縛するかして鎌倉殿にお見せし、恩賞をお望みなされ！」

訪れた景家に女が耳打ちした。女が喜色満面なのは、景家が喜ぶものと信じたからだ。しかし景家は目を丸くするばかりだった。

「この家に前の男と現在《いま》の男が、一緒に居るというわけか……」

喜ぶどころか景家の気持は萎《な》え、急に女が厭《いと》わしく思えた。同時に、こんな女とも知らずに身を滅ぼす忠信が痛ましくなった。

「忠信追討の宣旨も院宣も我は受けてはおらぬゆえ、欲にかられて合戦したところで恩賞のあるはずもない。仕損じれば、かえって一門の恥になる！」

景家は言うと腰を上げ、女の家を後にした。景家に捨てられたと知った女は、自分だけでも褒賞に与《あずか》りたいと、六波羅の時政へ密告した。時政は義時を大将に二百騎を仕立て、四条室町の女の家へ乗り込ませた。

眠っていた忠信は下女に起こされ、六条堀川にあった義経の元の屋敷へ逃げ延びた。ここでの奮戦ぶりは『義経記』に延々かつ詳細に描かれ、物語の山場となっている。その忠信もやがて進退きわまり、押し寄せた義時の軍勢を前に叫んだ。

「江間小四郎殿よ、剛の者の腹切るさまをご覧あれ！」

忠信が前へ出て座り込む。取り囲む義時の軍勢は数歩、後退《あとじさ》りした。それを見て満足そうに笑《え》んだ忠信は、ゆっくり片肌を脱ぎ、太刀を握る。切腹の様子が壮絶をきわめた。手を出さずに最期を見守った義時は、その迫力に圧倒されてしまった。

義時は五十騎を引き連れ、忠信の首を鎌倉へ持ち帰った。義時が忠信自害の様子を詳細に申し述べると、居並ぶ御家人一同、身を乗り出して聴いた。武士である以上、切腹は自身も覚悟しておくべきことだから、そのさまは常に関心事なのだ。

「ああ、剛の者かな！　人々皆に、この男の心を持たせたいものよ！」

子細を聴いた頼朝が大きな声で嘆じた。誰より頼朝が心を揺り動かされていた。すでに正月も半ばを過ぎ、日差しが暖かい。庭の梅が放つ春の香は、御家人たちが居ずまいを正す御所の中にまで漂ってきた。皆を一人一人見ながら頼朝が続けた。

「……見どころがあればこそ、秀衡も継信と忠信の兄弟を九郎に付けたのだろう。九郎に付きたる若党には一人として愚か者がなく、ほかの者百人を召し使うより、よほどに勝《まさ》る。忠信が九郎の恩顧を忘れて頼朝に仕えたなら、関東八か国であれば、どの国でも一国は与えるものを！」

頼朝の顔が上気して赤い。一同は頼朝の言葉にうなずく。とりわけ千葉常胤と葛西清重の二人が深く感じ入っていた。

「ああ、つまらぬことをしたものよ！」

言いつつ常胤が天井を見上げた。一国を棒に振っては大損というわけだ。

「生け捕られて東国へ下れば、家来としてお召し抱えられたであろうに！」

清重は自身が損をしたという口ぶり。皆がうなずき、同じ思いに浸った。その時、しかし畠山重忠が異を唱えた。

「されど、いかがでござろうか？」

こんな時に異なる意見を挟むには勇気が要る。盛り上がった座の空気に水を差す、重忠の落ち着いた口調だった。

「……もし腹を召《め》さずに引き連れられて来たなら、これほどの称賛を得たであろうか？」

言って皆の顔を順に見た。突然の異見であったから、ざわめきが起きた。半分が賛同し、半分が異存あり、というふうだ。

「佐藤忠信殿は心も及ばぬほど立派に死んだものです。立派に死んだからこそ、それがしらは感心し、殿も上機嫌なのでござろう。生け捕りとなり下《くだ》って参れば、判官殿の行方を知らぬはずはないと厳しく尋問され、それでは生きている甲斐もありますまい。結局は死なねばならぬ者が侍どもに顔を凝視されるのは、辛《つら》いことでござる。忠信殿ほどの剛の者は、たとえ日本国を給わるといえども、判官殿のご恩顧を忘れて殿に使われ申すことは、万々《ばんばん》ござるまい！」

言い終えると座が静まり返った。頼朝や千葉常胤、葛西清重らの意見を頭から否定する言説であったから、一瞬、空気は張り詰めるが、すぐに囁き合う声が聞こえた。

「よくも言ったものよ！」

まず、この場で異見を述べたことが驚きだった。他の者なら躊躇《ためら》う場面でも、重忠は腹蔵なく申し述べる。一言居士《いちげんこじ》というのではなく、他人《ひと》の顔色を見て自分の言わんとするところを変えることがない。真っ向からの異見具申は、重忠の真骨頂であった。

そしてまた心ある者なら、忠信の立場でモノを言う重忠に感心したかもしれない。死に直面した武士《もののふ》の心に思いを巡らせ、「自分なら、どうするか」を考える。おのれの死を日頃から覚悟する武士であればこそ、出来ることだ。

まともに反論する者はなかった。理は重忠にあった。壮絶な切腹が皆を感動させたのであり、生きて捕らえられては称賛の余地もない。加えて義経への忠節ぶりで悲涙を誘った剛の者が、豹変して頼朝に仕え、一国まで得てしまっては言わずもがなだ。

「畠山殿の意見は、もっともなこと！　誰も忠信殿の身になってお考えではない様子だが、忠信殿の立場になれば、まこと畠山殿の仰《おつしや》られた通りでござろう！」

重忠の肩を持ったのは義時だ。切腹の経緯を説明した後は沈黙を通していたが、再び体を乗り出した。目の前で忠信の切腹を見、京から鎌倉へ首を護送しただけに、忠信の武士ぶりについては他の者より考える機会が多かった。重忠と義時の意見で、皆の考えは一つに落ち着いた。

「されども後世への見せしめとして、首をば、かけよ！」

頼朝が断を下した。感動の余韻は消え、冷徹な指揮官の顔だった。忠信に心動かされた座の空気を読みつつ、重忠や義時の言説の理も認め、絶好のタイミングで結論を示す。そうした才において頼朝に勝る者はなかった。

ただちに忠信の首は由比ヶ浜にある若宮八幡の鳥居近くに晒《さら》された。当代一の勇者の首とあって見物人は引きも切らない。武士や町人、僧らが殺到した。

しかし夕暮れが近づき、人波が途切れると、困ったことに鳥たちが集まってきた。カラスやカモメ、トンビなどで、死肉片をついばみに来たのだった。この噂もすぐ鎌倉中に広まり、忠信の忠勇ぶりを知る者は心を痛めた。重忠もその一人だ。

「いや、御屋形様が直接言うより、大江殿を通して伝えてもらう方が、よろしかろう！」

畠山邸を訪れた榛沢成清に相談すると、成清が助言した。重忠が異見を開陳した後だから、ここは役目を他の者に譲るべきで、出しゃばり過ぎてはよくないとも言った。重忠は「それには及ぶまい」と退けようとして、思いとどまった。こんな時の判断は成清に従った方がよい。さっそく重忠は大江広元に会った。

「むかし東国には平将門《まさかど》という勇者がおりまして……」

京で斬首された平将門の首が、空を飛んで武蔵の地へ落ちたという言い伝えを披露した。もとより広元も、将門の首のことは知っていた。

「カラスが忠信殿をついばんでいるという噂は、この広元も聞きました。死んでなお残酷な仕打ちです。勇者ゆえ首が陸奥の国まで飛んで、この鎌倉に祟《たた》るやもしれませぬ！」

広元が同意した。彼も心を痛めていた一人だった。その日のうちに広元は頼朝に会った。頼朝の方から先に口を開いた。

「もう三日になるか……忠信殿の首は、どうしておる？」

頼朝にとっても気掛かりだったのだ。広元が重忠からの話を伝えると、頼朝の顔が一変した。信心深さは人一倍だから、忠信が鎌倉の地に祟ると聞けば、そうかもしれないと考える。

「不憫《ふびん》なり。郷里が遠く、親しい者は首を晒《さら》されたことを知らぬゆえ、首の引き取り手がいないのだろう……」

眉根を寄せ、心晴れぬふうだ。

「剛なる者の首を長く晒せば、その土地の悪魔になることがあると申します！」

「よし、即刻、首をとり納めよ！」

首は、父義朝を供養するために建てた勝長寿院《しょうちょうじゅいん》へ埋葬された。さらに寺の別当に百三十一部の経を書写させ、忠信の霊を供養した。身内でも有力御家人でもないばかりか、一度首を晒した敵方武士への処遇としては、破格の丁重な扱いだった。

七　好日と凶日

1

一一八六年春三月一日、吉野山で義経と別れた静御前《しずかごぜん》が、頼朝の命により鎌倉へ着いた。母親である磯禅師《いそのぜんじ》が一緒だった。

一月余も経《た》った四月八日、頼朝は静を鶴岡八幡宮の回廊に召し、舞いを演じさせることにした。それまでも何度か披露を求めたが、静は病気を理由に断っていた。静には「義経の妾として目立つ場に出ることは恥辱である」と思い込んでいるフシがあった。頼朝は「仕方あるまい」と諦めたが、政子は同じ女性として「ぜひ見てみたい」と思いを募らせた。

「すでに天下の名人です。たまたま鎌倉に来ましたが、帰洛も近くなりました。その芸を見ぬことは無念です！」

政子が言い張った。


山桜の花は散り、若葉の緑が八幡宮の空を染めていた。風も初夏の磯の香を運んで来た。

「こんなもので、よいのかな？」

舞台の上で工藤祐経《すけつね》が鼓《つづみ》をポンポンと打ち、向かいに座る畠山重忠に尋ねた。

「どうして貴殿の鼓が悪いものか、立派でござるぞ！」

重忠が答えた。十四歳で後鳥羽院警護の武者所に仕え、二十一歳で武者所筆頭となった祐経には、音曲《おんぎょく》の類《たぐい》にも心得があった。というより武骨者ぞろいの東国武士の中にあって、祐経のほかに都で音曲に嗜《たしな》んできた者はいなかった。「どうして貴殿の鼓が悪いものか」は、だから、ともかくも東国に祐経以上の者は居《お》るはずがない、という意味であった。

一方、銅拍子《どびょうし》を打つ重忠は、父に連れられて都へ行ったことはあっても、音曲や舞曲を都で観賞したことはない。ただし父も鼓を打つから、まるで知識がないわけではなかった。銅拍子は銅製の円盤を打ち合わせる楽器で、現代のシンバルに似ている。

「工藤殿、それがしの方は、いかがか?」

重忠が心配そうに尋ねた。

「見事でござる、父上殿に教えを乞《こ》われたか? あえて申すなら、もそっと弱く打ちなされ。畠山殿は腕力が人一倍ゆえ、音もつい大きくなるのでござろう!」

祐経は教え上手だ。重忠は大いに感謝するという顔で一礼すると、神妙に銅拍子を打った。だいぶ小さな音になった。

「畠山殿、今度は小さ過ぎるようです!」

「はッ、はッ、はッ、真にそのようでござる!」

大きな声で重忠が笑った。音を弱めに抑えようと心掛けても、何度か打つうちに真剣になり、つい力が入ってしまう。逆もまた真だから、力加減が難しい。

「そうそう、その調子、その調子。気を楽にして打つのが肝心ですぞ!」

「はッ、はッ、分かり申した!」

和気藹々《あいあい》。やがて御家人たちが顔をそろえ、静御前も下座に登場した。最後に頼朝と政子が、ゆっくり着席した。

「ひとえに八幡大菩薩の御心《みこころ》に叶《かな》うようにせよ！」

頼朝が静に命じた。

「近頃は別れの愁いのみ強く、舞いを演じられませぬ」

座に臨んで、なお静は固辞した。再三にわたって頼朝が命じる。抗《あらが》ったところで、このような場で静の希望《のぞみ》が叶うはずもない。

静が立ち上がった。雪のように白い袖を引き寄せ、鼓と銅拍子に合わせて舞いながら歌い始めた。

〈よし野山　みねのしら雪　ふみ分けて　いりにし人の　あとぞこひしき〉

〈しづやしづ　しづのをだまき　くり返し　昔を今に　なすよしもがな〉

雪の奈良吉野山を越えて逃亡して行った義経が恋しい、と。「静、静」と義経が繰り返し呼んだ昔が懐かしい、とも。どちらも義経を追慕する和歌。静のオリジナルでなく『古今和歌集』や『伊勢物語』からの、いわゆる本歌取《ほんかどり》である。

静一人の声に境内は水を打ったように静まった。息吐《つ》く音さえ漏らすことが憚《はばか》れる厳《おごそ》かさだった。居合わせた誰もが感動していた。

重忠も大いに感動した。義仲軍に勝利した宇治川合戦や瀬戸内の源平合戦など、義経の見せた雄姿が、まざまざと脳裏を過《よ》ぎった。重忠と対照的に小柄な義経ながら、全身が闘志の塊《かたまり》のような将で、勝ち気なことも人一倍だった。

見れば政子も涙をぬぐっている。鼓の工藤祐経は涙こそ見せないが、よほど心を動かされたのか、ぼんやりと虚脱した顔だ。そんななか頼朝一人が苛立たしそうに眉根を寄せていた。

「怪《け》しからぬ！」

叫んで立ち上がりかけ、思い直して腰を下ろす。

「八幡宮の前で芸を披露するなら、関東の長久を祝うのが当然なのに、所も憚《はばか》らず反逆の義経を慕い、別れの曲を歌うとは！」

中腰で身を乗り出し、怒り顔で一気に捲《まく》し立てた。頼朝の弁にも一理あったから、座の半数は相槌を打つようにうなずいた。静まり返っていた座が一時《いっとき》だけざわめいた。

「君が流人として伊豆にいらっしゃった頃……」

ざわめきを政子が静めた。

「……私と契りを交わしましたが……」

落ち着いた、よく通る声だ。皆が一斉に聞き耳をたてた。

「……北条殿は時の情勢を恐れ、私はひそかに閉じ込められました。しかしなお君を慕って、暗夜に迷い、大雨をしのいで、君の所へたどり着きました。また、石橋山の戦場へお出でになった時は、ひとり伊豆山に残り留まり、君の生死も知らず日夜魂も消え入るような気持でした……」

そこで政子は、ひと息吐いた。頼朝の顔から興奮の色が消えていた。

「……その愁いの気持を考えるなら、今の静の気持と同じです。予州（義経）との多年の関係を忘れ、恋い慕わないならば、貞女の姿ではありません。外に現れる風情に心を寄せ、内に動く気持を許すのが、幽玄というべきものでしょう。曲《ま》げてお褒《ほ》めください」

言い終わっても家人《けにん》たちは黙したまま。皆が、すっかり感じ入ってしまっていた。静の舞いの美しさに負けないほど、政子の弁舌は家人たちの心を揺り動かした。伊豆の片田舎の娘が能楽の幽玄論を喩えに弁じれば、都人《みやこびと》の嫡子たる頼朝は口を閉ざさざるを得ない。頼朝は卯花重《うのはながさね》の御衣を褒美として静に与え、政子とともに退席した。

二人を見送った御家人たちも、やっと口を開いた。緊張と感動が強く深かったぶん、いったん喋り出すと誰もが饒舌《じょうぜつ》になった。都の芸能、それも当代一の舞いを目にして、興奮しない者はない。政子の弁舌についても、それぞれが思うところを述べ合った。

「工藤殿、それがしの銅拍子、お聞き苦しくなかったか？」

重忠が工藤祐経の前へ来て尋ねた。重忠に気づくと、にっこり笑った。どちらも静の舞曲にひと花添えられたことを誇りに感じていた。

「見事でござったよ、畠山殿！　披露が初めてだなどとは、とても思えぬ腕前でござった！」

「それがしの鼓の方は？」

尋ねるに及ばずではあるが、重忠に尋ねられたので今度は祐経が問い返す。

「さすがに都仕込みの腕前でござった！」

「ところで畠山殿、御台所様こそ本日の主役でござったなア……」

自分たちの楽曲は脇役のさらに脇役という述懐だ。謙遜でなく、祐経にとっても重忠にとっても、それこそがこの催しのすべてだった。

「まことに！　武士《もののふ》の心を動かすお方こそ、真の大将でござる！」

重忠が相槌《あいづち》を打った。聞きようによっては物議をかもしそうな重忠の相槌だったから、一瞬祐経が辺りを見回すが、すぐ豪快に笑い合った。

「ははッ、はははッ、ははははッ！」

「あはッ、はッ、はッ！」

二人の大きな笑い声に何人かが振り返った。

政子は、のちの承久《じょうきゅう》の変に際し、大演説をして御家人たちを感動させ、それが鎌倉幕府の将来を決めた。人の心を動かす演説の才能は政子の武器だった。

頼朝が静を鎌倉へ呼び寄せた目的は、彼女の舞曲を見物するためではなかった。一つには義経の所在を聞き出すため、二つ目は静が身ごもる子の処置のためだ。

「雪の吉野山で別れて後のことは、妾《わらは》には分かりませぬ……」

何度訊《き》いても静は繰り返した。手違いで別れ別れになったのなら、そうなる前に義経が自分の逃亡先を静に告げておくこともあり得る。だが別れると決めて静を吉野山から下山させたのであれば、告げるはずもない。いずれ敵の手に落ちるに決まっている静へ逃亡先を教えることは、とりもなおさず敵に教えることになるからだ。この理屈は頼朝側にしても自明だったから、執拗に静へ問うことはしなかった。

一方、静の身ごもる子が男子であるか女子であるかは大きな問題だった。静自身は舞曲を披露した後、すぐにでも京へ帰ることが出来ると思いこんでいた。だが鎌倉側の考えは、それを許すほど甘くない。頼朝の腹は決まっていた。生まれた赤子が男子なら殺して静一人を京へ返す。女子なら生かして母子ともに返す。自身がそうだったように、男子は成長してから、どんな復讐心を抱くか分からない。のちの愁いの元は早く絶っておくに限る、と考えた。

どちらにしても、それらは、しばらく先のことであった。御家人たちの間では、頼朝の懸念より静の声と舞いの方が話題の中心だった。

「あれこそ天女の舞いだ！　もう一度、見たいものだな！」

「それがしは、もう一度声を聞きたい！　あれ以来、静殿の声が頭の中でこだまして、夜もよう眠れぬようになってしもうたぞ！」

特に若い連中は静の話で持ちきりだった。京の洗練された美の極致を初めて見聞きしたのだから、武骨な東国武士たちが衝撃を受けたのも無理はない。

「どうだ、手土産持参で訪ねてみようではないか！　美味い魚や酒でお慰め申そう！　静殿とて退屈しているのに相違あるまい！」

八幡宮での披露から一月余も過ぎた五月半ば、何人かの意見がまとまった。八幡宮で鼓を打った工藤祐経を誘うため声を掛けると、すぐに承諾してくれた。伴奏がないのでは、せっかくの舞曲も台無しだ。他の参加者は梶原景茂《かげもち》、千葉常秀、八田朝重、藤判官代邦通らで、それぞれが酒と料理を静の宿所へ持ち寄った。宿所は安達清経の屋敷。母娘は鎌倉へ着いて以来、頼朝の計らいで安達邸を宿所にしていた。

旧暦五月は梅雨のさ中である。それでなくとも鬱陶《うっとう》しい季節だから、皆が気晴らしでもしたい気分になっていた。

「これは、これは。ご足労《そくろう》なことでした！」

静の母の磯禅師《いそのぜんじ》が出迎えた。正午を少し過ぎた頃で、庭には幾輪もの紫陽花《あじさい》が雨に打たれて咲いていた。

「ご退屈を慰めて差し上げようと、皆で相談しましてね……」

梶原景時の三男、景茂が愛想よく答えた。彼はこの話に一番熱心で、事前に磯禅師に話を通す役を引き受けていた。祐経らは景茂のあいさつに苦笑した。「退屈を慰める」というより、もう一度見たい一心で、つまり、こちら側の都合が勝《まさ》っていたからだ。

「本当に、有り難きことでした！」

根っからの白拍子《しらびょうし》である磯禅師は、景茂の意図に気づいても顔に出さず、笑顔で受け流した。静と違い、賑《にぎ》やかなことが大好きだ。広間の上座を舞台に見立てると、下座に祐経や景茂らが並んだ。屋敷の主の安達清経は姿を見せない。すぐに女たちの手で酒や料理が運ばれて来た。

「静の支度が整うまで、不束《ふつつか》ながら妾の舞いを、ご披露しとう存じます……」

そう断って磯禅師が舞い始めた。薄紫の衣は飛ぶ鶴を配した絵柄で、舞う姿もまさしく鶴のごとき優美さである。軽やかな動きが年齢を感じさせない。

「母御前のお歳は、お幾《いく》つかのう?」

そんな話も交わされた。静は磯禅師が十四、五の頃の子供とのことだから、見ようによっては姉妹のようでもある。

「惜しいことをしたものよ!」

八田朝重が、つくづくという顔になる。

「何のことにござるか?」

千葉常秀が杯を干して問う。

「なに、さきの日のこと。静御前殿の舞いに大いに感心させられたが、なにゆえ母御前の舞いもご披露なされなかったか! これほどの芸、それがしらの目を楽しませるばかりでは、もったいのうござる!」

朝重が大げさな身振りを交えて嘆じる。

「それそれ、まこと、もったいのうござる!」

邦通は、朝重に負けじと大きな声で応えた。やがて磯禅師の舞いが終わり、彼女自身が朝重や邦通の所へやって来た。

「舞っていて、よく聞こえましたよ。お褒《ほ》めの言葉の数々、顔赤らむ心地がしました。さあさ、お注《つ》ぎしましょう！」

　邦通の杯をなみなみと満たしてから、朝重の杯にも注いだ。

「そうでしたか、聞こえましたか！　内緒話のつもりでしたが！」

　一番の大声だった邦通が、さらに大きな声を出した。これには座の一同が、どっと笑った。皆の酒も次第に杯を重ね、和気藹々《あいあい》に盛り上がった。

「さあさ、いよいよ静の出番ですよ！」

　頃合いのタイミングで静が現れた。雪のように白い衣は八幡宮での披露の時と同じで、さすがに見事だ。表情がいくらか明るいのは、頼朝の目がなく、強制されての披露ではなかったためだろう。祐経がポン、ポンと鼓を打つと、暗い梅雨空に白い牡丹の花が咲いたように、清楚な中にも艶《あで》やかな空気が満ち満ちた。

「これは、これは……」

「これは！」

　賑やかだった席が静まり返ったのは、八幡宮での舞いの時と同じだ。声は出ても「これは」以外の言葉にはならない。歳の離れた姉妹の例えが相応《ふさわ》しくないことは、静の舞いをひと目見れば分かる。美しさは圧巻だった。

〈よし野山　みねのしら雪　ふみ分けて　いりにし人の　あとぞこひしき〉

〈しづやしづ　しづのをだまき　くり返し　昔を今に　なすよしもがな〉

　歌い始めた。声の美しさも、聴く者の体が震え出すほどだ。八幡宮のときは風や梢《こずえ》の擂《す》れ合う音までも混じったが、室内で聴けば、まったくの別物に思えた。

「………」

とりわけ梶原景茂《かげもち》が感じ入っていた。無言で天井を仰ぎ、杯に目を落としては酒をあおる。心ここにあらず、というふうで、おのれ一人の世界に没入していた。

「どうされたかのう、梶原殿？」

祐経が寄って来て声を掛けたが、しばらくは気がつかない。

「景茂殿！　梶原殿！」

何度か呼び掛けた。祐経の顔を見るが、目の焦点が定まらない。あるいは頭の中の焦点も定まっていなかったのかもしれない。まもなく、ひと悶着が起きた。

「失礼では、ありませぬか！」

祐経や邦通たちが磯禅師を囲んで盛り上がっていると、離れた席で静の甲《かん》高い声がした。皆が驚いて静を振り返る。体を揺すって嗚咽する静の前に景茂がいた。

「予州（義経）は鎌倉殿の御兄弟、我は彼《か》の妻です！　御家人の身で、どうして普通の男女と同じように考えるのですか！　予州が不遇でなければ、そなたと対面することなど、まったくあり得ぬことです。まして今のようなことなど、あり得ませぬ！」

涙声でも静の声は高いから、よく通る。全員が聞き耳をたてた。景茂が静に何を持ち掛けたのかは、おのずと知れた。

一同の中でも景茂は、とりわけ頻繁に杯を重ねていた。酔いも手伝ったのだろう。大きな声で拒絶され、目を丸くして静を凝視したが、酔った者特有の据《す》わった目だ。静は去り、残された景茂も背を柱にもたせ掛けたまま、すぐ動かなくなった。寝てしまったのだ。

そんなわけで八幡宮での披露に比べれば良い雰囲気で始まったものの、結局は静のプライドをひどく損ねる結果で終わった。

七月二十九日、静は男児を出産した。男児なら殺すと決められていたから、頼朝は屋敷の主の安達清経に命を絶つように命じた。その足で清経は静の伏せる部屋へ向かった。

「鎌倉殿の仰せでござる。男児ならば鎌倉殿へ引き渡すべきこと、御許《おもと》も御承知であろう」

正装して威儀を正し、静に告げた。厳しい残暑が朝から鎌倉を覆い、一時《いちどき》に盛夏へ戻ったような日だった。木々の蝉《せみ》もこれが鳴き納めかとばかりに激しく鳴いていた。

「嫌《いや》でござりまする！　お許しくださいー！」

経清の姿を見るや静はさっと起き上がり、叫んで赤子を胸に抱きしめた。赤子をかばうように背を丸めて肩を震わせ、清経の顔を見ようとしない。

「鎌倉殿のご命令です！　何人《なにびと》も逆《さか》らうことは出来ませぬ！」

丁寧ながら断固として言う。静は赤子を抱いて背を向けたまま。清経は静の肩に手を伸ばしたが、すぐ引っ込めた。経清の目にも涙があふれていた。

「よい、心ゆくまで赤子をお抱きなされ。なれど夕べまで、ですぞ。出直して来ますゆえ、それまで存分にお子を抱きなされ！」

告げて清経は去った。直後に清経は政子あてに手紙《ふみ》を届けた。こんなときは報せるようにと、あらかじめ言付けされていた。政子からの返事も、すぐに届いた。

清経はこの後、磯禅師に相談する。磯禅師は長い沈黙の後で、自分が静の手から赤子を奪い取ることを約束した。磯禅師の目にも涙があった。

日が陰り始めると、清経が再び静の部屋へやって来た。約束通り磯禅師が一緒だった。

「いつまでも抱いていることは出来ませせぬ！」

清経が声を掛けると、磯禅師が静の脇に近づいた。磯禅師は素早く赤子を抱き上げ、清経の背後へ回る。気づいた静が取り戻そうと必死で手を伸ばすが、手は空を切った。清経が静に何ごとかを耳打ちしたのは、その時だ。静は目を丸くし、半信半疑という顔で清経を見た。静は不安げな顔のままだが、以後は磯禅師から赤子を取り戻そうとしなかった。

「お任せくだされ！」

経清の口が静の耳元で、そう動いた。

清経は赤子を由比《ゆい》の浦に捨てさせた。小舟が赤子を乗せて沖へ漕ぎ出すと、闇の中で水音がして小舟は浜へ引き返した。月が雲に隠れて海は暗かったから、音と同時に同じような小舟が沖から近づき、海から何かを拾い上げるのを、誰も見ることは出来なかった。

何かを拾い上げた小舟は江ノ島をひと回りし、少し離れた浜へ着いた。小舟に注意を払う者はなかったが、我慢強く見続けていれば、小舟から降りた男二人が政子の小御所に出入りする下男であることに気づいたかもしれない。

九月半ば、磯禅師と静の母子は暇《いとま》を告げて帰洛した。御台所の政子と娘の大姫は母子を憐れみ、貴重な品々を餞別《せんべつ》として与えた。見送る側の政子と大姫も目に涙を浮かべていた。海から拾い上げられた赤子が一緒に京へ帰ったのかは不明である。

2

静たちが帰洛する一月《ひとつき》前、こんな出来事もあった。頼朝が鶴岡八幡宮に参詣しようとして、正面鳥居の横にいる老僧に気づいた。八幡宮の近くに僧がいるのは珍しい光景ではないが、頼朝には直感するものがあった。

「景季《かげすえ》、ここへ！」

　梶原景季を呼んだ。視線を老僧に合わせたままだ。

「はッ！」

　腰を落とした景季が頼朝を見上げる。

「あれにいる老僧らしき者、武士ではないのか？　ただの僧とは見えぬ。名を聞いてまいれ！」

　破れた笠の中の顔は黒く、墨染の衣もあちこちが破れていた。高齢のようだが体は大きく、肩幅や腰回りが立派で、目つきも鋭い。一見して僧らしくなかった。

「佐藤兵衛尉義清《のりきよ》殿で、今は西行法師と名乗っているそうです！」

　戻った景季が報告した。棒読みするような口ぶりから判ずるに、景季には、その名の意味するところが分かっていないようだ。だが、さすがに頼朝には分かった。

「なに、佐藤義清殿であったか！」

　ひと声高く、むしろ叫ぶくらいの驚きようだ。一瞬、老僧が振り返った。彼の耳にも頼朝の声が届いたに違いない。

　頼朝には、歌人西行としてより藤原秀郷《ひでさと》の流れをくむ北面武士《ほくめんのぶし》、佐藤義清の名の方が馴染《なじ》み深かった。白河院から鳥羽院への院政期、院の警護を引き受けたのが北面武士であった。義清は十八歳から秀郷流軍事氏族の一員として北面武士を務め、二十三歳で出家した。出家の理由は友人の突然の死に無常を感じたためとも、鳥羽天皇の中宮、待賢門院《たいけんもんいん》との恋愛トラブルのためとも言われている。北面武士時代には頼朝の父の源義朝や平清盛とも親交があった。

「奉幣《ほうべい》の後で心静かにお会いしたい。和歌のことを話してくだされ」

景季を通してそう伝えた。

「承りました」

西行も景季を通して伝えた。頼朝が参詣する間、西行は鶴岡宮寺を巡って経を読んだ。時間をつぶしていたのではなく、鎌倉に立ち寄った、そもそもの目的がこれだった。

この時の西行は、東大寺大仏殿再建の勧進のため奥州へ向かっていた。陸奥守の藤原秀衡《ひでひら》と西行とは同じ秀郷流。大仏殿は一一八〇年、平重衡《しげひら》による南都焼打により焼失した。西行は勧進総責任者である僧重源《ちょうげん》の意を受けて、秀衡に砂金を勧進してもらうべく奥州への旅を続け、その途で鎌倉へ立ち寄った。

「さあ、帰ろう！」

頼朝は、いつになく興奮していた。西行を御所へ呼ぶため、参詣が済むと、すぐ帰宅した。

先に来て待っていた西行を書院へ招き入れる。頼朝は、上中下巻の三冊に綴じられた書を、脇の文箱《ふばこ》から取り出した。

「京からの土産にと、いただいた書です！　都でも出回り始めたばかり、とのことでした。何と素晴らしい歌かと、毎日のように読ませてもらっています！」

各巻の表紙に『山家和歌集』の文字があった。西行の和歌集である。

「そうでしたか、お褒《ほ》めにあずかり嬉《うれ》しい限りです。都でも、まだ手に入りにくいようです。それで、どの歌がお気に召されましたか？」

西行も笑顔で尋ねる。

「それがしには、自然の情景の歌が心に沁《し》みました！」

頼朝は、いつもの「予《よ》」でなく、謙譲の意味がある「それがし」を使っていた。頼朝の顔が厳しくなるのは自分の座を脅《おびや》かしかねない強き者に対してであり、権力と無縁の僧や文人に向ける顔は総じて柔和だった。

「ほう、どの歌だったか……」

当代一の歌詠《よ》みも、こんな時は楽しいのだろう。目を細めて頼朝の話を聴いた。

「それがしは……」

頼朝は書を開き、心に沁みたという歌を挙げた。

〈心なき身にもあはれは知られけり　鴫《しぎ》たつ沢の秋の夕暮〉

すると西行も大いに納得した顔になった。興が乗ったのか今度は西行が新作を披露した。

「鎌倉へ伺う途中で作りました。鎌倉殿にふさわしい、大きな歌です」

前置きしたうえで披露する。

〈風になびく富士の煙の空にきえて　ゆくへも知らぬ我が思ひかな〉

「これはよい、富士の山ですか！　今のそれがしの気持に、よく合います。歌の大御所と、それがしのような武士《もののふ》の気持が重なり合うとは！　歌の道は奥深いものです！」

頼朝も、すっかり気に入った。

「詠歌は花や月に対して心が感動する折節《おりふし》に、わずかに三十一字に作るばかりです。拙僧は歌の奥深さなど、まったく知りません」

謙遜しているのか、あるいは歌の極致とはそういうものなのか、西行は淡々と語った。ひと通り歌について論じ合うと、次に弓馬の道に話が移った。北面武士《ほくめんのぶし》時代、すでに歌の道で名を成していた西行だが、弓馬も剛の者として知られる存在だった。

「そう、四十四、五年も昔の話でござるなア、拙僧が出家したのは……。北面武士に仲間入りさせてもらったのは十八の時だから、そこから数えると五十年も前のことです……もう、すっかり忘れましたなア」

目を細めると、さすがに老人の顔だ。

「……弓馬のことは在俗の当初、仕方なく家風を伝えて来ましたが、出家の時、秀郷朝臣《あそん》以来九代の嫡家相承の兵法の書は燃やしました。罪業の原因になるため、以来、心の奥底にとどめておくことはせず、すべて忘れました。そういうわけで弓馬についても、お話し申し上げられることは、ござりませぬ！」

頼朝の目を見て静かに話した。流れるように言葉が出るが、語り急ぐふうではない。頼朝は頼朝で穏やかに微笑みながら聴いていた。

西行が「お話しすることが出来ぬ」と言えば、会談はそこで終わる。だがなお頼朝は弓馬の子細を問い続けた。短歌や弓馬に関する返答を賢者西行の謙遜と受けとめ、さらに尋ねても礼を失しないと考えたのだろう。頼朝は事細かく問い、西行も我慢強く答え続けた。

「お待ちくだされ！　大変に意義深き内容ゆえ、人を呼んで書きとめさせまする！」

頼朝は、ますます興が乗って来た。目を輝かせ、側近の藤原俊兼を呼ぶ。頼朝が夜を徹して問い、西行が説明すると、俊兼が書きとめた。

翌日も正午《ひる》近くになって退出の挨拶に行くと、頼朝がしきりに引きとめた。

「それがしを始め武骨者ぞろいの東国ですから、ぜひとも都人《みやこびと》の教養を鎌倉の地に広めてもらいたいのです！　庵《いおり》でも寺でも、お望みの住まいを造らせましょう！」

　京の文化に憧れを抱く頼朝は、この頃すでに幾人かの高僧を鎌倉へ招き、宗教や文化の面でも京への対抗心を燃やしていた。何につけ負けず嫌いだった。西行への慰留にしても、その場の思いつきのごとき印象だが、そうではなく頼朝の一貫した考えが背景にあった。

「ご厚意は感謝しますが、拙僧は庵も寺も要《い》りませぬ。笠と杖を友に、破れ衣で歩き続ける時にこそ、極楽浄土の心地がするのです！」

　西行の本心だ。分かりにくい境地ながら西行のような歌詠みが何に喜びを覚え、何を生きる糧《かて》としているかは頼朝もおぼろげに理解していたから、それ以上は引きとめなかった。

「そうですか、分かりました。和尚の奥州への旅の無事を祈っております。お帰りには、ぜひまた鎌倉へお立ち寄りくだされ！　それと大仏殿再建ではこの頼朝もぜひぜひ力になりたいので、奈良の重源和尚によろしくお伝えくだされ！」

　礼を尽くした頼朝の言葉だ。別れ際に、頼朝は銀製の猫の置物を西行へ贈った。退出した西行は、猫の置物を右手で抱えると、大路をとぼとぼと歩いた。空高く鱗雲《うろこぐも》が浮かび、穏やかな日差しが老僧の背に降り注いでいた。

「あッ、猫だぞ！」

「可愛いな！」

　四、五人の子供たちが叫びながら寄って来た。よく見えるようにと西行は猫の置物を路上に置いた。子供たちは置物を囲んでしゃがみ込み、目を輝かせて見入った。

「そうか、欲しいか？」

　微笑みながら西行が尋ねた。

「ああ！」

「欲しい！」

元気に子供たちが答えた。

「じゃあ、やるから、持って行きなさい！」

子供たちは一瞬、意味が分からず笠の下の西行の顔を覗《のぞ》き込んだが、年長らしい男児がそっと手を伸ばして猫を抱えた。西行は「うん」と、うなずく。男児は嬉しそうに駆け去り、他の子供たちが後を追った。かくして高価な贈り物は子供たちの玩具《おもちゃ》になった。

3

平家が滅びると、かつて平家支配だった所領が、元の持ち主である貴族や寺社の手に戻った。なお宙に浮いた平家没官領《もっかんりょう》については頼朝の裁量に任せられたので、頼朝は褒賞《ほうしょう》として功のあった御家人へ与えた。平家の地盤は西国に多かったため、褒章に与《あずか》った東国武士は遠い西国に新たな領地を持つことになった。

遠地であるから当主本人が赴任することは出来ない。そこで代官として家人を派遣した。また寺社などの所領管理では、地頭を派遣して年貢徴収の任にあたらせた。

派遣された家人は、見知らぬ土地で新しい支配者として采配を振る。不慣れな任務のうえ古くからの土地の民が相手だから、新旧の摩擦が起きやすい。年貢を納め渋る民に対して東国流に、すなわち武力で強制徴収する場合もあり、彼らが起こすトラブルや訴訟沙汰は実に多かった。畠山重忠が地頭職《しき》に補任された沼田御厨《ぬまたのみくりや》の件も、その典型例である。

沼田御厨は伊勢国にある伊勢神宮領だった。御厨の本来の意味は「神の台所」であり、転じて「神社の荘園」を意味する。重忠が派遣した代官つまり地頭代理である内別当真正が、郡司の家来を捕え、財産を没収した。そこで郡司が伊勢神宮の神人《じにん》を鎌倉へ派遣し、代官の乱暴狼藉だと訴えた。一一八七年六月末、頼朝は側近の下級官吏を派遣して調査する。九月末、重忠は囚人として千葉胤正に預けられ、所領四か所を没収された。重忠が囚《とら》われの身になったとの噂は、たちまち御家人たちの間を駆け巡った。

「どういう経緯でござったか?」

「それが、さっぱり分からぬのです!」

御家人たちは首をひねるばかり。それまでも民が年貢徴収に抵抗する例は頻々に起き、代官に非がある場合でも、代官が咎《とが》められこそすれ、本家の当主まで囚われる例はなかった。だから御家人たちは「これまでになく悪質だったのか」と想像し「どういう経緯で?」と声をひそめた。やがて重忠の供述の一部が漏れ伝わって来た。

「遠国ゆえ『それがしは、まったく存知なかった』と、言われておるとか……」

「知らぬのに囚われたので、ござったか……」

ますます首をひねる御家人たちは、そこで口をつぐむ。つぐんだまま次の言葉が出て来ない。一様に、あることに思い当っていた。

〈上総介殿の次は河越殿、そして今度は畠山殿、というわけか……〉

口にこそ出さないが同じことを考えた。梶原景時に刺殺された上総介広常。武蔵武士の筆頭格であり、頼朝の命で娘を義経に嫁がせながら、その縁を理由に誅殺された河越重頼。追討命令により奥州へ逃亡中の義経。そして重忠……。頼朝の政権樹立を支えた功労者が次々に誅殺されてゆく構図が、ひそひそ話の御家人たちの脳裏に描かれた。

「案ずるなかれ、畠山殿！　畠山殿のお心の清廉《せいれん》なることは、誰もが知るところですぞ！」

身柄を預かった千葉胤正は叔父にあたる。甥《おい》の重忠より二十歳ほど年上だが、重忠を下にも置かぬ丁重さだ。秋もたけなわの頃で、庭の柿の木に小鳥たちが群れて騒がしかった。

「財物を掠《かす》め取ったなどと、盗っ人《と》のごとくに思われるのが悔《くや》しいのです！」

固く噛んだ重忠の唇に血が滲《にじ》んだ。目に力がなく、別人のように老け込んだ顔だ。

「何かの手違いに相違ござらぬ！　堪忍して、しばし待ちなされ。畠山殿のような忠勇の士は、鎌倉殿とて失いたくないのでござる。ここはしばらく堪忍なされ！」

胤正の気遣いと労《いたわ》りが身に沁みたが、このような形で頼朝に扱われるのは初めてであり、重忠の心は萎えた。いくら励ましの言葉を聞いても重忠の暗い顔が晴れることはなかった。

「堪忍することですぞ！　短気をお起こしなさるな！」

胤正は「堪忍」を繰り返した。「短気を起こすな」は重忠が今にも腹を切らんばかりの憤慨ぶりだったからだ。胤正は重忠を奥まった離れ家へ移したが、警護の侍さえ付ければ自由に出歩けるようにした。それでも腹を切る心配はやまず、腰刀だけは預かった。

しかし諸々《もろもろ》の配慮は不要だった。重忠は以後食を絶ち、眠ることさえやめたからだ。大きな体は生気を失い、顔色は黒ずんだ。寒い季節でもないのに手足を小刻みに震わせていた。もはや腹を切るより絶食による衰弱死が心配された。

ある日、重臣であり参謀であり友でもある榛沢成清《はんざわしげきよ》が、重忠の様子を見ようと胤正の屋敷へ尋ねて来た。重忠は成清に会うには会ったが何も言わない。

「悔しかろうが、手違いでござるから必ず許されましょう！　まずは何か食べなされ！」

話しかけても重忠は答えない。成清も仕方なく沈黙した。重忠は魂の抜けた感情のない目で、困り切った成清を見るばかり。幽霊が人をじっと見たら、こういう目付きになるかもしれない。成清も沈黙するまま時間ばかりが過ぎた。

「やむを得ませぬ。これにてお暇《いとま》するが、とにかく何か食べなされ！」

言って成清が腰を浮かしかけた時、やっと重忠が口を開いた。

「済まぬ……」

ひと言だけ。驚いたように成清が重忠を見ると、幽霊の目から涙が落ちた。

4

重忠は真昼の野に馬を歩ませていた。野は深い草に覆われ、愛馬は草をかき分けるようにして進んだ。後にも先にも従者らしき者の姿は見えない。

盛夏の暑さだ。平和な風景とは裏腹に状況が異様で、悪臭が重忠の鼻を衝《つ》いた。草に沈む地から立ちのぼるそれは、無数の屍《かばね》が発する死臭だった。場所は北武蔵のようだ。

「消えたというのか……」

その日も朝早く、重忠は報告を受けた。そのような話を聞くのは四度目か五度目になる。

「はッ、今度は児玉党の若者で、渋谷次郎という名の男だそうです」

「渋谷次郎？　はて、聞いたことのない名だが……」

報告に来た武士の顔を見ながら、重忠が首をかしげた。聞けば二つの川に挟まれた段丘上の草原《くさはら》だという。一方は荒川で、西に遠く秩父の山並が望まれるというから、やはり北武蔵の地だろう。だが、ここ一、二年、北武蔵で大規模な合戦はなかった。であれば草むす屍が一面の野を埋め尽くす光景は、そもそも想像し難い。

にもかかわらず重忠が実際に馬を乗り入れると、眼前には、これまでの報告と寸分違《たが》わぬ草原が広がっていた。


野をさまよう女人の姿が目撃されるようになったのは、いつの頃からか。二十歳を少し過ぎたほどの身を薄衣一枚に包むだけで、川風に裾を吹き上げられ、太ももを露わにして歩いているらしい。疲れた浮浪者のような足取りでも容姿は逆で、色白な肌と背に束ねた黒髪は上級武家の奥方のような上品さだという。

「次郎殿！　次郎殿は、いずこ?」

深い草に足を取られて前へのめり、屍に躓《つまず》いて左右によろけながら、女人は戦死した武士の亡骸《なきがら》を真昼の野に探し回っている。女人の年齢や「次郎殿」という呼び掛け方からして捜しているのは父や兄弟、子でなく、良人だろう。

それにしても当時の「次郎」は二男を意味するだけ。重忠も正確には畠山次郎重忠だ。だから「次郎殿」では該当者が多過ぎ、呼び掛けの言葉として適当ではない。「次郎殿は、いずこ」だと「それがしを呼んだのか?」と応える亡骸が何十、何百とあるかもしれない。

もちろん、いくら呼んでも腐臭を放つ骸《むくろ》が「それがしのことか?」と起き上がって応えるはずもなく、呼び掛け自体に意味がなかった。それでも時折、無意味なはずの呼び掛けが意味を持つことも、あったようだ。

「次郎殿とは、それがしのことでござるか?」

応えるのは決まって年若い武士だという。腐臭むす野を通りかかった折に、女人の声が耳に入ったのだろう。自分の名に次郎の二字が加わっていたからか、女人の様子が男心を刺激したためか、どちらであるかは分からない。両方かもしれない。

「いえ、妾《わらは》は……」

若者を振り返り、女人は事情を話す。それを聞いて何人かが去るが、何人かは同情して捜索を手伝った。二人は、ときに手分けして別々に、ときに接するように肩を並べ、野をさまよった。太陽は中天に達し、やがて西の空へ傾き、遠い山の端《は》を赤く染めて沈んだ。それでも女人は帰ろうとしない。手伝った若者のうちの何人かが諦めて去るが、なお何人かは残った。月の照らす古戦場に、さまよう二人の影を目撃した農民もいる。

ここまでなら戦乱の世にありがちな話かもしれない。ところが、この草原では手伝い続けた若者が次々に行方を絶った。そんなふうに姿を消した若い武士が十人近く。今朝、重忠が報告を受けた児玉党の渋谷某も、そうして消えた一人だった。

「よし、それがしが行ってみよう！　なに、一人で十分だ。なまじ従者を引き連れて行けば、女人とやらも警戒して出て来ぬだろう！」

重忠が、報告の武士に請《う》け合った。正午過ぎに到着するには朝のうちに発《た》たなければならない。重忠はお気に入りの強弓《ごうきゅう》と太刀を用意させ、狩衣《かりぎぬ》姿で愛馬にまたがった。朝の空には雲一つなく、暑い一日になりそうだ。風は吹かず空気が澱《よど》んでいた。

荒川に沿って畠山の南、三郎丸という地を目指した。鎌倉への往復に使うルートは荒川のずっと西であり、この地に足を踏み入れるのは初めてだ。段丘の下を流れる荒川の船便なら何度か利用しているが、馬上から見下ろす光景と船から見上げる光景とでは、まるで異なる。見知らぬ土地に迷い込んだのも同然だった。

しばらく行くと腹が空《す》いてきた。木陰に馬を休ませ、経木《きょうぎ》に包んだ握り飯を頬張《ほおば》った。大量に汗をかいた後だから、塩をまぶした握り飯が格別に美味《うま》かった。竹筒の水も生温かいながら、暑さで粘ついた喉を十分に潤してくれた。

食べ終わると大きく深呼吸して、草の上に立ち上がった。その時、重忠は、近くで他人の息遣いを聞いた気がした。息遣いは微妙に生臭かった。改めて辺りを見回すが、真昼の野は静まり返るばかりで人影もない。生臭さの正体は腐乱死体の発するものらしい。

風はなく、風に運ばれた腐臭ではなかった。であれば目指す野は近い。荒川を離れて西の野を目指した。すると臭いが薄れた。南へ向かう。とたんに刺激の強い臭いになった。嗅覚を頼りになお南へ行くと、報告と寸分違《たが》わぬ、この草原へ出た。

重忠は黙々と馬を進めた。草丈の高い葦《あし》が一面に茂る場所で、馬は緑の高波を分けて進む小舟のようだ。低い草の平原では馬を降りて歩き、愛馬を気遣った。悪臭には慣れたが、白骨の転がる草原が難物だった。絡まる長い草に足を取られるうえ、ちょっとした油断で骨に躓《つまず》く。目当ての女人も出て来なかった。

日が西の山並に沈みかけても、重忠は異臭の草原に一人だった。やむなく帰ることにした。身も心も疲れ果ててしまった。もし、このまま女人を見つけられなければ、再び捜索に来るつもりはなかった。

「次郎殿！　畠山の次郎殿ですね？　生きておられたのですね……」

突然、呼びとめられた。振り返ると、たそがれの中に女人が立っていた。残照の弱い光を受けて顔が薄紅に染まっている。重忠は、とっさに少年の日を思い出した。狩りの帰りに加津に初めて会った日のことだ。やはり薄明の中で、加津はこんなふうにして立っていた。

「もし、お侍様！」

あの時、加津はそう言って重忠を呼びとめた。重忠は少年の日の記憶と眼前の現在《いま》とをだぶらせ、一瞬おいてから現実に戻った。

「それがしのことか？」

現在の女人を見詰めた。報告に聞いていた「次郎殿」だけではなかった。「畠山の次郎殿」とまで、はっきりと言った。女人は最初から重忠が目当てだったのか。

「はい……」

うなずきつつも語尾は消え入りそうだ。

「いかにも畠山重忠だが、それがしに何用だ？」

毅然として尋ねた。

「お忘れでしょうか？　妾は加津です……」

やはり消え入りそうな声だ。重忠に会えたというのに嬉しそうな顔でもない。

「なに、加津殿？　真に加津殿か！」

まじまじと見た。似ていたが加津なら年齢がもっと下であるし、加津は武蔵国分寺近くの宿にいたから、この野をさまよっているはずもなかった。

「加津です。次郎殿が合戦で討ち死にしたと聞き、亡骸《なきがら》を弔《とむら》うため捜しておりました……」

薄明ゆえに女人の輪郭も怪しげだ。

「それがしが、討ち死にした、と？　それがしは……この通り、生き、て、おる！　そ、れより、汝が真、に加津殿で、あるなら、なぜ若い武士、たちを、だまし惑わす。彼らをどこへ連れ、去った、のか？」

なぜか口を利くことが突然に億劫《おっくう》になり、重忠の言葉は途切れ途切れになった。舌の先が回らぬほどの疲労感など、今まで経験したこともない。魑魅魍魎《ちみもうりょう》が発する邪気のせいなのか。

加津と名乗った女人は重忠の問いに答えず、重忠との距離を保ちながら彼をじっと見た。重忠は気力を振り絞り、女人が近づけば斬るつもりで身構えた。

「次郎殿は、妾を斬るおつもりですね……」

しばらく重忠を見詰めてから、気配を察した女人が言った。口元に微笑を浮かべていたが、悲しそうな笑い方だった。

「いかにも!」

今度は、いつもの大声で言った。

「死んだ者を斬ることは出来ません。よろしければ一緒にとお誘いするつもりでしたが、やめます……次郎殿にお会い出来て、もう思い残すことは、ありません。楽しい夢を見させてもらい、この世に生まれてきた甲斐がありました……これで、よいのです」

言い残して女人は闇の中へ消えた。女人の向かった先には荒川が流れ、その先へは行けない。行方を絶った武者たちは、さらに追って川へ落ちたのか。重忠は女人を追わなかった。

直後に目が覚めた。布団の中にいて、外はまだ暗かった。頭の中は靄《もや》がかかったごとくに、ぼんやりしていた。夢だと納得したのは外がすっかり明るくなってからのことだ。

5

重忠が召し籠《こ》められて七日ほどが過ぎ、千葉胤正が頼朝の御前へ参上した。

「畠山殿は何も食べず、寝る様子もありません。終日言葉を発しません。今朝、胤正が言葉を尽くして食事を勧めましたが、受け入れませんでした。顔色も次第に悪くなります」

一気に言ってから顔を上げ、頼朝を見る。頼朝は目を閉じたまま、しきりにうなずいた。

「……この世のことは、ほとんど思い切ってしまい、諦めてしまったように見えます。早く、ご赦免《しやめん》ください！」

額を床にこすりつけんばかりにして胤正が申し述べた。

「黙り込む前は予のことを何か申していたか？　恨《うら》みがましきことを口にしていないか？」

「いえ、そのようなことは何も！」

「そうか……」

頼朝は腕を組み、天井を見上げる。

「ただただ『盗人のような罪科《つみとが》で囚われたことが悔《くや》しい』と。畠山殿に財への欲はなく、そのかわり人一倍名誉を重んじるゆえ、武士《もののふ》らしい悔しがりようでござりました！」

言いつつ頭を上げて頼朝を真っすぐに見た。

「重忠らしいな……重忠を赦《ゆる》そう！」

頼朝が柔和な目で見返す。

「有り難きこと！　さっそく畠山殿をお連れ致しまする！」

本人が赦免されたごとくに喜んだ。走って屋敷へ帰り、重忠を連れて再び参上した。二人そろって御前へ出る。座には老臣の里見義成が同席していた。

「窮屈なことだった。ただ今より自由にするがよい！」

重忠を赦免し、頼朝は退出した。重忠は平伏したまま、頼朝が去っても、なかなか頭を上げなかった。その長さの分だけ重忠の感謝の気持ちが込められているようでもあった。

「恩賞に浴した時は、まず代官には器量を求めることだ！」

安心した気持が口を軽くさせたのか、重忠が老臣に話し始めた。

「……適した人物がいなければ、恩賞の地を請《う》けるべきではござらぬ。重忠は清廉を心掛けることでは人を超えると思っていたが、真正という男の不義により恥辱に遭《あ》ってしまった！」

強靭《きょうじん》な体のゆえか、七、八日も食べていないはずの重忠は、昔の声量を取り戻していた。大声は、去った頼朝にも聞こえそうなほどであった。


御前を辞した重忠は鎌倉の自邸で馬を準備すると、その日のうちに北武蔵にある菅谷館《すがややかた》へ向かった。重忠は館を畠山から菅谷の地へ移していた。供の侍二人と、私用で一時帰郷する女人二人が一緒だった。

よく晴れた日で、馬上から見る景色は格別に美しかった。一度は死を覚悟し、そこから生還した。生還してみると何もかもが新鮮に見えた。空を渡る風や雲の動くさま、地を這《は》う虫、野の草花。目に入る物のことごとくが新鮮だった。どこにでもある野や畑、林にさえ、そこはかとない美しさを感じ、新しい発見があった。

多くの武者を引き連れての仰々しい一行でなかったから、道行く民が道を譲るようなことはない。のどかな日和である。竹かごや鍬《くわ》を背や肩に普段通りの顔で行き過ぎる農民を見て、彼らの日々に羨《うらや》ましさのようなものを感じた。

〈いや、そうではあるまい！〉

そして、すぐに首を振る。戦になれば農民も兵として駆り出される。働き手を欠けば畑は荒れ、困窮の果て娘を売るほどに追い詰められる。あの加津のように。馬に揺られながら重忠は、しきりにそんなことを考えた。

「なに、ここには居《お》らぬと？　他《ほか》に身請《みう》けされたか！」

畠山重忠は、大きな体が飛び上がるほど驚いた。他からの身請け話など、加津から聞いていなかった。宿へ寄るたびに重忠は、身請けしたうえで菅谷館へ連れ帰ると話し、加津もその日を心待ちにしていた。とはいえ重忠は源氏軍の将として平家追討に多忙だったから、かれこれ二年近くも加津に会っていない。痺《しび》れをきらす加津だとは思えないが、待つ身には長過ぎただろう。

「夙妻太夫《あさづまたゆう》は、身請けされたのでは、ありませぬ……」

宿の番頭が伏し目がちに答えた。言いにくそうだった。夙妻太夫とは加津のことだ。

「……」

意味が分からず、重忠は黙って番頭を見た。小太りで僧のように頭を光らせていた。

「みずから命を絶ちました……あの池に身を投げました……もう、半年も前のことです」

窓の下を指さしながら番頭が声を落とした。眼下に荻《おぎ》の茂る湿地が広がっていた。その真ん中に瓢箪《ひょうたん》の形をした池があり、水面が夕暮れの空を黒く映している。

「身を投げた、と……」

重忠は絶句した。

加津の都合さえつけば、今度こそ身請けするつもりでいた。前に寄った時も同じように考えたが、迷った挙句に「戦《いくさ》が終わり、世の中が一段落したら」と思い直し、先延ばしにしてしまった。いかに気ぜわしかったとはいえ、苦界《くがい》に身を置く加津にとって、身請けを待つ日々はどれほど苦しかったことか。

重忠はおのれを恥じ、責める気持が腹の底から込み上げた。込み上げたものは激しく全身を巡り、再び腹の奥底に沈澱した。

「それがしを恨《うら》んでおったか？」

池を見つつ、しばし沈黙してから番頭に問うた。番頭が一瞬目を丸くした理由は、重忠の質問が見当外れだったからだろう。

「恨むなど、とんでもないことにございます。身を投げるその日まで殿様一人をお慕いし、この世の頼みと思って生きておられたはずでございます！」

「では、なぜ……」

言いかけたところへ女二人が酒を運んで来た。一人が重忠に酒を注ぎ、なおも居続けようとしたが、番頭が二人を下がらせた。

「なぜ？」

女たちが去ると重忠が再び問う。

「殿様が源平の戦で亡くなられたと、ある方が夙妻大夫に告げたのです」

「誰がそんな偽《いつわ》りごとを言ったのか？」

「さあ、名前までは存知ませぬが、この鎌倉道を往来するお侍様のようですから、武蔵国か毛国《けのくに》のお人かと……」

「うむ、して、なにゆえかくのごとく偽ったのだろう？」

「大夫《たゆう》に懸想《けそう》しておられたのでしょう。大夫が自分に靡《なび》かぬゆえ、殿様が戦で死んだと偽れば、大夫が諦めて自分に靡くとでも考えたのでしょうか……。大夫にはよほどの痛手だったのか、その夜のうちに宿から姿を消しました」

重忠は立ち上がり、再び窓の下の池を見た。闇に包まれた湿地は静まりかえり、もはや池のある場所さえ分からなかった。あの闇の底へ加津は身を沈めたというのか。

「遺体が上がったのは二日三日経《た》ってからのことです。変わり果てたお姿でした……」

番頭は重忠を気遣いながら、落ち着いた口調で説明し続けた。重忠は番頭の話を聞いていなかった。身請けしておけば手違いは起きなかったはずだ。

少年の日、日暮れの里で、道に迷った重忠を呼び止めた加津の横顔。夜嵐の観音堂へ握り飯を届けてくれた加津が神々《こうごう》しく見えたこと。捜し当てた粗末な家で機を織っていた加津の姿。そして、売られたこの宿で再会を果たした日の感激──。さまざまな光景が重忠の脳裏を巡り、数え切れぬほどの想いが胸にあふれた。

〈夢の女人は真に加津殿であったか。醜い姿をさらしてまで、会いに来たのか……〉

そう思うと熱いものが重忠の両の目から落ちた。

〈楽しい夢を見させてもらい、この世に生まれてきた甲斐がありました……〉

加津が遺した、そんな言葉もよみがえった。物の怪《け》を懐かしむ気持が胸にあふれた。

「番頭、夙妻大夫の身請けを頼むぞ！」

気を取り直して重忠が言った。

「身請け、でしょうか？」

重忠の言った意味が分からず、番頭は両の目を瞬《しばたた》かせた。

「そうだ、大夫の借金が残ったままであろう！」

「そうですが……」

「よい、それがしが肩代わりする。それで身請けになるだろう、どうだ？」

「はい、そうなりまするが……」

　半信半疑のような番頭の顔だ。

「不満か？」

「いえ、そうでは、ございませぬ。そうではございませぬが、死してのちの身請けなど、手前どもでは聞いたことがございませぬ……」

　言いつつ、やっと番頭に笑顔が戻った。そして今度は、まぶしそうに重忠を見た。重忠は予定より一日余計に宿に留《とど》まることにして、翌日、加津のために墓を建て、寺へ観音堂を寄進するように手配した。

　加津が身を投げた池は「恋《こい》ケ窪《がくぼ》」と呼ばれるようになり、現在も地名として残っている。

八　奥州合戦

1

　菅谷館へ帰ってからの重忠は、心ゆくまで北武蔵の自然を楽しんだ。冬枯れの野を馬で駆けると、血に染まった西国の戦場《いくさば》を忘れ、鎌倉での張り詰めた日々を忘れた。一族の者が相次いで菅谷館へ足を運び、重忠のご機嫌を伺っては帰って行く。久しぶりに見るどの顔も元気そうで、彼らの励ましは重忠を大いに元気づけた。千葉胤正の屋敷に囚《とら》われた日々は思い出すだけでつらかったが、記憶が薄らぎ遠のいて行くさまは自分でも分かった。

〈心は晴れた！　鎌倉殿も心配なされているだろう、早々に鎌倉へ戻らねば……〉

　重忠がそう考え始めた矢先、またも嫌な噂が鎌倉から流れて来た。重忠の長期にわたる帰郷を鎌倉で景時が問題にしているらしい。鎌倉から榛沢成清《はんざわしげきよ》からの使いが来て、経緯のあらましを重忠に報《しら》せた。

「反逆を起こそうとしているとの話がありました！」

　評議の前夜、景時が頼朝にひそかに耳打ちしたという。旧暦十一月半ばのことで、足先から寒気が這い上がって来るような夜だった。

「なに、重忠が反逆、と……」

　景時の思わぬ言葉に頼朝は絶句した。

「はッ、畠山重忠、重科は犯さなかったのに召し捕られ、千葉殿の屋敷に拘禁されたのは、大功を破棄されたも同じなりとして、武蔵国の菅谷館に引きこもりました！」

几帳面な景時らしく、一語一語はっきり申し述べた。

「待て、景時！　そなたはかく申すが、重忠が帰郷して気分を一新せんとしていることは、予も承知のうえのことなるぞ！」

言いながら頼朝は首をかしげた。

「なれど、折しも畠山の一族がことごとく武蔵国に在国し、近しい者は菅谷館へ行き、重忠に会っているようです。どうして、この点をご賢察なされないのでしょうか！」

あれこれ告げ口する理由は、景時が御家人を統制する侍所《さむらいどころ》という役所の所司《しょし》、つまり次官の要職にあるためだ。長官の別当《べっとう》職は、石橋山合戦で敗れた頼朝が房総へ逃げる船中で約束した経緯により、和田義盛が務めている。典型的な東国武者の義盛は告げ口など苦手だから、是非を申し出る役目はもっぱら景時が引き受けていた。

「では、評議を開き、皆の意見を聴いてみるか……」

頼朝はしばらく考えてから、翌日、何人かの重臣を召集した。小山朝政《おやまともまさ》、小山朝光《ともみつ》、下河辺行平《しもこうべゆきひら》、三浦義澄、和田義盛らだった。成清は、この重臣召集の動きを小耳にはさみ、使いを重忠の元へ寄越したのだった。

さすがに重忠をよく知る者たちばかりだったから、評議の内容は、前夜の耳打ちのような悲観的なものにはならなかった。

「使いを出して重忠から子細を聴くべきか、ただちに討ち手を遣わすべきか？」

景時があらましを説明した後で、頼朝が皆の顔を一人一人見ながら問うた。二者択一だが皆が皆、意外そうな顔になった。意見を述べたのは小山朝光こと、のちの結城朝光だ。

「畠山殿は生まれつき廉直《れんちょく》の士であります。よく道理をわきまえ、謀反を企む者ではありませぬ！　このたび御勘気《かんき》を被《こうむ》ったことも、代官の犯したことであるのに罰に服しました。特に伊勢神宮に対して恐れ畏《かしこ》まっておりますから、怨恨《えんこん》は抱《いだ》かぬでしょう！　慕う者多き畠山殿ゆえに、在郷とあれば一族や近しい者が会いに行くは当然のことです。謀反など、事実と異なる僻事《ひがごと》に違いございませぬ！　特に使者を遣わされ、畠山殿の考えをお尋ねくだされ！」

居合わせた面々は、うなずきながら朝光の意見を聴いた。そして聴き終わると一斉にオーともウーとも聞こえる、強い同意の声を上げた。

「異なる意見はないか？」

頼朝は他の者にも意見を求める。それぞれが順に申し述べた。朝光の考えに賛成する意見ばかりだった。

「畠山殿ほど心に裏表のない忠勇の士はいない。畠山殿を信じずというなら、他の御家人の誰を信ずべきというのか！」

和田義盛のひと言は、とりわけ皆の心のうちを代弁した。

「これにて一決《いっけつ》した。このたびほど意見のまとまった評議も珍しい！」

言って頼朝は皆を見回した。

「行平、そなたは重忠とは弓馬の友であろう！」

頼朝が下河辺行平を見て問う。

「はッ！」

行平は平伏した。

「早く重忠の元へ行き向かいて、彼の考えを尋ね問うがよかろう。重忠に異心がなければ、召し連れて帰るように！」

「はッ」

行平は深々と伏して承諾し、翌日、夜も明けきらぬうちに鎌倉を出発した。


重忠は行平を緊張した面持ちで迎えた。前日の評議の結果を榛沢成清はまだ知らず、ために使者を重忠へ送っていなかった。みずから「鎌倉へ帰らねば……」と気持を固めていた矢先の重忠だったから、下河辺行平が連れ戻しに来た意味を、すっかり誤解してしまった。行平の説明もよく聞かず、重忠は激烈な調子で怒り出した。

「二品殿《にほん》に対するどんな恨みで、多年積み重ねた勲功を放棄して、たちまち反逆の兇徒になれると言うのか！」

顔を真っ赤にして口元をわなわなと震わせた。行平は口を挟むことなく、黙って聞いている。二品は二位の位階のことで東国では頼朝を指す。頼朝は二年前の一一八五年四月、従二位に叙せられていた。

「それにまた重忠の考えは、かれこれ申すまでもない！　二品殿も心の底では今さらお疑いになられてはおるまい。ひとえに讒言《ざんげん》する者の口上によりて、お召しがあると称し、相謀《あいはか》って誅殺するため貴殿を派遣されたのでござろう！」

ますます激した。こんな時に反論すれば、火に油を注《そそ》ぐようなものだ。行平は口をへの字に結び、目を四角にして重忠を見詰め、口から出かかった言葉を懸命に抑えた。

寒空にカラスが鳴いていた。重忠一人が、みずから吐いた炎でみずから燃え上がる如くに、もはや暴発寸前だった。

「末代の今に至りて、このようなことを聞くとは、前世の罪の報いであるのか！」

言い終わると、ついに重忠は暴発した。腰の刀を抜くと衣を左右に開いて胸と腹を出し、刃先をヘソの辺りに突き立てんとした。さすがに行平も慌《あわ》てた。

「待て、待たれよ！　早まるな、畠山殿！」

言いながら重忠に飛びかかった。刀を取り上げようと、光る刀身を素手で掴んだ。行平の右の手から血がにじみ、ぽとりと床に落ちた。なお行平は刀身を握る手を離そうとしない。逆に重忠の顔が青ざめ、脂汗が滴り散った。柄《つか》を手前に引けば行平がどうなるかは分かっていた。死を賭して重忠の軽挙を諫《いさ》めたのだ。

「済まぬ、申し訳ござらぬ……」

重忠は柄を握る手を緩めた。憤怒顔は一瞬のうちに冷めた。

「貴殿は、おのれは偽ることを知らないと自ら言っている。行平もまた誠意の心を持ち、心が公にあることについて、どうして貴殿と異なろうか！」

行平は掌《てのひら》の血を拭《ぬぐ》わず、憮然《ぶぜん》として続けた。重忠は首を垂《た》れた。

「貴殿は自分ばかりに嘘がないと言いたいのか？　それは独善《ひとりよがり》というものでござろう！　自分の誠意を認めよと言いながら、なぜ相手の偽《いつわ》りなき心を信じようとせぬのか！」

重忠は何も言わない。いや、言えない。

「行平が貴殿を誅するのであれば、恐れるべきことはなく、偽り謀《はか》るべきこともない。正々堂々勝負を挑みて誅さん。貴殿は鎮守府将軍、平良文の後胤《こういん》である。行平は藤原秀郷から四代にわたる鎮守府将軍の裔孫《えいそん》なり。であれば二人が挑み戦うことも興趣《きょうしゅ》あるところだ！　しかし二品殿は貴殿の朋友を選び、かくして行平が使節に立った。これは異議なく連れて来させるための配慮でござろう！」

じっと聴いていた重忠が、まぶしそうに行平を見た。おのれが小さな人間に思え、行平が急に大きく見えた。「負けた」と思ったが、負けたことが不思議に爽快であった。すぐに酒を持って来させ、二人は改めて盃を交わした。

「同道致すゆえ、よろしくお頼み申し上げる！」

再び重忠が頭を下げた。上げた顔は晴れやかだった。


二人は翌日の明け方に菅谷館を発《た》ち、五日ほどかけて鎌倉へ帰参した。重忠はその足で、逆心のないことを頼朝へ申し出た。梶原景時を通じての申し出だったから、直接の面会したのではなく、景時が対応にあたった。

「謀反の企てがないなら、起請文《きしょうもん》を書いて進上されよ」

起請文とは、いわば誓約書。役人らしい要求と考えがちだが、この時代には起請文を書く例が多かった。しかし重忠は首を振った。

「重忠のような勇士にすれば、武威《ぶい》をかさに着て人々の財宝等を奪い取り、渡世の術としているという偽りが広まるようなら、大変な恥辱である。しかし謀反を企てようとしているとの噂ならば、かえって面目と言うべきである！」

胸を張った。泥棒呼ばわりされては恥ずかしくて生きてもいられないが、謀反なら武人としてむしろ誇らしい、と。重忠の心は平良文の時代のままだ。

「………」

無言ながら、景時は目を剥《む》いた。「謀反なら面目」という言葉が引っかかったようだ。重忠は声の調子もそのままに続けた。

「ただし源家の当代を以って武将の主と仰いでからは、まったく二心《ふたごころ》はない。それなのに今このような災難に遭っているのは、運が尽きたというものだ！」

曲解されてはたまらないから、すぐに言い足した。景時は、なおも黙っていた。

「……重忠はもとより心と言とは異なるところがないから、起請文は進上し難い。言葉を疑って起請文を用いるというのは、腹黒き者に対する方法である。重忠に偽りなきことは、かねてから二品殿がご存知のところである。すみやかにこのように披露していただきたい！」

そう言葉を結んだ。景時が頼朝に報告すると、頼朝は是非を言わず、重忠と行平を呼んだ。ところが頼朝は二人の前で世間一般の雑事を話題にするばかりで、今回の件については触れない。重忠も行平も拍子抜けした思いで頼朝の前を辞した。

しばらくして側近の堀親家を通して行平へ刀剣を賜わった。無事に重忠を鎌倉へ伴った功に対する褒賞だった。この席で行平は菅谷館以来の経緯を頼朝へ報告した。

「なるほどのう。同じ重忠という人間であるのに、人により見方は異なるものだ！　そなたの話と景時の話とでは、まるで正反対であることよ！」

頼朝は声を高くした。

2

重忠は御家人としての毎日へ戻った。物事にこだわる性格《たち》でなかったから、以前の生活に復するのは早かった。底抜けに前向きなところが重忠の長所であり短所でもあった。その後のおよそ二年間は重忠や東国武士たちにとって、まずまずの平穏な日々が続いた。

その頃の頼朝の気掛かりは奥州にいる弟、義経であった。義経が身を寄せる奥州藤原家では、一一八七年十月末に三代目の秀衡《ひでひら》が亡くなった。秀衡は平治の乱後、幼かった義経を匿《かくま》い、二年前からは頼朝に追われた義経を預かっていた。頼朝は義経の引き渡しを何度か要求するが、秀衡はそのたびに拒んだ。

「義経殿を大将軍として陸奥国の国務に当たらせよ」

死期の迫った秀衡は後継の四代泰衡《やすひら》に、こう遺言した。秀衡は、奥州藤原氏が頼朝の次の標的になることを予測し、対抗するには卓越した軍略家の義経を恃《たの》むしかないと考えた。一方の頼朝は、藤原軍と義経の結び付きを警戒した。そこで泰衡に揺さぶりを掛けた。こんな時はムチで威《おど》すよりアメをしゃぶらせる方が効果的だ。当初は父の遺言に忠実な泰衡だったが、差し出されたアメに心が動いた。気持を決めたのは次のような院宣《いんぜん》だった。

〈義経を討ちて差し出せ。恩賞としては陸奥、出羽、常陸の三国を子々孫々まで給《たま》わる〉

院宣は頼朝が朝廷へ働きかけて出させたもので、頼朝からの命令書が添えられていた。義経を擁して鎌倉と全面戦争に及ぶべきか。手勢のない義経を討ち、三国を手中に収めるべきか。単純な人間が単純に考えれば、選択以前の問題だった。

もとより秀衡は、義経を守らんとして言い遺したのではない。優れたリアリストの秀衡は、同じリアリストの頼朝が弟義経への肉親憎悪という次元の理由では動かぬことを知っていた。もはや標的は義経でなく、東北の雄たる奥州藤原氏にある。強い勢力の共存を許さないことが頼朝の鉄則である以上、陸奥に加え実質支配している出羽、さらに常陸まで恩賞に与えるはずがない。それでは藤原氏がより強大になってしまい、頼朝の意図に反する。

「他国も拝領出来るのであれば、これ以上の好機はあるまいに！」

ところが弱い心は現実の直視を避け、そうありたいと願う方向へと傾く。かくて長い逡巡のすえではあったが、泰衡は頼朝の誘いに乗り、義経追討を決めた。

頼朝は見届け役として奥州平泉へ安達清忠を派遣した。世に名高い衣川合戦《ころもがわかっせん》。泰衡の兵が衣川館を攻め、八人の手勢に守られた義経を襲った。義経が法華経八巻を読み終わるまでの間、敵勢を防がんとして武蔵坊弁慶は「立ち往生」する。ここで義経も腹を斬って果てた。享年三十一。一一八九年は閏《うるう》四月三十日のことだった。


義経自害の報に接しても泰衡は喜び半分、憂鬱半分の心持ちだった。鎌倉から派遣されていた安達清忠の態度が、妙に余所《よそ》よそしかったからだ。

「判官殿を討ち取りました！」

使者を遣わすと、清忠が不機嫌そうな顔で出て来たという。

「それがしの手の者からも報告が入っておる。あれだけの多勢で攻めたのだから、討ち取って当然でござろう！」

表情を変えず清忠が言った。後白河院の院宣には頼朝の命令書も添えられていたから、頼朝の代理である清忠から労《いたわ》りの言葉の一つもあって然るべきだが、そのような言葉はなかった。使者は取りつく島もない思いで帰り、吉報を待っていた泰衡へ報告した。

「本当か……討ち取って当然と、言われたか……」

唖然《あぜん》とした。

「そなたの言いようが悪かったのではないか？」

訝《いぶか》りつつ尋ねたが、こんな時の言い方は決まり文句に等しいから、言い方の問題ではない。泰衡の目の辺《あた》りが、ぴくぴくと痙攣《けいれん》した。

「よい、それがしが行こう！　それがしが安達殿へ報告しよう！」

急ぎ馬の用意をさせ、安達清忠の宿舎へ向かった。日は暮れていたが、宿舎へは勝手知った道だ。宿の門前まで来ると何やら中が騒がしい。清忠たちが帰りの旅支度をしていた。

「これは、これは！　藤原泰衡殿みずからのお出ましとは！」

出て来た清忠はさすがに愛想笑いを浮かべたが、目の奥が冷やかだった。

「祝宴の用意がしてござる！　ご一緒にいらっしゃれ！」

かまわず泰衡は精一杯の笑みを浮かべて清忠を誘った。

「それは恐悦至極！　なれど、それがし、今から鎌倉へ走らんとしていたところでござる！　目出度き報《しら》せを一日でも早く二品殿のお耳へ届けたくてのう！」

清忠も笑みを返す。

「お勤め熱心は結構でござるが、出発は明日ということにして、今宵くらいは勝利の美酒に酔いなされ！　白拍子の舞いもご覧に入れましょうぞ！　さあさ、あちらへ、あちらへ！」

背を丸めて熱心に勧める。宴の用意は昼のうちから済ませていた。けれど清忠は愛想笑いを浮かべるばかりで旅支度の手を休めない。

「おのれが喜ぶより、一刻でも早く二品殿の喜ぶ顔を見たいのでござる！　藤原殿のご厚意は、しかと受けとめさせてもらったゆえ、二品殿にも伝えましょうぞ！」

頑として態度を変えない。結局、清忠は数十騎の手勢とともに夜のうちに鎌倉へ発《た》った。逃げ帰るような去り方だった。泰衡は後日、義経の首級を美酒に浸して鎌倉へ届けた。

三国を手中にする夢に酔う泰衡だが、直後、彼の元へ鎌倉から不吉な噂が届いた。鎌倉の御家人の間で泰衡に対する評判が地に墜《お》ちているという。

「この者どもは、とんでもない奴らでござる！　二品殿の兄弟と知りながら、たとえ院宣とはいえ何の憚《はばか》りもなく討ったことは怪《け》しからぬ！」

安達清忠が頼朝へこう報告したという噂が、鎌倉の御家人たちの間に広まっていた。伝え聞いた泰衡や周辺の者たちは、だが荒唐無稽な話として問題にしなかった。

「噂話だけでござろう。頼朝殿の命により判官殿を討ったのだから、勲功でこそあれ罪科に問われることはござるまい！」

側近の藤原基成《もとなり》は断言しつつも、一抹の不安が頭の隅を過《よ》ぎるのか眉根を寄せている。泰衡の母が基成の娘だから、外祖父《がいそふ》にあたる老人だ。

「院宣のみにて判官殿を討ったというなら、そんな誹《そし》りも受けねばなるまいが、予は院宣のみにて動いたのではない！　添えられた鎌倉殿の命令書に従ったのだ。今になって『何の憚りもなく討った』などと誹られるのは、不本意なことだ！」

泰衡は憤慨するが、不安の色を隠しきれない。今となれば遅いが、義経の誅殺話に最初のうちは応じなかったことも、頼朝の心証を害したものと察せられた。

「院宣だけで判官殿を討ったと誤解した御家人がいるのかもしれぬが、鎌倉殿は自身で出した命令書だから、そんな誤解など、よもやするまい！　心配に及びませぬ。我《わ》の方からも京へ働きかけておきましょう！」

長く真っ白な顎《あご》ひげを片手でしごきながら基成が請け合う。

「そうしてもらえれば有り難い！」

泰衡の眉根が開いた。基成は朝廷や院に太いパイプを持っていた。平泉の栄華には昔から、このパイプの貢献するところが大であった。

数日が過ぎ、再び基成が顔を出した。依然、眉根を寄せている。

「京からの便りだが……」

「おう！」

要件を切り出すと、吉報と思ったのか泰衡が身を乗り出した。

「それが、京でも『次は泰衡殿の身が危ない』と見ている向きが多いらしいとのことです。鎌倉殿からの命令書のことは、京では、さっぱり知られていないようで、ござりまする！」

泰衡は衝撃を受けたようで、何も言わない。

「ただ、院は泰衡殿に対して好意的です。鎌倉殿も院宣なしには追討軍を出せませぬ。院は心強い味方でござります！」

「なに、追討軍と？　話はそんなところにまで行っておるのか！」

基成は院の考えを披露して泰衡を安心させようとしたのだが、泰衡にすれば、自分への追討話にまで話が及んでいるとは驚きだった。安閑としてはいられない。

「やはり父の遺言を守るべきだったか？　鎌倉殿の狙いは最初からこの泰衡だったか……」

つぶやくような泰衡の言葉に、基成は返す言葉を失《な》くした。

義経誅伐の報に接した後白河院は「特に喜ばしい」と述べる一方で、頼朝に対して「今となっては弓矢を収めよ」と促した。

〈義経の滅亡によりて、国中も定めし平穏になるであろう。弓矢を収むべき由、内々に頼朝へ伝えるべきこと〉

すでに目的は達せられた。頼朝の真の標的は義経でなく、奥州藤原氏だ、などという勝手な目的変更は許さない――。といって頼朝が引き下がるはずもなかった。依然として藤原氏の軍事力は健在であるから、北方からの脅威が消えたわけではない。

さらに言えば、院が奥州藤原氏と手を握る事態も考えておくべきだ。これから先、鎌倉の威勢がふとしたことで揺らぐことはある。そのような時に隙を衝かれる原因《もと》になるかもしれない。奥州藤原氏の力を根絶やしにしてこそ、政権の安泰は叶う。だが何度申し入れても後白河院は奥州藤原氏追討の院宣を出さなかった。

義経の首が鎌倉に届いて半月ほど過ぎた頃、頼朝は古老の大庭景能《かげよし》を呼んだ。保元《ほうげん》の乱で負傷し、歩くことさえままならないが、兵法の故実に明るかった。

「奥州征伐では後白河院のご意向を伺ったが、今に至るも勅許《ちょっきょ》がないため、御家人を召し集めているのに出陣も出来ない。いかにすべきか、計《はか》らい申してみよ！」

よく通る高い声が天井まで響いた。御所の庭では夏椿《なつつばき》が最後の白い花を咲かせていた。

「軍陣の中では将軍の命令のみを聞き、天子《てんし》の詔《みことのり》は聞かぬものです。すでに奏聞《そうもん》を経たうえは、強いて返答を待つ必要はございませぬ！」

景能は即座に答えた。現在《いま》は軍陣にあるから、将軍頼朝の命令が優先される、と。

「そうか、すでに軍陣の中か……」

「それに泰衡は先祖代々、御家人の家を受け継ぐ者です。たとえ綸旨《りんじ》が下されなくとも、家臣を処罰することに何の問題もございませぬ！」

　曲がらない足を曲げて正座し、老いた身ながら背筋をしっかり伸ばして答える。

「おお、よい考えでござった！　これにて予の決意は固まった！」

　ひどく感心した頼朝は、景能への褒美に愛馬と鞍を与えた。

3

　二十日ほど経った一一八九年七月十九日、頼朝の軍勢は奥州平泉に向けて出陣した。なお二十日間もかかったことは頼朝の慎重さを示すものだ。泰衡追討の院宣はついに出なかったが、これを待つ意味合いもあった。

　軍勢は頼朝の大手軍、比企能員《ひきよしかず》らが率いる北陸道軍、千葉常胤らの東海道軍の三つに分けられた。大手軍は一千騎のみで、先陣は畠山次郎重忠が務めた。目を引いたのは畠山隊のうちに鋤《すき》や鍬《くわ》、また征矢《そや》を収めた箙《えびら》姿の、八十人ほどの軍夫がいたことであった。

　大手軍は宇都宮、白河の関と過ぎ、八月七日の初秋、陸奥国伊達郡の阿津賀志山《あつかしやま》に近い国見《くにみ》宿へ着いた。阿津賀志山は現在の厚樫山で、標高二百九十メートルほど。眼下の展望にすぐれ、前衛の城とするには格好の地形だ。藤原軍は藤原国衡《くにひら》を総大将に、二万騎の軍勢で頼朝軍を待ち受けた。二万は阿津賀志山に陣取る前衛軍のみの数で、陸奥国国分原鞭楯《こくぶがはらむちだて》に本陣を置く泰衡軍や出羽国への派遣軍を加えると総勢十七万と伝えられる。

　一方の頼朝軍は、三軍が集結すれば総勢二十八万四千。国見宿に着いた頼朝は翌朝卯の刻、午前六時からの総攻撃を命じた。重忠は、さっそく主だった郎党に召集をかけた。長野重清、本田近常、榛沢成清、柏原太郎、大串重親らが眦《まなじり》を決して集まって来た。

「夜のうちに崩しておこう！」

指揮をとる本田近常が言って立ち上がった。鋤や鍬を手にした八十人を動員し、二重三重に廻らせた土塁《どるい》を崩して空濠《からほり》を埋める作戦だ。これにより明朝の攻撃が容易になる。防塁は延長三・二キロと長いが、侵入路の幅だけ何か所かを崩せば十分なので、それほど困難な作業ではない。

「行こうか！」

声を掛け合うと、明朝の総攻撃に備え早々に寝に就《つ》いた兵を尻目に、足音を忍ばせて宿を後にした。旧暦九月のみちのく路は夜に入ると気温が急に下がる。軍夫たちはブルッと体を震わせ、月明かりの野をたどった。暗い空を野鴨の一群が鳴きながら渡って行く。空を見上げて男たちは北武蔵の荒川にも野鴨がやって来ただろうかと思った。

「この辺から崩そう！」

近常が指示し、一番手前の空壕と土塁から取りかかった。土塁の上から空壕の底までの高低差は四、五メートル、これを馬や歩兵が通過出来る幅に均《なら》す。道筋を、いくつにも分散させた。空壕や土塁は身を隠しながら作業を進めるには好都合で、夜が明ける頃には完了し、陣の直下まで達していた。これにより土塁や空壕は防御の役に立たなくなった。

〈重忠の思慮は神に通じるものがある〉（『吾妻鏡』）

鋤鍬部隊は隠れた功労者だった。弓矢ならぬ鋤鍬で、犠牲を最小限に抑えたのである。

夜が明けると頼朝は重忠や小山朝光らを遣《つか》わして矢合わせを始めた。すぐ本戦となるが、土塁や空壕が破壊されて役に立たないため、奥州藤原軍は慌てた。築地塀や板塀上からの矢に重忠らは波状攻撃で応じた。巳《み》の刻つまり午前十時を過ぎると頼朝軍の優勢が鮮明になった。

その夜の軍議で、明朝を期して阿津賀志山を越え奥州藤原軍本体へ挑むことが決まり、ここでも重忠が先陣を仰せつかった。ところが夜も更けると、足音を忍ばせ重忠勢に先駆けする七騎があった。わずかな月明かりでも身を隠すことは出来ず、たちまち重忠の兵に気づかれた。三浦義村、葛西清重、工藤行光・祐光の兄弟、狩野親光、藤沢清近、河村千鶴丸の七人。それぞれが精鋭の郎党を従えていたが、夜とあって数を抑えたのか、総勢でも百人というところだ。

「御屋形様！　御屋形様！」

七人の抜け駆けを知って横山党の大串重親《おおぐししげちか》が、息せき切って報せにきた。野に陣幕を巡《めぐ》らせた簡素な陣ながら、夜は霜除《よ》けの天幕が張られ、床がわりに稲藁《いなわら》も敷かれていた。重忠は中央にどっかと腰を下ろし、榛沢成清と二人、弓の手入れに余念がなかった。

「いかがした？」

「大変でござる！　三浦義村殿や葛西清重殿ら七人が、抜け駆けでござる！」

重忠の烏帽子子《えぼしご》である重親は「重」の一字をもらい、「小次郎」の通称で可愛がられていた。その盛んな功名心のほどは、義仲追討の宇治川合戦で「武蔵国の住人、大串次郎重親、宇治川の先陣ぞ！」と叫んだ事実からも知られる。

「他の五人は？」

重忠は弓を磨く手を休めない。しかし榛沢成清は顔色を変えた。

「工藤行光と祐光殿の兄弟、それに狩野親光殿、藤沢清近殿、まだ十三の年若い河村千鶴丸殿でござる！　手柄を横取りされまする！」

せっかくの好機を逃すのが惜しい、という重親の顔だ。話を聞きつけて重臣の本田近常や重忠の弟、長野重清も顔を出した。ここで成清が口を挟んだ。

「今度の合戦で先陣を任されたのは抜群の名誉です。しかるに傍輩《ほうばい》が先駆けを争うのを座視していては、いけませぬ！　早く彼らの前途を塞《ふさ》ぐべきです。そうでなければ頼朝公に訴え出て勝手な行動を止めさせてから、御屋形様みずから真っ先にこの山を越えるべきです！」

熱っぽく説く成清には、軍議通りに「明朝、阿津賀志山を越えて合戦」を厳守しようとする重忠が、もどかしくてならない。血気盛んな長野重清はもちろん慎重派の本田近常も同じ意見のようで、すぐにでも出発せんと腰を浮かしかけた。

「それは、よい方法ではない！」

だが重忠は皆を抑えた。

「先途《せんど》を進もうとする者を妨げることは武略の本意ではなく、また我が身一人が褒賞の独占を願うようなものである。知らぬふりをしておけ！」

片意地を張っているのか、真に本音でそうと考えているのか。はたまた人格が、常人には理解し難いほど大きなためか。成清たちにも重忠の心のうちが読めず、どの顔にも落胆のふうが見えた。とりわけ重親は、みずからの腕《かいな》から大魚を取り逃がした少年の顔になった。


一番乗りを試みた七騎は夜通し駆けて、ついに敵陣の城柵にたどり着いた。まだ暗い木戸口に向かって、それぞれが名乗りを上げる。この夜、奥州一の怪力の持ち主として名高い伴藤八《ばんとうはち》が、藤原軍で寝ずの番に当たっていた。

「おう！　それがしは藤原泰衡殿の将、伴藤八なるぞ！」

名乗ると同時に柵の上から矢の雨を降らせた。一本が狩野親光の首の付け根に当たった。動脈でも切ったらしく親光の首から鮮血が噴き出し、どうと馬から落ちて動かなくなった。

親光の屍《しかばね》を越えて一番乗りを果たしたのは、これまた頼朝軍で怪力の誉《ほま》れ高い工藤行光だった。行光はさっそく藤八と轡《くつわ》を並べて組み合うが、押されて背をのけぞらせた。さらに押さんと藤八が力を込めたので行光がかわすと、藤八は勢い余って馬から落ちた。

この時代の大将級の鎧《よろい》は二、三十キロ、重い物なら四十キロに及ぶ。重くとも矢を通さぬほど頑丈なら馬上で指揮するには万全だが、素早く立ち回るには不利だ。力自慢の藤八も、地に落ちたので素早く立ち上がることが出来ない。それを見るや行光は腰刀を抜いて躍りかかり、たちまち藤八の首級を上げてしまった。

「伴藤八殿、討ち取りたり！」

首を刀の先に付け高くかかげて叫ぶと、鞍の後ろに首を結び付け、行光は次の相手を探して馬の腹を蹴った。この頃には夜も明けてきた。少数ながら精鋭ぞろいの源氏勢とあって、多勢の奥州藤原軍を相手に互角に奮戦した。

「貴殿は藤沢殿だな！　助太刀致さん！」

立派な装束の二人が地上で組み合うのを見て、工藤行光が叫んだ。

「清近、ただいま敵を討ち取るところなり！」

組み合いながらも藤沢清近が答える。勝負は互角で、言葉通り清近有利の形勢ではない。そこで行光は敵の肩を軽く刀で刺した。筋か神経が切れたらしく、この一刺しで敵は戦意を喪失し、組み合う腕から力が抜けた。清近は腰の刀を敵の肩の下に刺して弱るのを待ち、首級を上げた。

「助かり申した！」

肩で息を吐《つ》きながら清近が感謝した。生きるも運なら死ぬも運。二人の前に現れたのが行光でなく奥州軍の兵であれば、清近の方が首級を上げられていたはずだ。

「少し休もう！」

二人は馬を止めて休息した。二人と同様、重い鎧武者を乗せて駆けまわった愛馬にも、ひと息吐かせてやる時間が必要だ。戦《いくさ》のさ中の休息は、この時代ならでは、である。

「工藤殿！　貴殿の御令息を我が婿に下さらぬか！」

藤沢清近が感謝のあまり申し出た。喜びと興奮のためか、あるいは唐突さを恥じたのか、清近の顔が赤かった。

「よい話だ、約束しよう！」

行光が快諾した。これまた戦《いくさ》のさ中に縁談とは優雅なことだと、仲間うちで評判になった。


翌日、頼朝みずから阿津賀志山を越えた。夜はすっかり明けていたが、見渡す限りに朝霧が山野を覆って見通しが利かない。かえって奥州藤原軍の本隊へ近づくには都合がよかった。山道は朝露に濡れて滑り、人も馬も慎重に歩を進めた。

頼朝の大軍が国衡率いる奥州藤原軍の陣に迫る。正面木戸口は容易に攻略したものの国衡が守る西木戸はなかなか落ちない。重忠を先頭に小山朝光、小山朝政、和田義盛、下河辺行平、三浦義澄、葛西清重らが何度も突破を試みるが、山上からの矢や石に頼朝軍の兵は血に染まり、累々たる死体の山を築いてしまった。

膠着《こうちゃく》して頼朝軍の犠牲が増えれば、奥州藤原軍は勢いを盛り返すかもしれない。頼朝軍の将たちに不安が過《よ》ぎった時、奥州軍が守る陣中が大騒ぎになった。

「搦手《からめて》から敵の来襲だ！」

きっかけは、このひと声だった。天地を揺るがすほどの鬨《とき》の声とともに、背後の山から矢が放たれ、奥州軍の兵が次々に倒れた。たちまち奥州軍の陣は大混乱に陥った。

背後の混乱と動揺は、西木戸で善戦する奥州軍兵士にも伝わった。応戦すればよいものを、西木戸の防衛兵たちは「敵の来襲」と聞いて我先に逃げた。慌てず背後へ回れば、山上から矢を放つ頼朝軍が百人足らずの少数であることに気づいたはずだ。反撃していれば、苦もなく撃退出来る程度の兵数だったのである。

その搦手から攻撃を仕掛けたのは小山朝光や宇都宮朝綱ら。前夜のうちに陣を発《た》ち、精鋭の兵を引き連れて背後の山へ回り込んだ。そのぶん大木戸や西木戸を攻めた重忠たちに遅れをとるが、攻撃し始めたのは西木戸戦が膠着状態に陥り、防御側が勢いを失うタイミングだった。偶然の要素が強かったにしろ彼らの活躍は特筆に値する。

この時、西木戸を攻めていた重忠や小山朝政らは、頭上からの矢と石が突然止んだので、最初は「罠《わな》か？」と警戒した。だが丸太で木戸を破壊しても反撃はなく、そのため一挙に突入した。入ってみると国衡を筆頭とする奥州軍は、搦手からの攻撃を受けて逃げた後だった。奥州藤原軍には覇気もなく、一挙に崩れ去る脆弱《ぜいじゃく》さばかりが目立った。

「あるいは」と考える人は後の世ばかりでなく、当時の将兵の中にもいた。「もし作戦に巧みな義経が奥州藤原軍の総大将であったなら……」と。義経であれば、たとえ勝利に至らずとも奮戦の形跡ぐらいは残し得たかもしれない。

敗走する奥州軍を追う頼朝軍の中で、ひときわ目立ったのは和田義盛の軍勢。真っ先駆けて国衡の後を追い、夕近くに大高宮《おおたかのみや》付近、宮城県大河原町の辺りで追いついた。

「あれは国衡殿の手勢ぞ！　それ、急げ！」

義盛が馬上で叫んだ時、国衡は峠道を越えようとしていた。

「やあやあ、藤原国衡殿、引き返されよ！　それがしは和田義盛、鎌倉の侍所別当なるぞ！　引き返して、それがしと勝負せよ！」

国衡は一瞬ぴくりと体を震わせ、ゆっくり振り返った。そして戻り、義盛に相対した。

「和田殿とあれば相手に不足なし！　国衡、手合わせ致さん！」

名乗ると馬を巡らせ、義盛を左手に見る位置に立った。義盛も馬の首を右に向け、左に国衡を見る体勢をとる。右手で弓を引くには、相手を左に見た方が姿勢に無理がない。

国衡の矢は十四束、つまり握りこぶし十四個分の長さ。対する義盛の矢は十三束で少し短く、短いぶんだけ扱いやすい。そのためかどうか国衡が矢を絞り切らないうちに、義盛の矢が国衡の鎧の左袖から腕へ射通した。弓を持つ国衡の左手が痺《しび》れ、弓を落とす。義盛が二の矢を番《つが》えた時、重忠の大軍が一歩遅れで駆け付け、義盛と国衡の間に分け入る形になった。

「小次郎、大将の首を取れ！」

兵を率いて殺到した大串重親に、後方から重忠が叫んだ。この時の重忠は「大将」が国衡であることも、義盛と射合ったすえの負傷であることも知らなかった。

左腕に深手を負い、体の自由が利かない国衡。愛馬は重忠の大軍に驚いて道を逸《そ》れ、沼さながらの深田に入り込んでしまった。国衡がいくら鞭を当てても、足を取られた馬は元の道へ引き返すことが出来ない。大串重親は国衡に詰め寄り、難なく首を取った。

十日ほど経った八月十一日、頼朝は船迫《ふなばさま》宿、現在の宮城県柴田町船迫に逗留した。ここで重忠が国衡の首を献じた。

「そうか、重忠が取ったか！　大いに感心した！」

頼朝が喜んだ。それを見た和田義盛が御前へ進み出た。

「お待ちくだされ！　国衡は義盛の矢に当たって命を落としたのです！　畠山殿の戦功では、ござりませぬ！」

大声で叫ぶ。どういうことかと頼朝は義盛と重忠を交互に見た。重忠は自信があるらしく余裕の笑みを浮かべた。負傷していたにしろ大串重親が首を取るまで国衡は生きていた。「義盛の矢に当たって命を落とした」は事実に反するからだ。

「和田殿の言い分は、あいまいなものである。討ち取ったとする証拠は、どこにあるのか？　重忠が首を持参して来たうえは、疑うところはなかろう！」

重忠も大声で答えた。返答はどうかと頼朝が義盛を見ると、義盛も笑みを浮かべていた。

「首のことは、その通りだ。ただ、剥《は》ぎ取られている国衡の鎧《よろい》を召し出し、実否を決していただきたい。その理由は、大高宮の前の水田で義盛と国衡が互いに左手の位置で対峙し、義盛の射た矢が国衡に当たった。その矢の穴は、鎧の射向袖《いむけそで》である左腕の二、三枚目の辺りに、きっとあるはずだ。鎧の毛は紅で、馬は黒毛である！」

義盛は詳細に証言した。頼朝は国衡の鎧を持って来させ、みずから点検した。確かに紅の縅毛《おどしげ》で、射向袖の後ろ寄りに、まるで鑿《のみ》で通したような矢の貫通跡があった。

「重忠は、国衡に矢を放たなかったのか？」

「放ちませぬ……」

答える重忠から笑みが消えた。重忠の、このひと言で決着した。重忠の手勢が国衡の首を取ったにせよ、それ以前に義盛が重大な傷を与えていたなら、功は義盛の側にあるべきだ。

「申し訳ございらん！　和田殿の手柄に相違なし！」

重忠が潔《いさぎよ》く頭を下げた。矢傷の軽重は今となっては不明だが、不明にもかかわらず抗弁するのは見苦しく、また重忠の流儀でもなかった。


その日、夕餉《ゆうげ》も済んでから、榛沢成清が大串重親を連れて顔を出した。重親は成清の背に隠れるようにして、おずおずと正座する。

「こ奴、御屋形様に、とんだ恥をかかせてしまいました！　なぜ最初から『和田殿が矢傷を与えていた』と正直に申さなかったのだ？　首を刎《は》ねられても仕方なきところぞ！」

成清が真っ赤になって重親を罵倒した。重親は小さな体をさらに小さくして畏《かしこ》まるが、口をへの字に結んで何も語らない。重忠はかえって「そこまで責めずとも」という顔だ。

「こ奴、謝らぬか！　強情者めが！」

無言の重親に成清が声を荒らげる。いくらか芝居じみた激し方だ。なおも重親の口元は、への字のまま。ところが重忠は二人を交互に見て微笑《ほほえ》んだ。

「謝るに及ばず！　深手を負ったにしろ国衡殿は馬に鞭《むち》を当て、逃げんとしていた。であれば近くにいた者が捕《と》らまえ、とどめを刺すは当然なり！」

成清は、先んじて重親を激しく叱ることで重忠の気勢を削《そ》ぎ、重忠の叱責にワンクッション置かせる作戦なのだ。成清が配下をかばうときの、いつもの方法《て》であった。重忠もそれを知るから苦笑いを浮かべざるを得ない。「当然なり」のひと言だけで、重親の顔が輝いた。

「次は、それがしの手柄で、御屋形様を日本一の御家人に！」

重親は小さめの目を精一杯見開くと、さっそく持ち前の大風呂敷を広げて帰って行った。

「おのれの手柄ばかり考えておる、困った強情者です！」

重親が帰ると成清が言って、ため息を吐《つ》いた。

「あれで良い。こんな時に口を開けば、言い訳ばかりになるゆえ、黙っているが賢いのだ！」

重忠は重忠で泰然としている。成清は、つくづくと重忠を見た。

〈小次郎も御屋形様も、変わり者よ……〉

つぶやいた成清とて渋面ではなかった。


翌日、頼朝は多賀の陸奥国府へ到着し、ここで東海道軍の千葉常胤や八田知家らと合流した。もはや奥州藤原軍の敗北は決定的になった。頼朝が藤原軍の本拠たる平泉へ侵攻すると、館群はすでに焼かれ、秋風が焼け残った松の枝葉を震わせていた。

その後、泰衡からの書状が頼朝の元へ届いた。

〈父亡《な》き後、貴命を受けて義経を誅殺しました。これは勲功と言うべきでしょう。ところが今、罪なくして突然に征伐されるとは何故でしょう。（中略）泰衡をお許しいただき、御家人の列に連なりたいと思います。でなければ死罪を減じて遠流《おんる》に処してください〉

何度も審議の席が持たれたが、重臣たちの大勢は「今となっては遅すぎる」だった。なおも攻めると泰衡はさらに北へ逃れた。

4

旧暦九月は秋たけなわ。頼朝が鎌倉を発《た》ったのが七月十九日の暑い頃だから、遠征も四十日を数えたことになる。みちのくに吹く風は急に冷たくなり、兵たちも故郷に残した家族や収穫期を迎えた田畑を思う日が多くなった。

泰衡は糠部《ぬかべ》郡、現在の青森岩手県境の辺りにあって、さらに夷狄島《いてきじま》つまり北海道へ渡ろうとしていた。この地の豪族である河田次郎は数代にわたる奥州藤原氏の郎党であり、泰衡は彼を頼ってこの地まで逃げ延びて来た。

「夷狄島までは、さすがの鎌倉殿も追っては来られますまい。ご案じなきよう！　夷狄島へは頼りになる案内人をお付け致しますゆえ！」

応対に出た河田次郎の言葉が頼もしかった。総勢十七万だった奥州軍兵も、敗走に次ぐ敗走でわずか十余騎を数えるのみになった。野鼠《のねずみ》さながら泥まみれで山野を逃れて来た泰衡に、かつての栄光の影はなかった。

「そうか、感謝に堪《た》えぬぞ！」

上機嫌でほっと息を吐《つ》く泰衡。小柄だが生真面目そうな河田次郎の表情や態度は、以前といささかの変わりもない。泰衡も昔のままの主君のつもりで河田に相対した。

零落した泰衡の姿を見ながら、だが河田は考えた。

〈夷狄島へ渡ってしまえば、泰衡様は二度と陸奥国へは戻るまい。いつまで臣従申し上げたところで得るものは何もない。むしろ逃したことを理由に、それがしの方が鎌倉殿に誅せられるかもしれない……〉

「うッ、寒い！」

突然泰衡が言い、河田は我に返った。寒風が部屋にまで入って来た。

「御屋形様、よい御酒《しゅ》がございまする！　体が温まりますゆえ、聞こし召され！　いやいや、すぐに運ばせまする！」

「おう、酒か！　それは嬉しきことよ！」

「御酒は奥の部屋にて、どうぞ。小さな部屋の方が暖かく飲めるでしょう！　お付きの衆にも存分にご用意して差し上げましょう！」

外に控える武者への気配りも忘れない。河田は、炭火で暖めた奥の間へ泰衡を案内した。書院造の客間だが、狭めなぶんだけ暖かそうだ。

「こんな馳走は久しぶりでのう！」

目の前へ運ばれて来たのは山里料理だが、泰衡は表情を崩して喜んだ。逃亡の日々には満足に膳を据えて食すことさえ叶わなかった。泰衡はさんざんに食べ、飲み、心ゆくまで寛《くつろ》いだ。河田は膝を崩さず正座したまま、あくまで忠義の臣らしく主君の相手をした。膝を崩したのは、泰衡が酔い潰れて眠ってしまってからのこと。

「お首を頂戴せよ。別室の御家来衆は？　そうか、したたかに酔った者ばかりか……。そちらのお命も頂戴しておけ」

立ち上がって客間を出ると、河田は控えていた武者に耳打ちした。初めて河田の口元がほころんだ。

三日後、河田次郎は主人藤原泰衡の首を持参し、梶原景時を通じて頼朝へ献上した。頼朝は和田義盛と畠山重忠に命じて首実験をさせたうえ、赤田次郎なる名の囚人を呼んで首を見せ、泰衡の首に間違いないことを確かめた。

「賞を求めてのことではありませぬ！」

河田は小柄な体をさらに小さく丸めて正座し、恭順の体《てい》を示した。それは三日前、泰衡へ示した態度と変わらぬものだった。そこで頼朝が尋ねた。

「では、なにゆえ主人の首を持参したのか？」

「ただただ鎌倉殿への忠節を、お示ししたいがためにござりまする！」

額を地に着けんばかりだ。

「汝《なんじ》の行為は、まずは功があるに似たるが、泰衡を捕えることは、すでに我が掌中《しょうちゅう》にあった。他人の武略を借りる必要はなかった！」

頼朝が冷やかに河田を見る。敗北の軍からこのような輩《やから》が出るのは幾度目のことか。頼朝はこの時も、父義朝の最期を思い返していた。平治の乱に敗れた義朝は、再起を期して東国へ下る途の尾張国野間で、家人だった長田忠致《おさだただむね》、景致《かげむね》親子の裏切りに遭って命を落とした。父の無念を思えば、河田のような裏切り者を生かすわけにはいかない。

「……しかるに譜代《ふだい》の恩を忘れ、主人の首をさらす科《とが》は、すでに八虐《はちぎゃく》の罪にあたる。賞を与えることは難しいが、のちの戒めのためにも身の暇《いとま》を与えよう」

八虐は最も重罪とされた八つの罪のことで、ここでは主人を殺した不義を指す。身の暇とは死の意味。河田次郎は小山朝光の手で斬られた。

こんなこともあった。河田が斬られた翌日のこと。宇佐美実政《さねまさ》が泰衡の郎党、由利維平《これひら》を捕えて頼朝の御前に参上したところ、天野則景《あまののりかげ》から異議が出た。「自分が生け捕ったのである」と。たちまち二人は激しい口論になった。

頼朝はまず二人の当時の馬と鎧の色を筆記させておき、そのうえで由利維平本人に、自分を捕えた者の馬と鎧の特徴を尋ねさせることにした。梶原景時が確認役を仰せつかった。

「汝は泰衡殿の郎党の中でも名のある者であるから、真偽を曲げて虚飾を加えることはないだろうが、正しく言上せよ。何色の鎧を着けた者が汝を生け捕りにしたのか？」

景時は立ったまま、座る由利維平を見下ろして問うた。維平は激怒した。

「汝は兵衛佐殿《ひょうえのすけ》の家人か？　今の口上《こうじょう》は過分にして非礼の至りであり、たとえようもない！」

不意の勢いに景時は言葉を失った。

「泰衡様は藤原秀郷《ひでさと》将軍の嫡流の正統である。これまで三代、鎮守府将軍の号を保持してきた。汝の主人であってもなお、このような言葉を発すべきではない。まして汝と我が相対した時は、どちらに優劣があるというのか！　運が尽きて囚人となるは勇士の常である。鎌倉殿の家人だからといって、無礼な態度はまったく理由がない。その質問には返答出来ない！」

堂々と、よどみなく言い放った。

「かッ、勝手にせよ！」

景時は顔を真っ赤にし、怒りに体を震わせた。帰って頼朝に報告する。

「あの男は悪口を言うより、これといって語る言葉を持っておりませぬ。これ以上は糾明しようとしても無駄です！　ただちに首を斬るべきです！」

しかし頼朝は景時の言葉を信じなかった。

「景時が無礼な態度だったから、囚人が咎《とが》めたのであろう。まったく道理である。早く重忠を召して、彼に尋問させよ！」

そこで重忠が由利維平を尋問することになった。ひと通り経緯を聞いた後で尋問に臨んだためもあるが、もとより重忠は礼をわきまえた男だった。

「まあ、これを敷きなされ！」

自分の手で敷皮を持って行くと、維平に勧めて座らせた。それから重忠自身も相対して座り、軽く一礼した。

「弓馬に携わる者が怨敵に囚われるのは、和漢の通例である。必ずしも恥辱とは言えない。とりわけ源義朝殿は永暦《えいりゃく》の年に横死された。頼朝殿も囚人として六波羅に連行された後、結局伊豆へ流された。しかし佳運は空しくならず、天下を取られた」

諄々《じゅんじゅん》と説く。維平も引き込まれて聴く。

「……貴殿も今、捕虜となったが、いつまでも不運の恨みを残すべきでない」

ここで維平が顔を上げて重忠を見る。

「……奥六郡《おくろくぐん》で貴殿は武将の誉れを備えていると、かねてから名が聞こえていた。そこで勇士らが勲功を立てんがため、自分が貴殿をからめ取ったのだと互いに言い争っている。それを知るのは当の貴殿であるから、鎧や馬の色はどうだったかと尋ねているのだ。彼らの浮沈は、このことで決まる。何色の鎧を着けた者のために生け捕られたのか、はっきりと言われよ！」

真っ直ぐ維平を見て尋ねた。名のある敵将を生け捕る勲功については維平とて承知だから、問われて答えなければ武士《もののふ》として筋が通らない。

「貴殿は畠山殿か。特に礼法をわきまえ、さきほどの男の無礼さに似ていない。そのことを申そう。黒糸縅《くろいとおどし》の鎧兜を着け、鹿毛《かげ》の馬に乗った者が、まず我をつかんで引き落とした。その後、追って来た者については、騒々しく混乱していて、色は、はっきりしない！」

明快に答えた。重忠は帰ると、言葉通り頼朝へ報告した。勲功は宇佐美実政にあることが、はっきりした。一方で頼朝は、この由利維平という武者に興味を覚えた。

「申しようから心中《しんちゅう》を察するに、この男、なかなかの勇者であるようだ。召し連れよ！」

重忠が維平を連れて参上すると、頼朝は維平をじっと見てから尋ねた。

「汝の主人の泰衡は、威勢を奥羽両国の間に振るっていたから、刑を加えることは難しいと思っていたが、然《しか》るべき郎党がいなかったためか、河田次郎一人に誅されてしまった。およそ二国を支配し、十七万騎の棟梁でありながら、百日も支えられず、一族がみな滅亡してしまった。言うだけの値打もないことではないか？」

維平は顔を上げて頼朝を正面から見据えると、臆《おく》することなく、また不遜になるでもなく、淡々と落ち着いた口ぶりで答えた。

「然るべき郎党も少々は従っていましたが、壮士は所々の要害に分けて派遣され、老将は歩行進退が不自由で心ならずも自殺しました。私のような不肖の者は捕虜になり、最後にお供が出来なかったのです」

ここで維平はひと息吐《つ》く。

「……そもそも故義朝殿は東海道十五か国を領し給わったといえども、平治の逆乱の時には一日も支え給わず没落し、数万騎の主といえども長田庄司《おさだしょうじ》にたやすく誅されました。昔と今で優劣がありましょうか？　泰衡が支配していたのは、わずか二国の勇士です。これで数十日の間、頼朝殿を悩ませました。不覚であったとは、たやすく判断出来ないでしょう！」

聞き終えた頼朝は何も言わず、前の幕を下ろした。維平が去ると再び重忠を呼ぶ。

「思った通りの男であった。重忠に身を預けるゆえ、よくよく面倒を見て芳情《ほうじょう》を施せ！」

赦免だ。片や姑息《こそく》にも主人の首を献じて〈身の暇《いとま》〉を仰せつかった河田次郎。此方《こなた》、敗残の主人を堂々と弁護して譲らず、かえって頼朝を感服させた由利維平。勝つにしろ負けるにしろ、その後の処し方と運命とは、それぞれだ。

十数日後の九月二十日、平泉に帰った頼朝は各人に褒賞を賜わった。目を引いたのは、多くの有力武将が広大な領を賜わったのに比べ、重忠は狭小の葛岡郡《くずおか》のみだったことだ。

「御屋形様、残念この上なし！」

やって来た榛沢成清が悔しがった。だが重忠は拍子抜けするほど、さっぱりした顔だ。

「このたびは先陣を承るといえども、大木戸《おおきど》の合戦では他人に先駆けを奪われた。先駆けの事情は知っていたといえども、あえて確執しなかった。今この行賞を見るに、果たして先駆けした者たちは皆数か所の広大な所領を賜わっている。だが、これでよい。おそらくは重忠からの贈り物と言うべきであろう！」

成清は、唖然《あぜん》として主君の明るい顔に見入った。

国衡の首級をめぐって和田義盛と争った重忠でもあり、内心は悔しかったに違いない。意地であり、やせ我慢だったかもしれない。ただし現代ではあまり評価されない美徳も、往時にあっては異なる。不満を言わず恬淡《てんたん》として戦功に固執しない態度を貫いた点に、後世の人も注目し、北畠親房は『神皇正統記』に、こう記した。

〈是は人に広く賞をも行わしめんためにや。賢《かしこ》かりける男子《おのこ》にこそ〉

重忠にすれば称賛は広い所領の行賞にも匹敵する栄誉であり勲功であった。

九　直実《なおざね》の出家

1

一一九〇年の初冬十月、頼朝が上洛した。頼朝にとって伊豆配流以来の京であった。配流は一一六〇年、満年齢で十二歳の時だから、三十年の歳月が流れたことになる。

「重忠、先陣は、そなたに仰《おお》せつける」

頼朝は重忠を呼び出すと、みずから命じた。葉を落とし切った木々から、やわらかな日差しが庭にこぼれている。奥州合戦から一年、穏《おだ》やかな日々が続いていた。

「はッ、務めさせていただきまする！」

重忠は低頭した。

「ずいぶん考えたのだ、先陣を誰にしようかとのう。内々に希望を申し出る者も多かった。予はそなたにと決めていたが、昨夜の予の夢の中で神仏のお告げがあった。『重忠に』とな。それで、そなたを呼んだ次第じゃ！　はッ、はッ、はッ！」

上機嫌の頼朝は、そんな話も披露した。

「はッ、光栄に存じまする！」

奥州合戦に続く直々の指名に重忠は感激した。頼朝挙兵後の鎌倉入りや奥州合戦など、歴史の大きな節目では必ず重忠が先陣を仰せつかってきた。今回の先陣も、頼朝の信頼の揺るぎない証《あか》しであると思われた。

一行には御家人三百三十二人が参加し、郎党を含めると千人に及んだ。重忠は黒糸縅《くろいとおどし》の鎧《よろい》を着、家子郎党十人を引き連れていた。千人の先頭に立ち、馬上に潮風を受けて進む。何度務めても、これほど晴れがましい役目はなかった。

「殿、まるで二品《にほん》殿の御気分でございましたでしょう！」

最初の宿である懐島《ふところじま》、現在の神奈川県茅ケ崎で疲れを癒していると、榛沢成清《はんざわしげきよ》が様子を見に来て茶化《ちゃか》した。御屋形様はともかく、殿と呼ぶのは初めてだ。

「二品殿の御気分、とな？」

むっくり起き上がって成清を振り返る。二品殿とは頼朝のことだ。

「いやなに、御屋形様は、かくもご立派じゃった！　それがしも誇らしくて、こうして御報告に上がった次第！」

「なんだ、暇を持て余すゆえ、やって来たのではなかったのか？」

「おや、お見通しでござったか！」

「成清殿の心が読めぬで、どうするのだ！　はッ、はッ、はッ！」

二人、笑い合った。そこへ男が一人、ぬっと顔を出した。

「楽しそうでござるな！」

顔を見せたのは和田義盛だ。

「これは、これは、和田殿！」

奥州合戦では国衡の首級を巡って言い争った二人だが、もともと仲はよい。豪傑肌同士で気が合うのか、機会があれば酒を酌《く》み交わす間柄だ。

「外を通りかかると、陽気な笑い声がした。そこで寄らせてもらった。おや、変だな。美味《うま》い酒の匂《にお》いがしたのだが……」

重忠と成清は酒を飲んでいたのではない。義盛らしい催促だった。

「おッ、うっかりしておった。和田殿、よい御酒を持って来ておるゆえ聞こし召されよ。用意するよう伝えてくだされ、榛沢殿！　もちろん榛沢殿とそれがしの分も、お頼み申す！」

重忠にしても、成清と二人で酒を始めようと考えていたところだから、新たな参加者は大歓迎だ。重忠も人前では忌《い》み名の「成清殿」でなく、敬意を込めて「榛沢殿」と呼ぶ。

「いや、畠山殿、見事なものでしたぞ！」

互いの酒を飲み干すと、義盛も重忠の晴れ姿を褒《ほ》めた。旅の途だから酒といっても茶碗酒ならぬ、どんぶり酒。海に近いので、干し魚が添えてあった。

「実はそれがしも先陣を承りたいと頼朝様へ申し出ていたのじゃが、それがしの体は、ほれ、この通り。あやうく恥をかくところじゃった！」

義盛は「この通り」と言うところで、みずからの腹を、ぽんと叩いた。見事な太鼓腹だ。重忠と成清は、義盛が先陣を務めるさまを想像してみた。

〈重忠ならずとも先陣は務まろうが、和田殿だけは無理か……〉

口には出さないが、二人の想像は同じであった。都人や沿道の民に頼朝一行の力と威儀を示すことが上洛の目的の一つなら、義盛の馬上姿はふさわしくないかもしれない。

「そうであろうか？　武骨な強さこそが東国武士らしさゆえ、和田殿などは御家人中第一の人物ですぞ！　先陣に立ち、都人に見せ示すには、一番の人ですぞ！」

成清が義盛の顔を見て気遣いつつ言う。成清にしては気の利いた慰め方だ。

「そうか、それがしでは武骨か……。いや、確かにな！　ははッ、はッ、はッ、はッ！」

半分納得しながら半分は不満そうだが、笑い声は明るかった。

実は重忠に先陣を申しつける前に、頼朝は義盛へ前陣の随兵記《ずいびょうき》を与えていた。随兵記とは、供として加える武者の名を記したリスト。随兵の前半分をリストに従って義盛が編成した。後陣の随兵記は梶原景時に与え、侍所の長官と次官にそれぞれ前陣と後陣の編成を任せた。

「なれど、和田殿、舅《しゅうと》殿の姿が見えぬようだが……」

重忠は気になっていたことを尋ねた。重忠は北条時政の娘を正妻に迎えていたので、舅とは時政のこと。義盛は驚いたように目を丸くして重忠を見たが、意を決したふうに話し始めた。

「そうそう、そのことよ、のう……。実は渡された随兵記に北条殿の名がないので、それがしも梶原殿に尋ねてみた。ところが梶原殿に渡された後陣の随兵記にも北条殿の名はないという。奥州合戦には北条殿も加わっていたが、どうも元気がなかった。今回の上洛には、北条一族からは二品殿の信頼あつい江間殿一人が加わっているだけじゃ！」

義盛が首をかしげる。「江間殿」とは時政の子、江間義時こと北条義時だ。

「不思議な話でござる！　京の事情に明るい北条殿ゆえ、それがしに代わって先陣を承ってもよいお人だと存ずるが！」

重忠も同意した。時政は義経失脚の直後に京へ赴《おもむ》き、短期間ながら京都守護として敏腕ぶりを発揮した。重忠が「京の事情に明るい」と言った理由だ。

「それがしは、二品殿が誰を先陣にするかで悩まれたのは、そのこともあってのことと推察致したのじゃよ！　北条殿にしようか、畠山殿にしようかと……」

義盛が「推察」にまで言い及ぶのは、酒のせいがあったかもしれない。

独裁者のように見える頼朝も、何事につけ周囲の意見を聴いてから決める。以前は参謀役を務めた時政だが、次第に頼朝との仲が疎遠になった。特に頼朝が政権を確固なものにしてからは、景時が時政の代役を務める機会が増えていた。もとより時政と景時とでは、政治情勢を読む感覚に格段の差がある。上洛を機に時政を参謀役に戻すことが出来れば、頼朝にとっては好都合のはずであった。

「そうか、そういうことか……。鎌倉に残った舅殿は今、どのような心持ちでいなさるか？　舅殿の口から直接聴いてみたいとも思うが……」

重忠が言い、会談は終わった。気掛かりを残す話の終わり方だった。


鎌倉出発から一月余が過ぎた十一月七日、頼朝は入京した。前日から激しい雨が降り続いていた。時おり雪が混じる冷たい雨で、夜が明けても止む気配はない。正午近くになり晴れたが、かわって強い風が吹き荒れた。

行列は三条大路から鴨川の河原へ抜けて六波羅《ろくはら》へ到着した。平家の屋敷群があった六波羅は、平家没管領《もっかんりょう》として頼朝が賜わり、都における頼朝軍の拠点へと様変わりしていた。九日、頼朝は後白河院と後鳥羽天皇に拝謁《はいえつ》した。権大納言《ごんのだいなごん》に任じられる。二十四日、さらに右近衛大将《うこのえたいしょう》に任じられるも、十二月三日には権大納言と右近衛大将の両職を辞した。辞任は朝廷のみならず御家人たちを驚かせた。

頼朝が次に任官するのは一一九二年七月の征夷大将軍だが、それまでは無官だった。なぜ無官に甘んじたかには諸説がある。頼朝が望んだのは征夷大将軍や征東大将軍のような武士の棟梁にふさわしい称号であり、中央貴族ふうな権大納言や右近衛大将では気に入らなかった、とする説も。真実に近いかもしれない。

一行は十四日に京を発ち、十二月二十九日に鎌倉へ帰着した。おおむね無事な旅行だったが、気掛かりは時政の心のうちだった。直後、時政は脚気《かっけ》を病み、伊豆の北条館へ引っ込んでしまった。療養のためで、そのまま年を越す。彼を除けば鎌倉は元の穏やかな毎日へ戻った。

2

畠山重忠には怪力ぶりに関したエピソードが多い。武士の条件として怪力を尊《たっと》ぶ風潮は戦場《いくさば》での戦い方に因《よ》る。助《すけ》っ人《と》の登場や戦法の変化もあるが、基本は一騎同士の組み打ちだ。この闘い方では、まず相手を組み伏せ、組み伏せた後は弱るのを待って首を取った。敵の体を下に押さえ付けるまでが勝負だから、腕力次第の相撲に似ており、この時代に相撲が盛んな理由でもあった。

奥州合戦後の一一九二年、頼朝は鎌倉二階堂に永福寺を造営する。義経や泰衡ら戦死した幾万の霊を弔《とむら》うための寺で奥州中尊寺の二階大堂、つまり二階建ての大長寿院に倣《なら》う構造だった。同年六月、造営工事もだいぶ進んだと聞いた頼朝が様子を見に行くことにした。

「なに、来られるのか？」

「では、それがしたちも、よきところを見せん！」

御家人が順番で工事を受け持っていたから、その日の当番の重忠や佐貫広綱、城長茂《じょうながもち》、工藤行光、下河辺政義らの面々も、みずから作業に加わることにした。普段は監督に回るばかりで、自身が汗することはない。旧暦六月半ばは夏も盛り。炎天の下、御家人五人は揃《そろ》って衣を脱ぎ、大粒の汗を光らせながら梁《はり》や棟《むね》に使う大きな材木を肩にした。

「畠山殿、それがしが一端を持つゆえ、貴殿はそちらの端をお頼み申す！」

「承知した、佐貫殿！」

　そこへ政義が声を掛けた。

「いかに力自慢とて、二人では無理であろう！　それがしも間に入るゆえ、三人で運ばん！」

　腰をかがめた政義が材木の真ん中辺りに入り、肩に材木を当てた。三人になると、さすがに重忠と広綱の腰は定まり、しっかりした足取りになった。

「あれに見えるは重忠か！　おお、広綱と政義も！　さすが力自慢の者ばかりよ！」

　頼朝は上機嫌だ。頼朝が見ている間に力仕事は当番の面々があらかた片付けた。これには頼朝に付き添う者たちが驚いてしまった。さっそく頼朝は褒美の酒を差し入れた。

「おお、美味い酒だ！」

「こんな酒が飲めるなら、毎日でも手伝いに来るか！」

「しかし二品殿も毎日は御視察に来ぬぞ！　それでも手伝いに来るか？」

「手伝いに来ぬなら、褒美の酒もなしか……。では、やめておこう！」

「あッ、はッ、はッ、はッ！」

　面目をほどこした面々は、頼朝からの褒美の美酒に、盛夏の夜をしたたかに酔った。


　七月、頼朝は念願の征夷大将軍に任じられた。鎌倉中が祝賀にわく九月、重忠は二度目の美酒を味わう。再び舞台は永福寺。本堂や庫裏《くり》が完成し、工事は造園に移っていた。造園家でもある僧静玄の指示で、様々な奇石や巨石を各所へ配置する。難物は庭造りに欠かせぬ巨石だが、ここでも重忠が頼朝の前で怪力を発揮した。「一丈許《ばかり》」と伝えられる巨石を一人で運び、ぬかるむ池を歩いて中央に置いたのである。

「一丈」は約三メートル。直径三メートルの丸石なら、いかに重忠でも持ち上げられるはずもない。高さ三メートルの比較的平らな石だったのかもしれない。後日談もある。十一月になって頼朝が、こんなことを言い出した。

「石の位置だが、どうも気に入らん！　どうだ、重忠、そなたは如何に思うか？」

重忠は答えなかった。庭の良し悪しなど分からないから、答えようがない。ただ、池の菖蒲《しょうぶ》や蓮《はす》が枯れて石ばかりが目立ち、暑い七月の頃とは景色がまるで違って見えたのは確かだ。

「どうだ、重忠？」

頼朝が繰り返した。

「そうですな……では、直しましょう！」

さして悪いとは思わなかったが、石を動かすことにした。工事当番の佐貫広綱と大井実春が加わり、たちまち石を移し終えた。冬だというのに重忠の顔には汗が光っていた。

「見事なものだ！　三人ながら百人の功に同じであるぞ！」

手直しさせたことへの感謝もあったのだろう、頼朝は三人を盛んに褒めた。賛辞が大げさだったぶん、賜わった美酒も以前より多めだった。

こんな話も残されている。頼朝の前に「関東八か国で一番の力持ち」を自称する、長居という名の相撲取りが現れた。頼朝が御前へ呼ぶと長居は両の腕をまくり、力こぶを見せて言う。

「天下無敵です。まあ、畠山殿にだけは、勝てるかどうか分かりませぬが……。とはいえ、そう簡単には負けませぬ！」

並居る御家人たちを侮《あなど》っているように受け取れ、頼朝には大言壮語と聞こえた。不快そうな目付きや眉根のしわが、頼朝の心のうちをよく表していた。その時、表で大きな声がした。当の重忠の声だ。

「少し待て、すぐ戻る」

頼朝は長居を待たせ、大声の主の所へ向かった。玄関へ出向くと、重忠が出仕して来たところだった。

「そなたに頼みたいことがあるのだ！　嫌なら嫌と申せ！」

「はッ！」

神妙な顔で畏《かしこ》まる。

「そなたに頼んでも断られるかもしれないと思い、頼むのをよそうかとも思ったが、予には、どうにも我慢がならぬのだ！」

「はッ！」

畏まりつつ顔を上げて頼朝を見る。依頼の中身が何か分からないので返答のしようがない。仕方なく重忠は黙って神妙にしていた。

「そなたに頼んでも断られるかもしれないが、どうにも我慢がならぬのだ！」

同じことを繰り返した。重忠は不審そうに頼朝の顔を見た。よほど言いにくいことなのか。同じことを言って重忠の気を引いているつもりか。いつもの頼朝と違い、話が前へ進まない。重忠は居ずまいを正し、控えめな声で問う。

「主君の大事とあらば、何事であれ、お受け致しましょう！」

「何事であれ？　そうか、まだ話していなかったか、頼みごとの中身を……」

勢い込んで話したせいか、頼朝は肝心なことを失念していた。

「はッ！」

「そうか、話していなかったか！　はッ、はッ、はッ！　そうか、そうか……。つまりだな、実は隣の部屋にいる長居という名の相撲取りが、大きなことを申すのだ。お前と手合わせをしたいと申すのだ。あまり力自慢をするので、予がやっつけてやりたいくらいなのだが……。そこで一番だけでよいから、長居を相手に相撲を取ってくれないか？」

天下の一大事かと畏《かしこ》まった重忠だが、聞けば取るに足りない話だった。そんなことかという顔で、ますます畏まって何も言わない。

「いや、だから我ながら不躾《ぶしつけ》な願いかとも思ったが、所望《しょもう》するは、このことなのだ！」

そこで重忠は立ち上がり、黙って別室へ去った。次に現れた時は褌《ふんどし》を締めており、そのまま庭へ出た。しばらくすると長居も褌姿で、肩を大きく揺らしながら庭へ出てきた。背格好は重忠より少し大きく、まるで仁王か何かのようだ。

土俵の周りに続々と人が集まり、彼らの視線も一点に集まった。頼朝のほかにも梶原景時や和田義盛、下河辺政義、佐貫広綱ら、幾人かの御家人たちが一戦を見守った。

両者、すっくと立ち上がる。長居が右手で手刀を作り、左に回りつつ重忠の首を打った。そうしておいて左手で前褌《まえみつ》を取ろうとした。体は大きいが動きも早かった。だが短く太い猪首《いくび》の重忠は、首を打たれたぐらいでは、びくともしない。横へ回ろうとする長居の両肩を両手《もろて》で押さえ、動きを止めた。さすがの長居もそれ以上は前に出られず、横へ回り込むことも出来ない。土俵の真ん中で二人は石のように動かなくなった。

大きな体の二人から汗が滴《したた》り落ちた。一瞬の力加減で勝負が決まると読んだ見物人たちは、二人から視線を外さない。いや、外せない。息詰まる時間が過ぎた。

「勝負がつきませぬ。このくらいで、よろしいのではありませぬか？」

力は両者互角と見て景時が頼朝に言う。

「いや、見ておれ、勝負はすぐにつく！」

頼朝が言い終わらぬうちに、まさしく勝負はついた。重忠が両手にさらに力を込め、上から押さえつけるようにして長居を土俵に引き倒した。倒れた長居は、そのまま気絶した。景時の郎党が土俵に上がって長居の頬を二度三度打つが、大きな体はぴくりとも動かない。

「おお！」

「見事、畠山殿よ！」

見守っていた御家人たちは、やんやの喝采《かっさい》だ。誰もが拳《こぶし》を握りしめ、二人の力持ち以上におのれの体を熱くしていた。

そんな中で当の重忠だけが表情を変えない。ひと言も喋らず、席にも戻らず、頼朝に軽く一礼すると帰ってしまった。後に残った長居に皆の視線が戻った。しばらく長居は動かず、「死んでしまったのか？」と訝《いぶか》る向きもあった。

「痛ッ、い、たい……」

意識を取り戻した長居はうめき、よろよろと立ち上がった。だがその格好が、どこかヘンだ。両の腕をだらりと落とし、まるで丸太を両肩からぶら下げているように見えた。顔じゅうから脂汗を流し、必死に痛みに耐えていた。

後で分かったことだが、長居の両肩は脱臼《だっきゅう》しており、とりわけ左肩は鎖骨が折れていた。肩の骨まで握りつぶしてしまったのだから、よほど重忠の握力は強かったのだろう。長居が痛がるのも無理はなかった。相撲を見ていた者も、後で話だけを聞いた者も、ただただ重忠の怪力に驚き呆《あき》れ、また讃嘆したのだった。

熊谷《くまがい》次郎直実《なおざね》は現代《いま》も語り継がれる東国武士の典型である。果敢な武者ぶりに頼朝は目を細め、彼を大いに愛した。壇ノ浦合戦における敦盛《あつもり》との一件は『平家物語』の「敦盛最期」に詳しい。能や幸若舞《こうわかまい》にも『敦盛』の演目がある。武士の心情を物語る芸能として武士、庶民を問わず愛されてきたが、よく知られた場面なので、ここでは触れない。

東国武士のスーパースター的存在の熊谷次郎直実。領主としての規模は重忠などと比べれば、はるかに小さく、従う郎党も少ない。だが小さいながら独立勢力であるために行動の自由が保証され、目を見張る先陣争いも可能だった。

一方で小規模領主の悲哀は、のちの直実の人生にも影響する。直実が浄土宗の開祖、法然《ほうねん》を師と仰いで出家する直接のきっかけとなったのは、伯父であり育ての親でもある久下直光《くげなおみつ》との、領地の境界をめぐる争いだったからだ。

3

旧暦では十一月も下旬になると、すでに冬のさ中だ。武蔵国の北、熊谷郷では一日として北西の寒風が吹かぬ日はなかった。雲が出ても強風に引きちぎられ、すぐに消えてしまうから、空は連日の快晴である。夜は夜で満天の星々が冴え冴《さざ》えと光った。

「父上、妙見《みょうけん》様が美しいですね！」

北の夜空を見上げていた熊谷直実に、嫡子の直家《なおいえ》が声をかけた。歳の頃二十二、三の若者は、一ノ谷合戦や奥州合戦を経て立派な若武者に成長していた。背丈も人並み外れた父を、さらに上回るほどだ。

活躍の褒賞として熊谷郷の領地を安堵され、直実の館は以前よりずっと大きくなった。広い庭へ出ると冬の星々が無辺の天空を飾っていた。

「おッ、直家か……」

星を眺めながら物思いにふけっていたのか、直実の声が低い。

「妙見菩薩様は、女子《おなご》であるそうですね。いつも北の空にお座《わ》して、我らをじっと見守っていてくださる……」

「然《しか》り、有り難い女神様じゃ！」

直実の声が高くなった。妙見菩薩は当時の東国武士たちに深く信仰されていた。季節を問わず夜空に不動の北極星を妙見菩薩に見立てるが、北斗七星を含めて信仰の対象とする場合もある。

「直家よ、世のすべては妙見様の御意思によって動くのだ……」

「鎌倉殿も、ですか？」

「鎌倉殿とて妙見様の意には従うのみだ。だから鎌倉殿も祈る」

言いながら直実は依然、北の夜空を見上げていた。すっかり葉を落とした裸木《はだかぎ》の彼方に北斗七星が瞬《またた》き、北斗の針先で一段と明るい北極星が揺らめき光っていた。

「明日は鎌倉ですね？」

「そう、朝も早くに発《た》つつもりじゃ！　鎌倉で妙見様はそれがしに微笑《ほほえ》むのか、それとも叔父殿に微笑むのか……」

言って北の夜空に手を合わせ、直実の祈りは終わった。鎌倉での用件とは、叔父である久下直光との間で続く土地訴訟のこと。熊谷郷と久下郷の境界争いで、二人はともに鎌倉へ出向いて裁定を仰がんとしていた。北武蔵の冷たい夜風に吹かれながら北極星に祈るのも、直実の心に落ちつかぬ何かがあってのことだ。

寝所へ戻る道で親子は無言だった。子の直家も父の直実から何度か経緯を聞かされていて、直実の心のうちは直家にも分かった。

熊谷氏は武蔵七党の一つ、私市《きさいち》氏の流れを汲む。初代直季《なおすえ》が熊谷へ分家して館を構えたが、三代で子孫が絶えた。そこで平盛方《もりかた》の子で、直実の父である直貞《なおさだ》を養子に迎えて跡を継がせた。ところが直貞は二十二歳の若さで病没してしまう。以後、子の直実は母方の叔父で、同じ私市流の久下直光に育てられることになった。

この時代ではありがちなことだが、直実はやがて久下直光の郎党として扱われるようになる。直実が憤慨すると、怒った叔父直光は直実の熊谷郷を没収した。しかし、これで心がめげる直実ではなかった。

一一八〇年十一月、直実は、常陸佐竹氏との金砂城《かなさじょう》攻防戦で大活躍した。この勲功を頼朝に認められる。直光に押領されていた熊谷郷が元に復され、直実は熊谷郷の地頭職に任じられた。あるいはこの時、久下郷の一部を侵す形で両郷の境界を線引きした事実があったのか、どうか。以後の熊谷、久下の両氏は境界をめぐってもめ続けた。

「もとはと言えば、熊谷郷を叔父殿が没収したことが発端だ。鎌倉殿が、この直実の土地として安堵したものに、なにゆえ叔父殿は異を唱えるのか……」

直家は父から繰り返し、その言葉を聞かされた。明日発《た》つ鎌倉でも、そのような明白な経緯を主張すればよいのだから、難しく考える必要はないようにも思えたが、いつもの父らしくない愁い顔だった。

「父上、何か気掛かりでも、ございますか？」

母屋へ入ろうとする父の背に向かって、直家が言葉を掛けた。

「ん？　いやなに、梶原殿が叔父殿の肩を持っているらしい……」

直実は背を向けたまま、ぽつりと言って家の中へ消えた。直家がその言葉の重さを知るのは、父が失踪した後になってからのことだ。


鎌倉の冬空は青く澄み、迷《まよ》い子のような白雲は強風にちぎれて東の空へ飛び去る。普段は我が物顔に鎌倉の空を飛ぶカモメやトンビも、さすがにこれほどの強風は苦手らしく、一羽たりとも姿を見せない。直実はこの日の朝、早々に目覚めた。起きると服も着替えず縁側に出て、よく晴れた冬空を見上げた。雲一つない空のごとき心境とは、ものの喩《たと》えだが、この朝の直実の心は逆に千千《ちぢ》に乱れる片雲のようだった。

前夜は、ほとんど寝ていない。床に就《つ》いたのは早かったが、眠りは浅く、何度か起きては用意の文書を点検した。頼朝からの安堵状や境界図面、直光に没収される前に父が領していた熊谷郷の地図などだ。不備がないことを確かめた後で再び寝に入ろうとするが、心は騒ぎ続けた。こんなことは直実にとって初めてだ。合戦の前夜ですら眠れない夜はなかった。勝敗は時の運だから仕方がないが、武士《もののふ》には勇猛果敢に戦うことが第一であり、そこに不安を感じた覚えはない。だから眠れたのだろうが、この夜は違った。

理由も、はっきりしていた。物事の理非を整然と論じ立てる能力が欠けていると自覚するからだ。頼朝の前で双方が主張を述べ合う〈対決〉では、周囲を納得させる弁舌と沈着さが要求される。ところが直実は人一倍の口下手だった。直実が育った東国は、言うより先に手を出す世界であり、落とす涙の量で心のうちを伝え合う世界だ。加えて直実の耳には、久下直光に梶原景時が味方しているとの噂が伝わっていた。

〈ともかく自分を抑えねば……。カッとするまい、怒るまい……〉

心に沁《し》み入るような朝の青い空を仰いで直実は心に誓うのだった。

「して、この地図は、久下殿も承知していたものなのか？」

頼朝みずから久下直光に問う。頼朝の前には、直実が提出した熊谷郷の大きな地図が広げられていた。直実の父、直貞が健在の頃の熊谷郷の地図は、久下直光に没収される以前の、熊谷郷の全体図だった。

「それがしは承知しておりませぬ。これまでに見たことも、見せられたこともありませぬ。そのような地図など、後からいくらでも作ることが出来ましょう。証拠になりませぬ！」

初老の直光は落ち着き払い、弁舌も巧みだ。

「もともと熊谷郷といったものは、ありませぬ。一帯はすべてが久下郷であり、熊谷郷はそれがしが熊谷殿に預けたものに過ぎませぬ！」

よく通る声で直光が続けた。鎌倉では直実の名こそよく知られていたが、直光の名を知る者はわずか。にもかかわらず居並ぶ御家人たちを前に、直光には臆《おく》したふうもなかった。

「熊谷殿、久下殿の言い分に相違はないか？」

頼朝が直実の反論を促す。直実を見る目が優しげだ。

「父直貞は二十二にて身罷《みまか》りましたゆえ、その頃、それがしは幼く、地図を誰が見ていたかは存じませぬ。なれど、正しく父より受け継いだ遺品であることは間違いござらん！　まして、のちになって作らせたなどというようなことは、断じてござりませぬ！」

前半は穏やかだったが、後半になって直実の目が光り、声が大きくなった。偽の地図の疑いと指摘されたことに腹を立てたようだ。気づいた何人かの御家人が、心配そうに直実の赤らんだ顔を見た。直光も、口調の変化に気づいて直実を見詰めた一人だった。その直光の口元が一瞬、微笑《ほほえ》んだように見えた。

「どうか、久下殿、言い分は？」

今度は直光に発言を促す。

「正しく受け継いだ遺品とのことだが、それが偽りでないという証拠はあるのでしょうか？　のちの世の偽造でないとの証拠はいずこに？」

一方の直光は低い声のままだ。

「なんと！　偽りと？　偽造と？」

直実は絶叫して、ますます顔を赤くした。「偽り」や「偽造」が直実の怒りを煽《あお》りたてる意図的な言葉であることに、直実は気づいていない。直実は腰を浮かしかけ、そのまま立ち上がって直光に掴《つか》みかからんばかりの勢いだ。

「熊谷殿、これ直実！」

さすがの頼朝も、これではいかんと思ったのだろう。直実を制止して問う。

「熊谷殿、これは予《よ》からの問いである。そなたの父直貞殿は、養子となって熊谷郷を相続したのであろう？　それは間違いないのであろう？」

頼朝は直実に助け舟を出した。ところが興奮した直実には、そんな親切心からの言葉さえ、右の耳から左の耳へ抜けた。

「叔父殿、いや久下殿、お言葉を取り消されよ！　正直一途に励んできたこの直実に偽り、とか、偽造、と、かは、なに、ゆえ、なる、ぞ？　まず、取り消、され、よ！」

大粒の涙をこぼしながら直実は、途切れ途切れに叫ぶ。頼朝の問いには答えない。心ある者が危惧し、誰より自身が危惧した事態。そこに陥ったことに直実は気づかない。

それでも、ここまでなら直実救済の余地は残っていたかもしれない。弁舌の巧拙が東国武士の価値を決める要件でないことは誰より東国武士自身が、つまり居並ぶ御家人たちが知っていた。興奮は一時《いっとき》のことだから、治まってから頼朝に返答し直せば悪い結果にならずに済む。また「地図が真実である証拠はない」のと同様に「偽りである証拠もない」のだから、逆に直光に対して「では偽りである証拠を出されよ」「そちらに別の地図があるなら、偽りなきとの証拠と一緒に示されよ」と返しても、よかったかもしれない。

しかし直実にすれば名誉を傷つけられことが何よりの恥辱であり、我慢ならないことだった。その点が修正されなければ、自分の主張を一歩たりとも前へ進めることが出来ない。修正されないことは、一切を失うことに等しかった。

「梶原殿が久下殿を贔屓《ひいき》にしているので、御裁決では久下殿が勝訴することになろう！　ならば道理にかなった、それがしの文書など無用である！」

直実は言い捨てると、持参した文書を自分の手で丸め始めた。皆が呆気《あっけ》にとられた。正直な思いを吐露したのに過ぎずとも「梶原殿云々」は憶測の域を出ない。たとえ九分通り真実でも、裏付けなく第三者の名を出せば、讒言《ざんげん》の誹《そし》りは免《まぬか》れない。ここまで言ってしまうことは失敗だった。

「失礼致す！」

頼朝に一礼しただけで、退出の許しが出る前に席を立った。頼朝も御家人たちも依然、呆気にとられて直実の後ろ姿を見送った。直実は手で巻いた文書を坪庭に投げ入れ、大股で西の侍控室に入った。どんと座りこむと、みずから刀を取って頭の髻《まげ》を切り始めた。

「鎌倉殿の侍になることが出来たのだから、それがしは、これで満足だ！」

言い残して南門を飛び出した。鎌倉の熊谷邸へは帰らず、そのまま行方知れずとなった。

その後、直実は浄土宗の開祖である法然に弟子入りする。すでに境界論争審判より二年前の一一九〇年、直実は法然の紹介により高野山で敦盛七回忌の法要を営み、供養していた。仏への帰依心は強く、成り行きとも見える審判の席での態度や行為も、直実には出家へのきっかけに過ぎなかった。原因ではなく、きっかけである。

嫡子直家は父親譲りの武士ぶりで頼朝の信頼が厚く、領地を奥州や中国各地に拡大した。その意味では熊谷郷と久下郷の境界論争など小さな争いに過ぎず、頼朝による直実慰留にも「いずれ他の領地を取らせるゆえ、ここは我慢せよ」という配慮があったのかもしれない。

法力房蓮生《れんせい》と名を変えた直実は、法然の弟子として各地に寺を創建するなど、持ち前の一徹さで仏道に励んだ。主君頼朝を懐かしむ気持は強かったようで、一一九五年の八月には京から武蔵国への下向の途で鎌倉へ立ち寄り、頼朝に拝謁している。

「直実、いや蓮生殿、汝《なんじ》のおらぬ鎌倉は寂しいぞ！」

頼朝が声を掛けると、感極まった直実は泣き出してしまった。

「どうだ、修行の毎日は？」

涙が収まったところで頼朝が問う。

「行くにも馬はなく、すべておのれの足だけを頼りに千里の険しき道をたどります。千里の困難は、千里の悩みと苦しみの道でもあります！」

問われるまま直実は厭離穢土《おんりえど》、欣求浄土《ごんぐじょうど》の趣旨を申し述べた。次いで頼朝は兵法や合戦の心得や故実を問うと、こちらも細々《こまごま》と流れるように答えた。

「感心した！　身は僧ながら心は真俗を兼ね、武士の心もそのままである。思慮深く、弁舌も巧みになったことが格段の変わりようである！」

頼朝は、境界審判での直実の訥弁《とつべん》を思い出していたのかもしれない。

「直実、いや蓮生殿、いましばらく鎌倉にとどまってはくれぬか！」

しきりに頼朝が引きとめる。

「後日また参上致しまする！」

直実は微笑《ほほえ》んで言い残し、北武蔵の地へ去った。後日に参上することはなかった。

4

慈光寺《じこうじ》は、菅谷館から都幾川《ときがわ》に沿って西へ十余キロほど分け入った山中にある。川沿いに道が続く辺りはまだ里の風景だが、川から離れると人家が絶えて登りの坂道になった。なおも行けば坂は次第に険しくなる。

冬の眠りから覚めた山里に春風が吹き始めた正午《ひる》前、この道を馬でたどる武士たちがいた。体の大きな男が畠山重忠で、年長らしき武士が榛沢成清《はんざわしげきよ》、残る一人は重忠の従者だ。

「しばらく消息を聞かぬが、住職の厳耀《ごんよう》殿は達者でござったか？」

「大伯父《おおおじ》殿は、ますます元気なり！　老いることを知らぬ、お方のようじゃ！」

成清の問いに重忠が大声で答えた。普通に話しているつもりでも森閑《しんかん》とした山道だから、声は大きく響いた。

「して、丹党《たんとう》から来るのは、どなたか？」

みずからは丹党に属す成清に、重忠が尋ねた。

「丹党から顔を出すのは小島光成《みつなり》殿のはず！　して、児玉党からは、どなたでござるか？」

光成なら成清よりさらに年上の、古武士然とした男だ。

「児玉党は家長《いえなが》殿でござろう！　庄《しょう》家長殿……」

一ノ谷合戦で家長は、平家副将軍の平重衡《しげひら》を生け捕りにした。重忠を支える武蔵七党武士団の中でも指折りの武将であり、児玉党の代表として彼以上の人物はいない。

「それにしても慈光寺とは、よい所を思いついたものでござる！　ここなら心静かに話し合えるというもの！」

成清が高い木立を見上げて感心した。


「まさに合戦が起きようとしていると聞く。急ぎ鎮《しず》めるように！」

頼朝が重忠を呼んで命じたのは二月九日のこと。鎌倉の梅も咲きそろい、春の兆しが日増しに強くなっていた。

当事者の一方は秩父、児玉、入間、大里各郡の中村、勅使河原、安保、高麗《こま》、加治ら五、六十の氏族から成る武士団の丹党。他方は児玉郡を中心に庄、小代《しょうだい》、越生《おごせ》、富田ら、やはり六十を超える氏族で構成する児玉党だ。十一世紀の半ば、頼朝より五代前の源頼義が前九年合戦で活躍した頃、武蔵の国には武蔵七党と呼ばれる武士団が相次いで登場した。横山、猪俣、村山、野与、西、児玉、丹の各党を指すが、他に綴《つづき》と私市《きさいち》を加えることもある。七党の中でも、とりわけ丹と児玉の両党は畠山軍団を支える精強な武士団であった。

七党の起源をたどると、それぞれが関東へ国司として赴任した有力貴族に行き着く。武蔵国内は治安が悪く、群盗なども頻々に出没したから、土着するには武装化と結束が必要だった。頼義に従って陸奥へ遠征したことも、武士団として力をつける契機となった。

七党間の小競り合いも珍しくなく、原因の八、九割までが土地境界をめぐるものだった。特に児玉郡が重複する両党勢力は埼玉県北西部に入り組んで接し合ったから、境界争いが頻々であった。それでも大事に至らなかったのは、畠山氏など有力八平氏の「強き者」が調停役を引き受けていたからだ。今回の対立も、重忠が鎌倉での用向きに多忙過ぎて地元を留守にしがちだったために起きたと言え、その意味では重忠の責任であるから、頼朝が直々に呼んで「急ぎ鎮めるように！」と命じたのである。

「大きな寺でござるなあ！」

成清が大声で嘆息した。半時《はんとき》つまり一時間ほども前に山門を過ぎたが、馬から降りて歩いたためもあって、目当ての観音堂へはまだ着かない。頼朝も帰依し、その後七十余の僧坊を構えて「関東一の大寺」と称賛されるようになる寺だけに、境内は広大だった。

「なんの、あとわずか！　この石段の上が観音堂でござるぞ！」

重忠が励まし、ともに石段を登り切る。振り返ると眼下に奥武蔵の里々が見えた。見事な眺望に二人は、しばし見入った。

「どうした、何を見ている？」

「道を……後から兵たちが来ぬかと……。いや、要らぬ心配のようです！」

三者のいずれかが数十の兵を引き連れて来れば、もはや仲裁は無意味になる。

「なに、両党とて合戦を避けたい気持に変わりはない。和睦を退け一党のみ生き残っても、この武蔵国では幾日も立ち行かぬ。児玉も丹も、それを知らぬ愚か者ではない！　和睦を誰より望んでいるのは当事者だ。さあさ、厳耀殿が待っている。急ごう！」

重忠が成清の背をぽんと叩き、二人は観音堂へ向かった。観音堂へ着くと、待ち構えていた厳耀がもろ手を広げて二人を迎えた。

「また一段と大きくなられたな！」

目を細め、白い顎鬚《あごひげ》を右手でしごきながら厳耀が子供を見るように言った。

「参りましたな、大伯父殿！　幼い頃に何度も聞かされた、お言葉です！」

「はッ、はッ、はッ！　体つきでなく、人として大きくなったと申したのじゃ！」

住職が豪快に笑う。体つきといい太い声といい、僧というより武士の印象だ。

「お約束していた千手観音《せんじゅかんのん》を、ここにお持ち致しました！」

重忠が土産の仏像を手渡した。金色《こんじき》に輝く千手観音像だった。

「ほう、これは、これは！　立派なものじゃ、大切にして寺の宝に致そう！」

住職は奉納の観音像を手に取ると、大きな目を細めて微笑みながら、しげしげと眺めた。

待つほどもなく丹党の小島光成と児玉党の庄家長が顔を見せ、三者の会談が始まった。正面の上座に重忠が座り、左右で光成と家長が相対した。成清ら従者たちは別室に控えたから、この場は三人だけの会談になった。

「酒も料理もないが、腹蔵《ふくぞう》なく話し合う時間だけは存分にござる。合戦になれば勝っても負けても遺恨の種となるゆえ、話し合いで収めることが上策かと存ずる！」

重忠が話の口火を切り、二人の顔を見た。二人は黙ってうなずいた後、互いの立場を説明し合った。だが、それ以上の争論らしいものは起きなかった。いつもの例に従い、重忠は五分と五分で妥協する調停案を示した。互いの面子《めんつ》が傷付かぬように、いわば痛み分けだ。

「小島殿、庄殿、では、よろしいか？」

念を押す。短時間で決着がついた。こうもスムーズに決まるなら、山奥の慈光寺を会談の場に選ぶほどのこともなかった。

「よろしいか？」

再び念を押す。だが小島光成と庄家長の顔が晴れない。

「まだ何かござるか？　せっかくの機会ゆえ、腹に残る事々をすっかり吐き出されよ！」

促すと家長が体を乗り出した。

「阿久原牧《あくはらまき》のこと、経営を児玉党の手に移してくださらぬか！」

家長が口にしたのは、まったく別の事項だった。ここで光成の顔色が変わった。

「待たれよ！　むしろ丹党の手に戻してくだされ！」

光成も身を乗り出した。二人の関心は境界問題より、こちらにあったようだ。両者の境界は阿久原の地に接していたから、今回の境界問題の背後には牧の問題も絡《から》んでいたのかもしれない。これまで表沙汰にならなかったが、くすぶり続けてきた問題なのだろう。

「阿久原牧は、すでに児玉党が経営しておるはずだが……」

現に児玉党が経営しているものを、今さら「児玉党の手に移す」とは妙な言い方だ。丹党側の「丹党の手に戻す」という主張も強引過ぎて分かりにくい。

牧とは馬牧場のこと。秩父平氏嫡流の本拠である秩父吉田の地にあって、重忠の祖は勅旨牧《ちょくしまき》、つまり朝廷指定牧場である秩父牧の別当職を務めてきた。秩父牧は秩父郡の石田牧と児玉郡の阿久原牧との、二つの牧場の総称であった。

やがて重忠の祖は平場の畠山へ本拠を移した。秩父を去るにあたり、秩父牧の経営を丹党へ委《ゆだ》ねた。もともと丹党中村氏は、秩父平氏以前に秩父牧の別当職に就いていた家柄。畠山氏から経営を引き継いだ丹党は、当初阿久原牧の経営も手掛けたが、阿久原牧はその後、児玉党の管理に移された。このような経緯により阿久原牧には別当職の畠山氏、前別当で前経営者の丹党、現経営者の児玉党という、三者の意向が絡むことになった。

頼朝がしばしば褒美《ほうび》として御家人たちへ名馬を与えたように、良馬は強力な武器であり、力と地位の象徴だった。牧の経営から得る利益は領地内の農作物その他から生じるそれに比べて大きく、ゆえに牧の利権をめぐる対立は境界問題より深刻かつ重大であった。

「馬の数を増やすにも減らすにも、畠山殿と丹党へのお伺いが要《い》るのが現状。それゆえ、石田牧を丹党が経営するがごとく、阿久原牧を児玉党の手で自由にやらせてほしいのでござる！」

児玉党の庄家長が堂々たる押し出しで主張した。現在の埼玉県児玉郡神川町にある阿久原は、児玉党の本拠地の一つであり、牧に固執する理由でもあった。

「待たれよ、庄殿！　長きにわたり山林原野を拓《ひら》き、阿久原牧を現在《いま》の形に作り上げたのは丹党の中村であるぞ！　むしろ丹党の手へ再び戻すことにこそ、理がござろう！」

丹党の小島光成も負けていない。眼光鋭く、弁舌は巧みだ。両者が言い分を述べ合い、歩み寄りもなく時間が過ぎた。重忠は水干《すいかん》を折り目正しく着込み、背筋を伸ばして聞いている。軽く目を閉じて身じろぎせず、口を挟むこともないが、独特の存在感があった。

「いかに？」

途中、住職の厳耀《ごんよう》が顔を出したが、ひと目で座の張り詰めた空気を読んだようで、すぐ引っ込んでしまった。やがて夕暮れになり、時を知らせる鐘の音と僧たちの読経の声が響いた。

「話が長引けば……」

外がすっかり暗くなってから、重忠が口を挟んだ。

「……庄殿、小島殿とも郎党たちが心配し、要《い》らぬ憶測に及ぶやもしれぬ。ともに従者を一人ずつ出して『話が長引いているが、案ずるなかれ』と伝えた方が、よろしかろう！」

争論の中断をきっかけに住職の厳耀が夕食を出した。寺の料理だから雑穀米と汁に豆腐、煮豆、フキの煮付け、それに漬物という簡素な膳。酒はない。雑穀米だけは盆かと思えるほど大きな器に盛ってあった。従者たちも呼んで車座になり、皆が黙々と箸《はし》を動かした。戦場《いくさば》では悠長に食べている余裕がないから、早食いは彼らの習性であり特技でもあった。

「では、失礼つかまつる！」

あっという間に食べ終えた従者が一人また一人と席を立ち、伝令のために去った。座はなお、それぞれが腹心一人ずつを従えていたから、計六人になった。

「しばし、それがしも、失礼、致す！」

早々と膳のものを平らげた重忠が、ごろりと横になった。次の瞬間には寝息を立てていた。

「拙者も……」

「では、拙者も！」

謹厳な重忠の突然の変わりように児玉党の家長と丹党の光成は目を丸くしたが、かえって緊張が緩んだらしく、自分たちも寝転がった。長い争論による疲れと満腹感のせいで、どちらも心地よい眠気の誘惑に抗《あらが》い切れなかったようだ。

観音堂の大きな部屋で大男が三人、大の字になって寝入った。むしろ三人の従者たちが身構えたが、ここでも榛沢成清が意外な行動に出た。

「どれ、では拙者もひと寝入り、するか！」

ごろりと横になった。主《あるじ》重忠の警護を放棄したのだ。残る従者二人は呆気《あっけ》にとられて互いに顔を見合した。どちらからともなく笑い出し、どちらも肩の力を抜いた。

「ならば拙者も……」

「拙者も！」

結局、六人が大の字になった。犬同士の喧嘩で腹を見せ合うがごとき無防備この上ない格好であった。堂内は静寂に包まれ、外はとっぷりと暮れた。

「さあさ、皆の衆、お起きなさらんか！」

しばらくして厳耀が顔を出した。物音一つしない気配を案じて様子を見に来たようだ。ところが目に飛び込んだのは六人の無防備な寝姿だった。厳耀は呆れ顔となり、ふうと、ため息を一つ吐《つ》いてから皆を起こした。

「おお、そうであったな！」

真っ先に重忠が起きた。夢の中でも何か食べていたのか、口元の涎《よだれ》らしきものを拭《ぬぐ》った。それから緩んだ水干《すいかん》の腰紐《ひも》を、ゆっくり締め直す。さきほどまでの謹厳ぶりが嘘のように、隙《すき》ばかりが目立ち、まるで別人だった。

「すっかり寝てしもうた！」

「おお、寝てしまもうたわい！」

家長と光成も寝ぼけ眼《まなこ》で半身を起した。成清ら従者たちも起きた。

「虎の檻《おり》の中で寝る武士《もののふ》たちだな……」

意味不明の言葉を残して厳耀が去った。

「さあさ、では談合を再開致さん！　言い分は出尽くしたものと見るが、いかがか？」

服装を整えた重忠が再び背筋を伸ばした。家長と光成が無言でうなずいた。夕餉《ゆうげ》の前に延々と争論していたから、これ以上言い合っても繰り返しになる。隙を見せ合ったことも双方の戦意を微妙に削いでいた。

「それがしにとれば児玉党も丹党も命である」

謹厳な重忠に戻って続ける。

「……一の与党と二の与党であるから、どちらが欠けても畠山の軍勢は立ち行かぬ。貴殿らが合戦を望み、一方が倒れれば、それは畠山が倒れるに等しい。どちらが欠けても立ち行かぬ畠山が一方に加担して他方を潰《つぶ》すのは意味のなきことでござろう！」

言って二人の顔を見る。二人はやはり無言だ。

「……なれど今、貴殿たちに合戦の意思なきこと、よくよく分かった。害意あらば虎の檻の中で、ともに寝ることはあるまい。今はただ、それがしの仲裁案に従うべきである！」

有無を言わせない重忠の目だ。二人は気圧《けお》されたように黙り込んだ。

「阿久原牧の経営はこれまで通り児玉党の手で行い、今後畠山と丹党は一切、経営に口を差し挟まぬこと。代償として重忠が丹党に越生の大鷹取山《おおたかとりやま》を与える。これで、いかがか？」

一瞬にして二人の目が輝いた。鷹狩りの好きな重忠が大鷹取山を大事にしていることは皆の知るところだが、仲裁のため、この山を手放そうと言うのだ。

「承知致した！」

越生《おごせ》の地にあって標高四百メートル弱。鷹の巣が多いため捕獲には絶好の山で、鷹狩り好きの武士には垂涎《すいぜん》の的だ。境界争いで多少の領土を得るより実利は大きい。

「異存ござらぬ！」

家長も光成も首を大きく縦にふり、両手をついて畏《かしこ》まった。主張が通った児玉党、新たに大鷹取山を得た丹党。双方の面目が立ち、どちらも吉報を土産に出来た。その夜は皆が慈光寺の僧坊《そうぼう》に分宿し、翌朝は家長、光成とも早々に寺を出た。

〈虎の檻〉は最初から重忠と成清の作戦だったのか否か。翌年の夏、丹党の小島光成から若鷹二羽が重忠の元へ届いた。

〈大鷹取山より獲り、最初に育てた鷹をお贈り致します〉

添えられた手紙《ふみ》には、丁寧な謝辞とともに、そうあった。

十　不穏と死

1

畠山重忠の一番の娯楽は鷹狩りだった。秩父の山々に近く、いたる所に森や林、葦原《あしはら》が広がる北武蔵は野鳥の楽園だ。種類も数も豊富である。乗馬に巧みな武士《もののふ》であれば、鷹狩りに慣れ親しむのは自然の成り行きだろう。

頼朝もまた伊豆の配流時代から狩りを趣味とした。

「このところ戦《いくさ》もなく平穏ゆえ、狩りをしたい。狩りは罪深いものとも聞くが、どうであろうな？　気晴らしには、よいと思うが……」

初夏のある日、訴訟の裁定が一段落したところで、頼朝が居並ぶ御家人たちに切り出した。梶原景時が、すぐに応じた。

「狩りが罪業《ざいごう》となるとは思えませぬ。お釈迦様は修業時代に、波羅奈国《はらなこく》で母鹿狩りを催されました。わが国でも諏訪大明神が人間であった時に、伊吹岳で七日間の巻狩《まきがり》をしました。中国の王も狩りをして遊んだと伝えられます。ただし鷹狩りだけは罪業であります」

皆が景時の博識に感心していると、重忠が一人、陽気に笑った。

「はッ、はッ　はッ！　いや、失礼した！　だが、これは、なんとしたことか。博識な梶原殿のお言葉とも思えませぬ！　鷹狩りにも立派な由緒があるのに、なにゆえ罪業などと言われるのでしょうか？」

座の誰にも聞こえる大声だ。視線が一斉に重忠へ集まる。庭の小鳥も、さえずりをやめて聞き耳を立てているようだ。

「東天竺《ひがしてんじく》の斯波国《しばこく》には、帝釈天《たいしゃくてん》と釈迦牟尼《しゃかむに》になぞらえた、鷹と鳩の話があります。中国では周の文王、我が国では仁徳天皇や清和天皇、天智天皇が鷹狩りを愛し、聖徳太子にも鷹にちなんだ逸話がございます。鷹には神通力が宿ると伝えられ、異国にも我が国にも鷹狩りの例は多いものです。鷹狩りをなさることに、どんな支障もございませぬ！」

重忠が知識を披露すると、感心しない御家人はなかった。

「では、諸国の武士に狩りの実施を知らせよ。浅間山麓などの狩場も調べてみよ！」

頼朝はさっそく景時に命じた。

東国武士たちは当時、盛んに鷹狩りをした。熱中するあまり領地の境界を踏み越えてしまうことが頻々で、各地でトラブルの原因になった。このため幕府は何度も鷹狩り禁止のお触《ふ》れを出す。生類を憐れむ仏教の教え以上に、トラブル回避策が目的だ。それでも鷹狩りは武士の気風や好みに合ううえ、肉食は彼らの活力源だったから、衰退することはなかった。重忠には東国武士の心情の代弁者としての理が、景時にもトラブル回避の現実策という理があった。とはいえ重忠の領内では、こんな悲劇も起きていた——。

「若い百姓《ひゃくせい》が鷹を射殺《いころ》しました！」

当番の侍が息せき切って告げに来たのは、夏も近い日の朝だった。

「ほう、百姓が……」

最初思ったのは、弓の達者な農夫がいるのだな、ということだった。うち続く戦乱で兵として動員される農夫が多くなり、刀剣や弓矢を所持する者が増えていたからだ。

「なにゆえ分かったのだ？　その農夫が鷹を射殺したことが？」

「出頭して来たのです！」

重忠は唖然《あぜん》とした。鷹は神の使いとされ、理由なく殺せば死罪になる。間違って殺しても、ふつうは隠すものだ。後から考えれば悔まれてならないのだが、重忠はこの時、出頭してきた意味を深く考えずに農夫の処置を当番の侍に任せた。規則に従い農夫は死罪になった。

夏も過ぎた頃、重忠は再び農夫の話を耳にした。ここで初めて重忠は、なぜ農夫が出頭するに至ったかを知った。出頭への経緯は次のようなものだった――。

その年の春、北武蔵の村で年若い農夫が、畑仕事の帰りに傷ついた鷹を見つけた。正確に言うと鷹の雛《ひな》で、羽の根元に矢が刺さっていた。瀕死の重傷。農夫は動けずに震えている鷹の子を拾い上げて家へ帰った。

「かわいそうに……」

若い妻も同情し、矢を抜くと二人でワラの寝床を作ってやった。野に放置すれば、野犬やカラスの餌食になってしまう。

「鷹を矢で射るなど、ひどいことをするものだ……」

鷹には神通力が宿るとされ、殺すことは禁じられていた。他の鳥と見間違えたのか、それとも最初から幼鳥を手に入れる目的で射落としたのか。鷹狩りに使うなら幼いうちから訓練した方が良い鷹に育つ。こちらの方が、ありがちなことと思われた。

数日経つと鷹の子はいくらか元気になったが、相変わらず何も食べなかった。飯粒を与えたり昆虫やミミズをやったり。それらをすり潰《つぶ》して与えても受け付けない。介抱の甲斐なく鷹の子は少しずつ衰弱した。

「鷹を殺してしまったらしいぞ！」

噂が村に広まった。傷ついた鷹の子の世話まで禁じられているとは思わなかったから、農夫は隠すことなく、訪れる人ごとに鷹の子を見せていた。それが人から人へ伝わるうち、いつしか「鷹を殺したらしい」という噂に変わった。

「あんな馬鹿なことを言っている……」

鷹の子が生きているうちは農夫も平然としていた。ところがある朝、ワラの中で動かなくなっている鷹の子を見て、急に恐ろしくなった。鷹を殺せば死罪だ。

眠れぬ夜が続き、ある朝、農夫は荒縄を手に納屋へ向かった。梁《はり》に荒縄を通し、いざ踏み台に立った時、領主である畠山重忠の顔が浮かんだ。かつて重忠は鷹狩りの途中で農夫の家へ立ち寄り、ひと柄杓《ひしゃく》の水を所望《しょもう》した。家の北に荒川の伏流水から湧き出る泉があり、その美味さが若い百姓の自慢だった。

「ほう、こんなに美味い水は、それがし、飲んだことがない！」

感激した重忠は休憩の時間を延ばし、家の庇《ひさし》を借りて昼食もとった。泉の水で湯を沸かし、携帯食である糒《ほしいい》を戻してやると、重忠は再び感激した。

「たいそう世話になったな。用があれば、いつでも館へ訪ねて来られよ！」

重忠が帰ってからも、彼の笑顔が農夫の心に長く残った。思い直した農夫は納屋を出て、その日のうちに菅谷館へ急いだ。結果は既述した通りである。

出頭というより藁《わら》にもすがる思いだったのだろう。もしあの時、出頭までの経緯を重忠自身で訊《たず》ねていたら、農夫は死罪にならなかったはずだ。重忠は強く悔いた。

「神通力が宿るも鷹は神にあらず。今後は鷹を殺したとて打ち首にせず、よくよく吟味《ぎんみ》せよ！」

重忠は反省し、長く領内で守られてきた規則を改めさせた。


頼朝は一一九三年三月に武蔵国入間野《いるまの》で、四月に下野国《しもつけ》那須野で狩りに興じた。後白河院の一周忌が過ぎて三月になり、狩猟の禁止が解かれたためであった。さらに五月になると頼朝は、富士山麓の藍沢と富士野で大規模な巻狩《まきがり》を催した。名高い「富士の巻狩」だ。巻狩とは、追い立て役の勢子《せこ》が峰の斜面から猪や鹿を追い下し、斜面下の野で射手《いて》が射止める狩猟方法。軍事演習を兼ねていたが、終始のどかな雰囲気であった。

「よし、頼家《よりいえ》と重保《しげやす》にやらせてみよ！」

頼朝のひと声で、嫡子頼家と重忠の嫡子である重保とを競わせることになった。頼家十二歳、重保十四歳。頼朝と重忠は後ろに下がって二人を見守った。富士を望む空には雲一つなく、一気に盛夏のごとき陽気であった。

〈そろそろ、来るか……〉

少年二人が弦を二度三度引き絞り、その時に備えていると、はるか上の斜面で天を驚かすほどの喚声が沸いた。同時に地が揺れ、木々の若葉が震えた。二人は弦を絞って矢を放てるように身構えたが、獲物はなかなか姿を見せない。

「おッ！」

頼家が軽く叫んだのと、彼の真ん前に大鹿が飛び出したのと、彼が射たのとは、ほとんど同時だった。小型馬ほどもあるニホンジカが突進して来たのだから、狩りが初めてなら後退《あとじさ》りするところだ。

狙いを定めて正面から矢を射ただけでも、頼家の気丈さが知れる。

飛び出した大鹿は頼家の矢をかわして横へ逃げ、重保の前を横切ろうとした。重保は大鹿の動きの一切を見ていたから、頼家より気持に余裕があった。加えて大鹿は重保に横腹を見せて通り抜けようとしたので的《まと》が大きい。重保の放った矢は大鹿の横腹に深々と刺さり、大鹿はそのまま五歩六歩駆けてから、どうと前へのめって動かなくなった。

直後は戦場さながらの慌《あわ》ただしさ。結局、二人とも三頭ずつを射止め、勝負は引き分けに終わった。以前から狩りに親しんでいた重保はともかく、この日が初めての頼家の沈着冷静な身のこなしと弓の腕前は、なかなかの見ものだった。

二人に続いて御家人たちが合わせて二十の組み合わせで、場所を移動しながら日暮れ近くまで射合った。誰もが二頭から五頭の鹿を射止め、成果ゼロの武士がいなかったのは、さすがであった。一帯に多いはずの猪は、不思議に一頭も飛び出さなかった。

「あっぱれなり、我が子よ！」

頼家が三頭の鹿を射止めたことに、父の頼朝は小躍りした。梶原景時の二男、景高を呼ぶ。

「御台所《みだいどころ》へ伝えよ！　頼家が大鹿を射止めた、とな！」

景高は一晩馬を飛ばして鎌倉へ戻り、政子へ報告した。ところが政子の顔色は変わらない。

「頼家は武将の嫡子である。原野の鹿や鳥を射たところで、特に感心すべきものでもなかろう。軽々しく使いを出すのも、たいそう煩わしいことである」

そっけなく、それだけ言い、頼朝の親馬鹿ぶりに釘を刺した。景高は頼朝の元へ駆け戻ると、政子の言葉をそのまま頼朝の前で繰り返した。

「………」

頼朝は無言でうなずいた。景高への労《ねぎら》いの言葉はなかった。

おおむね順調に推移した富士の巻狩の前半ながら、不穏の影もあった。嫡子頼家が鹿を射止めて頼朝を喜ばせる少し前のことだ。

一行が浮島《うきしま》ヶ原付近を通りかかった時、頼朝は、伊東祐親《すけちか》の孫にあたる曽我十郎祐成《すけなり》と五郎時致《ときむね》の兄弟を目撃した。伊東祐親は頼朝の最初の妻の父親で、頼朝挙兵後は頼朝に敵対し、富士川合戦後に捕えられて自害した。

「昨日、曽我の兄弟二人が後ろで馬を走らせているのを見た。誰の許しを得て参ったのか？　召し連れよと言った覚えはないぞ！　祐経《すけつね》でも狙っているのか？」

頼朝は梶原景季を呼ぶと尋ねた。工藤祐経は頼朝挙兵時からの旧臣。所領争いから兄弟の父の河津《かわづ》祐泰《すけやす》を射殺し、ために兄弟は成長すると祐経を親の仇とつけ狙っていた。祐経も兄弟の仇討願望を早くから知り、刺そうと訪れた兄弟を諭して帰したこともあった。ちなみに静御前が御家人たちへ舞曲を披露した際、重忠と組んで鼓を打ったのが祐経である。

「兄弟の意図は分かりませぬが……。二人を必ず探し出しましょう！」

「鎌倉へ戻し、宝物殿の留守番役でも仰せつけるが、よかろう！」

頼朝は、とっさに思いついた仕事を口にした。

「そう致しまする！」

景季には居所に心当たりがあった。伊東祐親と姻戚関係の北条時政は、弟の時致に「時」の一字を与え、ふだんから面倒を見ていた。だから巻狩に来ているなら、時政の世話になっているはずだ。調べると、時政と同じ宿ではないが、少し離れた民家に滞在していた。景季が呼び出すと、二人はすぐに出て来た。

「お上のご命令である。狩りの供には参らず、宝物殿を警備せよ。大切な財物を、よくよく守護するように。我が君はご機嫌よろしく見受けられるから、必ず褒美《ほうび》が出るはずである」

「はッ！」

景季の言葉に兄弟は畏《かしこ》まったが、景季が去ると、ひそひそ話を始めた。

「仇討ちのこと、気づかれたか？」

「今ここで『鎌倉へ帰れ』とは不審だ。勘づかれたに違いない。鎌倉に帰してから、由比ヶ浜で首を斬るつもりだろう……」

「もはや一刻の猶予《ゆうよ》もならぬ！　明朝早く宿を発ち、鎌倉へ帰ると見せて戻って来よう」

「いや兄上、戻るより皆の先に行って、待ち受ける方がよろしかろう！」

翌日未明、すでに起きていた民家の女房に「鎌倉へ戻る」とだけ告げ、兄弟は馬の手綱《たづな》を引いて静かに宿を発った。

2

頼朝が寝泊まりする富士野の仮屋は二重の柴垣《しばがき》で囲まれ、四方それぞれに門があった。巻狩の開催が決まった直後、近辺の地理に明るい北条時政が先に来て、仮屋の配置と建設を采配《さいはい》した。南門の内陣左列に和田義盛や土肥実平らが、右列に畠山重忠、江戸長重らの仮屋が並んで警護を固めた。北門、東門、西門の外陣、さらに東南、西南、西北、東北の角にも、御家人の警護小屋を配した。

五月二十八日の深夜。兄弟は身支度を終え、工藤祐経の仮屋へ向かった。祐経の仮屋は、頼朝の仮屋の西南にあった。兄弟は時政から、祐経の仮屋の位置を聞いていた。

「工藤殿のお役目は静かな西南の隅の警護ゆえ、遊女が忍んで行くには一番の場所であるぞ！」

巻狩に加わるにあたって兄弟が北条時政にあいさつに行った時、帰ろうとした二人の背に、時政がこんな言い方で祐経の仮屋の位置を教えた。唐突に時政が祐経の名を口にしたので、兄弟は訝《いぶか》りつつ時政を振り返った。退出した後で時政の意図に気づき、心の中で感謝した。

「静かだな！」

「すっかり寝静まっている！」

兄弟は怪しまれることなく祐経の仮屋へ行き着いた。夏の仮屋とあって戸口らしい戸口もなく不用心な造りだ。だが、いざ頼朝の一大事となれば、この方が飛び出しやすい。警護のための仮屋であり、おのれの安全は二の次、三の次でよかった。

その夜は酒宴で大騒ぎだった。二人は太刀を抜き、小さな松明《たいまつ》を手に屋内へ侵入した。酒宴の深酒のせいか、供の者たちは前後不覚に眠り込んでいた。

「いないぞ、鎌倉殿の警護に参上しているのか……」

弟の時致が言うと、兄の祐成は黙って奥の部屋をのぞきに行った。

「来い、こっちにいたぞ！」

祐成が叫び、だが、すぐ声をひそめた。時致も兄に続いて奥の部屋へ入ると、布団いっぱいに工藤祐経が大の字に寝ていた。よほど暑いのか腹を出し、鼾《いびき》をかいている。横の遊女には別の布団があてがわれ、こちらも鼾をかいていた。

「やれやれ、何ということだ！　この日を、これほど待ち望んだというのに……」

兄が顔をしかめた。弟も残念がる。

「相手が寝ているなら、太刀を刺せば仇討ちが果たせる。このように簡単なことでは艱難辛苦《かんなんしんく》してきた甲斐《かい》もない！」

「よし、起こそう！」

兄の祐成が、工藤祐経の左肩を深々と刺した。右肩では太刀が握れなくなる。祐経に太刀を握らせたうえで、討とうと考えたのだ。案の定、驚いて目を覚ました祐経は、とっさに右手を伸ばして太刀をつかんだ。立ち上がり太刀を抜こうとして、左肩の痛みに気づいた。再び膝をつき、背を丸めてうずくまった。

「工藤祐経殿、親の仇、今こそ討ち果たさん！」

祐成が叫ぶ。もはや声をひそめていない。

「曽我の者たちと見るが、夜中の不意打ちは卑怯であるぞ！」

なお立とうとする祐経に兄が一太刀斬り下げた。間をおかず弟も斬り下げて、結局二人が二太刀ずつ浴びせた。祐経は即死した。

「ヒエッ！」

「仇を討ったぞ！」

遊女が悲鳴をあげ、兄弟が叫ぶ。警護の武士たちは何が起きたのか分からず、どこへ行くべきかを知らずに走り出した。外は闇夜で、兄弟は混乱に乗じて斬りまくった。

兄の祐成が新田忠常《ただつね》に討たれた後も、弟の時致はなお奮戦し、堀藤次《とうじ》と斬り合った。背を向けて逃げた藤次を追うと、頼朝の仮屋へ逃げ込んだので、時致は追って仮屋へ入った。頼朝は表の騒ぎに気づき、起き上がって太刀を取るが、狼藉者《ろうぜきもの》が太刀を振りかざして自分の仮屋へ向かって来ると知り狼狽した。

「何ということだ！　不甲斐《ふがい》ない武士どもよ、なぜ予の近くで狼藉を働かせるか！」

彼は狼藉者の狙いが自分だと考えた。

間をおかず一人の武士が時致の前に立ちはだかった。甲斐国一条忠頼に仕え、怪力で知られた五郎丸だった。五郎丸は加勢の手を借り、たちまち時致を押さえ込んだ。

「夜討ちの曽我兄弟を取り抑えたり！　兄を討ち、弟をからめ取りたり！」

何者かが朗々とした声で叫んだ。御家人たち全員に聞こえるほどの大声だった。


「仇討ちは長年考えていたことか？」

簾《すだれ》を半ばまで巻き上げて、頼朝が地に正座する時致へ声を掛けた。御前には北条時政や畠山重忠、和田義盛ら十数人の重臣たちが顔をそろえていた。

「兄上が九つ、それがしが七つの頃から現在《いま》に至るまで、仇討ちを忘れたことは一日とてありませぬ。甲斐あって宿願を遂《と》げることが出来ました。本壊を遂げた以上、この身は斬り刻まれようと、恨みに思うことはございませぬ！」

「何を思って、この頼朝の近くまで来たのか？　そちは、この頼朝に恨みを抱かなかったか？　頼朝を討とうとは考えなかったか？」

「恨みがないなどと、どうして申せましょうか！　祖父伊東入道は殿のお怒りを被《こうむ》り、誅殺されました。仇の祐経は殿に気に入られ、大切に召し使われました。実のところ千人の侍を討つより、殿お一人の名誉を汚《けが》そうと考えて、逃げる者を追って館まで来たのです！」

時致は正直に答えた。伊東入道は自害したのだが、時致は誅殺されたと信じているようだ。この返答に、だが頼朝は怒るどころか心動かされた。

「皆の者よ、聞いたか？　これぞ男の手本というものだ！　敵に捕らわれた後は未練がましく見苦しくも言いわけし、媚《こ》びへつらう言葉を聞くものだが、この男は卑屈なところが少しもない。命を助け、このような男を召し抱えたいものだ！」

御家人たちも感心したようにうなずく。しかし梶原景時が頼朝へ耳打ちした。

「お言葉はごもっともながら、ここには祐経の嫡子もおりまする。彼が成人した時に、また仇討ちの狼藉が繰り返されましょう。それらを考えて、ご裁定くだされ！」

頼朝はうなずき、時致は斬られることになった。頼朝が左手に座る北条時政を見ると、時政は天井を仰ぐように視線を外した。頼朝の目が光った。

「このことを思い立った時、東国のうちで誰か仲間を引き入れたか？　あるいは誰かに相談致したか？　正直に答えよ！」

すでに死刑の決まった時致に問う。時政は顔を伏せたままだ。

「どこの誰が味方するというのでしょうか？　いるはずもござりませぬ！」

予想通りの返答だった。味方したり相談したりというほどなら、恩人と呼べる人である。であれば、この期に及んでなお、大切な人を巻き添えにするはずもなかった。

不審の念を抱いたまま、頼朝は翌日から所在不明となった。景時が具申したためだ。

「ひとまず御身を隠されるが賢明かと……おのずと明らかになることもあるでしょう」

「誰がどう動くか、だな……」

「はッ、心のうちを見極める好機となるでしょう！」

政権の今後の盤石を考えれば危機は好機でもあった。頼朝一行は曽我兄弟の裁定から十日後、ようやく所在を明らかにして鎌倉へ帰った。時政とその周辺に目立った動きはなかった。

綻《ほころ》びは意外なところに顔を出す。綻びとも言えぬものでも、絶対権力者が然《しか》りと断じれば、それは綻びになる。

鎌倉の留守を預かっていた頼朝の弟、参州こと三河守源範頼《のりより》が、頼朝の所在不明で心曇らす北条政子を慰めようと、政子の屋敷を訪れた。気丈な政子もさすがに夜は眠れなかったのか、血色のすぐれぬ、青黒いとさえ見える顔で現れた。

「あとの心配は御無用です。この通り、我がついています。お任せくだされ！」

範頼は政子に優しく、力強く声を掛けた。笑顔で明るく振る舞ったのは、励ます者が暗い顔を見せてはならないと考えたからだ。しかし彼の笑顔も、かえって政子を不安にさせた。

「その時は、お頼みします……」

政子がそう返答したのは、夫の所在が一時不明になり、さらに「すでに討たれた」という噂も耳に入っていたからだ。

〈夫の後は弟の自分が政権に就いて、我を守るという意味か……〉

政子がそう考えたのも無理はない。こんな時、人はものごとを悪い方へばかり考える。鎌倉へ帰った翌日、頼朝はさっそく政子の屋敷へ足を運んだ。妻には気を遣う男だった。「留守中は何もなかったか？」と問うと、浮かぬ顔で政子が答えた。

「参州殿が見えられて、あとは任せてくだされ、心配は無用です、と……」

実は政子の気持は、範頼が訪れた当時と少し違っていた。義姉を慰める言葉とすれば、ああ言うよりほかになかったのではないか、他にどんな言い方があったのかと、冷静に考えられるようになっていた。慰めに来なければ、それはそれで非難されるに違いなかった。もちろん疑えば限《きり》はなく、範頼が政権へ食指を動かしたと考えられぬでもなかった。

頼朝は、だが政子の心にわずかに残った疑念の方を重く見た。彼の頭の隅には、景時との先日の会話があった。誰がどう動くか、見極める好機だ——。頼朝は激怒した。

「なに、あとは任せよ、と！　本当に、そう申したのか！　参州は天下を取る気なのか！　あ奴が謀反の陰謀であったか！」

頼朝の脳裏に、範頼が時政と談笑する光景が浮かんだ。時政にすれば、性格の穏やかな範頼の方が与《くみ》しやすいかもしれない。

一方、兄の怒りを伝え聞いて範頼はあわてた。もとより範頼に政権を継ぐ気はない。万一のことがあれば頼朝の嫡子、頼家の後ろ盾になるつもりでも、それ以上のことは考えていない。だが慰めや励ましの言葉も、解釈次第では悪く取れる。曖昧な言い方であることを範頼自身が否定し切れないから不安なのだ。

「起請文《きしょうもん》をお書きになられては？」

傍《そば》に仕える大夫属《たゆうのさかん》重能が範頼に勧めた。さっそく範頼は起請文を認《したた》め、重能を使者に立てて頼朝へ提出した。内容は可もなく不可もない型通りのものだが、頼朝は文末の結びである「参河守源範頼」の署名を問題にした。

「名前に源の字を載せているが、予の一族であると言いたいのか。思い上がった考えである。これこそ、起請文が偽りである証拠だ。使者を召して伝えよ！」

言い掛かりだ。召し出された大夫属重能は頼朝の御前で弁明した。

「参州は、故左馬頭《さまのかみ》殿の御子息です。平氏征伐の使者として上洛の折、鎌倉殿は『舎弟《しゃてい》範頼をもって西海追討使に派遣する』と御奏聞《そうもん》され、その趣は官符にも載せられています。『舎弟』とあるのですから、源姓を名乗れども、勝手な行為ではございません」

重能は落ち着いて弁じた。頼朝は何も言わなかった。

重能が帰って報告すると、だが範頼は狼狽した。範頼は、真実かどうかでなく、頼朝がどう受け取るかが重要であることを知っていた。それでも、ここまでなら大事に至らなかったかもしれない。

政子を励ます言葉が誤解されても、多くの御家人は頼朝のようには考えない。また範頼が源姓を名乗っても「思い上がった行為」だとは受けとめないだろう。範頼を追放しようにも、この段階では根拠が薄弱だ。より確かな根拠が必要である。頼朝にとって一番の好都合は、不安にかられた範頼が〈次なる行動〉に出ることだった。

秋も深まった、ある夜のこと。未明近くになって、まだ起きていた頼朝は、警護番の結城朝光と宇佐美祐茂、梶原景季の三人を呼びつけた。

「床下で物音がするのだが、調べてみよ！」

「御寝所の床下でござりますか？」

朝光が問い返した。他の二人も不審そうだ。まず、この時刻に頼朝が起きていること自体が尋常でない。床下の物音に気づく頼朝の耳の鋭さも同様である。夜中に寝所の床下で動き回るのであれば曲者《くせもの》に違いなく、曲者であれば大きな物音など立てるはずもない。にもかかわらず頼朝は床下の小さな物音に一人気づいたという。

捕えてみると、範頼の家人で武芸者としても名高い当麻《たいま》太郎という者だった。夜が明けるのを待ち、頼朝が御前で尋問した。

「参州が起請文を進ぜられてのち、重ねての仰せがまったくなく、困惑しております。もしや何かの折に仰せ出されることがあるかと、形勢を伺うために参りました！」

どう言い訳したところで、やっていたことは常軌を逸していた。昼に正面から訪ねて「形勢を伺う」ならともかく、夜中に寝所の床下に潜むなどは泥棒や刺客のやることだ。

頼朝は使者を立てて範頼にも尋ねた。

「当麻のことは、まったく与《あずか》り知りません」

範頼は否定した。短く明快な返答だった。当麻太郎への尋問は日暮れまで続いた。

「仲間はいないのか？」

焦点は、その一点だった。だが当麻は以後、ひと言も発しなくなった。七日後、範頼は伊豆に流された。

その後の範頼の消息について『保暦間記《ほうりやくかんき》』や『北条九代記』は「日をおかず頼朝の命により誅殺された」としている。だが正史の『吾妻鏡』は触れていない。隠すほどなら尋常な死に方ではなかったのだろうとの推測が成り立つ。一方、薩摩国へ流された当麻太郎は、大姫病気を理由に減刑され、処刑を免《まぬか》れた。この点も不審で、頼朝側の芝居説、陰謀説が出る理由だ。

同じ年の十一月、甲斐源氏の系統である越後守の安田義資が、梶原景時の讒言により斬首されている。幕府御所の女房へ三年前に艶書つまりラブレターを送った過去を咎《とが》められた。こんな些細なことで死罪になることに驚くが、三年前のことを蒸し返した点にも呆れる。翌年には義資の父義定も、反逆の企てありとして処刑された。

これらを通して見えて来るのは、自分以外の源氏の血筋を消し、あるいは弱めておこうとする頼朝の強い意志だ。いまだ嫡子頼家に後継者としての器量は備わらず、ショート・リリーフにせよ他の源氏血縁者が政権に就く可能性は残る。リリーフ投手がそのまま勝ち投手となり、代々の政権を継ぐ可能性も大いにある。範頼が源姓を名乗ったことに対する頼朝の不快感も、この視点で源姓の意味を捉え直すと理解しやすい。

3

現在に伝えられる『吾妻鏡』には、建久《けんきゅう》七年（一一九六年）正月から同十年（一一九九年）正月まで三年一か月分の記述がない。この間に鎌倉政権の正史としては都合の悪い部分があって削除したのか、あるいは落丁《らくちょう》などの理由で後世になって欠けたかは今もって不明である。他に、もともと記述しなかった可能性も残る。

では、この三年一か月の間に、幕府にとって不都合な出来事があったのか。唯一考えられるのは建久十年（一一九九年）一月十三日の、頼朝の突然の死である。享年五十三、満年齢で五十一。『吾妻鏡』は頼朝の死んだ一月分までが欠落する。つまり死は欠落部分の最後の最後である。欠落と頼朝の死を無関係と考える方が、むしろ不自然かもしれない。

死因については、死から十三年後の建暦《けんりゃく》二年（一二一二年）二月二十八日の件に「去る建久九年に相模川の橋供養に故将軍家（頼朝）が出掛けられ、帰路に及び御落馬あり、幾ほどを経ずして亡くなられ給ひぬ」とあるだけ。頼朝の死としては簡単過ぎる触れ方であり、死後十三年を経て初めて触れた点も異常である。

唯一理にかなう推測は、当初は欠落部分が存在し、欠落部分の中で頼朝の死がもっと詳細に記述されていた、というものだ。欠落部分に詳細な記述があれば後年の説明はダブるから、かえって〈簡単過ぎる触れ方〉が理にかなう。

橋供養は、稲毛重成が妻への供養のため相模川に橋を架けたことに由《よ》る。完工を祝って頼朝が足を運び、帰途に落馬した。

　夜の冷え込みが厳しく、頼朝は未明に寒さで目が覚めた。まだ暗かったので再び寝に就こうとするが、あまりの寒さで眠ることが出来ない。橋供養を済ませた後、寺の書院を宿舎としたが、部屋が広過ぎて炭火の火鉢くらいでは暖まらなかった。

　その時、庭の方で人の足音がした。ゆっくり歩くというのではなかった。忍び足で、それも早足で歩くような音だった。境内は所々で薄氷も張っているらしく、ぱりッ、ぱりッと乾いた音が聞こえた。とはいえ警護の武士が夜昼を問わず書院の周囲を歩いていたから、頼朝も特に気に留めることはなかった。

　目覚めると朝も早々に寺を発《た》った。頼朝には、早いうちに鎌倉へ帰り着いて済ませておきたい用件があった。寺は小高い丘の上に建てられ、前日の相模川が見下ろせたが、寺を発った朝は乳白色の川霧が眼下の川や民家、野や林の一切を覆っていた。

　短い参道を下り、平坦な街道に出てすぐ、頼朝の体が馬上から消えた。落馬し、頭を地面にしたたかに打ちつけたのだ。当の頼朝でさえ我が身に何が起きたのか分からなかった。ぼうとして意識が虚《うつ》ろになったが、間をおかず右肩に激痛が走り、痛みで我に返った。

　多少急ぎ足だったが、落馬するような速さではなかった。武家の棟梁にふさわしく頼朝は乗馬が達者である。前夜よく眠れなかったので、馬上での居眠りが原因かと推測されたが、そういうことでもなかった。落馬の原因は、右足を置く鐙《あぶみ》の革が切れたためだ。目撃した武士の話では、姿勢を正そうと腰を浮かしかけた瞬間、馬の右腹側へ落ちたという。

「誰が射た？　誰の仕業《しわざ》か？」

負傷した右腕を左腕で抱えながら頼朝が叫んだ。声はかすれ、叫びにならない叫びだった。右腕に矢を受けたと勘違いしたようだ。

「誰も射てはおりませぬ！　ご落馬でござりまする！」

先頭で警護していた畠山重忠が駆け付け、ひざまずいた。

「落馬？　落馬、か……」

頼朝は、おのれの落馬が信じられないふうだ。横たわる頼朝の腰の辺りに、右の鐙《あぶみ》が落ちていた。重忠の肩越しから北条時政が覗《のぞ》いた。

「はッ！　鐙の革が切れたようでござります！」

重忠が鐙を拾い上げて説明した。梶原景時ら重臣たちも続々と駆け付け、そろって首をかしげた。鐙革《あぶみがわ》など滅多に切れるものではない。まして権勢絶頂の征夷大将軍ともあろう者が、切れるほど粗悪な、あるいは古い鐙革を使うはずもなかった。

「殿、お肩を！」

寒風の野を避けて近くの民家へ移そうと、重忠が頼朝に肩を貸した。足腰は無事なようで、頼朝は右肩の痛みに顔をしかめながらも、重忠の肩を借りて立ち上がった。

「ほう、これは……」

景時が馬体に残る鐙革を見詰めてつぶやいた。頼朝も重忠も足を止めた。

「切れたのではなく、切ったのだな……」

低い声だが、周囲の者は皆、はっきりと聞き取った。景時の言葉の意味は重大だ。「切った」のなら殺意は明らかである。頼朝の顔が青ざめた。時政と重忠が心配そうに頼朝を見た。

「待て待て、物騒なことを言うでないぞ！　これは切った跡ではない、切れたのだ！」

時政が景時の手から切れた鐙を奪い、まじまじと見て大声で言った。

「どうだ、切れた端を見よ！　糸のようにほつれているであろうが！」

時政が皆に革の切れ跡を見せながら断言する。頼朝に肩を貸す重忠も寄って来て、示された切れ跡を見た。確かに刃物ですっぱり切った跡には見えない。両端から強い力で引きちぎった時に出来る、細くて長いほつれが切れ跡に残っていた。

「何、そうであるか……」

頼朝はそう言って安堵した顔になるが、自身で切り口を確かめることはなかった。謀殺の企ての結果だと知るのはつらい。事故であれば、どれほど気持が楽なことか。

景時はなおも言おうとして躊躇《ためら》い、それきり黙った。面と向かって時政に反論する度胸は景時になかった。負傷で気弱になっている頼朝への気遣いという面も、あったかもしれない。

時政の示した切れ跡に、引きちぎれた際に出来るほつれがあったことは事実だ。一方で、断面の一部に刃物で切ったと見られる跡も確認出来た。あらかじめ片隅の表面を薄く切っておけば、こんな切れ跡になるだろう。わずかな痕跡だから見間違いでないとは言い切れない。

重忠は天を見上げた。時政が「切ったのではなく切れたのだ」と断じたのは、なぜか。頼朝を安堵させるためか。それ以外の理由で事実を隠す意図だったたか――。

「義父上《ちち》……」

重忠が、うめいた。時政を「義父上」と呼ぶことは滅多にないが、この時は口をついて自然に出た。

時政は答えず、ただ大きな目で重忠を見た。

頼朝は再び馬に乗ることが出来ず、時政が手配した牛車《ぎっしゃ》で鎌倉へ帰った。以後、御所も最奥の部屋に伏せる日が多くなり、御家人たちの前へ出なくなった。こうしたことは頼朝が鎌倉に政権をうち立てて以来初めてであり、数日前の頼朝からでさえ想像は出来ない。以前であれば暗殺疑惑が生じるや、時をおかず誅殺の嵐が吹き荒れた。ところが今回は政権の重大な危機であるにもかかわらず、頼朝の周辺は静まり返ってしまった。

新年はいつものごとく明けた。頼朝の鶴岡八幡宮への参拝はなく、椀飯《おうばん》の儀も御弓始も行われない。落馬の一件は御家人たちに知れ渡っていたが、頭を打ったことが原因で伏せっているのか、何か他の理由に因るのかは分からなかった。

多くの政敵を誅殺してきた強い頼朝も、ある意味、自身は弱い存在だった。矢の飛び交う戦場《いくさば》に出たのは初戦の石橋山合戦くらいで、矢傷らしい矢傷など負ったこともない。合戦では常に矢の届かない後方にいた。時政が「切ったのではない、切れたのだ！」といくら叫んでも、頼朝は身に迫る漠とした恐怖心を追いやることが出来なかった。

「どう考えれば、よいものか……」

重忠が郎党の榛沢成清に問う。年が明けても鎌倉はよどんだ空気のままで、それは重忠の屋敷でも同じだ。その年の冬は庭の寒椿に赤い花が一輪も咲かず、なおのこと殺風景だった。

「高貴のお方ゆえ、指一本欠けても、お気持は沈むのでしょう！」

成清は一般論を言った。数々の戦を経た郎党たちには、足の負傷で歩けなかったり片腕がなかったりという者が、いくらでもいた。雑草の彼らは気持も強かったが、頼朝のような人間では、そうもいかない。

「右肩は黒くなり、腐りかけていると聞いた……」

重忠が同僚から耳にした話を披露した。

「すると、いずれ右腕を斬り落とさねば、なりませぬな」

「そういうことだろう……」

現代《いま》で言う壊死《えし》のようだ。血管が切れ、血が回らなくなったのか。

「すると指一本の話ではないのか……。気が滅入るのも仕方ありませぬな！」

成清が、ため息を吐《つ》く。重忠も天を仰いだ。頼朝という強い権力が存在すればこそ、関東の平和は保たれてきた。失えば、たちまち戦乱の世へ逆戻りする。

「お庭の寒椿が咲きませぬな……」

成清が話題を変えた。ウソが数羽、花蜜を吸いに来たらしく寒椿の小枝で跳ねていたが、目当ての花が見つけられず寒空へ飛び去った。

「そう、咲かない」

重忠が応じたが、話は続かない。鎌倉の上空を暗雲がにわかに覆い始めた気配に、二人は心も暗くしていた。


翌日、重忠は頼朝に呼ばれた。

「貴殿にお頼みしておきたいのだ」

床から起き上がった顔には血の気がなかった。眼光も弱々しい。頼朝が重忠を「貴殿」と呼ぶのは初めてだ。いつものごとく重忠は額を床に付けて平伏した。

「予に何かあった時は、頼家を支えてやって欲しいのだ。くれぐれも頼む……」

「何を弱気なことを仰《おお》せられます！　御世は、これからでございまする！」

何とか力づけようと重忠が明るい声で答えた。

「うッ、うん……」

　頼朝の顔がいくらか和らいだように見えた。

「まあ、万一の時は、だ。貴殿こそが頼みだ、約束してくれ！」

「はッ！　忠を尽くし精一杯おつとめ致しまする！」

「頼む、武蔵の武士《もののふ》を束ねる者は貴殿だ。貴殿のその言葉を聞けば、予も心強いぞ！」

　頼朝がやっと笑顔になった。

　将軍を継ぐ嫡子頼家には、比企能員《ひきよしかず》という有力な後見人がいた。能員は、頼朝の乳母として隠然たる力があった比企尼《ひきのあま》の甥で、尼の養子でもあった。能員の娘の若狭局《わかさのつぼね》が頼家に嫁ぎ、長子一幡《いちまん》を生んでいたから、能員は頼家の義父にあたる。頼家が将軍に就いた暁には、後見人たる能員の立場は、頼家の祖父北条時政を凌《しの》ぐものになる。

　ただし能員にも弱点があった。北武蔵の比企郡を本拠としたが、重忠たちのように秩父平氏の流れを汲《く》む武士でないため、他氏族との関係は希薄だ。いざコトが起きた場合、旗下に参じる兵力に不足が生じる可能性がある。

　頼朝が重忠に「貴殿こそが頼みだ」と言うのは、だから、秩父平氏の棟梁として能員の力になって欲しい、ともに頼家や一幡を支えてやって欲しい、という意味なのである。

「それがしの主君は、ただ一人にございまする！　それがしはもとより心と言とは異なるところが、ございませぬ！」

　重忠は頼朝の目を真っ直ぐに見て答えた。「心と言とは異なるところがない」は、かつて沼田御《み》厨《くりや》事件後に謀反を疑われたとき、重忠が言行一致を主張して吐いた言葉である。そんな昔の出来事も脳裡《のうり》を過《よ》ぎり、重忠は時代の変転を思うのだった。

十一　景時の失敗

1

頼朝の死から二十日ほどして朝廷から嫡子頼家に「遺跡《ゆいせき》を相続し、以前同様、諸国の守護を奉行すべし」との宣旨《せんじ》が下った。これにより数え十八歳の頼家が家督を相続した。

政権運営は初めからぎくしゃくした。形のうえでは二代目政権に付きものの新旧勢力対立である。頼朝を支えてきた旧勢力には自負と経験があり、新勢力はそれを旧弊と見た。

だが実質は新旧対立を口実とする権力闘争だった。旧勢力の代表格は北条時政で、頼朝亡き後の彼は、がぜん息を吹き返した。対する新勢力は頼家と比企能員《よしかず》であり、反時政色の濃い梶原景時も新勢力寄り。三善康信や大江広元らは官僚らしく二代目に忠実だった。どちらの顔ぶれも代わり映えしないところが権力闘争たる所以《ゆえん》である。

就任から三か月余の四月十二日、訴訟事項について頼家による直接の裁定が停止され、合議制になった。構成は時政・義時親子のほか大江広元、三善康信、藤原親能、三浦義澄、八田知家、和田義盛、比企能員、安達盛長、足立遠元、梶原景時、二階堂行政の十三人。同時に、メンバー以外の者が訴訟を頼家へ取り次ぐことも禁じられた。

メンバーには頼家派が加わっていたし、頼家の負担軽減の意味合いもあった。一方で頼家から権限の一つを削ったことも確かだ。もっとも翌年五月、陸奥国葛岡《くずおか》郡にある新熊野《いまくまの》神社の境界争いに際し、問注所執事の三善康信から裁定を求められた頼家は、双方の事情を聴取せず、いきなり絵図を取り寄せて真ん中に墨で線を引き、これをもって裁定とした。頼家いわく「狭い広いは運の良し悪しだ」と。境界争いの裁定審理の面倒を若者らしく処断してみせたつもりでも、当事者の立場になれば納得し難い。煩雑を理由にかくも乱暴に裁定するなら、合議制の方が、よほどよい裁定を期待出来る。

加えて若い頼家は若い自分の取り巻き連中、つまり近習《きんじゅう》を大事にし過ぎた。合議制が決まった八日後、政所《まんどころ》に次のような文書を掲げた。

〈小笠原長経、比企宗朝、比企時員、中野能成《よしなり》および従者が、鎌倉中においてたとえ狼藉をはたらくとも、一般人や雑人が敵対してはならない。またこの者たちの他は、頼家の仰せがなければ御前に参上してはならない〉

宗朝や時員は比企能員の子や姻戚。小笠原長経と中野能成は信濃国出身の武将である。いずれも幼い頃から頼家の遊び相手だった。乱暴狼藉お構いなし、頼家と自由に会えるのは彼らだけ、と。突然このようなお触れを出されて戸惑わない御家人はなかった。

比企能員や梶原景時が諫《いさ》めたが、聞く耳を持たない頼家では支えようもない。古くからの御家人の大半を時政の元へ走らせる結果となった。若い頼家は事態を理解する政治感覚と失敗を反省する謙虚さに欠け、それでいて何事も思い通りにならなければ気が済まなかった。これでは老練な時政に勝てずとも当然だ。

「たいそうな美女だそうです！」

夏のある日、中野能成が頼家に耳打ちした。朝だというのに日陰にいても汗がにじんだ。庭の池近くに赤い鬼百合が咲いていた。

「どこの妾女《しょうじょ》か？」

頼家が身を乗り出した。若い者同士、こんな話が政治のそれよりも多かった。

「安達景盛が今年の春、京の都から連れて来たのだそうです」

能成が声をひそめる。

「ははァ、その女のことか……」

得心したように頼家がうなずいた。安達景盛は盛長の嫡子。父の盛長は流人時代からの頼朝側近で、宿老の一人だ。盛長の妻が比企尼の長女である関係から、安達一族は比企氏に近いとされたが、なぜか景盛は比企一族とウマが合わなかった。

「然《しか》り、その女のことに、ござりまする」

二人が「その女」と言ったのには理由がある。つい先日、三河の国で室重広という名の賊徒が暴れ回っている、との報告が鎌倉へ届いた。三河国の守護が父盛長だったため、賊徒鎮圧の命令が景盛に下った。だが景盛はなかなか腰を上げない。この時、頼家の周辺で噂が立った。

「京から連れて来た女と離れ難いのだそうだ……」

噂は噂だ。「離れ難い」かどうかは当人だけが知る問題であり、当人以外が考えることはすべて憶測である。頼家たちがそんな話を交わしているとも知らない景盛は、命令に従うべく三河国へ発った。然るのちに頼家は妾女へ手紙《ふみ》を送る。往復は数度にわたるが、妾女から色よい返事はない。しびれを切らした頼家は、中野能成に妾女の拉致《らち》を命じた。明け方近く能成は力づくで妾女を連れ出すと、小笠原長経の邸宅へ移した。長経は例の乱暴狼藉不問の仲間だ。

「よし、手柄であった！」

報《しら》せを聞いた頼家は、さっそく長経の屋敷へ向かう。明るいうちから部屋にこもり、長経の家人に顔を見せたのは夕方近く。数日後、頼家は妾女を御所に住まわせた。さらに頼家は、小笠原長経ら五人以外は妾女の住む一角に近寄ってはならぬ、と命じた。

好色の振る舞いは政子の耳へも入る。政子は顔をしかめた。時政も渋い顔ながら、御家人の心が頼家や比企能員から離れていく様子を、関心なさそうに眺めていた。拉致から一月ほどすると安達景盛が三河遠征から戻って来た。

「手分けして捜索するも室重広はすでに逃げて行方が分からず、仕方なく帰って参りました」

そう報告した。翌日、さっそく景盛を讒言する者がいた。

「妾女のことにより、景盛が怨恨《えんこん》の心を抱いております」

そこで頼家は例の五人を召し出し、景盛の誅殺を命じた。暗くなって小笠原長経が景盛の父である安達盛長の屋敷へ向かうと、鎌倉中の武士が集まってきた。長経に従う者、盛長の元へ参じる者で街中が騒然とする。政権が頼家の手に移って以来、最大の危機となった。

この時、政子は機敏に行動した。盛長の元へ急ぎ、そのまま盛長邸にとどまった。政子が盛長の側に立つという無言の意思表示だった。若き日の政子と頼朝の仲を取り持ったのが安達盛長で、政子には盛長に対して特別な思い入れがあった。

先述したように、盛長の妻が頼朝の乳母の比企尼《ひきのあま》の娘であった関係で、もともと安達氏と比企氏の結び付きは強い。北条時政に連なる政子が安達盛長の側に立つことは、安達氏を比企氏から離反させ、比企氏勢力を分断させる。政子がそこまで考えていたかどうかは別として、政治の力学はそのように作用する。政子は二階堂行光を使者に立て、頼家に申し入れた。

「幕下（頼朝）が薨去《こうきょ》し、ほどなく三幡姫が早世して悲嘆にくれていたところ、今度は戦《いくさ》ですか。とりわけ安達殿は先人（頼朝）の信頼厚く、情けを掛けておられました。景盛の罪科をお聞かせくだされば、私が早く処置しましょう。事情を問わず誅殺するなら、必ず後悔することになります。それでも追討するなら、私がまずその矢に当たりましょう」

頼家は仕方なく兵を退《ひ》かせた。翌日まで安達邸に逗留した政子は景盛を召して「野心はない」旨の起請文を書かせ、御所に持参して頼家に献じた。そのうえで重ねて頼家を諫《いさ》めた。

「総じて今の形勢を見るに、政治に飽きて民の愁いを知らず、酒色を楽しんで人々の非難を顧みない。召し使う者は賢人でなく、佞臣《ねいしん》の類《たぐい》です。よくよく、お気をつけなされ！」

我が子頼家へ発した母政子の、それが最後通牒だった。

やはり事件は起きた。秋も終りに近い旧暦十月下旬のこと、場所は御所にある侍の間だ。

「夢想のお告げがあったので、ござる！」

言いだしたのは小山朝光《ともみつ》こと結城朝光だ。藤原秀郷の流れをくむ下野《しもつけ》小山氏の出で、頼朝に可愛がられた。常陸国結城郡の地頭職を務め、この頃から結城姓を名乗るようになった。弓の腕前で知られ、和歌もよく詠んだ。その後、親鸞に帰依し、出家している。

「ほう、どういう夢でござったか？」

畠山重忠が問う。皆も一斉に朝光を見た。かつて重忠が伊勢国沼田御厨の代官狼藉事件で処分された時、頼朝に具申して弁護したのが朝光だ。重忠より三、四歳下、日頃から重忠を尊敬して兄のように慕っていた。

「幕下将軍（頼朝）のため、一人が一万べん阿弥陀仏を唱えよ、というものでござった！」

皆の顔を一人ひとり見ながら言う。

「それは、よいことだ！」

重忠が賛同し、皆もうなずいた。

「それがしは、忠臣は二君に仕《つか》えずと聞いている。幕下（頼朝）より厚恩を賜わったにもかかわらず、亡くなられた時、殿の遺言もあって出家遁世をしなかった。今では後悔している。また今の世情をみると、薄氷を踏むようである」

朝光が続けた。聞く者の心を代弁する感慨だったから、誰もが胸を熱くして落ちる涙をぬぐった。ところが、ひとり梶原景時だけが目を光らせた。


翌々日の朝、政子の妹である阿波局《あわのつぼね》が結城朝光の屋敷を訪れ、朝光に告げた。

「景時の讒訴《ざんそ》により、貴殿は誅殺されようとしています。そのゆえは、忠臣は二君に仕えないと述懐して、今の世を謗《そし》ったからです。景時は『傍輩《ほうばい》を戒めるためにも、早く断罪すべきです』と具申しました。今となっては虎口《ここう》の難を逃れようもありませぬ」

阿波局は頼朝の異母弟である阿野全成《あのぜんじょう》の妻。朝光とは特に親しいわけでないから、朝も早々に報《しら》せに来た親切心に首をかしげた。しかしすぐに政子の配慮だと気づいた。安達景盛の一件で政子が奔走したことは朝光も聞いて知っていた。

「承りました。報せてもらい、感謝に堪《た》えませぬ！」

局が政子その人に見えて、朝光は深々と頭を下げた。思いもよらぬ話だった。慌《あわ》てふためき悲嘆にくれたが、気持を抑え、よくよく考えた。死の淵に立たされたことは事実でも、政子が味方し、宿老たちも朝光の側にいる。早急に動けば間に合うかもしれない。

阿波局を見送った朝光は、三浦義村《よしむら》の屋敷へ急いだ。同年代の御家人仲間では知恵者として知られていた。血相変えた朝光の様子を見ると、義村はすぐ奥の座敷へ招じ入れた。

「それがしは亡父の所領を受け継がず、幕下に仕えて初めて数か所の領主となった。その恩を思えば須弥山《しゅみせん》より高い。往時を懐かしむあまり、傍輩の前で『忠臣は二君に仕えず』と述懐したところ、景時の讒言により誅されようとしている。一身の述懐によって特に重科に処せられることはないと存ずるが……」

義村は、言葉の裏に朝光の不安を見てとった。「誅されることはないと思う」と言いながら、顔色がいつもの朝光ではなかった。

「すでに事は重大である。特別の計略がなければ、災いを払うのは難しい」

朝光の目を真っ直ぐに見て義村が断じた。朝光は、かえって落ち着きを取り戻した。白か黒かがはっきりすれば、次は本題に入るしかない。義村は「特別の計略」なるものを朝光に教えようとしていた。先の言葉を促そうと、朝光は言葉を挟まない。

「……これまで景時の讒言により命を落としたり、職を失ったりした輩《やから》は数え切れない。あるいは今も生きて、なお代々にわたり愁いと憤りを根に持ち続けている者も多い。先頃は安達景盛が誅されようとした。そのような悪事が積もれば、責任は羽林《うりん》様（頼家）に帰すだろう。世のため君のためにも、景時を退治しなければなるまい！」

熱弁をふるう。朝光の考えと、まったく同じだ。

「なれど三浦殿、いかに景時を攻めるのが、よろしかろう？」

多勢でない景時の兵でも、戦《いくさ》となれば鎌倉の街が血に染まる。「世のため君のため」とはいえ好ましい事態ではない。

「さて、そこだ。弓矢で勝負を決するなら、乱を招くようなものだ。どうするのがよいか、宿老たちと談合すべきだと思うが、どうか！」

策謀家らしく提案した。さっそく和田義盛と安達盛長の二人に使者を出す。二人はすぐやって来た。事のあらましを義村が説明した。

「弓矢で勝敗を決するなど愚の骨頂である。景時が讒言を武器とするなら、それがしらも文書を以って武器とせん！」

盛長が提案し、義盛もうなずいた。朝光が訝《いぶか》しげに問う。

「文書を以って、とは？」

「同心して連名の訴状を作り、羽林に訴えよう！　かの讒者一人の讒言ではなく、御家人一同が名を連ねて讒者の非を訴えるのだ！」

盛長が説明すると、大きくうなずいて義盛が続けた。

「讒者一人を賞されるか、御家人一同を引き続き召し使われるのか。まずは羽林様のご意向を伺おうではないか！」

言って義盛が皆の顔を見た。良案が煮詰まって行く。やはり文殊の知恵だ。

「ご裁許されぬ時は？」

朝光だ。

「そう、その時はそれがしらも覚悟を決めねばなるまい！」

義盛が笑顔で皆に決意を促し、おのれの太鼓腹をぽんと叩いた。

「それがよろしかろう。その時は、死生を争うべきである！」

安達盛長が胸を張った。彼もまた子の景盛が、景時に危うく煮え湯を飲まされかけた。一度虎口を脱した身だから覚悟は出来ていた。

「文書を誰が作るか？」

　朝光が問う。話は具体的なところまで進んだ。

「中原仲業《なかなり》など、どうか？　文筆の誉《ほま》れが高いうえに、景時に恨みを抱いていると聞く！」

　仲業は三善康信や大江（中原）広元らと同じく頼朝が京から呼び寄せた、実務に明るい官僚の一人。仲業もすぐに来た。義村から訴状の趣旨を聞き、手を打って快諾した。

「仲業は宿意を晴らしたいと存じます。未熟者とはいえ、どうして執筆に励まないことが、ありましょうか！」

　仲業の快諾で会議は終わった。日はとっぷり暮れ、義村が酒をふるまった。手筈が整ったせいか、皆がほっとした顔だ。仲業もしたたかに飲んだが、その夜は一睡もせず景時弾劾の訴状を書き上げた。よほどの「宿意」だったようだ。

　翌日の昼前、御家人たちが鶴岡八幡宮の回廊へ集まって来た。興奮気味らしくどの顔も赤い。黙っている者は一人としてなく、身ぶりに手ぶりを交えて話す者ばかり。何かが大きく変わろうとしていることを誰もが予感し、期待していた。

　前夜のうちに回状が届いたので、朝早々に来た者が多い。千葉常胤、同胤正、三浦義村、畠山重忠、小山朝政、結城朝光、足立遠元、和田義盛、比企能員、葛西清重、八田知家、島津忠季、渋谷高重、宇都宮頼綱、安達盛長、同景盛、土肥惟平、岡崎義実らだ。北条時政と義時親子の姿はなかったが、御家人の多くは、企ての黒幕を時政親子だと踏んでいた。

「では、ここで訴状をご披露したい！」

　侍所別当の和田義盛が大声で言った。促されて仲業が進み出、訴状を広げて読み上げる。皆がひと言も聞きもらすまいと静まり返った。

「中国の書には、鶏を養う者は狸《たぬき》を畜《か》わず、獣を牧《か》う者は狼を育てない、とあります。幕下の恩顧を『二君に仕えず』という喩《たと》えで慕う鶏がいて、これを捕えて食《く》らおうとする狸がいる。現下の政治の行く末を案じる鹿がいて、これを食らわんとする狼がいる。なにゆえ、このような狸や狼を畜い、育てんとするのでしょうか。慎みて申し上げます。今こそ……」

読み終わると万雷の拍手が起きた。御家人たちは次々に署名して花押《かおう》を加え、景時糾弾の決心が変わらぬよう八幡宮の社殿に手を合わせた。その数、六十六人に上った。和田義盛と三浦義村が代表して訴状を持参し、政所《まんどころ》別当つまり長官の大江広元へ手渡した。

「さて、どうしたものか?」

受け取った訴状を広元が見せると、頼家はしきりに首をひねった。故事有職《こじゆうそく》に明るい広元も、こういう時は頼りにならず、仲良し仲間の五人では、さらに何の役にも立たなかった。知恵の回る参謀役が頼家の周りにいない。というより知恵のある者を遠ざけて好き勝手にやりたいのが頼家の流儀だから、いざこうした事態になると、たちまち窮してしまう。

「景時こそは、予が頼りに思っていた男だが……」

「……」

「あの男がいてこそ、予を阻《はば》む者を除くことが出来る。あの男を失えば、もはや阻む者ばかりの世となる。何とか景時を生かす方法《て》はないものか?」

「いかんせん多勢に無勢《ぶぜい》でござりまする。梶原殿のお味方となる者が、少のうござりまする。梶原殿には人望が、ござらぬゆえに……」

広元はそこで言葉を切った。本当は、その先を言いかけたのだ。

〈それでも幕下がご存命であれば、幕下一人でも梶原殿を庇《かば》い通しますゆえ、梶原殿は自由に動けたのです。しかし現在《いま》の……〉

そこまで言えば結城朝光の二の舞になる。実父頼朝を褒《ほ》められることは子にとって名誉のはずだが、頼家の場合は違った。父に引け目を感じ、そのぶん競う気持は強くなるから、父を褒められると自分が否定されたように感じてしまう。

「どうしたものか……」

策略家でない広元にも、頼るべき者はいない。頼家の義父比企能員は武人であって、策略をめぐらせるタイプではない。しかも景時弾劾の連署に加わっている。

「少し時間をおくのが上策かと。何日かすれば、連署の御家人たちの間で動揺が起きるやもしれませぬ。八幡宮で神明に誓ったといっても、彼らとて一枚岩ではありますまい。今のところ待つよりほかに、よい考えが浮かびませぬ……」

広元には、そこまで言うのが精一杯だった。

「一枚岩が崩れることも、あると言うのだな？」

「あり得ぬことではございませぬ。連署の折も結城殿の実兄である小山宗政殿は、署名はしても花押は加えなかったと聞いております。それゆえ『弟の危険を助けるため皆が心を合わせているというのに、兄に異心があるのはどうかと』という声が、あったやに聞いております！」

「ほう、あの宗政がのう……」

天を見上げて吐いた頼家の言葉には、どこか呆然としたところがあった。おうむ返しに名を繰り返しただけで、心ここにあらずといったふうだ。

「……よい、時間をおこう！」

良案が浮かばない時は、しばらく放置する。消極策ながら、この時の二人に、それ以外の方法は見つからなかった。

2

北条義時は時政の二男である。長男の宗時は石橋山合戦で戦死したが、義時は嫡子にならず、後妻である牧の方の産んだ政範《まさのり》が嫡子とされた。牧の方は貴族の出と伝えられ、この時代は年齢の上下より妻の貴賤《きせん》が嫡子の決定要素になった。時政の死別した先妻は伊東祐親《すけちか》の娘で、政子や義時を産んでいた。

義時は分家して「江間《えま》殿」と呼ばれた。江間の地は韮山《にらやま》の時政邸から見て北の方角に位置する。時政と義時の間には時に意見の対立があり、それは時政と政子の間にもあった。よくある親子間の意見対立という次元でなく、もっと突き放した関係だ。同母同士の政子と義時との間にはそれがなく、こちらは仲の良い姉弟であった。

しかし、だからといって時政と姉弟とが対立関係に終始したかと言えば、そういうことではない。助け合うべき局面では助け合った。それこそが北条一族の強さの理由だった。

時政は鎌倉では、名越《なごえ》に居を構えていた。山と海に囲まれた鎌倉には七つの出入り口があり、鎌《かま》倉七口《くらななくち》と称された。名越はその一つで、三浦方面への出入り口だった。

「御所様も『連署に北条親子の名がないが、どうしたことか?』と訝《いぶか》っていたとのことです」

初冬の縁側で義時が名越邸の庭を眺めて言う。冬枯れの庭で南天《なんてん》の赤い実が小さな花のようだ。

「知る者は知っておるから放っておいてよい。構わぬ!」

時政が余裕の笑みを浮かべ、空を見上げた。澄んだ冬空にトンビが一羽、円を描いていた。

「構わぬ、ですか……」

義時が、時政の言葉をそっくり繰り返した。時政が言わんとした意は分かる。もはや頼家に二代目将軍としての力はない。そればかりか御家人たちの心はますます頼家から離れた。いかに不審を抱いたとしても、それまでのこと、という意味だ。

「訴状のことでは大江殿と相談を重ねたが、よい考えが浮かばず、放っておくことに決めたそうだ。もはや御所様の力だけでは何も出来ぬ」

「その話は誰から？」

「大江殿から耳打ちされた」

「そうですか、放っておくつもりですか……」

「いつまでも放っておくことは出来まい。気の短い和田義盛あたりが大江殿に催促するはずだ！」

思いつきで口から出た和田義盛の名だったが、事は時政の読み通りに推移した。


十一月に入ると海に近い温暖な鎌倉でも、大きな御所の中は底冷えのする寒さになる。

「おお、よいところでお会いした、大江殿！」

和田義盛が広元の姿を見つけて声を掛けた。政所で政務を執《と》る大江広元を訪ねて声を掛けたのだから、偶然会ったような言い方はおかしい。だが、義盛はそんなことなど気にしない。広元の傍へ早足に寄ると、座す広元を見下ろしながら尋ねた。

「訴状は定めし御所様へ披露されたことであろう！　御所様のご気色《きしょく》は、どうでござったか？」

用件だけを言う。一方が政所、一方は侍所の別当同士だから、上下の遠慮はない。

「……」

問われた広元は義盛へ敷皮を勧めたものの、言葉が出ない。義盛の丸く大きな顔を見た瞬間、何の用事で来たのかは分かったが、用意しておくべき言葉を用意していなかった。

「どうかされたか？」

体調でも悪いのか、というように義盛が広元の顔をのぞき込む。

「いや、まだ言上《ごんじょう》してござらぬ……」

つぶやくような広元の低声《こごえ》だ。

「なに、言上しておらぬ、と！」

対する義盛の声が一段と高くなった。怒声に近い。三浦義村と二人で広元を訪ね、訴状を手渡してから十日余り。いまだ頼家は見ていないという。これでは義盛と義村の面子《めんつ》がまる潰れだ。怒声も無理はなかった。

「……」

頼家と相談のうえで放置しているとも言えず、広元としては黙っているより方法がない。しかし沈黙は義盛の怒りの火に油を注いだ。

「どういうことか、大江殿！　貴殿は関東の爪牙耳目《そうがじぼく》としてすでに多年を経ている。連署した宿老たちの意向を無視すれば、いかなることになるか。それが分からぬはずもあるまい！　景時一身の権威を恐れて諸人の憤りを放置するのは、どうして公平だと言えようか！」

目を四角にして肩をいからせ、広元に顔を近づける。政所には十人近い侍がいたが、義盛の迫力に圧倒されて誰一人、顔を上げることが出来ない。

「まったく恐れているからではない。ただ梶原殿の滅亡を気の毒に思うだけである……」

広元はこれだけ答えるのが精一杯だ。

「景時が気の毒なら、結城殿は気の毒でないのか？　安達殿は気の毒ではなかったか？」

「それは……」

「景時を恐れていないなら、どうして数日を無駄にすることがあろうか！　披露されるのか、されないのか。今、はっきりと返答を承りたい！」

ほとんど叱りつけるような物腰になった。

「言上する」

言い残して広元は席を立った。その場に一時《いっとき》もとどまれぬほどに罵倒された気分だった。

「うむ、そうか。義盛め……」

広元が頼家の元を訪れると、寝衣《しんい》の胸をはだけながら奥の間から出て来た。太陽はすでに高いが、今まで寝ていたのだろう。女人が添っていた様子はなかった。

「和田殿一人のことならよいのですが、梶原殿以外の宿老は皆、和田殿の背後に顔をそろえておりまするゆえ……」

「もはや放ってはおけぬか？」

「はッ！」

「では、訴状を景時に見せ、是非を述べさせることにしよう。景時なら、よい申し開きをするやも知れぬ！」

翌日、御前へ呼ばれた景時は、浮かぬ顔で姿を見せた。

「結城朝光の件が大変なことになっておるぞ。申し開きすべきことがあれば述べよ！」

まるで罪人に対する物言いだ。景時は気配を感じ取り、ひたすら畏《かしこ》まった。

「……」

訴状を手にしたまま景時が黙り込む。景時も訴状の内容はおおよそ知っていたが、錚々《そうそう》たる名と花押が連なる重みに改めて圧倒された。「傍輩を戒めるためにも、早く断罪すべきです」と朝光を讒訴した先日の勢いは、もはや景時のどこを探してもない。

「いかがしたか、景時？」

連署の意味が分からぬほど景時は頭の回らぬ男ではない。結局、ひと言も弁明せずに御前を下がった。その日のうちに子や親類一同を引き連れ、所領がある相模国一宮へ下向した。命じられる前に、みずから謹慎蟄居したのだった。

「こうなっては庇《かば》いようも、ないな！」

翌日も正午《ひる》過ぎになり、広元から報告を聞いた頼家が渋面を作った。

「致し方ありませぬ……」

広元も、そう答えるしかない。ところが数日経つと景時への風向きに変化が生じた。御家人の中に、自主的な謹慎に好感を寄せる者が出てきたからだ。景時も政務復帰を願い出た。十二月に入ると許しを得ぬまま、一宮から鎌倉へ舞い戻った。

といって重鎮六十六人分の連署の重みが覆《くつがえ》るはずもない。唯一、覆す力があるとすれば二代目将軍だが、頼家は就任時の威光と実力を失っていた。数次の審議の結果、景時は鎌倉追放と決まった。景時は再び一宮へ去り、鎌倉の景時邸は寺へ寄進された。時をおかず景時周辺から不穏な噂が鎌倉へ流れて来た。

「城郭を構えて戦の準備をしている……」

「謀反を企て、上洛するつもりだ！」

かつて重忠が沼田御厨《みくりや》事件後に北武蔵の菅谷館へ長期滞在した折、頼朝に「重忠が謀反の準備をしている」と讒言したのは景時その人だから、巡り合わせとは不思議なものだ。また、落ち着いて考えれば〈城郭を構える〉は一宮へ留まることであり、〈上洛するつもり〉は一宮から去ることだから、正反対の動きである。同時に出来るはずもない。

年が明けて一二〇〇年一月二十日、梶原一族は上洛すべく一宮を発った。時を同じくして景時追罰のため三浦義村や糟谷有季、工藤行光らの兵が一宮へ向かった。上洛のためというより、追罰軍から逃れるべく西へ押し出されたという方が真実に近かった。

景時一行の五十人ほどが駿河国清見関《きよみがせき》、現在の静岡市清水区に差しかかった。一方に海、一方に山が迫る難所に、地名の通り古代から関所が置かれ、平家の時代までは東国の軍兵から京の都を守る砦であった。ここで一行は土地の武士たちと戦闘になる。

「はや日も暮れる。すぐに清見関だ。そこで宿をとろう！」

たそがれの迫る海原を見ながら馬上の景時が指示した。嫡子の景季が振り返り、すぐ後ろで弟の景高がうなずいた。景季が数えで三十九、景高三十六。かつて鎌倉の大路を闊歩《かっぽ》してきた男たちだが、疲労の色濃い顔に昔日の栄光の影は、かけらもなかった。

〈この関を通るのも、何度目になるのか……〉

馬に揺られながら景時は昔を思った。義仲軍や平家軍を追討するため勇んで過ぎた日々。頼朝の上洛に従った隊列での晴れがましさ。同じはずの景色が、今はすっかり違って見えた。

「おッ、関が近いぞ！」

先頭を行く景茂が叫んだ。直後、山側の斜面から無数の矢が飛んで来た。

「下がれ、敵だ！　待ち伏せだ！」

景茂の叫びは悲鳴に近かった。一行は素早く馬首を返して後退した。狐崎《きつねがざき》まで退《ひ》いて陣容を整えると、反撃に転じた。戦い方を知る梶原一族だったから、有象無象《うぞうむぞう》の多勢なら難儀することもない。たちまち清見関まで押し返した。それでも時間の経過とともに、優勢だった梶原勢も、頭上から雨あられと降る矢に一人射られ二人倒れるなどして劣勢へ転じた。

かくて梶原一族は次々に討ち取られ、残った景時、景高、景則らは背後の山へ退いて自害した。討ち取られた一族は三十三人に上る。景時ら三人の首は見つからなかった。

清見関の戦いについて『吾妻鏡』は「近隣の武士らが的を射ようと群集していたが、解散する時に及びて景時らに会う」と書いている。景時らを討ったのは、偶然に居合わせた在地武士たちだった、と。しかし関守《せきもり》でもない在地武士たちは、何を理由に梶原勢へ矢を射掛けたのか。事前の連絡や命令に従い、待ち伏せしていたと見る方が無理はなさそうだ。

駿河の守護職は北条時政であり、臣従する在地武士たちも多い。弾劾連署の際と同様、表に立ちたがらない時政の影を、ここにも見るのである。


六十六人もの御家人が一夜のうちに連署を決めた事実は、梶原景時という人物に対する御家人仲間の評価を雄弁に語るものだ。ことに今回の結城朝光の一件では、多くの宿老たちが二代目将軍の将来を案じるなか、景時一人が新将軍の信頼を得ようと試みて恨みを買った。結果としての身の破滅も容易に納得出来る。

ただし『玉葉《ぎょくよう》』の記述も留意しておくべきかもしれない。関白や太政大臣を務めた九条兼実《かねざね》の日記で、朝廷側の目で時代と人と出来事を記している。ために『吾妻鏡』を補う歴史資料として対比的に使われることが多い。この書には朝光に関する讒言の背景に、頼家の弟である実朝を将軍に担ぎ出そうとする動きがあったと記述されている。すでに引き降ろす算段にまで踏み込んでいたなら、れっきとした謀反である。将軍としての資質の有無以前の問題だ。ここで景時が行動を起こさなければ、職務怠慢の謗《そし》りは免《まぬか》れまい。

景時が死んだ三年後には北条氏の画策により頼家が追放され、代わって実朝が政権の座に就いた。以後の歴史は時政の目論見通りに動く。北条家が執権として権力の掌握を揺るぎなきものにしたのである。

3

「おや、また蹴鞠《けまり》ですか!」

政所別当の大江広元が裁決を仰ごうと頼家の執務室へ向かうと、頼家たち八人ほどの若者が庭で蹴鞠に興じていた。庭には梅の花が咲きそろい、早春らしい陽気だ。広元は独りつぶやくように言ったので、蹴鞠に熱中する若者たちには聞こえない。

頼朝の時代には鎌倉で蹴鞠に興じる光景は珍しかったが、頼家の代に入って盛んになった。頼家が好きだったためで、宿老たちの三代目あたりにも流行《はや》り出した。弓や馬、相撲と比べてゲーム性が強く、そこが若者たちに受けた。

「都の真似《まね》ごとばかり、やりおって……」

宿老たちは、蹴鞠に熱中する若者たちを嘆いた。京の貴族の真似をやめ、武士は武士らしく弓馬の腕を磨いたらどうか、というわけだ。

「おッ、広元か！　しばし、そこで待て！」

頼家は広元に気づいたが、蹴鞠をやめない。この頃の頼家は連日のように蹴鞠に興じ、蹴鞠の名手、紀行景を京から招くほどだった。

「越後のことだろう？」

一段落したところで汗を額に光らせた頼家が、広元の所へやって来た。中断して広元の求めに応じたのは、前日のうちに裁決すべき事柄を放っておいて蹴鞠に興じていたからだ。

「分かっている、すぐ追討に向かわせるように手配せよ！」

言うと頼家は柄杓《ひしゃく》で水を飲み、急ぎ蹴鞠仲間の所へ駆け戻って行った。

越後の御家人の城《じょう》氏は、かつて景時が庇護《ひご》していた一族で、景時追放の一年後に反旗をひるがえした。建仁《けんにん》の乱である。二代目将軍が蹴鞠などして遊んでいる場合ではなかった。


越後国・城氏の祖は常陸《ひたち》平氏の名門、大掾《だいじょう》氏にさかのぼる。越後守だった城資永《すけなが》はかつて清盛の跡を継いだ平宗盛から、挙兵した木曽義仲の追討を命じられた。

「信濃国では、城一族のみにて敵を攻略したい！」

資永は自信満々で宗盛へ申し出た。兵力も一万に及んで準備万端。少ない兵しか持たない義仲に勝ち目はなかった。ところが資永は出陣直前に脳卒中で倒れ、翌日には死亡してしまう。

一一八一年の春、弟の長茂《ながもち》が義仲軍追討の指揮を執った。少数ながら気力横溢《おういつ》の義仲勢と、資永を失い意気の上がらない長茂勢。名高い横田河原《よこたがわら》合戦だ。ここで義仲側は奇策を繰り出す。千曲川対岸から平氏のシンボルである赤旗を立てて平家軍を装い、長茂本陣へ迫った。

「ああ、この信濃の国にも平家に味方する人が多いのだな！」

長茂側は味方が加勢に来たと思って活気づき、また、油断した。ところが義仲軍は直前で赤旗を捨てて、源氏のシンボルである白旗に持ち替え、高く掲げて鬨《とき》の声を挙げた。

「義仲軍だ！」

「敵は十万騎もあるようだ！」

不意を衝《つ》かれて城氏の大軍は慌《あわ》てた。川に追いやられて溺れる者、険所《けんしょ》に追い詰められて斬られる者。結局、一万の兵のうち九千が討たれ、または逃亡した。長茂も越後へ逃げ帰るが、離反と逃亡が相次ぎ、拠点の北越後を捨て会津へ落ちた。

越前や若狭に勢力を張る北陸勢は、横田河原合戦で義仲の強さを知り、義仲方に転じた。横田河原合戦での勝利の意味は大きかった。

敗走した城氏側には「もしも」の思いだけが残った。もし資永が脳卒中で倒れず、順当に義仲軍を撃破していたら……。城長茂は、ふがいない敗北の悪夢に夜ごとうなされた。

〈あの日、あの時、木曽殿の白旗を見て、誰より驚き恐怖したのは拙者《せっしゃ》であった……。もう一度戦いたい！　負けてもよい、武士《もののふ》らしく雄々しく戦って死にたい！〉

長茂はおのれを責め、一つの願いに胸を熱くした。だが郎党が散り散りでは、反旗をひるがえそうにも旗の持ち手さえいない。一族の当主である〈拙者〉が力をつけなければ何一つ出来ない。

忸怩《じくじ》たる思いに沈むある日、頼朝の側近になっていた梶原景時から誘いの手紙《ふみ》が届いた。

「一度、鎌倉殿にお目通りしてみては、いかがでしょうか？」

意外な内容だった。

「なれど、それがしは源家に弓を引いた者ゆえに……」

返書を認《したた》める長茂の胸中は複雑だった。もう一度戦いたい相手は源氏以外にないが、その源氏に仕えなければ一族の復活もない。

「案ずるに及びませぬ。貴殿が弓を引いたのは木曽殿でした。木曽殿は鎌倉殿にとっても敵でした。また弓を引いたというなら、それがしとて石橋山合戦で鎌倉殿へ弓を引きました」

何度かの手紙のやり取りの後、城長茂は景時に仲立ちを依頼した。景時は奥州合戦に際して長茂の出陣を頼朝へ願い出た。

「城四郎長茂は無双の勇士です。囚人ながら、引き連れることに何の問題があるでしょうか？」

頼朝は承諾した。長茂は喜んで戦列に加わり、旗を賜わりたいと申し出た。

「囚人の身で自分の旗を差すことは、憚《はば》かられるのです！」

しかし頼朝は許さず、自分の旗を使うことになった。長茂は、かえって喜んだ。

「この旗を見て、逃亡している郎党たちが再び集まり従って来るはずだ！」

長茂の心の奥底など、頼朝に分かろうはずもない。読み通り、散っていた郎党たちが城軍の旗を見て集まって来た。ここに名門豪族、城氏が復活した。


景時の追放劇から一年余。表向き忠勤に励む長茂だったが、胸中は揺れていた。恩顧の頼朝と景時も今はなく、景時に近い御家人に対して所領没収が相次いでいたからだ。

「お気をつけなされ」

ある時、御所の廊下で、そう長茂に耳打ちする者がいた。長茂が決意したのは直後のこと。越後へ帰ると甥の資盛《すけもり》に相談した。横田河原合戦の直前に急死した資永《すけなが》の嫡子だ。

「もとより承知、この時を待っておりました！」

一も二もなく賛成した。二十歳を過ぎた青年は叔父以上に源家への憎しみが強かった。二人は坂《はん》額御前《がくごぜん》にも相談することにした。御前は資永、長茂兄弟の妹で、女性ながら弓の腕前では越後国内に敵なしと言われていた。

「兄上、ご用ですか？」

すぐに坂額御前がやって来た。直前まで弓の稽古をしていたらしく、白筒袖《つつそで》の上衣と黒の袴《はかま》姿で、額に大粒の汗を光らせていた。ところが端座して呼吸を整えると一転して清楚な白梅の一、二輪というふうだ。

「起《た》つべき日が来たと思うのだ！」

告げる兄の目を穏やかに見ながら驚いた様子もない。すでに覚悟を決めていたのだろう。長茂が、それまで資盛に話した内容を繰り返した。

「二手に分かれることも、お考えになられては？」

説明を聞いて坂額御前が提案した。京で長茂が天皇から関東追討の宣旨を受け、資盛と坂額御前とが越後で挙兵する作戦だ。宣旨なしでは単に反乱の賊徒になってしまう。

「資盛殿の意見は、いかがか？」

「よいと思います。京で宣旨を受け、ここ越後で二手が合流出来れば最善です！」

京へ上った長茂は宣旨を受けようと、景時が懇意にしていた徳大寺家に仲介を願い出た。しかし景時を失い、鎌倉の敵となった一御家人になど、都の上級貴族は会ってさえくれない。かくて上洛一か月後の春三月、長茂は奈良吉野へ追い詰められて誅殺された。その日、吉野山には青空が広がり、今を盛りと咲く山桜が微風に揺れていた。

「長茂死す」の手紙を受け取った資盛は、叔母の坂額御前の元へ持参した。静かに読み進むうち、御前の両の目に涙があふれた。それを見て心の堰《せき》が切れた資盛も涙を落とした。ともにひとしきり泣き、しばらくは、どちらも口を開かない。

「我らへも遠からず追討の兵が差し向けられましょう！」

先に口を開いたのは坂額御前だ。

「であれば、こちらから先に仕掛けましょう！　準備はすでに出来ています！」

資盛が応えた。越後守護の佐々木盛綱は当時、幕府内の勢力争いから上野《こうずけ》国内に蟄居《ちっきょ》させられていた。守護不在なら挙兵の好機だ。二人は資永が越後守時代に居館とした北蒲原《かんばら》を拠点に、標高三百メートル弱の山城、鳥坂《とっさか》城を整備し直し、たちまち越後国内を制圧した。北条時政は大江広元らと協議のうえ佐々木盛綱の蟄居を解き、急ぎ越後へ向かわせた。


四十日ほど経った五月半ば、佐々木盛綱の大軍が鳥坂城を囲んだ。対する城氏は千の兵で盛綱軍を待ち受けた。盛綱勢は攻略に手間取るも、なお多勢だったから、じりじり城へ迫る。兵は城の急斜面に取り付き、蟻《あり》の隊列のように一列で登った。一番乗りを目指した兵が登り切るかと見えた時、上から放たれた矢を頭に受けた。

「グッ！」

途端に両の手から力が抜け、身の支えを失うと低くうめいて転落した。尻が後続兵の左肩に当たったので、下の兵は避け切れない。一列縦隊の蟻の列は、ことごとく崩れ落ちた。

「叔母上、見事なものです！」

組んだ櫓《やぐら》の上から資盛が呼び掛けた。坂額御前が晴れやかな笑顔を返す。赤糸縅《あかいとおどし》の鎧《よろい》の背に征矢《そや》を束ねた武者姿だが、頭には兜も烏帽子《えぼし》も被っていない。若武者と見紛《みまが》うばかりでも項《うなじ》の細さや頬《ほお》のふくらみを見れば女子と分かる。

「資盛殿、敵を一人たりとも城へ入れまい！」

奮闘する坂額御前だったが、昼が過ぎ夕暮れが近づくと、さすがに外れ矢が目立ち始めた。疲れから警戒が疎《おろそ》かになった一瞬、後方からの矢が坂額の左足を射抜いた。振り向くと、次の矢も右太ももへ刺さった。たまらず腰を折り、激痛にうずくまった。

矢を放ったのは信濃国諏訪の藤沢清親《きよちか》だった。正面の急斜面を避け、水路のような脇道から回り込むと、鳥坂城を見渡す小高い地に出た。逸《はや》る気持を抑えて様子をうかがううち、弓の腕前が格別な射手の存在に気づいた。矢を放つごとに、下から味方の悲鳴が聞こえた。

「よし、彼奴《あやつ》を仕留めん……」

大木の根元から根元へと慎重に進み、およそ三十間《けん》、五十メートルの距離まで近づいた。二矢とも背の真ん中を狙ったので、逸《そ》れたとはいえ両の足に命中させることが出来た。時をおかず城氏勢は総崩れとなり敵兵が城内へ乱入した。坂額御前は生きたまま捕えられ、資盛は逃亡して行方が分からなくなった。


坂額が鎌倉へ連行されたのは夏も盛りの頃。両足の傷はまだ癒《い》えず、歩く姿もぎこちない。矢を射た藤沢清親が腕を取り助けながら御所まで連れて来た。

「そうか、予も見てみたいものだ！」

坂額が来たことを知ると源頼家が体を乗り出した。朝だというのに蝉が騒がしい。

「どれ、面《おもて》を上げい！」

頼家が御簾《みす》越しの坂額へ声を掛けた。左右に畠山重忠や小山朝政、和田義盛、比企能員、三浦義村らが居並び、噂の女丈夫《じょじょうふ》を見ようと御家人たちも集まって来た。坂額が顔を上げ、御簾越しの頼家に対面する。臆《おく》する気配は微塵《みじん》もなく、かといって虚勢のふうもない。所作《しょさ》たたずまいは宿老たちに引けを取らぬほど威厳があり、なにより美貌が皆を驚かせた。

「後宮《こうきゅう》にあっても、よいほどの女子《おなご》よ！」

義盛が重忠に言い、他の御家人たちも囁《ささや》き合った。

「よい、下がれ！」

頼家は顔を見ただけで、ひと言も問うことなく下がらせた。

〈どうすれば、よいものか？〉

男子なら即刻打ち首だが、思わぬ美貌と凛々《りり》しさが彼を思案させた。ところが翌日になり、意外な形で問題は決着した。

「女の配流先を決めるのであれば、あえて身柄を預かりたいと存じます！」

そう申し出た者がいた。甲斐源氏の一族で甲斐国八代郡浅利郷を本拠とする浅利義遠《よしとお》。強弓の名手として壇ノ浦合戦や奥州合戦で活躍した。彼もまた前日、坂額御前の媚《こ》びへつらわぬ態度に感銘を受けた一人だった。

「坂額は並ぶ者なき朝敵である。所望《しょもう》するには思惑があるのであろう！」

疑わしそうな目で義遠に問う。

「特別な思惑などありませぬ！　妻として迎え、元気で強い男子をもうけます。立派な武士《もののふ》として育てます。朝廷を守り、武家を助け奉らんがためです！」

義遠が胸を張る。頼家は感心したが、素振りには見せず、からかうように言う。

「坂額の容貌は人一倍美しいが、心の武を考えると、愛らしいと思えるはずもないぞ！」

もの好きめ、というわけだ。それでいて義遠が気に入ったらしく、さんざんにからかった後で義遠の申し出を許した。すぐに御所の女房が坂額御前へ報《しら》せた。

「妾《わらは》のような者を……」

話を聞いて坂額は絶句し、涙を落とした。

「滅相もない、御許《おもと》は美人にござりますゆえ」

慰めたが、女房には坂額の反応が意外だった。進んで首を差し出すものと思っていた。

「浅利様とは、どこかでお会いしたことがあるのですか？」

ふと女の勘を働かせて訊いた。

「ありません。妾の武をよしと思ってくださるお方なら、それだけで結構です。そういう殿方は滅多に居《お》られぬものです……幼い頃に父から『今の世では女子《おなご》も武術に励め。役に立つ日がきっと来る』と教えられ、疑うことなく従いました。そして、いつの間にか、もらい手もない女丈夫になっていました。浅利様は、尊敬する父のようなお方に相違ござりませぬ！」

それが生死を超えた嬉しさであろうことを、女房は同じ女性として感じ取った。晴れて義遠の妻となり甲斐国へ下った坂額御前は、一子知義《ともよし》をもうけ、その地で穏やかに生涯を終えた。

十二　陰謀

1

頼朝の死後、ともに鎌倉幕府を支えた宿老たちが相次いで他界した。頼朝の死去が一一九九年正月で、数え五十三歳。梶原景時がちょうど一年後の一二〇〇年正月、六十歳。三浦義澄も同年正月、七十四歳。安達盛長が同年四月で六十六歳。千葉常胤が一二〇一年三月、八十四歳。以後は北条一族が有力御家人を排除し、政治を掌握する。最初の標的が比企能員《よしかず》だった。

一二〇三年六月三十日の朝、鶴岡若宮の宝殿の屋根に鳩が一羽、とまっていた。竹箒《たけぼうき》を手に若い僧が見上げていると、鳩は突然目の前へ落ちた。近づいて腰をかがめ、まじまじと見入る。鳩は首を鋭角に曲げ、すでに死んでいた。八幡宮では、鳩は神の使いとされていた。

「不思議なことがありました！」

庭の掃除が済んでから老僧へ報告した。

「馬鹿なことを！　縁起でもない！　よいか、決して他言はならぬぞ！」

老僧は青くなって若い僧に口止めしたが、噂はたちまち僧の間に広まった。

異変はなおも続く。七月四日の午後、鶴岡八幡宮の経所《きょうじょ》へ続く回廊の屋根から鳩が三羽、互いに咬《か》みあって落ち、一羽が死んだ。喉《のど》の辺りを強く咬まれたらしい。

「不吉である！　今度は三羽の争いになったか！」

話は尾ひれを付けながら武士たちの間にも広がった。鳩は穏やかな動物で、殺し合うような習性はない。九日になると八幡宮寺の花や仏具を載せる閼伽棚《あかだな》の下で鳩が一羽、頭を切られ死んでいた。これも別の若い僧が見つけた。あるいは鷹などの猛禽類《もうきんるい》に襲われたのか。しかし二つの不吉な例の直後だったから、二例に劣らぬ早さで噂が広まった。

一羽が殺された後、三羽の対立によりまた一羽が殺され、さらにしばらくして三羽目が首を切られる。意味のない自然界の三つの出来事に高僧や御家人たちが慄然《りつぜん》としたのは、不安定な時代の相のせいだろうか。

十日後の十八日、御所で蹴鞠《けまり》が行われたが、以後、蹴鞠は行われなくなった。頼家の健康がすぐれず、彼が参加出来なくなったため。二十日、ついに頼家は病《やまい》の床についた。危険な状態が続き、盛んに祈祷《きとう》が行われた。占いでは「霊神の祟《たた》り」と出た。

比企能員《よしかず》が病床を見舞って励ました。半身を起した頼家は能員を見て、ほっとした顔になったが、

「いかが、なされましたか？　お気を、しっかりと！」

「出家、しようと、考えて、おる……」

それも束の間のことで再び力なく伏せた。

「なにを弱気な！　占いが霊神の祟りと出たやに聞きまするが、そのようなことなど、ゆめゆめ信じてはなりませぬ！　明日にでも回復して元気になりまするぞ！」

能員も必死に励ました。床に伏せるようになってから何度か見舞ったが、この日は早朝に頼家から使者が訪れた。ぜひ早めに来て欲しい、とのことだった。駆け付けると、案に違《たが》わず相当に気弱になっていた。

「跡は長子の一幡《いちまん》に譲ろうと思うのだが、どうだ？」

一幡は六歳、母は能員の娘、若狭局《わかさのつぼね》だ。将軍職に一幡が就けば、幼い一幡を父頼家と祖父能員が支えることになる。それは権力が北条の手から比企の手へ移ることを意味した。

「早まりなさるな！　明日になれば元気になりまする。明日が無理でも十日後なら必ず！　十日待ってご決断されても、よいではござりませぬか！　でないと『譲らないでおけばよかった』と後悔することにも、なりましょう！」

「祖父、が怖いのだ、何を、する、つもり、か……」

やはり途切れ途切れだ。頼家の祖父は、母政子の父親である北条時政。能員は頼家にとって義父になる。

「なにゆえでござりますか？」

「千幡《せんまん》を担ぎ出そう、としている……」

千幡とは、のちの実朝《さねとも》。一幡より年長だが、まだ十二歳で、頼朝の四男にあたる。政子の腹を痛めた子としては、頼家の弟だから二男だ。時政にとって後継が千幡であれば、これまでと同じく祖父として政権への影響力を保持出来る。ところが一幡では曽祖父となり、祖父の能員に比べて影響力は格段に落ちてしまう。時政が千幡のかつぎ出しを画策しているとの噂は、能員の耳へも届いていたが、損得勘定はまだ能員の頭になかった。

「なれど案ずるには及びませぬぞ！　養生して早く元気になることです。将軍殿が元気でさえあれば、千幡殿の出る幕はござりませぬ！」

「それは、その通り、であるが……」

頼家が心なしか明るい顔になった。

翌八月になると時政が次の手を打った。「将軍家のご病状、危険な状態のため」として一幡が総守護職と関東二十八国の地頭職を継ぎ、千幡が関西三十八国の地頭職を継ぐ、と告示した。「日本国」の警察権を握る総守護職を一幡が継ぐのだから、将軍職の後継は一幡ということになるが、権力の分散であることに変わりはない。また、一幡の後継は千幡、とする決定とも読める。ともに政所《まんどころ》別当を務める大江広元と話し合い、弱気になっている頼家も了承した。能員には何の相談もなかった。

「なに、了承なされたと？　とんでもない不届き事に、ござるぞ！」

告示を知った能員が頼家に面談して怒ったが、後の祭りだった。病状がよほど重いのか、頼家は目を閉じたままで能員を見ることさえしない。

御家人たちにも能員の不満が漏《も》れ伝わった。鎌倉の街は騒然とした空気に包まれ、諸国の御家人が鎌倉へと馳せ参じた。緊張感が頂点に達したかに見えた九月初め、能員は、娘であり一幡の母である若狭局を通して頼家へ訴え出た。能員からの書状を手にした頼家は、読み進むにつれて顔色を変えた。青ざめる、というより青黒くなった。

〈とにかく北条時政を追討すべきでしょう。家督や地頭職を二つに分ければ権威も二つとなり、国が乱れます。北条の存在を許せば、一幡の治世は奪われます〉

そう書かれていた。多くの人が思っていたことにしろ、この時代に「北条時政を追討すべき」と口にすることは、よほどの覚悟を必要とする。権勢も実力も時政に匹敵する者でなければ出来ることではない。

「呼べ！　能員をここへ！」

驚いて頼家が叫ぶ。呼び出されることを予期していたのか、能員はすぐに来た。

「よし、では、そうするが、よかろう……」

黙って話を聞き終えた頼家は力のない声で承諾した。肩を落とし、すっかり落胆した体《てい》だ。この時、隣室で頼家側近の中野能成が聞き耳を立てていた。能成はみなまで聞かず、能員が御所を出る前に政子の元へ走った。

「よく報《しら》せてくれました。それは一大事です!」

言い終わらぬうちに政子は立ち上がり、女房たちへ時政を探すように指示した。時政が御所から名越の屋敷へ帰る途中だと分かると、書状を女房に持たせて届けることにした。女房は走り、帰宅前の時政に追いついた。時政は馬上で書状を読み、その足で大江広元の屋敷へ出向いた。

「比企殿が将軍の命令と称して陰謀を企てている。この際、比企殿を征伐しようと思いますが、どうであろうか?」

出て来た広元に相談した。広元は途端に渋面になった。

「先代将軍の御時より政道を助くることはあるも、兵法の是非は弁《わきま》えておりませぬ。ゆえに誅殺するか否かはお任せ致す。よろしくご賢察くだされ!」

武門《ぶもん》にあらずの官人《かんじん》広元だから、当たり障《さわ》りなく答えるしかない。断ったり中途半端な返答だったりすれば自分の身が危険だ。謀《はかりごと》では、同意を求められて断れば裏切りを意味する。そっくり敵方へ通報される危険が生じるからだ。

返答を聞くと時政は席を立ち、天野遠景《とおかげ》と新田忠常《ただつね》の二人に能員追討を命じた。この時、だが遠景が異を唱えた。

「軍兵を集めて攻めるより、時政殿の御前に招き寄せ、誅殺されるのがよろしかろう。あの御仁であれば、難なく誅殺出来ます!」

卑怯な騙《だま》し討ちだが、確実な案でもあった。遠景は伊豆時代からの郎党で老練な策士。時政も同意し、再び広元に相談するため屋敷へ招くことにした。

だが広元は、時政からの再びの使者に警戒した。さんざん躊躇《ためら》った挙句に腰を上げるが、また座り込む。家人《けにん》たちは主《あるじ》の気配を察し、付き従おうと続々詰めかけた。鎧姿に征矢《そや》を背負った完全武装の者たちが多かった。

「待て！　そなたたちの心遣《や》りには感謝するが、考えるところがあるのだ！」

広元は家人たちを押しとどめ、武術にたけた若者、飯富宗長を一人だけ伴うことにした。時政邸への途中、広元は宗長に馬を寄せて低声《こごえ》で命じた。

「世上の有り様は恐ろしいことばかりだ。重大事があると北条殿が言うので、今朝、屋敷に伺って詳細に評議した。しかし再び呼ばれた。これ以上に何の話があると言うのか、はなはだ理解し難い。考えを変えて、事前に私を亡き者にしておくつもりか。もしも万一のことがあれば、お前がまず私の首を刎《は》ねよ！」

宗長は広元の目を食い入るように見詰め、問い返さずに頭を下げた。彼なら忠実に広元の命令を実行するだろう。広元の首を刎ねた後、今度はその場で自分が殺されることも承知だ。名越の時政邸へ着くと、さっそく時政が能員誅殺の手順を説明した。

「というわけで、ひっそり、やります。大江殿は、じっとしていてくだされば結構です！」

時政は笑みさえ浮かべている。広元を殺す企みではなかった。時政の訝《いぶか》しげな視線に動じることなく、宗長は会談の間じゅう広元の後ろに控えていた。

〈大事とみて神経質になっているのだろう……〉

広元は時政の顔を見て考えた。細かな事まで念入りに相談するのは、時政の流儀ではないはずだ。確かにそれだけでなかったことは、次の時政の言葉で分かった。

「大江殿は今夜、帰宅されますか？　名越のこの家であれば安全ゆえ、一件が収まるまで、ぜひ、とどまりなされ！　決して不自由にはさせぬゆえ、ご心配には及びませぬ！」

親切めかしてはいるが、有無を言わさぬ勧め方だ。体《てい》のよい拘束である。時政邸に泊まらせるなら寝返りはもちろん、謀《はかりごと》が能員方へ通報される心配もない。

時政の狙いは最初から、こうすることだった。綿密に相談することで責任を広元へ分散しておき、分散で生じる危険を拘束により封じる。二度目の呼び出しまでに、時政は広元の拘束に思い至ったのだろう。当然ながら、すっかり広元を信用していたわけではなかった。

時政はその頃、腕がよいと評判の仏師《ぶっし》に薬師如来像を彫らせていた。完成したので臨済宗開祖である栄西《えいさい》を呼び、開眼供養《かいげんくよう》をすることになった。政子も結縁《けちえん》のため出席する。時政は、能員を呼び寄せる理由に、これを利用することにした。

〈宿願によりて仏像供養の儀を行います。おいでになり聴聞《ちょうもん》なされますように。また、雑事も話し合いましょう〉

使者が持参した手紙《ふみ》には、そうあった。

〈早々に参ります〉

能員は返書を認《したた》めて使者に持ち帰らせた。使者が帰ると、一族の主だった者たちが能員の元へ詰めかけて来た。どの顔も心配そうだ。

「とかくの噂も流れています。出向かれては、なりませぬ！　たとえ参られるにしても家子《いえのこ》に甲冑《かっちゅう》を着けさせ、弓矢を持たせてお連れすべきです！」

能員が将軍頼家に「時政を討つべし」と進言したことは多くの者が知っていた。であれば時政の耳へも届いているはずで、油断も隙《すき》もない彼が手を拱《こまね》いているとは思えない。誰もが「罠《わな》かもしれない」と考えた。

「愚かなことを申すな！　甲冑など着けて多勢《たぜい》で押し掛ければ、それだけで戦《いくさ》になる。一つは仏像開眼と結縁のため、もう一つは将軍家の相続で相談したいのだろう！」

能員は胸を張った。彼も典型的な東国武士だ。逆の立場で考えれば分かりやすい。たとえば時政が頼家に「能員を討つべし」と訴え、それを能員が知ったとする。しかし能員なら、なお時政に説得を試みるかもしれない。自分がそうだから、相手もそうだろうと考える。

よく言えば度量が大きく、悪く言えば脇が甘い。正々堂々を旨として、狭量と臆病を排した。一抹の不安を度胸で退け、なお不安が残れば虚勢で自身と周囲を偽り、乗り越えようとする。だが、そこに付け入る隙が生じる。

「案ずるな！」

能員は笑顔で名越の時政邸へ向かった。一方、時政は弓の名手二人を小門《こもん》の両側に配置し、腹巻《はらまき》を着けた二人を西南の脇戸で待ち構えさせた。腹巻とは軽便な鎧のこと。多数の兵を避けたのは秘密裏に事を運ぼうとしたためだ。

何も知らぬ能員は西南の脇戸から入った。烏帽子に白の水干《すいかん》、葛布《くずぬの》の袴《はかま》を着用して黒い馬に乗り、郎党七人を従えた。沓脱《くつぬぎ》まで来ると七人を待たせ、能員一人が案内されて脇戸に差し掛かる。そこで腹巻姿の武士二人が、いきなり能員の両手を取った。

「何をす、るか……」

能員の叫びは、だが声にならない。二人は能員を庭の竹藪《たけやぶ》へ引き倒し、ためらわず腹や首、顔を滅多《めった》刺《ざ》しにした。即死だった。

「何の騒ぎか！」

気配に気づいた能員の郎党たちは叫び、近くにいた北条方の下僕二人を斬ると、急ぎ逃げ帰った。

一族へ一切を告げる。

「あれほど、ご忠告申し上げたのに……」

「無念なり！」

叫び涙ぐんでも、すべては後の祭り。とりあえず将軍後継の一幡君《ぎみ》を守るべく、居所である小御所に立てこもった。兵は鎌倉にいた比企方の者に限られたから、百人にも満たない。この時、時政側の軍兵を鼓舞したのは政子だった。

「すでに比企殿の謀反である。ただちに攻めよ！」

政子が命令を下した。頭の中には、能員の娘でライバルでもある若狭局《わかさのつぼね》がいた。

政権に肩書のない政子だが、皆が従った。時政の命令より効果的だったかもしれない。子の北条義時を始め孫の泰時、武蔵守の平賀朝雅《ともまさ》、小山朝政、畠山重忠、三浦義村、和田義盛、新田忠常、土肥惟平らで兵数は千を超えた。

「くれぐれも頼む……」

重忠の脳裡を、こう言い遺して逝った頼朝の姿が過《よ》ぎったが、もはや流れに任せるしかなかった。すでに比企能員は世になく、比企方からの出兵要請もない。重忠一人で頼家を盛り立てることは不可能だ。なお頼家の側に立てば乱をいたずらに拡大させ、自身を含め死者の数ばかりが増える。

「御屋形様、ご自重なされませ！」

近臣の榛沢成清《しげきよ》と本田近常《ちかつね》を呼ぶと、成清が諫《いさ》めるように言った。「頼朝の遺言に従って比企側に立つな」という意味だ。

「ここは御屋形様みずから比企追討の先頭に立ちなされ！」

さらに慎重派の近常は、重忠の立場を鮮明にさせることを提言した。胸に刺さるトゲを感じつつも、重忠は決断した。

比企方は子の時員《ときかず》のほか、猶子《ゆうし》の河原田次郎、婿である笠原親景、中山為重、糟屋有季らで防戦した。多勢に無勢ながら戦闘は夕方近くまで続いた。攻撃方では重忠勢の活躍が際立ち、屈強の兵士を何度も入れ替えて攻め立てた。

ついに比企方は舘に火を放ち、一幡の御前で全員が腹を切った。一幡も、のちに焼け跡から発見された。皮肉と言えば皮肉だが、数日後に頼家の病状が回復する。真っ先に知らされたのは嫡子一幡の死と比企一族の滅亡だった。

「なんと！　一幡が北条に殺されたと？　能員も、騙《だま》し討ちに遭ったのか？」

頼家は激怒した。数日前に能員が「北条を討つべきです」と進言し、頼家は承諾した。だから能員が戦で死ぬなら仕方がない。しかし読みの甘さから、騙し討ちに遭って殺されるとは、なんという失態か。頼家の怒りは時政にも倍して能員へ向けられた。

身体はよくなっても心は惨憺《さんたん》として、ひどい苦痛だった。頼家は人を払い、再び布団を被って伏せた。だが神経は昂《たか》ぶったままで、手も足も腹の辺りも小刻みに震え、鎮めようにも鎮めることが出来ない。とても横になっている気分ではなかった。

「書状の用意をいたせ！」

言いながら布団をはね除《の》けた。墨と紙が届くと、時政に対する追討命令を乱暴に書きなぐる。そのまま読み直すことなく、頼朝時代からの老臣、堀親家を呼んだ。

「この二通を、和田義盛と新田忠常へ届けよ！」

二人が政子の命令で比企一族を攻めたことを頼家は知らず、時政が最初に比企氏追討を命じたのが天野遠景と新田忠常だったことも知らない。知っていたとしても、将軍の座にある者が命じれば御家人たちは従うものだと信じて疑わない。能員の甘さを嘲笑《わら》える頼家では、もちろんなかった。義盛は頼家からの書状を、ためらわず時政邸へ届けた。

能員誅殺の一件で新田忠常は微妙な立場に立たされた。時政に近かった彼は、天野遠景とともに最初に能員攻めを命じられた。騙し討ちを遠景が提案した時も、その場にいた。ところが一方で頼家からの信任も厚く、頼家は和田義盛と新田忠常に時政追討を命じた。

能員誅殺の後、時政は名越の屋敷へ忠常を招いた。恩賞を与えるためだった。

「願い通りの恩賞を与えようと存ずる！」

時政は上機嫌で切り出した。

「それがしも和田殿のように書状をすぐ届けるべきだったが、和田殿が『二人で同じ内容の書状を届けることはない。我の分を届けておくゆえ大丈夫だ』と言われましたので……」

誤解が生じないようにと一応、念を押した。

「案ずるなかれ！　その事は和田殿より聞いておる！」

言うと時政は酒を用意させ、盛んに勧めた。恩賞には三つの案を示し、どれがよいかを後日、忠常が回答することになった。

政敵の能員を誅殺したことで時政は、すっかり安心していた。忠常も誤解が解けて、ほっとした。どちらも気が緩《ゆる》み、日暮れ近くまで酒盛りが続いた。しかし、この酒盛りが新たな疑心を生む原因になった。忠常の屋敷では一族郎党が不安に駆られていた。

「御屋形様の帰りが遅い！　遅過ぎるぞ！」

「将軍家からの書状の件で、咎《とが》められているのかもしれぬ……」

「比企殿が名越屋敷に招かれて殺されたばかりだぞ！」

疑心暗鬼。普段なら遣《や》り過ごすことも、陰謀と裏切りの実例を眼前にすれば、わずかな不安でも膨れ上がる。楽観的でなく悲観的な方向へ、しかも伝わる人ごとに不安の波は増幅した。

「よし、兵を集めよう！」

「義時殿が尼御台所を訪ねて御所に居《お》るそうだ！」

「まず、そちらを攻めよう！」

尼御台所とは政子のこと。忠常の郎党たちは御所へ着くと、義時に向かって矢を射掛けた。義時も御所の警護兵らに反撃を命じた。不意を衝《つ》かれて混乱する警護兵たちだったが、すぐ冷静さを取り戻して忠常勢を押し返した。もう一度押し返すと、そのまま警護兵らの優勢となった。追い詰められた忠常の弟、新田忠時は火を放って自害し、煙火を見た武士たちが一大事とばかり御所へ駆け付けた。無勢の忠時の兵は、なす術《すべ》なく壊滅した。

忠常が悲報を聞いたのは、名越の時政屋敷を退出して間もなくだった。したたかに酔った忠常だが、一族壊滅の報に酔いは吹き飛び、赤らんだ顔から血の気が引いた。忠常不在の隙を狙って時政が攻撃を仕掛けたと誤解したのだ。

「命を棄《す》てん！」

叫ぶと真っ先駆けて御所の門をくぐる。たちまち加藤景廉《かげかど》の配下に取り囲まれ、滅多刺しにされた。

翌日、頼家は出家した。

「ご病気のうえ、事態はかくのごとしです。家門を治めることは危ういことです」

母の政子が頼家を説得した。もはや政子よりほかに頼家を説得出来る者はなかった。後継には十二才の千幡君《ぎみ》、のちの実朝《さねとも》が推挙された。時政の指示で実朝の身が政子の元から時政の屋敷へ移ることになり、乳母で政子の妹の阿波局《あわのつぼね》が従った。ところが数日経つと阿波局が血相を変えて政子の元へやって来た。

「つらつら牧の方の態度を見ますと、笑顔の中に害心が見え隠れします。守役《もりやく》として信頼出来ません。きっと悪いことが起こるでしょう」

牧の方は時政の後妻。政子と阿波局にとっては義母になる。

「そんなこともあろうかと心配していました。さっそく千幡を迎え取りましょう」

政子が返答し、義時と三浦義村、結城朝光を派遣して千幡君を引き戻した。時政は狼狽し、政子へ謝罪した。かくて実朝は成人するまで政子の元で育てられることになった。

時政と政子の間にも、なお不信の念は存在した。政子の場合は父時政以上に、義母牧の方への不信だった。老いるに従い時政は牧の方の言いなりになってきた。時政の意思が牧の方の意思なら、政子とて、そのまま受け入れるわけにはいかなかった。

比企一族を攻めた畠山重忠には、心の中に割り切れぬものが残った。詳細が分からぬまま政子の命に従ったものの、次第に能員誅殺の経緯が明らかになったためだ。

〈無念であったろう……〉

気性は東国武士そのものの男だった。策を弄さず実直で、衣といえば地味な水干《すいかん》や北武蔵産の葛《かっ》衣《い》といったものばかり。一世代前の武蔵武士に共通した臭いを発する男で、相模武士の気質とはかなり違う。相模武士は時政のごとく総じて賢く、悪く言えば権謀術数に長《た》けていた。生存競争の厳しい土地柄のゆえだろう。

武蔵とても生存競争の厳しさは同様で、父の重能が仕掛けた大蔵合戦のような例もある。だが対立関係にあれば夜討ちは一戦法に過ぎず、あくまで太刀を交え合う戦《いくさ》だ。仏像開眼供養のためと偽って招いた挙句の刺殺とは本質的に違う。

〈死は厭《いと》わぬが、願わくは合戦の中で武士らしく矢を受けて死にたいものだ。騙《だま》されて暗い竹やぶの中で刺し殺されるなど、それがしは御免こうむる！〉

能員の死を思うたびに重忠の決意は固くなった。

「よいか、帰りが遅くなるとも早まるではないぞ！」

名越の時政邸に呼ばれた朝、嫡子の重保《しげやす》に告げた。重忠には最初に娶《めと》った足立遠元《とおもと》の女《むすめ》との間に重秀《しげひで》がいるが、当時は家柄の高い妻の子を嫡子とする習いがあり、後になって時政の女との間に生まれた重保を嫡子とした。

「しかと肝《きも》に銘じておきます！」

若いが父親譲りのしっかり者だ。今度の件で重忠が嫌疑をかけられる余地はないが、世の中では起こるはずのないことが起こる。返す言葉に緊張感がこもっていた。

比企館への攻撃では重忠が最も目立つ働きをした。北条邸に呼ばれた理由は、その褒賞とのことだった。ただし新田忠常のような例もある。重忠がいくら泰然としていても、家子《いえのこ》郎党が勝手に騒ぎ出せば収拾はつかなくなる。

「新田殿のことでは、それがしも、まことに困ったのだよ。義時がうまく説得すればよかったのだろうが、矢を射掛けられながらの説得は無理であったろうとも思うのだ！」

時政がしみじみと言う。最初は、そんな話から始まった。

「その通りでしょう！」

重忠も相槌《あいづち》を打った。秋は深まり、名越の庭の木々が静かに葉を散らしていた。

「さて、褒賞であるが、畠山殿には武蔵守に就いてもらおうと考えておるのだが、いかがか。武蔵国留守所惣検校職《るすどころそうけんぎょうしき》の名門ゆえ、ふさわしいと存ずるが……」

意外な申し出だった。武蔵国留守所惣検校職はかつて重忠の祖父が務めたことがあり、その後頼朝が重忠へ改めて任命した。いわば武蔵国における侍所別当だが、職務の実態はなく、秩父平氏の正統後継称号に近い。だが武蔵守となると実質が伴う。

時政は当時、幼い実朝を補佐すべく大江広元と二人で政所《まんどころ》別当に就き、この年のうちに初代執権の役職も兼ねた。時政がその気になれば、重忠を武蔵国守に就けることは出来る。だが重忠は武蔵守という大きな褒賞を受けることに躊躇《ちゅうちょ》した。

「平賀殿は、いかがされるのですか？」

重忠が問う。現武蔵守の平賀朝雅《ともまさ》は信濃源氏の血筋で、時政と牧の方の娘婿。重忠が受けるとすれば、朝雅の後任ということになる。

「平賀殿は伊賀国や伊勢国でも国務に当たっている。武蔵国との兼任は難しい！　そこで武蔵国は貴殿と交代するのが、よろしかろうと思うのだ」

時政は真顔だが、目付きが気になった。相手の真意を探ろうという目だ。

「それがしには荷が重過ぎます！」

重忠は固辞した。武蔵国内を見渡せば、重忠と肩を並べる有力豪族ばかり。これでは国守という栄誉と一緒に多大の苦労を背負い込むことになる。

「そうか、無理強《じ》いするようなことでは、ないが……」

残念そうな顔をしてみせる時政だが、どこか安堵したふうもあった。

「武蔵一国を治める器量は、それがしにござらぬ。それがしは武辺者《ぶへんもの》に過ぎませぬ！」

申し訳なさそうに重忠が言う。

「よいのだ。平賀殿が伊賀や伊勢で多忙ゆえ、この時政が武蔵国守の役も代理で務めておる。だが最近は執権の仕事が増え、武蔵の国務だけでも替わってもらわなければ当方の身が持たない。そこで婿殿に武蔵国をお任せしようと考えたわけなのじゃ！」

「相済みませぬ！」

重忠は、ただ頭を下げた。褒賞の中身は時政が再び考えることになった。

さっそく酒盛りに移った。短い話で済んだせいか、酒の席も短時間で終わった。新田忠常の例があるから時政は気を遣《つか》ったのかもしれない。明るいうちに重忠が自分の屋敷へ帰ると、跡取りの重保《しげやす》が泣き出しそうなほど顔をくしゃくしゃにして喜んだ。祖父時政には会いたがらず、幼い頃から父重忠の後ろばかりを追いかけているような子だった。

重忠の辞退により北条一族は相模と武蔵の二国を固め、北条執権政治の経済的基盤とする。だが、それはもう少し先のことだ。

2

前将軍の頼家は一二〇三年の九月二十九日、伊豆修禅寺へ下った。先陣に随兵百騎、間に御輿《みこし》や女房たち、小舎人童《こどねりわらわ》をはさみ、後陣に騎兵二百余騎が配された。壮観な隊列だったが、修禅寺に着いて兵の大半が鎌倉へ戻ると、周りは途端に寂しくなった。

実質は幽閉監禁だから、どこへ出掛けるにも監視の武者が付く。毎朝の読経《どきょう》の時間でさえ、背中を見詰める目があった。鎌倉でも警護兵が必ず付いたが、両者の目にこもる色に大きな違いがあった。一方は敬意と恭順の色であり、他方は敵意と強制の色だ。

「友が欲しいものよ！　久しく蹴鞠《けまり》もやっておらぬ！」

修禅寺へ来たのがよかったのか、政略の鎌倉から離れたことが幸いしたのか、頼家は日ごと健康を取り戻した。すると体を動かしたくなった。かつて夢中になった蹴鞠を思い出し、一人で蹴ってみるが、すぐやめてしまう。蹴鞠の楽しさは一緒に蹴る友がいて、互いに褒《ほ》め合い、貶《けな》し合う楽しさだ。褒め声が上がらず、遠慮無用の咎め声もなしでは楽しくない。

「中野能成は、いかがしておるかのう？」

頼家が修禅寺の書院で老僧に尋ねた。境内の白萩の花が穏やかな日差しに揺れていた。

「さあて、所領を没収されたと聞いておりまするが……」

能成は頼家の近習《きんじゅう》五人衆の一人。頼家や比企能員の動向を政子や時政に報《しら》せるなど北条方に通じていたが、頼家はその事実を知らない。

「なに、所領を？」

「近々、追放されるようです」

頼家は、監視の元締めが老僧であることを知っていたから、警戒心を緩《ゆる》めたことはない。その老僧にしても五人衆の中で能成だけが時政や政子に通じていたことを知らなかった。のちに能成は時政の計らいにより所領を安堵され、鎌倉追放も免《まぬか》れている。

「追放するなら、修禅寺へ追放してほしいものよ！　されば一緒に蹴鞠を楽しまん！」

頼家が冗談っぽく言い、老僧も笑って同意した。

〈深山にこもり、今さらながら退屈で耐えられないゆえ、日頃召し使っていた近習の輩を呼び寄せたい。また安達景盛《かげもり》については、身柄を申し受けて譴責《けんせき》を加えたい〉

数日後、頼家は書状を政子と実朝へ送った。安達景盛は、頼家が愛妾を奪った相手。比企氏に近い一族ながら、政権内で重きをなしていた。頼家にとればよほど憎かったのだろう。自分がいる修禅寺へ呼び、自分の手で譴責したいという。

そのような復讐を、だが幕府が許すはずもない。審議にかけられ、頼家の希望は二つとも拒絶された。それればかりか以後この類《たぐい》の書状を鎌倉へ届けることも禁じられた。

「鎌倉は、予が蹴鞠をすることさえ許さぬか……」

鬱々《うつうつ》として頼家は歯を軋《きし》ませた。蹴鞠が出来ず読経も嫌いなので、一日が退屈で仕方がない。にもかかわらずと言うべきか、体調は日ごとに好転し、食欲も出てきた。まず顔色がよくなり、次に体全体がふっくらしてきた。殺生《せっしょう》を禁じられた身ながら、監視の武者を連れて狩りへ出掛けることもあった。老僧は知らぬふりをしてくれた。

体調回復の報は鎌倉へも届いた。すると頼家の元へ付け届けが送られて来るようになった。

「どなたから、かな?」

贈りものを手渡されて頼家の顔がほころぶ。伊豆の山中にあればこそ、わずかな心遣いでも嬉しい。将軍の座にあった時、そうした感情は、つゆほども起きなかった。

「付け届けですか？　どなた様からでしょう?」

しばらくすると、老僧がやって来て尋ねる。知らぬふり、なのだ。老僧がチェック済みであることを頼家も知っていた。

「それが珍しいお方からでな……」

はぐらかして頼家も名前を言わない。答えずとも老僧は静かに笑っている。

時政の権勢が強く大きくなるほど、一方で反時政の空気も濃くなり、かつ内向した。内向すると事が秘密裏に運ばれやすくなり、時政の危険は増す。そうした時に頼家の健康が回復すれば、反北条勢力の期待は頼家へ集まりやすい。時政も、頼家の健康が不調である方が安心していられた。頼家にとれば、付け届けなどない方が安全だった。


「頼家殿のご健康が、よろしいようです……」

義時が言って時政の顔をのぞき込んだ。名越の時政邸である。決してよくない仲ながら、ときにより良好かつ密接になるのが、この親子の特徴だった。

「困ったことに御家人たちの中には、頼家殿へ付け届けをする者が増えたようだ」

義時の顔は見ず、時政が考え込むようにうつむいた。将軍実朝はこの頃、激しい腹痛や下痢に悩まされ、伏せる日が続いていた。

「何とかせねば、なりますまい!」

「いずれ頼家殿のお命は長くあるまい。放っておいても、よいだろう」

「いや、なりませぬ。一切を、それがしにお任せくだされ!」

義時が意気込んだ。時政は義時の目を見ただけで反対しなかった。

その年の七月十五日は強い日差しの残暑の一日だった。鎌倉の街にあふれる木々は、あまりの暑さに辟易《へきえき》し、枝葉を風に揺らすことさえ面倒がっているように見えた。実朝は数日来の下痢がひどく、現在《いま》で言う脱水症状を呈していた。吐く息さえ絶え絶えというふうだ。

快癒祈願のために鶴岡八幡宮で大般若経が読経され、多くの高僧たちが参加した。読経は八幡宮だけでなく鎌倉の全寺で実施されたから、経を読む僧の声が街に満ちた。

「三日のうちに結願《けちがん》するように、お頼み申します！」

駿河守の中原季時《すえとき》が使者として八幡宮寺へ参り、寺側に申し入れた。読経を三日間やって欲しい、という意味だ。他の寺は一日だけが大半だったが、八幡宮の読経は三日間に及んだ。御家人たちも心配顔で続々と御所へやって来た。

「江間殿が忙しそうでござるな！」

御所の侍所では、隣に座る和田義盛へ重忠が問う。義盛は太鼓腹を狩衣《かりぎぬ》に包んで膝を崩し、扇子《せんす》を盛んに上下させていた。重忠は素朴な麻の狩衣姿ながら、こちらは対照的に折り目正しく着込んで端座している。

「先ほど挨拶したが、席を立っては座り、また席を立つといった具合でござる！」

重忠も不審顔だ。読経が始まった日、侍所に控えた二人は、義時の挙動に首をかしげた。参集した御家人たちが沈痛な面持ちで静座するなか、一人義時だけが動き回っていたからだ。時政と政子、それに安達景盛の使者から報告を聞くためだった。

景盛はかつて愛妾を頼家に奪われたうえ、誅殺寸前のところを政子に救われた。四年前の一件ではよほど恨まれたらしく、伊豆修禅寺に配された頼家が「安達景盛については、身柄を申し受けて譴責を加えたい」と政子へ手紙《ふみ》を送った。ところが、この一件は落着していなかった。半月前に景盛は義時の訪問を受け、こう告げられた。

「伊豆の前将軍殿は、お元気なようです。日ごとに食欲も増しているとか……」

景盛は無言だが、義時が何を言い出すのかと訝《いぶか》しげである。

「のんびりした毎日が前将軍殿の健康によいのでしょう。御家人たちの中には病弱な実朝殿より前将軍殿に期待を寄せる者も出てきました。貴殿への譴責の求めは尼御台所が退けたが、前将軍殿が力を回復するとなると、この種の要請にも応じざるを得なくなるやも知れぬ……」

そこまで義時が話すと、景盛も彼の意図が呑み込めた。

「まこと江間殿や尼御台所様には迷惑ばかりを、お掛け致します。感謝に堪えませぬ！ それがしに出来ることがあれば、何なりと言いつけてくだされ！ 非力なそれがしですが、お手伝いさせてもらえれば光栄に存じます！」

伏して答えた。江間殿とは義時のこと。

「さすがに呑《の》み込みが速い。今日は実はその相談で参りました！」

今度は義時が頭を下げた。かくして二日後、義時と景盛の雑色《ぞうしき》が三人ずつ、計六人が伊豆修禅寺へ向かった。意外な少人数には理由があった。

修禅寺にいた頼家は、実朝が病床にあることを知らない。ひどい残暑は山中の修禅寺とて同じで、動けばたちまち汗が出た。それでも夕方が近づくと涼しい風も吹く。頼家は竹林から聞こえる葉音に誘われ、修禅寺川に沿う小道を歩くことにした。

「もっと寄って歩かぬか！ そんな後ろでは、何か起きても予を守れぬぞ！」

頼家が監視の二人に声を掛けた。小道沿いの小さな岩に、三人の旅商人らしき者が腰をかけ、何やら談笑している。頼家の声が大きかったので、三人は驚いたように頼家を見た。自分たちを怪しい者とみて、頼家が大声を出したのかと訝《いぶか》ったようだ。

「お前たちは何者か？」

頼家の声に駆け付けた監視兵が、談笑中の三人に尋ねた。

「旅の者にございます。商《あきな》いをしながら近在を回っております……」

一番の年長らしき男が答えた。ぶしつけに問われたことが不満のようだ。

「何の商いだ？」

「それぞれに違います。我《わ》はご覧の通り、竹篭《かご》やザルを行商しています」

言いながら傍らを指し示した。竹を編んで造った生活雑器が積まれていた。

「そっちは？」

「へい、研《と》ぎ師でございます！」

「よし、そっちの商いは？」

「乾物です。旦那、干しシイタケや干瓢《かんぴょう》、お安くしますぜ！　いかが？」

「いや、結構だ！」

三人に不審なところはないとみたのか、監視兵は足早に去った。頼家が待つ場所まで戻って二言三言報告し、今度は頼家のすぐ後ろで護衛の態勢をとる。振り返ると商人たちが頼家らの後ろ姿を見ながら何やら話を交わしていた。

「ここで殺《や》っても、よかったな……」

「とんでもない。明るいうちは、どこに村人の目があるか分からぬぞ」

研ぎ師が言い、乾物行商が咎めた。二人の声も頼家たちの耳へは届かない。頼家ら三人は一時《いっとき》つまり二時間ほど歩いた。気分のよい散歩だった。行き会ったのは他に三人。二人連れの村民ふうの男と、単独の旅商人である。こちらの三人は頼家たちに出会うと道端に控えて平伏したので、頼家の監視兵も彼らに問うことはなかった。

「風呂に入りたい！」

帰り着くなり頼家が寺男に言った。六十を過ぎて腰も曲がっていたが、目付きは鋭い。

「おや、では夕餉《ゆうげ》は風呂を召された後で？」

「そうする！　腹が減ったが、汗もかいた。風呂の用意は出来ているか？」

袈裟《けさ》の衣を脱ぎかけて問う。夕の読経は免除されていたが、頼家の身分はあくまで僧侶だ。

「風呂のご用意も致しております」

「結構！　気の利《き》くことだ！」

言った時には袈裟を脱ぎ捨て、湯殿《ゆどの》へ駆け込んでいた。掛け湯などせず湯船にざんぶと飛び込む。檜《ひのき》の四角な湯船に直接湯を引いただけの風呂だ。

「うーッ、よいぞ！　いい湯加減だ！」

ため息とも喚声ともつかない声を出した。退屈な幽閉生活ながら毎日の風呂だけは、堅苦しい鎌倉では味わえぬものだ。泉質がよく、浸っているだけで体の不調と心の憂《う》さが消えた。体調がよいのは入浴を日課としているためもあるようだ。

「それでは夕餉の用意に行きますゆえ、ごゆるりと、なさいませ！」

「ああ、頼むぞ！」

答えると老人は去った。頼家は再び湯船に手足を伸ばす。戸外は夕闇に包まれ始めた。ほどよい疲れのせいか、うつらうつらしてきた。すぐに眠ってしまったようだ。格子《こうし》窓の向こうに足音を聞いた気がして目が覚めた。

「戻って来たのか？」

頼家が呼び掛けたが、返事はなかった。寺男の老人だと思った。

「どうした？　夕餉の支度《したく》が出来たか？　待て、今、風呂を出る！」

よいしょ、と自分で声を掛けて湯船から腰を上げた。いや、上げようとしたが、再び腰を落とした。何本かの黒い手が伸びて、頼家の頭を押さえ付けた。黒い手の主は全部で六人いた。

「………」

叫んだつもりだが、声が出ない。口を塞《ふさ》がれたからでなく、恐怖で声が出ないのだ。

〈ああ、母上……〉

声にならない声を胸の中でつぶやいた。なぜ母を呼んだのかは自分でも分からなかった。政子の姿が一瞬脳裏に浮かび、その政子が悲しげな目で頼家を見た気がした。

「駄目だ、紐《ひも》をよこせ！」

頭を沈められても暴れ続ける頼家に業《ごう》を煮やして一人が叫んだ。ぐずぐずしていては周囲に気づかれる。他の一人が麻紐らしき物を受け取ると、頼家の首に巻き付けて二人がかりで両端を引いた。頼家の両手足から力が抜け、全身がずるずると湯船に沈んだ。

「少し待て！」

三人がかりで頼家の下半身を湯船から引き上げた。

「何をしている、人が来るぞ！」

麻紐を懐《ふところ》に収めながら他の男が鋭く言う。

「すぐに終わる！」

答えた男は小刀を取り出し、頼家の下腹部を刺した。鮮血が湯船に広がった。

「これで、よい！　御屋形様の恨み、拙者が晴らしたり！」

低くうめいた男は右手に小刀を握り、左手で切り取ったばかりの、頼家のふぐりをかざした。湯船に押さえ付けていた他の二人が、それを見て楽しそうに笑った。小刀の男は、さきほど川沿いの小道で出会った研ぎ師だった。

「さあ、行くぞ！」

小刀の男が言うと六人は風のように消え、血の湯船に沈む頼家の変わり果てた姿だけが残された。向こうの庭では惨劇など一切なかったように、竹林の枝葉がさらさらと乾いた音をたてて晩夏の夕風に揺れていた。

静けさを取り戻した湯殿の外に、だが六人も気づかぬ四つの目が光っていた。寺男の老人と、もう一人の目だ。寺の老僧のようだが、別人のようにも見えた。

「終わったようだな。湯船の片付けを頼む。血の痕《あと》を残さぬように！」

「ご遺体は？」

「白布に包んで本堂へ運んでくれ……」

寺男が足早に去る。翌日、使者が鎌倉へ着き、頼家の死を義時らへ報告した。

数え年二十三。『吾妻鏡』は〈昨日、修禅寺において死に給う〉と簡単に記すだけだが、慈円の『愚管抄《ぐかんしょう》』は〈修禅寺において頼家入道を刺し殺した。首に紐をつけ、ふぐりを取り殺した〉と具体的だ。

終　雄鷹墜《お》つる時

1

前将軍がひそかに殺された頃から、偶然ではあるが現将軍の健康も回復した。実朝の病はウィルス性の伝染病、天然痘だったようだ。健康が戻ると周囲が嫁とりを云々《うんぬん》し始めた。満十二歳。父頼朝が結婚した三十四歳と比べると格段に若い。

一二〇四年十月十四日、前《さき》大納言、藤原信清の息女、のちの西八条禅尼《ぜんに》を実朝の御台所として迎えるため、鎌倉から名門の武士たちが上京した。結城朝光ら老練の士に混じって北条時政と牧の方の子である北条政範《まさのり》や、重忠の嫡男、畠山重保《しげやす》らの若手が加わる。次代を担うにふさわしい顔ぶれだった。

ところが政範は京に着いて間もなく死去してしまう。道中で発病したようだが、どんな病だったかは不明。享年十六。後妻である牧の方の家柄のよさから北条家の嫡子は政範とされていた。二人の間の男子は政範だけだったから、夫妻の悲しみは深かった。

政範の死後、京では平賀朝雅が上京の面々を招いて酒宴を催した。朝雅は時政夫妻の娘婿である。信濃源氏である新羅三郎義光の血をひき、武蔵守に任じられていた。当時は京都守護も兼ねて後鳥羽院からの信任は厚く、実朝の御台所を迎えるための幕府側窓口を務めていた。めでたい役回りの結城朝光ら一行だから、宴会も最初のうちは和気藹々《あいあい》で、どの顔も上機嫌。おかしな空気になったのは、朝雅と若い畠山重保が話を始めてからだ。

「お父上には苦労させられたと、兄がこぼしていたことがある……」

　朝雅は笑顔を交えながら初めのうちは穏やかで、昔話の披露といった感じだった。兄とは朝雅の前に武蔵国守を務めた大内惟義のこと。

「はて、何かご迷惑をお掛けしましたか？」

　真顔で重保が問う。

「細かなことを申せばきりがないのだが、要は留守《るす》所《どころ》惣検校職《そうけんぎょうしき》としての職務を、しっかり果たしてくれないと愚痴をこぼすのだ！」

「なれど、留守所惣検校職は秩父平氏一族の相談役、まとめ役に過ぎないと、父は日頃から口癖のように申しております。出しゃばれば、かえって国守殿の邪魔になりかねない、と……」

　年上の朝雅だから、重保の口調はていねいだ。

「それが困るのだ、重保殿！　畠山殿がしっかり職務を果たしてくれれば、義父上《ちち》にも迷惑は掛からぬ！　果たしてくれぬから、義父上が何かと面倒を見ねばならぬ！」

　重保の丁寧さと対照的に、朝雅の口調が荒くなった。義父上とは北条時政のこと。在京中の朝雅に代わり、武蔵国守の職務を引き受けていた。時政が先日、重忠に武蔵国守就任を勧めたことを重保は知らない。

「父は、よかれと思って、出しゃばらぬようにしているのでしょう。改めよと言われれば、改めると思います。どうです、父に直接話されてみては？」

　この頃になると、居合わせた者たちは二人の会話に聞き耳を立てていた。朝雅の声が高かったからだ。重保の口調は落ち着いていたが、年少者の冷静さは時により年長者を苛立たせる。

「直接、我が申しては波風も立とう！　重保殿から伝えてほしいのだ！」

「私事《わたくしごと》なら内々で伝えますが、公務の分掌といった公事であれば、皆様方に周知の必要がございましょう。鎌倉の然るべき席で、皆にも聞いてもらった方が、よろしいでしょう！　武蔵守殿にとっても父にとっても、その方が後々うまく行くと存じます！」

重保はあくまで冷静だ。誰の耳にも、年上で役職も高い朝雅に分《ぶ》はなかった。自分でもそれが分かるから、朝雅は座のホスト役であることを忘れて激した。

「よし、分かった。それは、よいだろう！　なれど重保殿、政範殿を死なせたのは、そなたの責任でござろう！」

突然、話の内容が変わった。しかも、いいがかりだ。重保は返す言葉を失った。

「なぜ、返事をせぬ！」

ますます声が高くなる。口論というより叱責に近かった。周囲の者が一斉に二人を見た。

「なにゆえ、それがしの責任でしょうか？」

ゆっくり、だが朝雅を睨《にら》みつけるようにして重保が問い返した。

「そなたが旅を急がせたと聞いたぞ！　病《や》める政範殿に無理強《じ》いした、とな！」

「無根にござる！」

初めて重保が甲《かん》高い声を上げた。皆が回りに集まって来た。一行を率《ひき》いていた結城朝光が、ここで口を挟んだ。

「重保殿が旅を急がせたわけでは、ござらん！　重保殿はそれがしに『旅を続けてほしい』という政範殿の意向を伝えたが、それは伝えただけのことでござる！」

朝光が説明した。この間の経緯は一行の知るところだから、皆もうなずき、割って入った朝光の説明に聞き耳を立てた。

もとより病が何かは皆も知らない。政範が顔色悪く気《け》だるそうにしていたのは鎌倉を出発した直後からのこと。政範と重保は仲がよかったので、重保は旅の途中でしばしば政範を気遣った。負けず嫌いの政範は問われるたびに「心配ない。京へ急ごう」と答え、結局京まで頑張り通してしまった。朝雅や朝光が言っているのは、遠州の辺りで政範の病に話が及んだことを指す。政範と仲の良い重保が、リーダー格の朝光から尋ねられて「政範殿は『心配ない。京へ急ごう』と言っておられます」と、言葉のままに伝えた。朝雅が非難したごとく、重保が旅の続行を主張したというのとは、だいぶ違う。

朝光や皆も、その間の事情を承知していた。自分が原因で大事な役目に遅れが出るなら、誰より政範自身が悔いを残す。一行の判断に誤りがあったとすれば、政範に恥をかかせまいとする気遣いと恩情だ。また責任というなら、体調をよく確かめず選抜して送り出した時政に、その一端があるかもしれない。行動を共にしてきた一行であれば分かることも、京で待っていただけの朝雅には分かりにくい。

朝光が説明したことで、それ以上の言い争いにはならなかった。もともと酔いで口が多少軽くなった男の、ありがちな失態の一つに過ぎないから、たいていは酔いが醒《さ》めれば忘れてしまう。ところが平賀朝雅は、醒めてなお心に不快の念を残したままだった。

「許さぬぞ！　鎌倉に帰ってから、目に物見せてくれよう！」

朝雅は復讐心に燃えた。

北条政範の遺体は従僕らの手で京都・東山に葬られた。ほどなく鎌倉へ到着した従僕頭が時政夫妻に報告すると、すでに結城朝光から報《しら》されていたことながら、夫妻は改めて涙を流した。とりわけ牧の方の悲しみが深かった。

「平賀殿からの手紙《ふみ》によると、畠山殿の御曹司《おんぞうし》が京への旅を急がせ、それで政範の病がひどくなってしまった、と……」

時政と二人きりになると、牧の方の嗚咽《おえつ》は一段と激しくなった。必死で涙を堪《こら》えようとするが、堪えれば堪えるほど涙があふれた。

「その手紙はそれがしも読んだが、あれには朝雅の勘違いが多いようだ……。一行を指揮していたのは若い重保ではなく、結城殿であった。いかに重保が旅を急がせようとも、重保の力の及ぶところではない。この経緯については結城殿からも聞いておる！」

温暖な鎌倉も冬のさ中とあって、庭の裸木《はだかぎ》が寒風に枝を震わせていた。

「なれど重保殿は政範の仲のよい友です。であれば何としてでも結城殿に忠言し、友のために旅を遅らせるべきでした。それもせず結城殿には『政範殿は、旅を急ごう、と言っている』と報告したとのことです。とんでもないことです！」

涙顔で怒るうち、さらに牧の方の感情が高ぶる。悲しみは怒りに変じ、怒りを晴らさなければ悲しみも消えない、というふうだ。

「武士《もののふ》には武士の矜持《きょうじ》というものがあるのだ。おのれのせいで京への到着が遅れてしまえば、政範自身、おのれが許せないだろう！」

時政は懸命に牧の方を宥《なだ》めた。

「それでも妾《わらは》は重保殿を許しません！」

牧の方は顔を伏せ、血が滲むほど強く唇をかんだ。

「………」

時政は何も言えない。いくら理を立て説明しても、牧の方の悲しみは理の埒外だった。時政の方は理を立てて説く以外に宥《なだ》めようがないから、感情をぶつけるだけの牧の方へは、それ以上言えなくなる。子を失った悲しみは時政とて同じだ。

「畠山殿には謀反の心ありと言う人があるでは、ありませぬか！」

牧の方の言葉で時政は我に返る。言葉の意味が分からず瞬《まばた》きした。

「謀反？　畠山の謀反？」

不思議な生き物か何かのように牧の方を見た。話は、とんでもない方向へ急転回した。

「そうです、謀反ですよ！　かつて右大将に『むしろ謀反を企てようとしているとの噂なら、かえって面目《めんぼく》というものである』と胸を張ったというでは、ありませぬか！」

牧の方が言い張った。右大将とは昔の頼朝のこと。首をひねった時政だが、すぐ思い当たった。牧の方が言っているのは二昔《ふたむかし》も前の沼田御厨《みくりや》事件のことらしい。その言葉は重忠の武士《もののふ》ぶりや廉直さを褒《ほ》めたたえるものとして、御家人たちの間に語り継がれていた。

「あれをもって畠山殿の謀反などとは言えぬぞ！　二十年も昔の話でもある！」

あきれ顔で時政は牧の方を、しげしげと眺めた。

「そうでしょうか？　剛の者であらば尚更《なおさら》のこと、二十年で心が変わりは、しますまい！　確かめてみては、いかがなのですか？　誰か畠山殿に近しい人物に、あの人の最近の言動について、お聞きしてみては？」

かまわず牧の方は言い立てた。彼女の怒りの矛先は、またも急転回して重保個人から畠山一族へ広がったようだ。時政は辟易《へきえき》した。愛妻ゆえ意に応えてやりたいが、この種の情念に付き合っていては身も心も持たない。執権としての権威にもかかわる。

りそうになかった。

「そうだな……」

半ば同意するように答えた。少しは牧の方の思いを容《い》れる素振りを見せなければ、その場が収まりそうになかった。

時政には、頼朝の義父であること以上に、挙兵時の功労者としての強い自負があった。頼朝の元気なうちは影が薄かったが、頼朝の死後は表舞台に立つようになり、急に存在感を増した。時政の時代になったのだ。

だがライバルの比企能員を倒し、元将軍頼家の命を奪ったその時政にも、なお思い通りにならない存在があった。まず将軍の実朝である。愚行はなく和歌を愛する穏やかな将軍。しかし愚かでないから時政の意見だけを尊重せず、臣たちから広く公平に意見を聴いた。

「婿の平賀朝雅殿を将軍にしては、いかがですか？」

牧の方がしきりに、そんな言葉を口にするようになった。「馬鹿な！」と思うが、時政に忠実な点では朝雅はよいかもしれない。それでも朝雅では周囲が納得しないだろう。

思い通りにならない二番目は、身内の政子と義時であった。この二人こそ場合によっては時政の行く手に立ち塞《ふさ》がる、最大の障害になるかもしれない。

幼いうちに実の母親が死に、時政の愛情が継母の牧の方や異母弟の政範に移ったせいで、姉弟には父を客観的に見る傾向があった。父親に対する批判的な見方、言い方を変えれば自立心である。そして現在《いま》、政子は頼朝の元御台所として、義時は相模守として、ともに実力は十分。子とはいえ二人が結束すれば、御家人の大半は時政を離れて二人の側に立つ。

三番目の難物は、畠山重忠を筆頭とした武蔵武士団だ。彼らが結束している限り、武蔵国は時政の思い通りにならない。中心にいる重忠は特に抜きん出ており、彼の剛健ぶりは尊敬の的である。放っておけば、いつでも比企氏のような対抗勢力に変わり得る。もし武蔵国を北条の勢力下に置くつもりなら、確かに畠山一族は目障りな存在かもしれない。

「畠山の一族か……。妻の言う謀反とやらを、本気で考えてみるか……」

時政が独りつぶやいたのは、風薫る旧暦四月の初めだった。

2

〈すぐに、ご来宅ください〉

時政が稲毛入道重成《しげなり》を手紙《ふみ》で呼び寄せると、重成は従者を引き連れて参上した。総勢百人を超える従者たちは、皆それぞれに甲冑《かっちゅう》や弓矢で武装していた。重成は時政に呼び出される直前まで、理由は不明ながら蟄居していた。

稲毛重成も秩父平氏の系統で、重忠とは従兄弟同士。父親は小山田有重で、若い頃は小山田姓を名乗った。本拠を小山田から同じ多摩丘陵の稲毛庄へ移して稲毛姓に変える。重忠と同じく時政の娘を正妻に迎えていた。ちなみに頼朝が落馬して命を落としたのは、重成が相模川に架けた橋の落成式へ出席しての帰りだった。

「戦《いくさ》でも始まるのか？」

完全武装の重成の従者たちを見て鎌倉の人々は驚き、声をひそめた。

「近国の者が続々と鎌倉へ集まっているそうだ！」

「武具を整えている御家人屋敷が、いくつもあるようだ……」

人は怪しんで噂し合った。噂が噂を呼び、風に乗って鎌倉の街を駆け巡る。稲毛入道の武装兵は時政邸へ直行したから、武士や町民の不安は一挙にふくらんだ。

「北条様が兵を集めているのか？」

「北条様が、これから戦でも始める、おつもりか？」

名越の時政邸の門前で僧が二人、門内に消えていく重成の郎党たちを訝《いぶか》しそうに眺め、囁き合った。二人の肩越しで、荷を背にした若い旅商人ふうの男が聞き耳を立てた。半時《はんとき》つまり一時間ほどすると、時政邸の門から重成と彼の従者たちが出てきた。皆、何事もなかったように重成の鎌倉邸へ帰って行ったが、重成だけが渋面だった。


重成が時政邸を訪れたのは四月十一日。二か月余が過ぎた六月二十日の夕、畠山重保が武蔵国から鎌倉へ到着した。重成に呼ばれたのだ。

「稲毛殿に呼ばれました。なぜ父上でなく我《わ》を呼ぶのか、理由が分かりません！」

「何用なのか、のう……」

「手紙《ふみ》には、何とも……」

「まあ、よい。不吉な話では、なかろう！」

重忠も武蔵国に在国しており、そう言って重保を送り出した。この時、重忠の弟である長野重清は信濃国にいた。もう一人の弟、渋江重宗は奥州だ。何事かを起こすには一族の集結が欠かせない。重忠に謀反の気配など露ほどにもなかった。

「稲毛殿の報告によれば、畠山殿が謀反を企んでおるらしい！　稲毛殿は昨晩、畠山殿の子の重保とも話しおうたようだ！　他の筋からも、畠山謀反の話を聞いている……」

　重保が鎌倉に入った翌日、時政が義時、時房の兄弟に持ち掛けた。突然の話に兄弟は穴の開くほど父の顔を見詰めた。それからゆっくり兄弟同士で互いを見合った。

「畠山殿が、ですか？　重忠殿のことですか？」

　時房が、うめくように言う。

「ひたすら忠節を尽くしてきた、あの人が、ですか？」

　義時は言いながら、父は狂ったのかと訝った。

「然《しか》り！」

　時政は二人の反発を予期しなかったようで、短い言葉を発したものの後が続かない。義時はなおも訝りつつ、思うところを述べた。

「軽率に誅殺すれば、後悔が残るばかりでしょう！　どのような謀反か、畠山殿の怒りの理由が何であるかを、まず糺《ただ》すべきです。然るのちに処断しても、遅くはありますまい！」

　父の顔を凝視する。時政は何も言えず、一瞬悔しそうに口元をへの字に結ぶと、そのまま席を立った。義時も〈言い過ぎたか？〉という顔になったが、といって特別なことを言ったわけではなかった。御家人であれば誰もが呈する疑問のはずだ。

　義時と時房は時政邸を辞した。馬の背で初夏の夜風に吹かれながら、義時は時代が大きく変わろうとしていることを実感した。義時が屋敷へ着くと、追うようにして牧の方の縁者の大岡時親《ときちか》がやってきた。亀の前の一件で怒った頼朝に髪を切られた牧宗親の子である。

「重忠の謀反は、すでに露見したことです。江間殿がおっしゃられたことは、その悪事を赦《ゆる》そうとするものです。継母を憎んで私を讒言《ざんげん》人とする、おつもりでしょうか？」

ずいぶん年長の時親は、床に額をすり付けんばかりに低頭した。

「大岡殿が讒言人？」

義時が問う。時政の言う〈他の筋〉とは大岡時親だったようだ。

「はッ！」

顔を上げて時親が答えた。自信のなさそうな目だ。言葉通りに受け取れば、重忠の謀反を聞きつけた大岡時親が、牧の方か時政の耳へ入れたことになる。ならば重忠謀反の情報を、時政や義時より先に、時親が入手したというのか。時親に、そのような情報収集能力があるとは信じにくい。加えて時親から牧の方や時政へという伝達経路も不審であった。身内で固めた経路なら、いくらでもデッチ上げられるからだ。

「このうえは、お考えに従います」

しかし義時の口から出た言葉は、抱いた不審とは裏腹だった。義時は、時親が聞きつけたという「重忠の謀反」の内容を、確かめることなく承諾した。

翌日六月二十日は朝から快晴だった。ただし穏やかなのは天候だけで、夜が明けきらないうちから鎌倉の街は騒然とした。大路を武者が走り、馬を駆る鎧《よろい》姿が目立った。普段なら朝の挨拶《あいさつ》が飛び交う街に町人の姿はなかった。

「謀反の者が誅殺されるぞ！」

「由比ヶ浜へ急げ！」

叫ぶ者たちがいた。不穏に火がつき、大路を行く者も小路を行く者も、皆が由比ヶ浜へ向かって走った。馬上の武者も徒歩《かち》の武者も、誰が誅殺されるのか、何の罪で誅殺されるのかを知らない。浜へ着けば不穏の正体が分かると、駆け出した者たちは信じた。不穏の正体が分かれば、おのれの心の不穏も除かれるはずだった。

そうして駆け出した者の中に畠山重保がいた。腹巻姿で大きな馬に跨《また》が》り、太刀と弓矢で武装している。後ろから郎党三人が馬を駆った。二日前に稲毛重成に呼ばれて鎌倉へ着いたばかりの重保には、鎌倉の不穏な空気の正体が分からない。まして重成が自分を呼び寄せた理由や、この日の騒動の標的が自分であることなど、分かるはずもなかった。

「おお、三浦殿、何事でござりますか?」

浜の正面で多くの郎党たちに囲まれている三浦義村を見つけて、重保が笑顔で近づいた。義村は厳しい表情のまま重保を見返す。義村方の武士が数人、重保らの背後に回った。

「そなたを誅殺せよとの、ご命令でな！　それがしにとれば祖父の仇討ちでもある！」

義村が刀を抜いて床机《しょうぎ》から立ち上がった。何が起きたのか分からず、重保は一瞬口を開けて目を白黒させた。我に返ったのは「祖父の仇討ち」なる言葉に思い当たったからだ。

頼朝の挙兵直後、頼朝に従った義村の祖父三浦義明は、重保の父の畠山重忠に攻められて衣笠《きぬがさ》城で自害した。二十五年も前のこと。一切は重保が生まれる前に起きたが、大まかな経緯は重保も父から聞いて知っていた。

義村の兵が太刀を抜いて重保を取り囲み、じりじりと間合いを詰める。重保も父譲りの怪力の持ち主だったから、太刀を抜いて存分に斬りまくった。三人斬り、四人斬り、五人を斬り伏せたところで、背後から右肩に一太刀浴びた。痛みを感じるより先に驚き、振り向くと今度は脇腹を刺し貫かれた。はるかに多勢の兵が相手では、どう戦っても勝てるものではなかった。

「畠山殿が誅殺されたのか?」

「子の重保殿の方だ！」

「して、何故《なにゆえ》だ？」

争乱は一瞬で終わり、参集した武士たちは、それぞれに帰り始めた。謀略の構図を知る者はともかく、浜へ殺到した大半の武士にとって、一切は不明不可解のままだった。

畠山重忠は、悲報を菅谷館から鎌倉へ向かう途で聞いた。それより前、郎党や御家人仲間など複数の筋から「鎌倉に異変あり。すぐ参上されたし！」との連絡を受けていた。鎧兜の武具を身に着けると、取るものも取り敢《あ》えず百四十人ほどを従えて鎌倉を目指した。

鎌倉街道は多摩川・関戸《せきど》の渡しを目前にして悲報を聞いた。

「由比ヶ浜にて重保殿が謀殺《ぼうさつ》されました！」

「重保が？」

「三浦殿に謀《はか》られたようです！」

相手が三浦義村と知って戸惑ったが、思い当たるフシがないでもなかった。一方で息子の死が「鎌倉の異変」と関わりがあるのか否かも気掛かりだった。関わりがあるなら、自分を頭《かしら》に畠山一族そのものが標的であるはずだ。

「二昔《ふたむかし》以上も前の、三浦殿の恨みか！　背にいるのは執権殿か？　であれは誅殺か……」

鎌倉からの続報が次々に届き、気掛かりは真実だと分かった。すでに将軍実朝が自分への追討命令を出し、義時が追討軍の大将になっているという。

「味方は無勢、敵は多勢です。このまま戦えば敗北は必定《ひつじょう》。多摩川を渡らず、引き返すのが上策かと存ずる！　菅谷館で態勢を整え、敵を迎え討ちましょう！」

参謀役の榛沢成清《はんざわしげきよ》が進言した。多摩川を渡れば、敵の懐に飛び込む小鳥も同然だ。

「……」

答えず重忠は河原を眺めた。中州で柳の枝が揺れ、目に沁みるほど青い夏空には積乱雲がわいていた。考えていたのは重保の最期だ。

武士《もののふ》は親の死を乗り越え、子の死を越えて戦場《いくさば》へ向かう。その意気に変わりはなく、重保へもそう教えてきた。だが重保はおのれの死について、とうてい納得していないだろう。正々堂々戦って死ぬなら本意だろうが、騙《だま》し討ちに遭って死ぬのは武士の死に方ではない。

「あの星を見よ！　あれが妙見様《みょうけん》だ。春夏秋冬、他の星々が天空を巡っても妙見様だけは北の空に動かず、我々を見守り、我々の命運をお決めになる。もう一つ、我々の命運を握るのが風だ。時代の寒風は激しく、葉を落とし切ったというのに、なおも木々の枝を震わせる。時に気まぐれに吹く風は鎌倉殿である。天の星と空の風の下、地上で震えながら耐える裸木《はだかぎ》が我々だ。重保よ、裸木のごとく、ひたすらに耐えよ！　風がいかに強くとも、地に深く根を張れば倒れることはない。耐えた歳月だけ根は深く強く伸びる。天の妙見様と地の木々の間に、時に激しく風が吹くことを忘れるではないぞ！」

重保が少年の頃、北武蔵の菅谷館で、重忠が庭の一角にそびえる大ケヤキを仰いで教えたことがあった。北の寒空に不動の北極星が瞬《また》き、関東平野に木枯らしが吹く夜だった。何がきっかけかは忘れたが、重忠が寒風吹く夜の庭へ連れ出したのだった。

そして今まさに逆風が重忠の身にも吹いてきた。

〈裸木が倒れる時か……その時が来たのか……〉

重忠もまた少年の日に父の重能から教えを受けた。

「力こそが正義なのだぞ、それを忘れるな！　力強き者だけが平和をもたらす。傑出《けっしゅつ》した力強き者がすべてを裁き、強きゆえに人は裁きに従う。かくして争いは起こらぬ。よいか、弱き者同士ゆえに争いが起き、人が死ぬ……」

菅谷館にこもって抵抗を続ければ、さらに多くの人を死へ導く。それは本意でない。頼朝との約束を反故《ほご》にして比企一族を討ったのも「力強き者だけが平和をもたらす」という信念が頭の隅にあったからで、目先の利益を追ってのことではなかった。

もとより多くの命を手にかけてきた以上、おのれが手をかけられる側に回る時の覚悟は出来ていた。人の命を奪うたびに、この覚悟を免罪符としてきた。その時が突然やって来るものだということも理解している。心は平静でなかったが、といって迷いもなかった。

なぜか梶原景時が思い出された。重忠とは正反対の道を生きた景時も、彼にすれば讒言は「よかれ」と思ってのことだろう。しかし最後には一宮の館を撤退し、京への途中で盗賊のごとき輩《やから》に殺された。命を惜しんで逃げるようでもあった。

考えは固まった。重忠は榛沢成清のほか、長男の重秀と重臣の本田近常を呼んだ。

「それがしたちも逃げたと思われては面目《めんぼく》が立つまい。梶原殿のことを我が戒めとしよう。たとえ敗死するにしても、菅谷館へ追い詰められて多くの者を道連れに自害するのではなく、戦場《いくさば》で死にたいと思うのだ！　どうか？」

言って三人の顔を見た。三人が三人とも目を輝かせていた。すでに北条義時率いる大軍が寄せていたから、皆も覚悟は出来ていた。

「強い武将と正面から相対したいものよ！」

重秀が胸を張った。重忠が最初に妻として迎えたのは足立遠元《とおもと》の娘で、初めての男子がこの重秀だ。

嫡子の座は重保に譲っており、当時、重秀は二十二歳。武士としての資質には重保以上のものがあった。

「よし、では多摩川を渡ろう！」

多摩川を渡り、先を急ぐと、武蔵国の二俣川で義時軍に行き遭った。北条時房と和田義盛の二人を大将に、秩父平氏一族の葛西清重、河越重時、江戸忠重らも加わっていた。重忠と仲のよかった下河辺行平、また重忠を師と尊敬していた結城朝光らの顔もあった。児玉、横山、金子、村山など、かつて重忠の影響下にあった武蔵七党の面々も、重忠へ矢を向ける側にいた。重忠の烏帽子《えぼし》子《ご》で横山党に属する大串重親《おおぐししげちか》でさえ、敵陣の中だった。

彼らの姿に、比企氏追討で先頭に立った自分の姿が重なった。おのれも頼朝に「それがしはもとより心と言とは異なるところが、ありませぬ！」と約束しながら、頼家側の比企氏へ弓を向けた。かつての自分と眼前の彼らとの間に、いささかも違いはなかった。

最初に安達景盛が主従七騎で攻撃を仕掛けた。それを見て重忠の顔が輝いた。

「このお方は弓馬の旧友なり。真っ先駆けて攻め込んで来るとは、何と感心なことか！　重秀、安達殿を相手に命を捨てて戦え！」

重秀に命じた。重秀は笑顔で振り返ると、郎党を従え安達景盛の七騎へ突っ込んで行った。景盛はいったん退《ひ》いたが、態勢を整えて再び攻め寄せる。三度四度と繰り返すが勝負はつかず、時間ばかりが過ぎた。数は多勢に無勢でも、形勢は五分の戦いだ。

ところが重忠の周囲だけは、名のある武士も名のない武士も近づかない。重忠が進むと敵陣は崩れて退き、重忠が追わずに自陣へ戻ると、様子を窺《うかが》いつつ寄せて来た。一進一退の後、一人の武者が馬を駆って重忠の前へ立った。

「我、武蔵丹党の加治家季《かじいえすえ》！　お相手願いたい！」

　重忠もよく知る若者が名乗り出た。菅谷館にも近い武蔵高麗《こま》郷の豪族、高麗経家の子である。安達景盛の郎党になっているはずだ。

「おお、加治殿！　立派な武士ゆえ不足はない！　それがしの首を取って手柄とされよ！」

　黒い腹巻に朱色の手甲《てっこう》が鮮やかだ。対する重忠は赤糸縅《あかいとおどし》の大鎧《おおよろい》姿である。二度三度と太刀を合わせるが、力の差もあり家季は重忠の太刀を受けるだけで精一杯だ。五撃目で家季の体勢が崩れ、太刀を握ったまま落馬した。重忠も馬を降りて家季を組み伏せ、手順通りに肩の下を刺すと、弱ったところで首を取った。昔であれば、こんな手間はかけない。面倒とばかり相手の首を捩《ね》じ切ったものだが、家季に敬意を払い、そうはしなかった。

　結局、名乗りを上げて正面から重忠に挑んだ武士は家季一人だった。それでも十人前後が重忠の太刀で斬られ、刺し貫かれた。戦いが終息に向かったのは申《さる》の刻、現在《いま》で言う午後五時ごろのこと。すでに子の重秀は討たれ、盟友の榛沢成清もこの世になかった。

「おお！」

　気がつけば味方は総崩れとなり、重忠一人が太刀を振るっていた。相変わらず重忠に戦いを挑む武士はなく、遠巻きに重忠を見ているだけだ。

「いかがしたか！　この重忠を討ち取らねば、戦は終わらぬぞ！」

　目を見開き、義時軍の全兵を睨《にら》みつけた。敵兵たちは重忠の眼光に気圧《けお》されて後退《あとじさ》りした。やがて一人の小柄な武将が重忠の目にとまった。よく知る大串重親だった。見れば一歩進み出て、重忠へ向けて弓を引き絞っていた。

かつて義仲追討の宇治川合戦では、重忠の怪力に助けられて対岸へたどり着き、得意顔で「武蔵国の住人、大串次郎重親、宇治川の先陣ぞ！」と叫んで周りの兵を爆笑させた。奥州合戦では藤原国衡《くにひら》の首級を上げたものの、手柄を取りそこねた。その小次郎少年もすでに三十代後半、武将としての貫禄もなかなかのものだ。重忠から笑みがこぼれた。

〈そうか、小次郎！　ならば、それがしを射よ、そなたの手柄とせよ！〉

心で叫び、巡り合わせの妙に「小次郎に討たれるも、また一興か」と思った。宇治川合戦で重親が夢見た「信濃一国の褒美」は無理としても、彼にとれば念願の大手柄になる。

直後、一本の矢が飛来し、重忠の首に刺さった。あるいは当てやすいようにと重忠が身を乗り出したためかもしれない。だが射たのは愛甲季隆《あいこうすえたか》であり、重親ではなかった。

重親は直前に弦を緩め、後方の武者に紛れるようにして退《ひ》いてしまった。弦を引く重親の目に涙が止めどなくあふれ、重忠の姿はおろか、ちょっと先でさえ見えなくなっていた。とても重忠を射るどころではなかった。

重忠にも、おのれを射た矢が、重親の位置とは別の角度から発せられたものであることは分かった。愛甲季隆は相模の武士で、重忠はその名さえ知らない。

〈小次郎め、またも手柄を逸したな……〉

重親の涙は見えず、重忠は本気でそう惜しみ、苦笑した。矢柄をつかんで引く。軽く抜けたが矢尻が体に残り、首から血が激しく噴き出した。

痛みは一瞬だけのことで、スーと引くように意識が薄くなった。静かに座し、脇差を抜いた。すると父重能の笑顔が浮かんだ。父が願った畠山家存続は危《あや》ういだろうが、武士らしく生き、武士らしく果てる息子を、父は褒《ほ》めてくれそうな気がした。

次に、目を細めて自分を見ている頼朝の顔になった。怨んだ日々もあったが、激動の時代にともかくも武士らしく、誇らしく生きることが出来たのは、彼のおかげであった。絶対権力者の彼でさえ、死した後は自分の思い描いたようにはならなかった。

義経や上総介広常、また、いまは敵陣にいる和田義盛や下河辺行平ら弓馬の友の顔が浮かび、最後に加津の顔になった。大夫になる前の、重忠少年が初めて見た日の彼女だった。不思議なのは、悪夢に現われた彼女の幽霊姿も見えたことであった。

「楽しい夢を見させてもらい、この世に生まれてきた甲斐がありました……」

幽霊として消える間際、彼女は重忠へ感謝の言葉を遺した。あれから重忠はさらに二十年余を生きたが、振り返ればその二十余年の歳月でさえ、一瞬の夢幻《ゆめまぼろし》のように思えた。わずかな慰めは、おのれもまた「楽しい夢を見た」と思えたことだ。万感迫る思いの一つ一つに、深い満足感を覚えた。戦いの場面は不思議に脳裏をかすめなかった。

それらを振り払うように脇差で自分の首を突いた。季隆が駆け寄って重忠の首を落とした。享年四十二。男盛りの死だった。

3

義時は翌日、時政へはこう報告した。

「畠山殿の弟や親類は大半が他所に在《あ》りて、戦場《いくさば》に相従うの者、わずか百余騎でした。然れば、謀反を企てたなどは偽りでした！　根拠のない讒訴《ざんそ》により誅殺されたのではないかと、はなはだもって畠山殿が不憫《ふびん》でなりませぬ！　首を斬りて陣に持ち帰るも、長年顔を合わせ親しくしてきたことが忘れられず、悲涙落ちるを禁じ得ませんでした！」

言って義時は涙を流した。時政は何も言えず、退席した。

義時の苦言は御家人たちの気持を代弁していた。彼らは重保の誅殺が騙《だま》し討ちであったこと、二俣川の戦では重忠の軍勢の少なかったことを、みずから目撃し、謀反云々に根拠がないことを知っていた。重忠が見事に果てるさまを見て涙する武士は多く、「悲涙を禁じ得ない」と義時が時政へ報告したことも、たちまち御家人たちの間に伝わった。

「江間殿こそ、武士の心を知る者ぞ！」

皆がそう思い、心が時政から離れ始めた。執権になってからの時政は旧臣を顧みず、専横ばかりが目立った。陰謀の背後に時政がいたことを皆は確信した。

義時同様、重保を討った三浦義村も、うまく立ち回った。自分への反感が強くなると、稲毛重成の弟である榛谷重朝と彼の嫡男重季、二男の秀重を討った。稲毛重成は大河戸行元が誅殺した。

稲毛重成氏は畠山氏との血縁が濃く、「裏切り者だ」と指弾されやすい立場にあった。外から見れば、重忠謀反の疑惑情報を、重成が時政の耳へ入れた形になる。本当の悪役は誤った情報をもたらした稲毛重成だという理屈で、反感の矛先は稲毛一族へすり替えられた。畠山氏の後ろ盾を失った稲毛氏であれば、もはや滅ぼすことは容易だった。

かくして権力闘争は新たな段階へ入った。時政対義時の親子対決である。

陰謀の発端は、いつも風聞から始まる。

「牧の方が悪巧みを廻《めぐ》らしているそうだ！　平賀朝雅殿をもって関東の将軍となし、現在の将軍家を滅ぼすおつもりだとか……」

御家人たちは噂し合った。牧の方の意であるとは、時政の意ということだ。であれば、この風聞は少しおかしい。内情に通じた御家人の中には首をかしげた者が多かった。

「執権殿が、そんな愚かなことをするのか？　執権殿も老いたか……」

無理もない。頼朝の挙兵以後、時政は一貫して策士だった。その時政が、事前に風聞が巷間へ流れるような陰謀を企てたというのか。秘密のうちに事を運んでこそ、陰謀は成功する。皆が知るところとなれば、陰謀は陰謀でなくなり、すでに失敗なのである。

いち早く行動したのは尼御台所こと北条政子だった。政子はただちに長沼宗政、結城朝光、三浦義村、三浦胤義、天野政景らを時政邸へ遣わした。朝光や義村の軍兵が時政邸を二重三重に取り囲んでから、義村らは時政に面会を申し入れた。

「尼御台所様の命により羽林《うりん》様をお迎えに参りました！　相州様のお屋敷へ、お移し致します！」

義村が代表して時政に告げた。羽林とは実朝のこと。ここ最近は時政邸に身を寄せていた。相州は義時を指す。

「何と申すか！　それがしは執権であるぞ……」

時政は邸を囲んだ軍兵の数に驚き、次に義村の口から出た言葉に驚いた。時政の顔は怒りで赤くなり、現実を知り青く変わるが、一切を悟ると何も言わなくなった。

これより前、政子は実朝が将軍に推挙された直後にも、義時や結城朝光を時政邸へ派遣して実朝の身を迎え取っていた。時政邸から実朝を連れ去るのは、これが二度目である。

時政はその夜のうちに出家した。翌日、伊豆へ帰り、以後再び鎌倉へ戻ることはなかった。時政六十八歳だった。在京中の平賀朝雅も義時の命により、ただちに誅殺された。時政追放の企《たくら》みの背後に義時がいたことを、御家人たちは知った。

翌々年の二月、北条時房が武蔵守に任じられた。時房は義時の異母弟。これにより相模、武蔵の関東の要は、北条氏で固め終えたことになる。

和田義盛は一二〇九年五月、上総国の国司に推挙されたいと、内々で将軍家へ申し出た。実朝は政子に相談し、推挙の見送りを決めた。義盛は諦めず、なおも食い下がり、将軍実朝の心証をひどく害してしまった。義盛失脚の発端であった。

一年が過ぎた頃、千葉成胤《なりたね》が僧を生け捕る事件が起きた。僧の名を安念坊《あんねんぼう》といい、源頼家の遺児千寿丸《せんじゅまる》の将軍擁立を企て、執権義時を討つべく成胤に協力を求めた。安念坊の自白により、その協力者に、義盛の子の和田義直、義重兄弟と、甥の胤長がいることが分かった。

息子たちが捕縛されたことを知り、義盛は急ぎ赦免を願い出た。実朝は義直と義重を赦すが、胤長は首謀者格で罪が重いとして赦さなかった。納得出来ない義盛は翌日も再び御所へ参り、一族九十八人を御所の庭に列座させて胤長の赦免を求めた。多勢での押しかけは威勢の誇示、つまり義盛なりの虚勢であった。

「なに、また来たのか……」

大江広元が実朝へ取り次ぐと、実朝は口元を引き締め、執権義時に命じた。

「胤長の身を山城判官《やましろほうがん》行村へ渡し、引き続き閉じ込めておくように！」

見せしめである。赦すどころか、後ろ手に縛られた胤長が列座する一族の目の前へ引き立てられ、判官である行村へ渡された。義盛の面子《めんつ》は一族の前で潰された。

五月二日、義盛は兵を挙げ、軍勢わずかに百五十で御所の南門と義時邸を囲んだ。義盛への協力を約束していた本家筋の三浦義村と弟の胤義は、土壇場で義時側へ寝返った。翌三日、義盛以下一族の者たちは討ち取られた。義盛享年六十六。

義時はこの後、義盛の跡を継いで侍所別当に就く。執権職に加え軍事面でもトップに立った。父時政は一二一五年正月、伊豆で七十八歳の生涯を閉じた。


正月二十七日は昼のうちこそ晴れていたが、夕方になって急に雪が舞い始め、みるみるうちに降り積もった。冬も終わろうかという時期の早春の雪。この日は実朝が右大臣に任官したというので祝賀の儀が行われた。鶴岡八幡宮での拝賀が終わる頃、辺りは闇に包まれ始めた。

文章《もんじょう》博士の源仲章《なかあきら》が先導役で松明《たいまつ》を振った。もともと義時が先導役を務める予定だったが、直前に気分が悪くなり、仲章に交代してもらった。

「用心のため装束の下に腹巻を、おつけくだされ！」

交代を源仲章に告げた大江広元は、冷静な彼らしくなく落涙しつつ勧めた。

実朝は袴の下に着た下襲《したがさね》の裾を引きずりながら、雪の石段を注意深く降りた。下襲は高貴な人ほど長くするので、こんな時は厄介だ。束帯《そくたい》を着て両手で笏《しゃく》を持つから、手の自由が利かない。それでも整列した公卿《くぎょう》へ気配りよく会釈を繰り返した。

石段を下り終えホッとした顔の実朝。その時、修行者の頭巾をかぶった法師が走り寄った。実朝の下襲を踏むと、実朝は前のめりに体勢を崩すが、なんとか踏ん張った。不審顔で振り返る実朝の首に、法師が太刀を振り下ろした。夕闇に包まれかけた雪上に鮮血が散った。

「見よ！　親の仇を、こうして討ったぞ！」

法師を追って三、四人の仲間が現れ、先導役の仲章を斬り伏せた。周りの公卿たちは蜘蛛《くも》の子を散らすように逃げた。厳粛な式典のため境内への入場は公卿のみに制限されていたから、鳥居の外に控えた警備の武士たちは、法師が去った後で初めて事件を知る始末だった。

　実朝の首を取った法師は、二代将軍源頼家の二男で、鶴岡八幡宮の僧になっていた公暁《こうきょう》である。背後の政治的構図は思慮の外だったのか、実朝一人を「親の仇」と思い込み、自分の手で実朝を亡き者にすれば将軍職を継げるものと考えたようだ。

　実朝の首を引っ提《さ》げ、後見である備中《びっちゅう》阿闍梨《あじゃり》の雪下北谷の家へ着くと、さっそく第一の勢力の者とみなす三浦義村の元へ使者を出した。

〈今、将軍は空席となった。我こそ関東の長たるにふさわしい。早く討議をめぐらせよ！〉

　老練の義村は使者へ返答した。

〈まずは拙宅へお越しくだされ。お迎えの兵士を出しましょう〉

　義村は義時へも使者を出し、一切を伝えた。義時は義村へ公暁誅殺を命じ、公暁は義村邸前で討ち取られた。享年数え二十。公暁の死により頼朝に繋がる後継は絶えた。

　あまりに愚かしい公暁の行動だが、公暁を裏切った者が背後にいたとすれば、別の見方も出てきそうだ。事件直前、大江広元が交替する源仲章に「用心のため装束の下に腹巻を」と落涙しながら勧めたのは、広元が何かを知っていたからだろう。また、義時が先導役交替で命拾いしたことは、好運だけが理由だったのか。犯行を知るや義時は公暁一味の僧坊を攻めた。それほど元気なら、交替は仮病《けびょう》だった可能性がある。

　他に後鳥羽上皇が実権を取り戻すべく、宮家将軍の実現を目的に実朝を暗殺した、とする見方も。のちの承久《じょうきゅう》の乱を考えると、なるほどと思えるフシが、なくもない。だが政権が東国武士を基盤とする限り、宮家将軍が実現しても北条氏の権力は揺らぐはずもない。のちに北条側の要請で宮家将軍が実現するが、それで鎌倉武家政権に変化が生じたわけではなかった。

実朝暗殺後、頼朝直系の血統が絶えて目の上のたんこぶは消え、北条家にとって執権職を維持継承しやすい状況になった。誰が利益を得たかが、謎を解くヒントかもしれない。

承久三年（一二二一年）の承久の乱を経て、鎌倉の北条政権はますます盤石《ばんじゃく》となった。ところが乱から三年後、義時は脚気で急逝した。享年六十二。執権職は泰時《やすとき》が継いだ。翌一二二五年七月、政子が六十九歳で生涯を閉じた。その一か月前、大江広元も七十八歳で死去。三九年十二月には三浦義村が中風で逝った。義村は生誕日が不詳なため享年も不詳。頼朝から北条へと風が変わるなか、天寿を全うした雄鷹たちが多かったことも注目される。

承久の乱後、しばらくは北条氏の執権政治が順調に続くが、三代執権泰時が死去すると政権内の勢力対立が激しくなった。背景に三浦氏の勢力伸長があった。

その三浦氏にも滅亡の時が来る。翌宝治《ほうじ》元年（一二四七年）六月五日に勃発した宝治合戦《かっせん》。カギを握ったのは安達景盛《かげもり》だった。かつて愛妾を二代将軍頼家に奪われたうえ誅殺されかけ、窮地を政子に救われた。実朝が暗殺されると出家して高野山へ入るが、五代執権北条時頼と三浦氏の対立が激化するや、老齢の身を押して鎌倉へ舞い戻った。

「三浦の一族は傍若無人なり！　義景も泰盛も怠惰で、武備を怠っているのは怪《け》しからぬ！」

甘縄《あまなわ》の安達邸に着くや、景盛は息子の義景を強く戒め、孫の泰盛を叱責した。景盛が強く出るのは四代経時、五代時頼の両執権が彼の外孫だったことによる。外祖父として、執権の対抗勢力と化す三浦氏の力を削《そ》ぎたいと願った。

五月雨《さみだれ》の朝、鶴岡八幡宮の鳥居の前に一本の立て札が立てられた。

〈若狭前司の三浦泰村は厳命に背き、近いうちに誅罰が加えられる。よくよく慎むように〉

誰が立てたかも判然としない。正午《ひる》を過ぎても撤去されなかった。

数日して執権時頼が、泰村の屋敷へ泊まるために訪れた。友好関係を周囲に示し、世の空気を鎮静化する狙いだったが、屋敷へは三浦一族が続々と集まって来て、よほど忙しいのか泰村は顔も見せない。夜に入ると屋敷の各所から鎧《よろい》や腹巻《はらまき》を着《つ》ける音が聞こえた。さすがの時頼も肝《きも》を冷やし、その夜のうちに帰ってしまった。

「和平が成《な》れば、三浦一族をますます驕《おご》り高ぶらせることになる。ただ運を天に任せて雌雄を決すべきである！」

時頼と泰村の間で和平の交渉が進められていると聞いた安達景盛は、六月五日、息子の義景と孫の泰盛を叱咤した。時をおかず孫の泰盛が泰村邸に攻撃を仕掛けた。報せを受けて執権時頼は北条時定を総大将と定め、三浦氏討伐を命じた。最初から執権派が優勢で、一瞬にして泰村邸は炎上、三浦勢は敗北した。

「もはや、これまで！　故将軍の御影の御前で最期を迎えん！」

泰村が叫ぶ。現在は寺跡だけの法華堂には当時、頼朝の墓があった。泰村の命を聞いて永福寺《ようふく》にいた光村《みつむら》と兵八十余騎が集まって来た。傷ついた者が多く、鎧や腹巻は裂け、顔は血糊と泥で赤黒く染まっていた。

「残念である！」

押し黙る者が多い中で光村の声だけが高かった。

「……藤原頼経《よりつね》将軍の御時、将軍のお父上であられた藤原道家《みちいえ》様の内々の命令に従っていれば、今頃は武家の力を掌握しているはずであった。不覚にも若州が実行しなかったために、三浦家が滅亡する恨みを残すことになった！」

若州とは若狭守だった兄、泰村のこと。「恨み」の半分は兄への恨みでもあった。言い放つと光村はみずからの刀で自分の顔を削り始めた。鮮血が散った。

「敵に顔を知られたくない！　この寺を焼いてしまえば、それがしの顔と見分けがつくまい。どうだ、それがしの顔と分かるか？」

周りの者に尋ね、さらに顔を削る。居合わせた者は目をそむけた。

「待て、そなたの血で御影を汚し、そのうえ寺院を焼くなど、二つ事とも不忠の極みである！」

兄の泰村が制止した。無念さを皆に示さんとした光村は刀を置いた。

「……一度の讒言により多年の懇意を忘れて誅戮《ちゅうりく》の恥を与えられ、恨みと悲しみが重なるとはいえ、故駿河前司殿は自門他門の多くを死罪にし、その子や孫を滅ぼした。ならば、これも罪業《ざいごう》の因果であろう。今はすでに冥土《めいど》へ行く身なれば、一概に北条殿を恨んではいない！」

故駿河前司とは策略家だった三浦義村。話す泰村の目に涙があふれ、声は震えて、はっきり聞き取れない。兵の嗚咽《おえつ》が読経のように堂内に響くが、突然一切の物音は消えた。

時頼の軍勢が法華堂へ攻め入ると、五百の三浦の武士が揃って自死していた。かくて鎌倉に近い三浦で有事即応の軍事力として威勢をふるい、畠山重忠誅殺にも重要な役割を果たした三浦一族は、ここに滅びた。


六月も末近くなり、上野入道日阿《にちあ》こと結城朝光が下総国から鎌倉へやって来た。日頃から三浦義村、泰村親子と懇意にしていた古参の武者だ。

「日阿が鎌倉にいたら、泰村も誅殺の恥を受けることもなかったでしょうに！」

執権時頼に会うと、昔を懐かしんで朝光は涙した。三浦に縁のある者たちが捕縛され、恩義ある者でさえ三浦を悪《あ》しざまに言う世の中になっていた。ところが朝光は時頼の前でも懐旧の気持を隠さない。朝光の私心のなさは執権時頼を感激させた。

三浦討伐後の安達泰盛は、時頼から政村、実時、時宗と歴代執権を中枢で支え、蒙古来襲の危機を乗り切った。時宗とともに幕政改革も主導する。ところが改革の目玉に御内人《みうちびと》の抑制が含まれ、御内人の筆頭である内管領・平頼綱の恨みを買った。御内人とは北条得宗家の従者を指す。

「泰盛の子の宗景が源姓を称しています。将軍になる野心があるようです」

頼綱が九代執権の貞時に讒言した。十一月十七日、出仕した泰盛は待ち構えていた御内人たちに襲撃され死亡。一族五百余人も自害して果てた。のちに霜月《しもつき》騒動と呼ばれる。七年後、権力と利権を持ち過ぎた平頼綱も九代執権貞時に警戒され、滅ぼされた。

おごれるもの、ひさしからず。平頼綱討伐から四十年後の一三三三年、鎌倉政権は約百五十年の歴史に幕を閉じた。京では後醍醐天皇が討幕の震源になったが、直接の武力で鎌倉幕府を倒したのは、やはり東国武士の新田義貞と足利尊氏だった。

（完）

あとがき

武士道とは何だろう。武士の時代は長く、時代ごとの姿も様々だから、一概には言いにくい。生死を賭けた戦《いくさ》と主従関係の存在は重要なファクターだ。

古書を探れば『記・紀』に日本武尊の九州・東国遠征があった。父景行《けいこう》天皇の命によるが、彼の感慨と死は武人のそれに通じる。時代を下れば大伴家持の長歌〈海ゆかば水漬く屍《かばね》　山ゆかば草生《む》す屍　大君《おほきみ》の辺《へ》にこそ死なめ　顧みはせじ〉がある。「大君のおそばで（天皇のために戦い）死のう、悔いはない」は、軍事氏族だった大伴家の家訓であったようだ。主《あるじ》への忠節・忠義という意味で、ここが武士たる者の出発点だろうか。

武士の勃興期である源平の時代には、本小説の主人公・畠山重忠を始め、幾人もの個性あふれる武士たちが躍動した。さらに時を経た戦国時代は戦う武士の時代であり、彼らの中にこそ真の武士像があるかもしれない。一方で武士の絶対数や、概念として定着するにふさわしい年月の長さからすれば、江戸期の武士群像も素通り出来ない。

「武士道とは何か？」と考えて少しその方面の本を読むと、時代により武士道のイメージが異なることに気づく。新渡戸稲造の『武士道』は入門の書としておなじみで、筆者も若い頃に最初に手にした、この分野の本だった。当時は感銘を受けたが物足りなさも感じた。明治の時代、専門外の農業経済学者が、病気療養中のアメリカで欧米人向けに英文出版した書である。新渡戸は序文で執筆のきっかけについて、ベルギーの著名な法学者に「日本に宗教教育がないなら、日本人はどのように道徳教育をするのか？」と問われたことだと明かしている。キリスト教的倫理観が生活全般に浸透している欧米人なら、当然抱くはずの疑問かもしれない。問われた新渡戸は、幼い頃からなじんだ盛岡藩士たちの倫理観、すなわち武士道の教えに思い至った。キリスト教的倫理観やヨーロッパ騎士道精神を念頭に入れつつ、武士の倫理観を論じれば、競わんとして理想化された内容になりがちだ。すでに武士階級の存在しない明治の世だから、往時を懐《なつ》かしみ、美化しがちな気持にもなっただろう。

　武士道なる言葉を初めて聞く外国人にとって平易で便利な解説書でも、多少の知識がある日本人には、武士社会がかくもシンプルで美しかったなどとは、きれい事に過ぎるように思える。同時代の書であれば筆者などは『阿部一族』など森鷗外の歴史小説に生き生きとした武士群像を見る思いがするが、これは単に小説好きであるせいかもしれない。

　三島由紀夫が武士道の書として山本常朝の『葉隠』を盛んに論じ、推奨したのは一九六〇年代の後半であった。岩波文庫のはしがきで古川哲史氏が「どこを切っても鮮血のほとばしるやうな本だと言へる」と解説している。確かに「気違ひ」や「死狂い」「思ひ死に」といった過激な表現が多い。言葉の過激さこそが、この書の特徴であり魅力である。

　戦《いくさ》のなかった平穏な時代、刀は敵に対してより、おのれの腹を裂くために使われた。「武士道といふは死ぬ事と見付けたり」は、すでに戦場での心構えが不要になってしまった時代の教えである。「武辺《ぶへん》は敵を討ち取りたるよりは、主の為に死にたがるが手柄なり」は、忠を尽くすための心構えだ。主従関係に比重を置き過ぎると、武士道はこのように、主君に対する従者の忠君規範となる。言葉は良くないが幾昔か前のサラリーマン道である。

常朝はまた「命を捨つるが衆道の極意なり」とも「恋の至極は忍恋なり。思い死に極るが至極なり」とも書いている。衆道とは男色のこと。男色も恋も結構であるし、過激な表現は常朝の癖かもしれないが、こうも「死」の言葉が多用されると「武士道といふは死ぬ事と見付けたり」の名文句も軽くなる。菅野覚明氏は『武士道の逆襲』という著書の中で「常朝の言葉が過激なのは、時代がまさに太平の世だからである。本当に合戦の日々を送っている者たちにとって観念修行も言葉による自覚も無用なもののはずだ。彼らは現に生死の境を事実として駆け抜けている」と指摘している。平和な時代に特有の、観念の先走りと過激化である。

常朝は、別のところでは「人間一生誠にわずかの事なり。好いた事をして暮らすべきなり。夢の間の世の中に、苦を見て暮らすは愚かなる事なり。我は寝る事が好きなり。寝て暮らすべしと思うなり」とユーモアたっぷりだ。また「時代の風と云ふものは、かへられぬ事なり。されば、その時代々々にて、よき様にするが肝要なり」と意外な柔軟性も見せている。

一方、戦国大名、武田信玄・勝頼二代の兵法書である『甲陽軍鑑』は、戦の時代の武士の姿と心構えをダイナミックに伝えている。死と向かい合わせの日常だけに現実的で厳しく、観念が先走りしている余裕はない。例えば「侍が武略をするときは、もっぱら虚言を用いるものなり。これを嘘偽りと申すは、合戦を知らない武士なり」「大将が国を奪うのも、昔が今に至るまで、切り取り、強盗、盗っ人とは申し難し。国を奪うにつきての虚言を計略と申して、苦しからずというは道理」といった、騙し討ち肯定の論である。平良文と源充が一騎打ちを演じたのは、はるか昔の出来事であり、正々堂々を重んじる風潮からは遠い。

興味深い言葉が「脇差心《わきざしごころ》」だ。ある時、信玄家中の侍二人が、口論から取っ組み合いの喧嘩になった。一方が他方を取り押さえて詮議の段になる。ここで信玄が怒った。「口論で終わったのならともかく、相手に手を出す事態になりながら、なぜ脇差を抜いて突くなり斬るなりしなかったのか」と。

それでは侍が脇差を腰に差す意味がない。また、組み打ちで終わるのでは周囲が止めに入るのを期待するようなものである、という理由だ。「脇差心」を持たぬ侍への処断は厳しく、二人はともに斬首された。主従関係の忠誠より、実戦に役立つ心の在り方、考え方が重視された時代であった。

ちなみに「脇差心」の強調は喧嘩奨励のごとくに聞こえるが、そういうことではない。喧嘩は「是非に及ばず」両成敗にするのが原則で、厳しく禁じられた。一方で、手出しされても「堪忍」つまり我慢し通せば、罪に問われないのが『甲州法度《こうしゅうはっと》之《の》次第《しだい》』の定めでもあった。

信玄の時代と同じ謀略と騙し討ちの時代ながら、畠山重忠の時代の「弓矢取る者」の道には不思議なおおらかさが感じられる。江戸期の武士道が藩主から末端藩士までの低く狭い関係で論じられるのに対し、重忠の時代のそれは、武家トップの頼朝と有力御家人との高い次元であることが、理由の一つだ。あえて江戸期へ置き換えるなら、徳川将軍（＝頼朝）と藩主（＝御家人）の間の武士道である。重忠に忠誠を尽くす郎党のあるべき姿といった話には、なりにくい。

各時代それぞれに武士《もののふ》の理想の姿がある。山本常朝の言うように、いつの世にも「かへられぬ時代の風」が吹いていた。ならば武士道の原点を見詰め直す必要がある。原点とは、歴史の表舞台へ武士が躍り出た時代の、重忠ら雄鷹たちの姿である。武士道論でなく、現にあった姿から武士道の原点を読み取っていただくことが、この小説の眼目である。

主人公は畠山重忠だが、時代の空気を伝えるため、他の武士たちにも紙数を割いた。斎藤実盛然り、熊谷直実然りである。保元の乱後に斬られた源為義の四人の幼子たちにさえ、武士の心映えが垣間見えた。女性の坂額御前《はんがくごぜん》も心は武士であった。

小説というフィクションの世界ながら、登場人物たちの会話部分には、不自然にならない範囲で文献を生かそうと試みた。粗粗《あらあら》しい言葉の中にこそ彼らの真実が伝わると思えたからだ。また重忠が愛馬を背負って鵯越《ひよどりごえ》を下るといった、明らかに史実でないとされる場面は避けた。とはいえ小説は想像力の産物である。歴史の参考書にはなり得ない。

九十八歳で逝った母から「私は武士の娘だから」という言葉を何度か聞いた。大正四年の生まれなので正確には「孫」か「曾孫」だろう。旧式のガス風呂釜の事故で全身大やけどを負った時など、自分に死の影を見た折に漏らした言葉だ。元気な時に聞いた記憶はない。母にとれば自身を勇気づけるための言葉だったはずだ。

武士道の現実は、明治の知識人が欧米人にＰＲしようとしたほど美しい世界ではないが、人々を勇気づけた覚悟や誇りは、肯定し得る徳目かもしれない。一方、おのれの命に固執しない心構えは、他人の生命の軽視へと変転しがちだから、現代人には受け入れ難いだろう。畠山重忠の時代と同じように、現代には現代の「かへられぬ時代の風」が吹いているのである。武士道の崇高さとともに、その愚かしさを読み取ってもらえれば幸いだ。

二〇一七年一月

斉東 野人

参考文献

『吾妻鏡』一―八（岩波文庫）
『現代語訳吾妻鏡』一―十二（吉川弘文館）
『愚管抄』大隅和雄訳（講談社学術文庫）
『平家物語』一―二（小学館・日本古典文学全集）
『義経記』（小学館・日本古典文学全集）
『今昔物語』一―四（小学館・日本古典文学全集）
『保元物語』（岩波文庫）
『平治物語』（岩波文庫）
『平家物語』石母田正（岩波新書）
『人物叢書　畠山重忠』貫達人（吉川弘文館）
『人物叢書　千葉常胤』福田豊彦（吉川弘文館）
『人物叢書　北条政子』渡辺保（吉川弘文館）
『人物叢書　後白河上皇』安田元久（吉川弘文館）
『日本絵巻大成　男衾三郎絵詞・伊勢新名所歌合』（中央公論社）
『図説埼玉県の歴史』小野文雄編集（河出書房新社）

『畠山重忠と鉄の伝説』井上孝夫（千葉大学教育学部研究紀要　第48巻）
『在地領主としての東国豪族的武士団―畠山重忠を中心に』清水亮（岩田書院「地方史研究」第348号）
『日本古代文化の探究　馬』森浩一編（社会思想社）
『武蔵武士』福島正義（さきたま出版会）
『中世武蔵人物列伝』埼玉県立歴史資料館編（さきたま出版会）
『秩父平氏の盛衰』埼玉県立嵐山史跡の博物館・葛飾区郷土と天文の博物館編（勉誠出版）
『曽我物語』葉山修平訳（勉誠出版）
『曽我物語の史実と虚構』坂井孝一（吉川弘文館）
『増補吾妻鏡の方法』五味文彦（吉川弘文館）
『源氏と坂東武士』野口実（吉川弘文館）
『その後の東国武士団』関幸彦（吉川弘文館）
『中世武士団』石井進（講談社学術文庫）
『鎌倉武士の実像』石井進（平凡社ライブラリー）
『異形の王権』網野善彦（平凡社ライブラリー）
『日本の歴史をよみなおす（全）』網野善彦（ちくま学芸文庫）
『日本の歴史7　武士の成長と院政』下向井龍彦（講談社）
『古代王権と交流2　古代東国の民衆と社会』関和彦編（名著出版）
『源平合戦の虚像を剥ぐ』川合康（講談社選書）
『頼朝の精神史』山本幸司（講談社選書）

『武士道の逆襲』菅野覚明（講談社現代新書）
『保元・平治の乱を読みなおす』元木泰雄（ＮＨＫブックス）
『戦場の精神史―武士道という幻影』佐伯真一（ＮＨＫブックス）
『新・中世王権論』本郷和人（新人物往来社）
『初期鎌倉政権の政治史』木村茂光（同成社）
『蝦夷の末裔　前九年・後三年の役の実像』高橋崇（中公新書）
『武士道』新渡戸稲造（岩波文庫）
『葉隠』上中下　山本常朝（岩波文庫）
『北条政子』永井路子（講談社）
『吉川英治歴史時代文庫　源頼朝』一―二（講談社）

斉東 野人（さいとう・のひと）

昭和22（1947）年、埼玉県川口市生まれ。早稲田大学卒。元新聞記者。代表作に長編小説『残照はるかに　阿弖流為別伝』（海象社刊）。共著に『唱歌・童謡ものがたり』（岩波書店刊）ほか。
本名・岡田康晴（おかだ・やすはる）
E―mail：o-yshr@nifty.com

雄鷹《ゆうよう》たちの日々　畠山忠重と東国もののふ群伝

2017年1月27日　初版発行

著者／斉東 野人

装丁／クリエイティブ・コンセプト

発行人／山田一志
発行所／株式会社　海象社
〒112-0012　東京都文京区大塚4-51-3-303
Tel.03-5977-8690　Fax.03-5977-8691
http://www.kaizosha.co.jp
振替　00170-1-90145
組版／オルタ社会システム研究所
印刷／モリモト印刷株式会社

ISBN978-4-907717-33-9　C0093